・SF・シリーズ

5058

メアリ・ジキルと怪物淑女たちの欧州旅行 Iウィーン篇

EUROPEAN TRAVEL
FOR THE MONSTROUS
GENTLEWOMAN
BY
THEODORA GOSS

シオドラ・ゴス

原島文世訳

TOKYO
HAYAKAWA
BOOKS

A HAYAKAWA
SCIENCE FICTION SERIES

EUROPEAN TRAVEL
FOR THE MONSTROUS GENTLEWOMAN
by
THEODORA GOSS

Translated by
FUMIYO HARASHIMA
First published 2023 in Japan by
HAYAKAWA PUBLISHING, INC.
This book is published in Japan by
arrangement with
BAROR INTERNATIONAL, INC.
Armonk, New York, U.S.A.
through TUTTLE-MORI AGENCY, INC., TOKYO.

カバーイラスト　シライシユウコ
カバーデザイン　川名 潤

すべての怪物《モンスター》娘たちへ。
彼女たちが世界を征服しますように。

世界の果てで、怪物《モンスター》たちと出会った……

キャサリン　メアリ、今度は抗議もしないわけ？
メアリ　わたしが抗議して効果があったことなんてあるの？　本のことになると、あなたはたいていてい好きなようにするじゃない。
キャサリン　そうとはかぎらないでしょ！
メアリ　ともかく、ブダペストは世界の果てじゃないわ。

目次

I　ロンドンからウィーンへ

Ⅱ ブダペスト篇・目次

メアリ・ジキルと怪物淑女たちの欧州旅行

Ⅰウィーン篇

おもな登場人物

〈アテナ・クラブ〉

メアリ・ジキル……………………ロンドンに住む令嬢。父親はヘンリー・ジキル博士
ダイアナ・ハイド…………………メアリの異母妹。父親はエドワード・ハイド
ベアトリーチェ・ラパチーニ……〈毒をもつ娘〉。父親はジャコモ・ラパチーニ
キャサリン・モロー………………〈猫娘〉。父親はモロー博士
ジュスティーヌ・フランケンシュタイン…………〈アダム・フランケンシュタインの花嫁〉。父親はヴィクター・フランケンシュタイン

ミセス・プール……………………ジキル家の家政婦
アリス………………………………ジキル家のメイド

シャーロック・ホームズ…………ロンドンの名探偵
ドクター・ワトスン………………ホームズの相棒

アイリーン・ノートン……………ホームズの知人
ルシンダ・ヴァン・ヘルシング…………………大学教授エイブラハム・ヴァン・ヘルシングの娘
ウィルヘルミナ・マリー…………メアリのもと家庭教師

I　ロンドンからウィーンへ

1 ブダペストからの電報

ルシンダ・ヴァン・ヘルシングは窓から外を見た。あの人たちがくる。きっとわたしを捕まえにくる。両手をこすりあわせながら絨毯の上を歩きまわり、ときおり片手を唇にあてた。鋭い歯の感触があるが、もう自分の歯のような気がしない。きのうはうっかり口の中を噛んでしまった。

炉棚に置いた時計が鳴った。もうすぐ午後のコーヒーの時間だ。いつもどおり、ヘルガが持ってきたコーヒーポットと小さなケーキの取り合わせをじっと眺めることになるのだろう。もはや食べることができないのだ。三日間食べていなかった。

あそこ……あれはなんだろう、外の菩提樹《ボダイジュ》の向こう、水蠟樹《イボタノキ》の列を背にしたあれは？　ちらちらとひらめく黒いもの。ああいうものが潜んでいるのを目にしていた。この数日、家政婦のミュラー夫人《フラウ・ミュラー》は誰もいないと言ったけれど、わたしにはわかる——感じられる。そう、わたしを捕まえにくるのだ。そして、まもなくあの場所へ連れていかれるだろう。誰にも見つからない、わたしがどうなったか永久にわからなくなってしまう場所へ。

五分後、メイドのヘルガが入ってきたとき、応接間は空っぽだった。椅子が一脚横倒しになっていたものの、それ以外はふだんどおりに見える。ルシンダはいなくなっていた。

ダイアナ　ルシンダから始めないほうがいいんじゃないの。あたしたちから始めるべきだよ。

キャサリン　なんであんたがこの本の書き方を指図するわけ?

ジュスティーヌ　この子が正しいと思うわ、キャサリン。ごめんなさい。あなたが作者なのはわかっているけれど、ダイアナの言うとおりだと思うの。わたしたちから始めるべきよ。

キャサリン　ああそう。勝手にして。

アテナ・クラブは、メンバー全員が出席して会合中だった。

　朝の空気を入れるために応接間の窓が開け放たれている。季節は晩夏で、めずらしくロンドンが奇跡的に暖かい日だった。ベアトリーチェは窓辺の席に座り、満足した毒草のように陽射しを楽しんでいた。「この天気はイタリアを思い出すわ!」と言われても、どうやってロンドンからイタリアを思い出せるのか、こちらにはさっぱりわからない。

　メアリとダイアナは喧嘩中ということになっていたが、隣り合ってソファに腰かけていた。きのう、ダイアナが裁《た》ち鋏《ばさみ》でメアリのお気に入りの帽子から羽根を切り取ってしまったのだ。

「どうしてあたしは行けないわけ?」ダイアナは子どものようにすねて訊《たず》ねた。

「第一に、信用できないからよ」メアリはまったく動揺せずに答えた。うちのメアリはいつでも冷静沈着だ。すでに帽子の飾りは付け直してあった。「そして第二に、あなたはわたしの妹だし、安全なここにいてほしいから。わたしが行くのは、ミス・マリーを知っているのがわたしだけだから。ジュスティーヌが行くのは、フランス語とドイツ語が話せるから」

「でも、ドイツ語は少しだけだけれど」とジュスティーヌ。

「それから、キャサリンが行くのは、人に噛みつける仲間がいると便利だからよ」

「あたしだって嚙みつけるよ！」ダイアナは実演してみせようというかのように歯を剝き出した。
「そして第三に、あなたは勉強に集中する必要があるから。ウィーンがどこかさえ知らないのに、どうして行けるっていうの？」

ダイアナ　すねてなかったよ！　すねたことなんてないもん。だいたいそれってどういう意味さ？　あんたがその言葉をでっちあげたんじゃないの。作家はそういうことしてもいいわけ？

メアリ　わたしだって動揺はするわ！　キャサリン、あなたったら、わたしが女性版シャーロック・ホームズか何かみたいな書き方をしているけれど、そんなことはないのよ、おあいにくさま。

ダイアナ　正直、そんなに悪くないたとえだよね。あんたってあいつみたいにむかつくもん。

ジュスティーヌは絨毯に腰を下ろしていた。うちの椅子はどれも、座るとアコーディオンみたいに畳まれる気がするの、と言うのだ。そして、この話の作者であるキャサリンは、暖炉の隣に立って炉棚に寄りかかっており、男物の服装でひときわ颯爽として見えた。

メアリ　自分でそう言うならそうなんでしょうね。

その日、キャサリンはパーフリートへ出かけてジョー・アバーナシーと会うことになっていた。二週間に一度、錬金術師協会や、パーフリート精神科病院の院長である腹黒いセワード医師の動向に関して情報がないか確認しに行っているのだ。以前の冒険のあと、ジョーはわれらがヒロインたちのスパイになることに同意した。言っておくが、そのヒロインたちが邪魔しつづけたら、この物語はぜったいに始まらないだろう。

読者諸氏は、アテナ・クラブの以前の冒険で、メアリ・ジキルが妹ダイアナ・ハイドの存在と、ふたりの父親が入っていた秘密結社、錬金術師協会《ソシエテ・デザルキミスト》のことを知ったのを覚えているかもしれない。その協会のメンバーの一部は、彼らが言うところの変成突然変異の実験をおこなっていた——被験対象の娘をさまざまな方法で改造する実験だ。モロー博士が主張したように、若い娘の脳にもっとも順応性があるからだ。女性の肉体がいちばん改造しやすい。この日の応接間を見渡せば、実験の結果が目に入るだろう。

ベアトリーチェ・ラパチーニは、女性の体形にとって普通の服装より健康的だと主張している、例のだらりとした自由な服をまとい、陶製のマグカップを手に、身を乗り出して座っていた。窓が開いているのは外の空気を入れるためだけでなく、ベアトリーチェが発してしまう毒ガスを外に出すためでもある。少女時代、父親のラパチーニ博士が作った有毒植物の庭の手入れをしているうち、ついにその毒のエキスが体の一部となってしまったのだ。ベアトリーチェに近づきすぎれば気が遠くなるし、触れられると火傷する。

ベアトリーチェ　わたしのことをやたらとドラマチックに言うのね、キャサリン！

キャサリン　まあ、あんたはドラマチックだもの。その長い黒髪とか、きれいなオリーヴ色の肌とかが、光あふれる南の地、詩と山賊の国イタリアの出だって示してる。そんなにいやがらなければ、完璧なロマンス小説のヒロインになれるのにね。

ベアトリーチェ　でも、わたしはロマンス小説のヒロインになんてなりたくないわ。

メアリ　山賊？　あのねえキャット、今は十八世紀じゃないのよ。最近のイタリアはすっかり文明国よ。

ベアトリーチェは朝食と呼んでいる有毒な緑のどろ

どろをひと口すすったが、それはテムズ川の水のようなにおいがした。特異体質のせいで、食物を摂る必要がないのだ。日光を浴び、有機物が滲み出している水を飲んで生きている。つまり、雑草のスープだ。

メアリ・ジキルはしばらく前に朝食を終えていた。すでにウォーキング・スーツを着ている――この会合のあと、リージェンツ・パークをよこぎってベイカー街221Bまで行く予定だ。かの有名な、鼻持ちならないシャーロック・ホームズの女性秘書兼助手として、金曜日にそこで働いているのだ。充分な評価は受けていないが、本人は週二ポンドの給料で満足だと言い張っている。

まだ朝食をとっていないダイアナは、その隣にだらしない恰好で座っていた――いつものように。この会合の直前にベッドから引っ張り出され、まだ寝間着姿で、インドのショールを羽織っている。二匹の子猫の片割れ、アルファにひそひそささやきかけていたが、ミセス・プールによれば、子猫は応接間のソファに乗ってはいけないことになっていた。でもしっかりあがりこみ、ダイアナのショールの端っこにもぐりこんでいる。ピンできっちりと髪をうなじに留めたメアリと、そばかすだらけの顔にアイルランド人の母親から受け継いだ豊かな赤い巻き毛のダイアナ。それでいてふたりは姉妹で、同じ父親のそれぞれ異なる側面から生まれたのだ――メアリは立派な化学者ジキル博士から、ダイアナは殺人犯として逃亡中の卑劣なハイド氏から。

ダイアナ　ちょっと！　あんたが話してるのはあたしの父さんのことなんだけど。

暖炉の脇には、さっき言ったようにキャサリン・モローが立っている。モロー博士が南洋にある自分の島でピューマから造り出した娘だ。博士はそこでむごたらしい生体解剖を長々とおこない、獣を人間に変えた。

黄色い瞳を持ち、褐色の肌にうっすらと傷痕の残るキャサリンには、どこか異質な雰囲気があった。きちんとしたスーツを着ていると教養あるイングランド人に見えたが、いつ白い牙を剝き出して喉笛に食らいついてくるか、わかったものではない。

メアリ　もう、いいかげんにして。作家ってみんな自分を美化するものなの？

そして最後に、その足元の絨毯に腰を下ろしているのが、ジュスティーヌ・フランケンシュタインだ。すでに絵を描くときの上っ張りを着込んでいる。たいていの男より背が高く、自分を造る材料となったスイスの乙女のように色白で金髪だ。その娘は自分で犯したわけでもない殺人罪で絞首刑になったあと、ヴィクター・フランケンシュタインによってジュスティーヌを造る材料にされた。行商人の荷車をひとりで持ち上げられるのに、この仲間の誰よりも物静かでやさしく、繊細なたちだ。鼻の脇に絵の具の染みがついている。

ジュスティーヌ　ほんとうに？

キャサリン　覚えてないけど、そう書いたほうがいい表現になるの。どっちみち、たぶんついてたと思う。たいていついてるから。

「それにあたし、ウィーンがどこだか知ってるし」ダイアナがメアリの問いかけに応じて答えた。

ちょうどそのとき、アリスが扉越しに首を突き出した。「朝食のお皿を片付けちゃってもいいですか、お嬢様？」この質問はメアリに向けられたものだった。全員がパーク・テラス十一番地に住んでいても、いまだに家の女主人は議論の余地なくメアリだったからだ。

「もちろんよ」とメアリ。「わかってるでしょ、あなたがそうしたければいつだって、朝食の部屋からわたしたちを追い出していいのよ――でなかったら一緒に朝食をとってもね」まるでアリスがそんなことをするかのような言い方だ！　この前の冒険で果たした役割にもかかわらず、〝あたしはただの厨房メイドです〟と言い続けているのに。〝錬金術師協会だろうとなんだろうと、その調査には関わりたくないんです。前のときはもう少しで殺されるとこだったんですから、すみませんけど〟と。アリスは今、ハツカネズミのようにささっと扉の奥へ引っ込んだ。

「わたしだけウィーンに行かないでロンドンにいてかまわないの？」ベアトリーチェが訊ねた。「役に立てるはずよ」

「それはそうよ」メアリは立ち上がってスカートの皺を伸ばした。「でも、あなたはここにいて、アリスとミセス・プールを守ってくれなくちゃ。それにダイアナが何かばかなことをしないように見張るのとね。もしそんな真似をしたら」と、妹を見やる。「ベアトリーチェに毒殺されるわよ。だからやめておきなさい！」

「あたしがまだ朝ごはんを食べてもいないのに、アリスに片付けていいって言うなんてさ」とダイアナ。

「こんな時間までベッドでだらだらしてたのが悪いのよ。ミセス・プールに何かもらいなさい、でもソファにアルファを乗せたのを見られないようにね。あと、頼むから着替えて！」

ダイアナはメアリの脛《すね》を蹴ったが、強い力ではなかった――愛情をこめてと言えるほどだ。ダイアナが強く蹴る気でいたら、痛かっただろう。

ダイアナ　そりゃあね！

「さて、そろそろホームズさんに話す時期だと思うけど」キャサリンが言った。「旅行にいくらぐらいかかるか計算したし、誰が行くか決めて、列車の路線も確認してる。なるべく早く出発するべきよ」

「わかってるわ」とメアリ。「今日話すつもりなの。どうやってルシンダ・ヴァン・ヘルシングを助けたらいいか、忠告してもらえるかもしれないわ。どうせお休みをもらわないといけないし。どのぐらい長く留守にするかもわからないのよ」

　さて、このあたりでもっと伝統的な語り方に戻り、一度にひとりの登場人物に焦点をあてたほうがよさそうだ。とはいえ、怪物《モンスター》についての物語は、決して完全に伝統的にはならないものだ。それに、なんだかんだ言っても十九世紀は終わりに近づいている。新たな世紀は、新しい書き方、世界を認識する新しいやり方をもたらすだろう……

メアリ　読者が現代性についての講義を求めるとは思えないわ！

キャサリン　そうかもね。

　ダイアナに蹴られてもほとんど乱れていなかったが、メアリはまたスカートをなでつけると、身をかがめ、反撃を避けるためにすばやく妹のおでこにキスした。

「それじゃ、行ってくるわ」と言う。「パーフリートでは気をつけてね、キャット」

「チャーリーを連れていくから」とキャサリン。「あの子に病院の中を見てまわらせたいの。何か起きてないか探るためにね。もう三カ月近くも何もない――どうして協会はこんなに静かにしてるわけ？　セワード医師とヴァン・ヘルシング教授は何をしてると思う？」

　メアリはかぶりを振った。やはりわからなかったからだ。

　玄関ホールではミセス・プールが待っていた。帽子と手袋を持ち、メアリのハンドバッグを腕にかけている。ミセス・プールがいなかったらいったいどうしたらいいのだろう、とまたもや考えた。家政婦のミセス・プールはこれまでいつでもそばにいてくれた。メアリが子どものころは子守のメイドだったし、大きくなるにつれて、召使の扱い方や家計簿のつけ方を教えてくれた。母が少しずつ正気を失っていったときには、その世話をどうしたらいいかということも。ミセス・プールはずっと、いざというときに寄りかかれる頼もしい存在だった。

ミセス・プール　あらまあ、とんでもない。メアリお嬢様はもちろん自分の面倒ぐらい見られますよ。

メアリ　キャサリンはおおげさに言う――でなかったら、ほら、効果を狙って脚色する――癖があるかもしれないけど、少なくともこれはまぎれもない真実よ。あなたがいなかったらどうすればいいか、ほんとうにわからないわ。

「すばらしいできばえですね、お嬢様」家政婦は帽子を見ながら言った。「あのいたずらっ子が羽根をすっかり切り取ったなんて、まずわかりませんよ」
「まあ、正直に言えば、羽根がないほうがすてきだと思うし、この黒いリボンが好きなの」とメアリ。「灰色のフェルトによく映るわ。これでベアトリーチェも、女性の虚栄心のために鳥類を大量殺戮《さつりく》するなんて、って延々と話しつづけるのをやめるかもね」満足して帽子を眺める――たしかにいい仕事をしたうえ、数シリング節約してのけたのだ。それから、不安になって眉をひそめる。「わたしが外国にいるあいだ、ダイアナを頼んで大丈夫かしら？　いつでもベアトリーチェで脅してやっていいのよ」
「ああ、ダイアナさんならなんとかなりますよ、心配なさらないでください」ミセス・プールは飾りをつけ直した帽子をメアリに渡して言った。

そう、このほうが好きだ――簡素でモダンなスタイルで。メアリは玄関広間の鏡で自分を見た――白い顔、普通の茶色い髪をきちんとうしろにまとめ、たいていの場合そうであるように、普通の灰色の目はまじめくさっている――魅力がないわけではないが、とりたてて目立つわけでもない。シャツブラウスの白い襟をのぞかせた灰色のウォーキング・スーツ。帽子をかぶってから、ミセス・プールから受け取った黒い手袋をはめた。「家庭教師みたいに見えるわ」と、独り言のようにつぶやく。

「レディに見えますよ」ミセス・プールが満足そうに言った。メアリにハンドバッグを渡す。「よろしければ、お嬢様、あの封筒のうしろにハドスンさんへの料《レ》理法《シピ》を入れたんですが。マルメロのジャムについて訊かれましてね、うちの作り方を渡すって約束したんです、ミセス・ジキルが花嫁になったとき、うちの母がヨークシャーから持ってきたものですよ。それをハドスンさんのために書き留めたんです」

「もちろんよ、ミセス・プール」とメアリ。「お茶の時間には戻るわ、たぶんキャットもね」ハンドバッグを点検する――よし、ルシンダ・ヴァン・ヘルシングからの手紙はミセス・プールのジャムの作り方の脇に入っている。

「今日はバターつきパンと冷肉ですよ、お嬢様、洗濯日ですからね」とミセス・プール。「それでかまわないとよろしいんですが」

「それでまったく問題ないわ、ありがとう」メアリは自分の鍵を持っているかたしかめた――この習慣を取り入れたときにはミセス・プールがあきれたものだが、めいめい家の鍵を持っているとどんなに楽なことか！続いて、腕にハンドバッグをかけ、パーク・テラスに降り注ぐ陽射しの中に歩き出した。

ドアの枠には、呼び鈴の上に小さな真鍮の表札がついていた――**アテナ・クラブ**。一瞬足を止め、手袋に包まれた指で汚れをぬぐう。母が死んで、ダイアナとベアトリーチェとキャサリンとジュスティーヌに出会ったのは、ほんとうにほんの三カ月前のことだったのだろうか？

左に折れてパーク・テラスを進んでいく。古い煉瓦の家々がなんと平和で穏やかに見えることか！　三カ月前まで、ちゃんと知っていたのはロンドンのこの部分だけだった。それ以来、ホワイトチャペルへ行ったし、バタシー・パークにも、ロンドンの波止場にも行った。上品なミセス・プールが衝撃を受けるような光景を目にしたのだ。

メリルボーン・ロードからまわっていくべきだろうか？　しかし、すでに足が慣れた道をたどっていた――子ども時代はミセス・プールに遊びに連れていってもらい、やがて家庭教師のミス・マリーと一緒に、歴代のイングランド国王の年代を暗唱しながら散歩したリージェンツ・パークを突っ切って。この公園はいつでも人生の一部だった。母の容態がとりわけひどいとき、アダムズ看護婦がぶつぶつ言い、メイドのイーニッドが洟《はな》をすすり、母が例の発作を起こすといけないので家を出る勇気がないときも、パーク・テラスの向かいの家々の屋根越しに、木立の緑の梢が風にそよぐ様子を見ることができたものだ。いまやその木々の下の散歩道を歩きながら、はじめてパーク・テラス十一番地からベイカー街２２１Ｂまで行った日を思い出している。

今と同様、そのときも重要な書類を運んでいた。三カ月前は、母の死後受け取った書類だった――父の研究室のノート、手紙や受領書、そして〝ハイドの世話代〟として支払いを列挙している帳簿。こうした支払いをたどれば、あの悪名高いハイド氏に行き着くだろうとメアリは信じていた。父の実験助手だったハイドは、アイルランド統治法の支持者として知られた国会議員、ダンヴァーズ・カリュー卿の殺害容疑で指名手配されていたのだ。ところが、導かれた先はハイドの子どもであるダイアナのところだった。ダイアナはマグダレンたち――ロンドンの腐敗と不道徳のただなかで更生しようとしている堕落した女たち――の施設、聖メアリ・マグダレン協会《ソサエティ》で育てられた。そうした女たちは社会や権力の中枢からあれほど軽蔑を受けるには値しないはずだ！　ううん、メアリ、これを政治パンフレットにしようってわけじゃないの。でもあんただって、ダイアナのお母さんみたいな女の人がどういう扱いを受けるか、よくわかってるでしょ。それに、殺された気の毒な女性たちのことを考えてみて。あたしたちは殺人事件を解決したけど、あの人たちの命は救えなかった。頭のまわりに血だまりをつくって舗道に転がっていたモリー・キーンを思い出してほしい……

……その光景はいまだに夜メアリにつきまとっていた。

ベアトリーチェ　ほんとうに？

メアリ　ええ。今でもまだ悪夢を見るわ。

　父の書類で、尊敬すべきジキル博士がハイドだったこと、その化学実験には根深く暗い目的があったことが明かされた。ジキル博士は、中世の錬金術師がおこなっていた物質の変成突然変異の研究を継続する秘密結社錬金術師協会《ソシエテ・デザルキミスト》の会員だったのだ。しかし、十九世紀には卑金属を金《きん》に変えるのではなく、生きた肉体を変えようとしていた――何に？　調査していくうち、王立外科医学院で科学の驚異、〈毒をもつ娘〉として発表されていたベアトリーチェにたどりついた。メアリとダイアナはそこで、錬金術師協会のことと、会員の一部――ラパチーニ博士とモロー博士――がおこなっていた若い女性たちに対する実験について聞かされた。それから、ベアトリーチェの導きによって、バタシー・パークで興行中の〈ロレンゾの驚異と歓喜《マーヴェルズ・アンド・デイライツ》のサーカス〉の余興で働いていたキャサリンやジュスティーヌと出会うことになったのだ。

ここでメアリは立ち止まり、もう八月の終わりなのにまだ花開いている薔薇に手を触れた。身をかがめて香りを嗅ぐ――だが、それは新しい交配種のひとつで、昔ながらの薔薇の香気を欠いていた。時季はずれの花だからしかたないが。すばやく手を引っ込める――その中央には黒っぽい昆虫がおり、すでに花弁を何枚か食い荒らして花の中心部をぎざぎざにしていた。なぜこんなにも美しい命に、これほど邪悪なものが含まれることがあるのだろう？　わからない。リージェンツ・パークは穏やかに日なたぼっこしているのに、外ではロンドンそのものに三文犯罪小説《ペニー・ドレッドフル》を何冊でも書けるほどの恐怖が潜んでいるのだ。

アテナ・クラブの会員も手を貸して、かの有名な探偵、ホームズ氏がホワイトチャペル連続殺人の謎を解いたとき、ホームズ氏とワトスン博士がこちらを助けてくれたのはありがたかった。ホワイトチャペル近辺で堕落した女が続けざまに殺され、いずれも体の一部が失われていた事件だ――脚、腕、頭部。論理的な結論を導く手がかりを追っていった一同は、ハイドがまだ生きていてこの殺人事件に関わっていたこと、例のモンスター――アダムの指示で動いていたことを知った。ヴィクター・フランケンシュタインの最初の創造物を思って、メアリは身震いした。アダムは残酷な病んだ愛情を抱くあまり、ほかの女たちの一部を使ってジュスティーヌを造り直そうと試みた――そして、愛情を返してくれるかもしれない誰かと脳を入れ替えようとしたのだ。火に巻かれて死んでくれて心底ありがたい！

しかし、ハイドのほうは――メアリはあの男を父親だと認めることができなかった――かのニューゲート監獄から逃げ出したし、マグダレン協会の邪悪な院長、ミセス・レイモンドは法の及ばないところにいる。そうした冒険と、もっとたくさんのことが、アテナ・クラブの冒険譚の一作目『メアリ・ジキルとマッド・サイエンティストの娘たち』でくわしく語られています。最上の書店ならどこでも、たった二シリングで手に入りますよ。

メアリ　宣伝を挟むなんて、なかなかうまいやり方ね。でも、プレンディック氏のことに触れていないわ。同じようにアダムのために働いていて、獣人を造り出したのに。

キャサリン　あいつのことは考えたくないの。

今またベイカー街に到着し、行商人の呼び声が耳に届くと――「玉葱！　うまい玉葱だよ！　林檎《リンゴ》！　半ペニーでたくさん、林檎だよ！」――「古靴、新品同様に直してあるよ！」――もう一度ホームズ氏の助言がほしくなった。

ベイカー街を渡って、221Bの呼び鈴を鳴らす。ハドスン夫人がすぐさま扉を開いた。

「おや、ミス・ジキル、おはようございます！　入ってくださいな。階上《うえ》でめずらしく静かにしてるんですよ、つまりなにか企んでるってことでしょうよ、いったいなんなのかわかりゃしませんがね」

「ありがとう、ハドスンさん」メアリは言った。「ミセス・プールがよろしくと言っていました。それからマルメロのジャムの作り方を預かっています。国家機密みたいなものなんですって」ハンドバッグから作り方の紙を引っ張り出す――いや、これは手紙のほうだ。手紙のうしろ……あった、ミセス・プールの文字が書いてある折り畳んだ紙切れ。それをハドスン夫人に渡した。「さて、それでは失礼しますね……」ハドスン夫人とあいさつを交わすのはけっこう好きだったが、今朝は急いでいる。

「それで、アリスはどうですか？　あの子に靴下を一足編んでやったんですよ、もしお持ちいただけるなら、お嬢さん――」
「もちろんです、ハドスンさん。あとで受け取りますから！」メアリはせかせかと二階への階段を上った。
フラットの扉をノックしてから、中に入る。ホームズとワトスンがいようがいまいが、平日の朝にはいつもメアリのために鍵が開けてあるのだ。ふだんはふたりが在室していて、ちょうど朝食を済ましている時間だったが、ときどきホームズ氏の事件のどれかで出かけていることがあった。何件かはメアリ自身も加わっている――個人的にはもっと参加したかったのだが。ワトスンはどの事件簿でも、〝あるご婦人〟があれをした、これをしたとたまに書く以外、メアリには言及しなかった。あるご婦人が偶然口にした台詞でホームズが手がかりを思い出したとか（そのときメアリが殺人を犯した準男爵に連発拳銃《リヴォルヴァー》を向けていた、という言及はない）、あるご婦人が姿をくらました事務員に運よくぶつかったとか（もちろんわざとぶつかったのだ）。別に気にしていない……そんなには。《ストランド》に掲載されたシャーロック・ホームズの事件でメアリが取り上げられていると知ったら、ミセス・プールはなんと言うだろう？

ミセス・プール　まったくですよ！　お気の毒なお母様はお墓の中でひっくり返っているでしょうね。ミス・モローがこんな本を書いているのだって同じことですとも。ヨーロッパじゅうを遊びまわるのはともかく、そのことを書くのは……レディらしくありません、としか言えませんね。

ベアトリーチェ　選挙権を求めて闘うのだってレディらしくないわ、ミセス・プール。それなのに、あなたはわたしとあの女性参政権集会に行って、もう少しで逮捕されるところだったのよ！

ミセス・プール　まあ、ここ一千年は男どもがこの国を切りまわしていますがね、それでどうなりました？　そろそろ女が発言権を持ってもいいころですよ。

応接間はいつもどおりに見えた——整然とした散らかしぶりで、メアリがホームズ氏の事件の記録や研究論文、有名な犯罪に関する書類のメモを取りはじめて以来、前より整理されていた……棚は書物でいっぱいで、床の上にあふれ出している。部屋の片側には長い机が置かれ、ブンゼンバーナーと顕微鏡を含め、ホームズの捜査に必要な科学機器がぎっしりと載せてあった。そのうしろの棚には、人体の各部を浸けた標本の瓶がずらりと並んでいる——ほとんどは耳だった。窓際には三脚に載せたカメラがあった。部屋の向かい側のマントルピースの上には、さまざまな種類の人相の頭蓋骨が置いてある。最後のひとつをのぞいてすべて人間のもので、唯一の例外は類人猿の髑髏だ。今朝はそれがホームズの鳥打ち帽をかぶっていた。

ソファに横になっているのは当のシャーロック・ホームズで、パイプをふかしている。ワトスン博士は肘掛け椅子のひとつに腰を下ろし、《タイムズ》を読んでいた。

「ああ、おはよう、ミス・ジキル」ホームズは言った。「週末にかけて少々おもしろいことがありましてね、あなたの手伝いがなくて残念でした。ハウンズローの肉屋のリドゲート氏の事件で、自分の娘を殺して動物の死骸のように切り刻んだと告発されたんですよ。ワトスンはできるだけのことをしましたが、殺人犯が押し込んだ排水管から凶器を取り出すのに女性の手があれば便利でしたね。かわりに火挟みを使わなければならなかったし、それでもあやうく排水管の奥に流れてしまうところでした」

「それにもちろん、あなたの洞察力もあればよかったと思いますよ、ミス・ジキル」とワトスン。「言っておきますが、手が小さいからというだけで評価しているわけではありません。あなたは火挟みとは比べものになりませんよ」

「今朝はおふたりとも、ずいぶんご機嫌がよろしいんですね」メアリは言った。「ホームズさん自身の教えに従って推測するに、気の毒なリドゲート氏の事件は解決して、殺人犯をレストレード警部のもとへ送り届けたんでしょうね。きっとクリスマスプレゼントみたいにその男の体にリボンを結びつけて」

「はっ！　やられましたね」ホームズが言い、座り直すと、めったに見せない笑顔のひとつをよこした。メアリはずっと前に、自分が部屋に入っても立つ必要はないと伝えていた。チャーリーやベイカー街の少年たちのために立たないのと同じことだ。バケツに入った林檎よろしくひょこひょこ動いてばかりいたのでは、一緒に仕事などできない。「赤いリボンをかけて、われわれみずからスコットランド・ヤードに乗せていきましたよ。そして、当然おわかりでしょうが、犯人はリドゲートではなく、地元の牧師でした。本人のところに行ったところにはすっかり頭がおかしくなっていて、私は山羊と羊を分けるために送られたのだ、と主張していました。憐《あわ》れなアメリア・リドゲートは山羊で、いつでも殺されていい状態だったのだそうです。どうやら、牧師補のひとりといかがわしい状況にいるところを目撃して、これは全能の神の道具となるべく自分が指名されたということだ、と判断したらしいですね。やつはこの先も間違いなく殺人を犯しつづけたことでしょう――殺人癖が定着していましたから」

「きっとブロードムア病院に送られるだろうな」とワトスン。

「しかし、今のところ急を要する事件はありません。気になるのが――いや、まだ話し合っても仕方がないでしょう。そういうわけで、今日は人類学会の会合で発表したいと思っている、耳に関するあの論文に取り組んだらいいかもしれない。ご存じのとおり、私は耳に強い興味がありましてね」

「そうですとも、誰だって耳に興味を持たずにはいられませんわ」メアリはほほえむまいとしながら言った。ホームズが冗談を言っているのかどうかよくわからなかった――冗談を言うのはほんとうに稀だからだ。今こそ手紙を見せて助言を仰ぐときだろう……休暇ももらわなくては。なにしろ、あと一週間ちょっとでウィーンへ発つのだから。

「なんです、ミス・ジキル？　言ってしまいなさい。話したいことがあるようですね」ホームズが期待の目を向けてきた。メアリが何か気にしているときには読み取れるらしく、そのことにいつも少しだけいらいらする。表情でわかるのだろうか？

「それに、座ってください」とワトスン。「いや、その本の山を動かしましょう。まだ帽子も脱いでいないのに、ホームズがいつもの話を始めてしまいましたね」


メアリは帽子を取り、マントルピースの頭蓋骨のひとつにかぶせた――もっとも知能が高いタイプを表しているものだ。手袋は炉棚に置き、ハンドバッグを脇に載せ、ルシンダ・ヴァン・ヘルシングの手紙の入った封筒を引っ張り出した。そのあと、ワトスンが片付けてくれた肘掛け椅子に腰を下ろしたものの、どう切り出したらいいかわからなかった。そう、今日ホームズ氏が何か違うと見て取ったのは当然だ――いつもなら上着を脱いでさっそく仕事に取りかかっただろうから。ワトスン博士さえ気づいたらしい。どこから始めよう？　『不思議の国のアリス』でハートの王様が言ったとおり、最初からだ。

ホームズは鷹が獲物をうかがうようにじっとこちらを眺めた。

ダイアナ　まったく、勘弁してよ！
ベアトリーチェ　実を言えば、たしかにそんなふうに見えるわ。ちょっと恐ろしいぐらいよ、どんなに穏やかなひとかわかるまではね。

ダイアナ　誰かを銃で撃ってないときにはって話だけど。

「子どものころ」メアリは話しはじめた。「ミス・ウィルヘルミナ・マリーという名前の家庭教師がいたんです。父が死んだすぐあとにきて、わたしの十四の誕生日の直前に辞めました。母の病気が進行して、看護婦をいつもつけておく必要があったので、もう家庭教師を雇っている余裕がありませんでしたから。どちらにしても、ミス・マリーは北のほうの名門女学校の職を打診されたので、行くように勧めたんです。いなくなってからも手紙で連絡を取り合っていて、ずっと友人だと思っていました」ミス・マリーはひとりしかいない知的な友であり、知的能力を発達させるようメアリに本気で勧め、読むべき本を示し、家の外の世界について語ってくれた唯一のひとだった。ミス・マリーがいなかったら、今ごろ自分はどうなっていただろう？　このメアリ・ジキルではなかったに違いない。「この夏のことがあって、ホワイトチャペルの殺人事件が解決し、みんながうちに住むようになったとき――アテナ・クラブを結成したあと――ミス・マリーに手紙を書いたんです。何もかも伝えました。そうしたら返事がきました。こちらの手紙が届くまでにしばらくかかったので――ミス・マリーはもうその学校にも、それどころかイングランドにもいませんでした。手紙があのひとの手元に届いたのはウィーンでしたが、どうしてウィーンにいたのか、ミス・マリーは時間がなかったようで理由を説明しませんでした。でも、その返信にこれが同封されていたんです」メアリは見慣れない優雅な筆跡で書かれた一枚の紙を掲げて読み上げた。

親愛なるミス・ジキル

共通の友人のミス・マリーが、あなたのお名前と、アテナ・クラブのことを教えてくれました。あなたはわたしをご存じないでしょうが、不躾《ぶしつけ》ながら、まことに不躾ながら、苦境に陥っているわたしを助けてくださるようお願いいたします。わたしはプロフェッサー・エイブラハム・ヴァン・ヘルシングの娘です。父はイングランドおよび欧州のいくつかの主要大学と関わりのある医者で研究者です。錬金術師協会という組織の有力な一員でもあります。ミス・マリーによれば、あなたはこの協会をご存じとのこと、そしてあなたとお仲間は協会の活動に気づいてらっしゃるとのことですね。わたしは自分の意思に反して、またときには知らないうちに、父がおこなっている実験の被験者にされています。結果として、わたしは……変化しつつあります。それが恐ろしいのです。ただひとり、わたしを守ってくれるはずの母は精神科病院に監禁されています。わたしはまだ成人ではなく、自分の財産もなければ、頼りにできる友もいません。どうしたらいいかわからないのです。できることなら、どうかわたしをお助けください。お願いいたします。

ルシンダ・ヴァン・ヘルシング

ウィーン　オーストリア

読み終えると、メアリはホームズを、続いてワトスンを見上げた。ホームズは眉をひそめ、頬杖をついている。パイプはテーブルの上にある灰皿代わりの上履きの横に置いてあった。まだ火がついている――たぶん、あれでまた痕がついてハドスン夫人が頭を振ることになるだろう。ワトスンは驚愕と動揺のこもったまなざしを向けてきていた。

「なんということだ、ミス・ジキル！　やつらはまたやっているんですね？　これはまたしても、あの連中の忌まわしい実験のひとつだ。しかし、最後に聞いたときには、ヴァン・ヘルシングはアムステルダムにいて、法学と医学両方で大学教授の職に就いているということでしたが。それだけは少なくとも突き止めています。なぜその娘がウィーンに？」

「手紙を受け取ったのはいつでしたか？」ホームズが訊ねた。

「一週間と少し前です。すぐに持ってこなかったのは、まずこちらで話し合わなければならなかったので――アテナ・クラブで、ということですわ。おわかりいただけるでしょう、ホームズさん」実のところ、わかってもらえるかどうかはまるで自信がなかった。立腹される覚悟を決める。

ホームズは眉をひそめた。「私はあなたにおとらず錬金術師協会の動きに興味を抱いているのですがね、ミス・ジキル。一週間以上待つのではなく、すぐにその手紙を持ってきてくれていたらと思いますが。協会の有力メンバーであるヴァン・ヘルシングに関わるものなら、なおのことです。ただちに持ってくるべきでした」

「いいえ、ホームズさん」メアリは背筋をいっそう伸ばした。そんなことが可能ならという話だが（われらがメアリは常に背筋が伸びているのだ）。そういう反応は予期していたものの、みずから判断を下したことを理解させ、尊重してもらわなければならない。「あなたの関心は探偵としてのもの――社会にこれ以上犯罪が起こるのを防ぎたいということでしょう。わたしたちの関心は――つまり、アテナ・クラブの関心は――個人的なものです。ルシンダ・ヴァン・ヘルシングはわたしたちの仲間だから、助け出したいと思っているんです。みんなでウィーンへ向かう準備をしています――わたしは行くつもりですし、ジュスティーヌとキャサリンも同行します」

視野の端で、ワトスンが片手をあげ、口を開いたのが見えた――反対する気なのだろう。

「ワトスン先生、うら若いレディの一団が困っている仲間を救いにウィーンへ行ったりできるはずがない、とお説教するつもりでしたら、わたしたちがアダムからジュスティーヌを救い出そうとして、ロンドンの波止場にある倉庫の外で待機していた夜のことを思い出させてさしあげますわ。わたしたち、なかなかうまくやってのけたと思います。ですから、どうぞお気になさらず」

ワトスンは閉口した様子で椅子の背にもたれかかった。ちょっと言い過ぎただろうか。

「お説教するつもりはさらさらありませんよ、ミス・ジキル」とホームズ。「では、続けてもよろしいでしょうか?」その表情は……まあ、何よりもおもしろがっているようだ。

「もちろんです」メアリは答えた。ともかく怒っているふうには見えない。とはいえ、この状況におもしろがるようなことなど何もないのに。

「予定が空いていれば、あなたやミス・モロー、ミス・フランケンシュタインに同行すると申し出るところです。つまり、お許しいただければ、ということですが」と言いながら頭を下げたものの、メアリはその謙虚な態度を信用しなかった。いまだかつてホームズが腰を低くしたことなどあるだろうか。「しかしながら、私はここで必要とされておりましてね。ある件で――この錬金術師協会の件ではなく、以前ほのめかした話です。兄のマイクロフトに注意を促された一件なのですが」

兄? ホームズに兄がいた? ふと、父や母もいるに違いないと思いつく――普通の人間と同様に。もちろんいるはずだ――結局のところ、卵から孵《かえ》ったはずはない!

ダイアナ　卵から孵ってても、ぜんぜん驚かないけどね。

時として、ホームズを歩いたり話したりする自動装置の一種として見るのは、あまりにも簡単だった。人間の男というより情報処理機として。

「……それがなんなのか、まだはっきりしません」ホームズの話が続き、メアリは一瞬上の空だったことに気づいた。自分らしくない！　「マイクロフトは身体的にも性格的にも私には似ていません。地上をあちこち動きまわって、レストレード警部が言うところのいたずらをしたり、犯人の情報を探したりはしませんから。いや、兄は巣の中の蜘蛛に似ています。流れ込んできた情報を見つけると取っておくのですが、行動するのにふさわしいときまでということも多いですね。そして、決して自分では動かず、人を通して行動します――私を通して動いたことも何度かありますよ。比喩を続けると、蜘蛛は巣に別の昆虫がかかると感知します。マイクロフトはそう説明しました――糸のかすかな振動にすぎないが、と。しかし、ロンドンにいるよう兄に頼まれたときには、何か重要なことが進行中だとわかっているのです。ワトスンにもそばにいてもらう必要があります、あなたがいなくなるとするならなおさら……あなたがたどちらかひとりがいなくてはやっていけませんよ。だから、だめだよ、ワトスン、きみの騎士道精神の要求に従って、ミス・ジキルやアテナ・クラブの面々と中欧へ行ってはいけない。そう顔に書いてあるのが見えるがね。どうやらミス・ラパチーニはここに残るらしいから、多少はなぐさめになるかもしれないな」

ワトスンはふたたび抗議しそうに見えたが、ホームズは続けた。「ですが、ミス・ジキル、それでも力を貸すことはできますよ。ウィーンでもつてがないわけではないので」

「ほんとうですか？」あんなところにどんなつてがあるのだろう？　いくらなんでもベイカー街遊撃隊《イレギュラーズ》がオ

ーストリア＝ハンガリー帝国まで遠征することはないはずだ。

　ホームズは立ち上がり、メアリがふだん作業している暖炉の隣の巻き込み式蓋《ロールトップ》つき机に向かった。机の蓋は開けっぱなしになっている。ちょくちょく本や書類の山が不安定にならないうちに片付けなければならなかったが。二つの抽斗《ひきだし》のあいだの装飾的な渦巻き模様を押すと、するりと開いた——メアリは以前からそこが隠し抽斗ではないかと疑っていたが、自分で開けようとしたことはなかった。他人の秘密の抽斗を探るようなたちではないのだ、誰かさんとは違って——ダイアナ！　蹴らないでよ。小説を書こうとしてるのに、考えてることの邪魔になるから。ホームズは何かの書類を引っ張り出した。なんだろう？

　立ったまましばし見てから、こちらに持ってくる。ああ、写真だ。メアリは受け取って端を持った。劇場公演を宣伝するのに使われるような写真だった。衣装をまとった女優、この恰好は——シェイクスピアの登場人物だろうか？　中世風のドレスと冠からして、王妃だろう。コーデリア？　マクベス夫人？　とてもきれいな人だ。

「これは誰ですか、ホームズさん？」まさか、秘密の抽斗に入れておくものが女性の写真とは、予想もしなかった。この女性が殺人犯だというなら別だが……

「出会ったときの名前は、アイリーン・アドラーでした。今ではノートン夫人です。ロンドンでほんの短いあいだ知っていただけですが、何年もたってから手紙をくれました。夫がウィーンの英国大使館に所属していて、その死後、イングランドに戻るよりウィーンに残ることにしたのですよ。イングランドにはつらい思い出が多すぎると言っていました。われわれは文通を始め、それ以来ずっと続けています。頻繁にやりとりしてはいませんが。しかし、私が手紙を書いてあなたの状況を説明すれば、きっと助けてくれるでしょう。

あなたがたが到着するまでには手紙が届くはずです。ウィーンの芸術家や知識人の社会に顔が利くひとですよ」

ホームズは写真をメアリから取り戻し、不可解な表情でもう一度眺めた。それから、きっと無意識にだろうが、軽く首を振って秘密の抽斗に戻した。

これはどういう謎だろう? その女性との関係がなんであるにしろ、普通のものではなさそうだ。これほど物思いに沈んだ、ほとんど気後れしているような姿を見たことは一度もない。ホームズらしくないふるまい方だった。ワトスンでさえ奇妙な目つきを向けている。

「ありがとうございます、ホームズさん」どう考えたらいいのか、よくわからなかった。「来週の初めに出発するつもりです――なるべく急いで準備を整えようとしているところで――旅そのものは、それから二週間かかるでしょう。そのかたの住所と紹介状もいただければ、手紙が間に合わなかったり、行方不明になったりしたときに自力で見つけられます。もちろん力になっていただければありがたいことですわ」女優にどんな力が貸せるというのだろう? もっとも、すでに女優ではないのだろう。夫が大使館に所属していたのなら、政府や大学につてがあって、ルシンダ・ヴァン・ヘルシングの居所を突き止めるのを手伝ってもらえるかもしれない。ともかく、ウィーンでもうひとりイギリス人女性を知っていれば役に立つだろう。ジュスティーヌのドイツ語は本人が認めているより上手だが、たしかに流暢ではない。

「ミス・モローは現在パーフリートにいると思っていいでしょうか?」いまやホームズはわれに返ったようだった――すっかり事務的な態度だ。

メアリはただうなずいた。その通りだと重々承知しているはずだ。ホームズとワトスンとメアリはパーフリートで、とりわけ精神科病院では知られているので、キャサリンが定期的にジョー・アバーナシーに会いにいくべきだ、と提案した当人なのだから。それに、アテナ・クラブにも目を光らせているのではないだろうか。ベイカー街の少年たちのいずれかが常にパーク・テラス十一番地のまわりをうろついている。メアリの目にいつも入るわけではなかったが、キャサリンは必ず嗅ぎつけた。そういえば今朝はチャーリーを連れていくと言っていた。チャーリーならどこへ行くかホームズに伝えたに違いない。

「では、ミス・モローが戻ってきたら会合を呼びかけてはいかがですか。ワトスンと私も含めていただけるとありがたい。セワード医師が何を企んでいるのかぜひ聞きたいですね——とりわけ、近い将来欧州へ行くつもりがあるのかどうか。ヴァン・ヘルシングが自分の娘で実験しているのなら、なんらかの形でセワードが絡んでいると思います。ヴァン・ヘルシングがセワードへの手紙で実験の進捗《しんちょく》状況を書いていたのを覚えていませんか——ひょっとするとこういう意味だったのでは？　それに、旅行の詳細について話し合うこともできますから」

こうなることはわかっていた——ルシンダ・ヴァン・ヘルシングのことを告げたとたん、ホームズが采配を振るだろうと。自分に正直になるなら、通常は正直であろうとしているのだが、一週間以上も手紙を見せるのを引き延ばしていたのは、それがひとつの理由だと認めざるをえない。もしかしたらおもな理由かもしれない。なんといっても、これはホームズの謎であるのと同様、メアリの謎——アテナ・クラブの謎——なのだから。だとしても、どうして抗議できるだろう？よかれと思ってのことだし、おまけに援助を申し出てくれた。その援助は間違いなく必要だ。

「キャサリンはお茶の時間まで帰ってきません」メアリは言った。「それまでは耳の研究をやっていましょうか？　もうリドゲート氏を気にする必要はありませんから。お話しする原稿をタイプライターで清書するぐらいはできますよ」今ではかなり腕のいいタイピストになりつつある。速記に関する本を一冊買うことまでした。「それと、リドゲート氏の事件をきちんと書類にして保管しておきたいんです。出かける前に記録が全部整理された状態になっているように」

「あなたがいなかったらどうしていいかわかりませんよ、ミス・ジキル」とワトスン。「あなたがくる前の状態に戻ってしまうでしょうね」

メアリはにっこりした。きっと地獄のような――そう、地獄のような、という表現が正しい――散らかりようになるだろう。まあ、ウィーンから戻ってきたら片付けよう。それがいつになるとしても……

キャサリン　うちのメアリが悪い言葉を使ってる。衝撃《ショック》だわ。

メアリ　衝撃なんか受けてないでしょ。

手紙をていねいにハンドバッグに戻してから、ようやく上着を脱いでロールトップ机の前に腰かけ、ほんの一瞬秘密の抽斗に目をやる。どんな好奇心を抱いていようと、今それを満足させるわけにはいかない。とにかく、ホームズ氏の助手としては、そろそろ仕事にかかる時間だ。

「わかりましたよ、ミス・ジキル」とホームズ。「日曜の夕方に取ったメモを書き写してもらえますか。あいにくすっかり順番がばらばらになっていて……」

長いあいだ、ベイカー街221Bの応接間に響くものといえば、メアリのペンがこすれる音、ワトスンの新聞ががさがさ鳴る音と、ときおりホームズが独り言で耳に関するあらゆる内容をつぶやいている声だけだった――「耳たぶのてっぺんから下まで三インチ……肉質の耳介結節……とくに目立つ、ふたつ穴の開いた耳垂……」

ちょうどホームズが標本の瓶を片手にこちらを向き、じつに満足そうな声で「これは、ミス・ジキル、ジョージ王朝時代の有名な追い剝ぎで、ブラック・ジャック・シートンとして知られていたジョン・シートンの耳です。絞首刑になるまで、手下とともにシュロップシャーを恐怖に陥れたのですよ――今でもこの男の幽霊が田舎道を馬で駆けていると言われています。この耳が、犯罪者は即座に耳で識別できるというロンブローゾの理論の反証となっていることがわかるでしょう。シートンの耳は大きくもなく突き出してもいないのに、人殺しの盗賊だったわけですから……」と言っているときだった。ハドスン夫人がノックもせずに扉を開き、アリスがよろよろと入ってきた。洗濯の最中にやってきたかのように、袖をまくりあげたままだ。

「お嬢様、電報です!」アリスはなんとか声を押し出すと、片手を脇腹にあててぜいぜい息をついた。公園を突っ切ってここまでずっと走ってきたのだろうか?

「座りなさい、アリス、でないと倒れるぞ」ワトスンが声をかけた。「おいで、ソファに場所がある」点々と散った灰を払いのける。

メアリはホームズと貴重な瓶をよけながら、部屋をよこぎって近づいた。「ハドスンさん、アリスに水をいただけますか? そうよ、ドクター・ワトスンのおっしゃるとおり腰を下ろして。いったい何がそんなに緊急だったの?」アリスから電報を取り上げる。しばらく凝視してから、ホームズに見せた。クリーム色の薄い紙にはこう書いてあった。

ルシンダキエル　サガシテブダペストニ　ドウハン
コウ　キヨウカイ　ネンジカイゴウ　九ツキ二〇ヒ
カラ　二四ヒ　ジッケンヤメルヨウ　セツトクスベシ
ミナ

2　パーフリートでの約束

今回は薔薇など気に留めなかった。シャーロック・ホームズと一緒に公園を抜け、家に駆け戻った。午前中いっぱい耳に費やしてしまったとは。ミス・マリーの手紙を受け取ってすぐに出かける方法を考えるべきだったのだ。しかし、手配することがあまりにもたくさんあった――列車の時刻を調べ、宿を探して、もちろんすべての費用をどうやってまかなうかという問題もある。いまだに準備は整っていない――あと一週間は整うはずがない。それなのに、ルシンダ・ヴァン・ヘルシングが行方不明になってしまった。

いったいぜんたい、どうやったら会ったこともない娘を知らない町で捜索できるだろう。住民が英語を話しさえしないのに？　しかも、ブダペストまで同伴する？　当然そんな予算は立てていない。九月二十日まで三週間あまりしかない。どう考えても無理だ。

「待ってください、ミス・ジキル」ホームズが腕を取って止まらせた。「どんなに急いでリージェンツ・パークを突っ切っても、ウィーンに早く着くわけではありませんよ。ワトスンとお宅のメイドを置いてきてしまいました」

メアリは振り向いた。たしかにふたりが遅れている。ワトスンは自分の腕にすがって足をひきずっているアリスを支えてやっていた。

「ごめんなさい。ほんとうに、こんなにあわててなんになるのかわかりませんわ。助け出そうとしていたひとがいなくなってしまったんです。ウィーンに急いで行ったところで意味があるでしょうか？　もう失敗してしまったんじゃないかしら」

「もちろんまだ失敗していませんよ。この場所は見覚えがありますね、ミス・ジキル。五月の夕方、ミス・フランケンシュタインを襲った獣人の死体を置いてきたところだ。ちょうどあの木の下です。あなたとミス・ラパチーニとミス・モロー、ミス・フランケンシュタイン――そして、そうです、厄介ではあってもミス・ハイドさえ、普通の女性には、いや男性にもない資質を備えている。始める前から自分を過小評価しないことです」

メアリはしげしげと相手を見つめた。励ますようなことを言うのはホームズらしくない。今は小道を振り返ってワトスンとアリスを待っている。あの横顔は好きだ。鷲鼻で引き締まっていて――決然とした横顔で、投げやりなところはかけらもない。ホームズといれば、自分の立ち位置がわかる……たいていの場合は。

「申し訳ない」近づいてきたワトスンが言った。「アリスのくるぶしがかなり痛むようで。なんでもないと言い張るんですが。走ってきたときくじいたのかもしれませんね」

「大丈夫です、ワトスン先生」アリスは答えたが、その顔は蒼白く汗ばんでいた。

「それなら、ほら」ホームズが言った。驚いたことに、アリスを腕に抱き上げると――ぎょっとした厨房メイドは、沸騰したやかんのように短くも鋭い金切り声をあげた――抱えたまま小道を進みはじめる。メアリはその背中をまじまじと見た。

「ときどき機械のように見えるやつですが」とワトスン。「内側にはとても深い感情が潜んでいるんですよ。あの写真を持ったときのホームズを見たでしょう、ミス・ジキル？」

「ええ、ノートン夫人はあのかたにとってどういう存在だったんです？」こんなことを訊くのは失礼だろうが……知りたかった。

「ああ、ホームズの心の奥を誰が知っています？　ですが、人生で最愛のひとだったのだと思いますね」

メアリは黙ってワトスン博士の隣を歩いた。どういうわけか、想像したことがなかった……だが、もちろんホームズ氏でさえ恋に落ちたことはあるだろう。結局のところ、メアリよりずっと年上なのだし、メアリのように閉じこもって制約を受ける生活を送っていたわけではない。驚いた自分を心の中で叱る。

「あれは興味深い事件でした」少ししてから、ワトスンは言った。「最初われわれは、彼女のことを粗野な女山師《やまし》だと思っていました。ボヘミア王に捜してくれと頼まれて――彼女は王の愛人で、ふたりのいかがわしい写真を所持しつづけていたんです。ボヘミア王は、きわめて厳格な道徳観念を持つ同じ階級の女性と結婚しようとしていました。当時ミス・アドラーだった彼女が、自分との関係を公《おおやけ》にするのではないかと恐れて、写真を取り戻してくれとわれわれに頼んできたんですよ。簡単なことだと思いましたね。ですが、蓋を開けてみれば、相手はめったにないほど頭の切れる誠実な女性だったのです。私の知るかぎり、ホームズを負かした唯一の相手ですよ」

そこでパーク・テラスに着いた。正面の階段で、まだアリスを抱えたままのホームズが待っている。メアリはホームズの脇をまわって扉の鍵を開けた。そのノートン夫人というのは、どんな女性だったのだろう？ボヘミア王の元愛人！ 恐喝者になるかもしれなかった人物！ 本の登場人物のようだ。なぜホームズ氏がそんな女に惹きつけられたのだろう？ とはいえ、ミセス・プールがよく言うように、男とは計り知れないものだ。メアリはアイリーン・ノートンを大嫌いになるだろうと覚悟した。

メアリ　それ、入れる必要がある？ アイリーンが読むでしょうに。

キャサリン　アイリーンはわかってくれると思うけど。

メアリ　もちろんわかってくれるわよ。でも、気まずいわ。
キャサリン　ほんとうのことだからね。実際、あのときはそう感じてたでしょ。
メアリ　だからって言及しなくてもいいじゃない。

「ホームズさん、アリスをソファに乗せてやっていただけますか？」

「あたしは平気です、お嬢様」アリスがホームズの肩でくぐもった声を出した。「ほんとに、厨房まで歩けますから」

「今はまだだめだ」とワトスン。「その足首の状態を確認したい。ミス・ジキル、この部屋は前にきたときとずいぶん違って見えますね。たしかもっと暗い色だったのでは？」

ホームズ氏とワトスン博士がこの前パーク・テラス十一番地の応接間にきたのはいつだっただろう？　もう三カ月近く前、ホワイトチャペル殺人事件を解決したすぐあとだったと気づいて、メアリはびっくりした。たしかに部屋は変わっていた。「ベアトリーチェがやったんです」と答える。室内を青く塗り、天井のすぐ下を赤く縁どって黄色い花を描いたのはジュスティーヌだし、自作の絵が数枚壁にかかってもいたが、追加の家具を購入したのも、ソファと肘掛け椅子を張り替えるのに使ったモリス&コーの模様の生地を手に入れたのもベアトリーチェだ。青い中国製の甕《かめ》も買った。予算内で美的なスタイルに飾りつけているらしい——それがどういう意味なのか知らないが。少なくとも、応接間はジキル夫人が死んだあとのように陰気ではなくなった！

ホームズはアリスをソファに下ろし、トルコ風の刺繡つきクッション——ベアトリーチェの美的スタイル——のひとつに頭を載せてやった。「医者の命令だよ」と言うと、もう一度立ち上がり、平然と両手をポケットに入れる。たったいま怪我した少女を抱えて公園を半分よこぎってきたとはとても思えない。

「メアリお嬢様！　声が聞こえましたよ」ミセス・プールはまだエプロンをつけたままで、シャツの袖を肘の上までまくっていた。めずらしく髪が束になって顔のまわりに垂れ下がっている。片腕に石鹼の泡までついていた。洗濯桶から直行してきたのは明白だ。

「アリスが足首をくじいたみたいで」メアリは帽子と手袋をはずし、炉棚の上に置いた。「ベアトリーチェはいる？」

「呼んできます」ミセス・プールは言い、廊下の奥へ姿を消した――とはいえ、ふさわしい場所に戻すためだろう、その前に手袋と帽子を取っていったが。メアリは罪悪感に駆られた――ここは帽子だの手袋だの人間の頭蓋骨だのがどこにでも置いておけるホームズのフラットではないのだ。ミセス・プールの仕事を増やすつもりなどなかったのに。

「くじいただけだと思うよ」ワトスンが問題のくるぶしに触れて言った。「それでもしばらくは痛むだろうし、二、三日は安静にしないとな、アリス。できるかい？」

アリスは納得のいかない様子でうなずいた。

「メアリ！　電報を見た？」ジュスティーヌが入口に立った。油絵の具の細長い筋や染みで覆われた絵描き用の上っ張りで服を保護している。頭にスカーフを巻いて、片手には穂先がスイスの空のように青いままの絵筆を持っていた――実際、まさにその空を描いていたのだ。「まあ、ホームズさん、ワトスン先生！　今日お目にかかるなんて驚きました」

「ええ、見たわ。どうしたらいいかさっぱりわからないの」メアリは言った。「一週間かからずに出発できる方法があるかしら？」

「旅券は今日届いたけれど、まだ荷造りは始めていないわ。それに、銀行と打ち合わせをするんでしょう？」とつぜんジュスティーヌはびっくりしたように絵筆を見つめた。「あらまあ《モン・デュー》、ほんとうにこれを持って下りてきてしまったの？　ごめんなさい、すぐ戻ってきます」

「アリス、どうしたの？《コーザ・ティ・エスチェッソ》　何があったの？　怪我をしたとミセス・プールに聞いたけれど」ジュスティーヌが急いで階段を上がっていくあいだに、ベアトリーチェが手袋をはめた手に籠を持って応接間に入ってきた。ソファに近づいてくると、全員が思わずあとずさりした。ワトスンでさえ一歩さがったものの、少なくとも自分は恐れていないと示すかのように、すかさずまた前に出た。ベアトリーチェはソファの脇に膝をつき、籠から白いリネンをひと巻きと、続いて緑色の液体が入った瓶を取り出した。

「ひねっただけだと思いますよ、ミス・ラパチーニ」とワトスン。「その瓶に何が入っているのかお訊ねしても？」

「わたしが調合した抗炎症薬です。そうですね、腫れているのがわかります」ベアトリーチェは手袋をした手をアリスのくるぶしにあてて上下に動かした。手袋は本人の要望どおり、なるべく動きを制限しないように、極薄で最高級の子山羊革製だ。もちろん実際にさわってわかるわけではない——しかし、つけていれば怪我をさせることなく触れられる。「よろしければ、男性陣は少々遠慮していただけます？」ベアトリーチェはわざとらしくホームズに目をやって訊ねた。相手はにっこりして背を向け、暖炉の上にかかっているメアリの母の肖像画を眺めた。ワトスンも向きを変えた。ふたりが礼儀正しく視線をそらすと、ベアトリーチェはアリスのストッキングを脱がせた。緑の液体をリネンに染み込ませると、足首にぐるぐる巻きつけ、包帯を湿らせずきっちり押さえるために、もう一枚細長い布で覆う。「ほら、これで腫れがいくらか引くはずよ」

「お願いです、このまま自分の部屋に行ってちゃだめですか？」アリスが訊ねた。顔色も調子も悪そうで、恥じ入っている様子だった。

「もちろんよ」とベアトリーチェ。「このあとは休まないとね。しばらくは冒険しないほうがいいと思うわ！」

「下へ運びましょうか？」肖像画を子細に検討していたホームズが振り返って問いかけた。

「いいえ！」アリスが答えたのと同時に、「わたしがやりましょう」と、絵筆や上っ張りを置いてきて入口に立ったジュスティーヌが言った。

「はい、お願いします、ジュスティーヌ」アリスはあきらかにほっとした顔で言った。

アリス　そんなことされたら死んじゃいます。ホームズさんが厨房の横のあたしの部屋に？　ほんとに、それぐらいなら階段を這って下りましたから！

「じゃあいらっしゃい、おちびさん《マ・ペティト》。わたしの首に腕をかけて」ジュスティーヌはホームズよりさらにやすやすとアリスを抱き上げた。

「扉を開けてあげるわ」ベアトリーチェが言った。また腕に籠をかけると、ジュスティーヌのあとから部屋を出ていく。

「ミス・ラパチーニが女性でなかったら、すばらしい医者になったでしょうに」とワトスン。

「でなきゃ毒のある医者にね」腕組みしたダイアナが入口に突っ立っていた。「いつもどおり、誰もあたしになんにも教えてくれない」

ともかく服は着てきた！　もっとも、シャツブラウスの背中がたくしこまれていないし、ネクタイが曲がっているのにメアリは目を留めた。それに髪をとかすのを忘れたのだろうか？　ダイアナの場合、なんとも言えない。

「はいはい、入ってちょうだい、どうせ集まる必要があるし」メアリは言った。ハンドバッグから電報を取り出す。「これをどうするか考えないと」ハンドバッグを炉棚に置いてから、自分のしていることに気づく——またミセス・プールの仕事を増やしてしまう。そこで肘掛け椅子のひとつに腰を下ろし、ハンドバッグを膝に載せた。急にひどく疲れた気分になった。ほんとうに、どうしていいかさっぱりわからない。

ホームズは向かい側のアリスが寝ていたソファに座った。ワトスンが隣に腰かけようとしたとき、ダイアナが猫のようにこっそりまわっていって、ソファに座り込んだ。ワトスンが腰を下ろす前には、ソファの隅にまるくなっていた。なかばおもしろがるような、なかば苛立ったような顔つきで、ワトスンはもうひとつの肘掛け椅子に腰を下ろした。背中を向けられているあいだに、ダイアナが舌を突き出してみせる。メアリは（やめなさい、このいたずらっ子！）と言うかのように大きく首を振った。

ダイアナ　首を振ったって「いたずらっ子」なんて意味にならないよ！

メアリ　あら、そう？

「もともとの計画を話してもらえませんか」とホームズ。「ルシンダ・ヴァン・ヘルシングをどうやって救い出すつもりだったのですか？」

「書類を持ってこないと」メアリは答えた。「全部そこに書いてあるんです。書斎のテーブルの上に置いてあります」

「ここにあるわ」ジュスティーヌが紙挟みと小さな赤い本を持って応接間に入ってきた。「ベアトリーチェは痛みを抑えてアリスを眠らせる薬を作っているの。旅券は電報がくる直前にここに入れたのよ。ほら、ホームズさん、どんなにきちんと整理していたかおわかりになるでしょう！　旅行案内書《ベデカー》もあります」

紙挟みを渡されたメアリは、ソファの前にティーテーブルを寄せてくれるようジュスティーヌに合図した。テーブルを近づけてもらうと、その上に紙挟みを置き、この一週間で集めた書類を引っ張り出す。ジュスティーヌが表紙に『ベデカーのオーストリア』と書いてある赤い本を加えた。

メアリは書類の山のいちばん上にあった旅券を取り上げ、探偵に差し出した。「ベデカーによると、欧州の旅に旅券は必ずしもいらないそうですけれど、身分証明のために必要なんです。ほら、本名では移動しないつもりなので」旅券はそれぞれ、形式ばった外観の厚紙一枚で、旅券の所持者は英国民であり、提示された国内の自由な通行に関しあらゆる権利と恩恵を与えられるべし、と旅券局の書記官が事務的な書体で記している。

「ジャスティン、メアリ、キャサリン・フランク」ホームズが旅券を読み上げた。「すると、ミス・フランケンシュタイン、あなたがジャスティンと名乗るわけですね？」

「はい、ホームズさん。女性だったら、この背丈のせいですぐに人目を引いてしまうでしょうから。男性としてなら、それほど——あなたよりぜんぜん目立ちません。そうだ！」ふと思い出したかのように、頭からスカーフを外す。「いかがです？」

「ミス・フランケンシュタイン！」ワトスンが声をあげた。一週間前には風が吹き渡る麦畑の色合いで背中に波打っていた金髪が、ロンドンの事務員並みにこざっぱりと刈り込まれている。フランケンシュタイン家のメイドのジュスティーヌ・モーリッツだったとき、ジュスティーヌは愛らしくてよく笑う、どちらかといえばあまり何も考えていない少女で、スイスのアルプスの斜面に咲く釣鐘草《ツリガネソウ》のように青い目をしていた。父親であり造り手であるヴィクター・フランケンシュタインによって復活させられたジュスティーヌ・フランケンシュタインのほうは、背が高く色白で、長身を隠そうとして猫背になる癖がある。思慮深く物静かで――もはや愛らしいと表現するのはあまりふさわしくない。しかし、男装させれば《イエロー・ブック》の作家や婦人参政権論者、服装改革論者のような知的な女性が魅力的と感じるだろう繊細な美男子ぶりだ。

ベアトリーチェ　わたしはたぶん、あなたがそんなに露骨にばかにしている知的な女性のひとりなんでしょうね！　ただし《イエロー・ブック》には寄稿していないけれど――それはあなたに任せるわ、キャット。それに、ジュスティーヌは男性としてとてもすてきだと思ったもの。

キャサリン　《イエロー・ブック》があたしの書くようなものに興味を持つとは思えないけど！

ベアトリーチェ　まあ、政治や文学についてはあなたと議論はしないわ。

キャサリン　それってはじめてなんじゃない。

「わたしたち、兄ひとり姉妹ふたりの家族として行くつもりなんです」とメアリ。「よくある苗字を選ぶのがいちばんいいような気がして。自分たちの苗字はどれも――ジキル、モロー、フランケンシュタイン――注意を引くかもしれないと思ったものですから。ほら、列車の切符を買ったり、宿の支払いをしたりしなければならないので……」

「それで、どうやってウィーンに行く予定です?」ホームズは両肘を膝に載せ、両手を開いて指先を合わせた。〝これから何か提案しますよ〟というしぐさだ。（わたしたちの計画がめちゃめちゃになるのね）とメアリは戦々恐々として考えた。（これから）

「ロンドンからドーバーへ向かって、それからもちろん船で海峡を渡ります。そしてドーバーからオステンドへ、そこから列車を乗り継いで――」

「急行ではなく？」

「ホームズさん、急行の費用なんてとても払えません。オステンドから列車でブリュッセルへ、次にフランクフルト、それからニュルンベルク、最後にウィーンまで、途中で安い宿に泊まりながら、できるときは二等車で移動します。経路は慎重に計画しました」

「むろんです、ミス・ジキル。あなたが計画するなら、なんでも慎重でしょう。しかし、そんなふうに移動すると、ウィーンに到着するのにどのぐらいかかりますか？」

「二週間です」とジュスティーヌ。「ほんとうに、ホームズさん、わたしたちに払える範囲では、これがいちばん早く行ける方法なんです。わたしはグローヴナーに絵を一枚売りました。キャサリンは『アスタルテの謎』の前払い金を受け取っています。ベアトリーチェは王立外科医学院のまとまった注文に応えるために昼も夜も働きました。みんな自分のできることで貢献して、メアリが細心の注意を払って費用を計算したんです」メアリは感動してジュスティーヌを見やった。誰かに異議を唱えるなんてジュスティーヌらしくないのに、こうしてホームズ氏に反論するとは！　いいことだ。アテナ・クラブを結成してから三カ月でジュスティーヌは変わった。みんなが変わったのだ。

「二週間は長すぎます」とホームズ。「いいですか、錬金術師協会の例の会合に間に合うつもりなら、九月二十日までにブダペストに着かなければならないのですよ。元家庭教師のミス・マリーが何を計画しているのかは知りません――あるいは、なぜあなたがたにルシンダ・ヴァン・ヘルシングを連れてきてほしがっているのか。しかし、あなたはご本人を知っていて尊敬しているのでしょう、ミス・ジキル、ですから、分別のあるかただろうと考えますが、そうすると、不可能に近い事柄を頼んでくる理由があるはずです。この事件には興味がある――私も錬金術師協会の謎を解こうとしているのです。ヴァン・ヘルシングとセワードが何を企んでいるのか知りたい。自分で行けるものなら行っていたでしょう。危険があっても、あなたがたが行こうとしてくれてよかったと思いますし、状況が許すかぎり報告してもらいたいと思います。ですが、なるべく早くウィーンに行きたいのなら、急行を使うしかありません。ウィーンまでのオリエント急行の切符を三枚分電信で送金しておきます。寝台車ですから、宿代を払う必要はありません。それから、アイリーン・ノートンに到着日時を電報で知らせておきましょう」

沈黙が流れた。「睨まれていますね」とホームズ。

「睨んだことなどないミス・フランケンシュタインまで睨んでいる。何が悪かったのか教えていただけますか」

「ご婦人がた、どうかホームズ氏を許していただきたい」ワトスンが言った。「指揮する立場にあることが多すぎて、相手がたの問題を自分の思いどおりに決めると、相手にとっては不愉快かもしれないということを、ときどき忘れてしまうのですよ」

「つまり、あんたは偉大なシャーロック・ホームズ様だから、くそみたいな真似をしてもそう言われたことがないってことか」とダイアナ。メアリは握った手を見下ろしてこっそり微笑した。それが事実だったからでもあり、ダイアナが一度にまる五分も黙っていられたからでもあった。これは進歩だ。

「おっしゃるとおりです、ホームズさん」メアリは言った。ほほえんでしまうのをこらえようとする――ホームズはおもしろがられることに慣れていないし、まして くそみたいな真似をしたなどとは言われ慣れていないだろう。「急行のほうが早く着くのは間違いありません。お申し出をお受けできるかどうかということに関しては、アテナ・クラブの仲間たちに相談してみないと。会長はいないので――会員の合意で決定するんです」

ホームズは一瞬こちらを見た――何か言おうとしている。そうだ、なんだろう？　メアリは言い争う覚悟をした。だが、相手は目に見えて自制した。笑ったらよくない――実際、精一杯努力しているのだし、今の申し出はほんとうに気前がいい。その気前のよさ自体が侮辱と感じられるのはたしかだが。それでも、オリエント急行に乗った場合を計算してみた――急いで準備を終わらせ、二、三日で出発できれば――一週間足らずでウィーンに到着できる。そうすれば、ルシンダ・ヴァン・ヘルシングを見つけてブダペストへ連れていくのに、なお二週間余裕があることになる。依然として望み薄ではあるが――一週間分余裕ができる。

「お茶をお持ちしますか、お嬢様？」メアリが内心で計算しているあいだに、ミセス・プールが入ってきた。もう洗濯用の服装ではなく、黒い服にエプロンというものきちんとした恰好をしている。かつてはふさわしい洗濯婦や、ミセス・プールが茶器を運ぶのを手伝うメイド、ティーテーブルを動かす下僕を雇う余裕があった……。まあ、それは過去のことで、懐かしんでいても仕方がない。どちらにしても、前に雇っていたメイドと下僕のイーニッドとジョゼフは幸せな結婚をして、ベイジングストークで暮らしているのだ。

「ええ、ありがとう、ミセス・プール。そういえば、お昼も食べてなかった気がするわ。電報を受け取って、それからアリスの怪我があって、旅行の書類をより分けていたから……」

「お嬢様がたが謎だの冒険だのより、もっとご自分のおなかのことを考えてくれたらと思いますよ」とミセス・プール。「わたしがいなかったら、ここでは誰もまともな食事ができないでしょうね」

「まったくそのとおりよ」とメアリ。「お茶を持ってきていただける？　テーブルを片付けるから」
「それと、ジャム・タルトもらえる？」ダイアナが訊ねた。「ジャム・タルトがあるのは知ってる」しかし、ミセス・プールはすでに扉を出て、厨房へ向かっていた。「手伝うよ。どうせ行かせてもらえないんだから、ここにいたって意味ないじゃん？　この中であたしがいちばん頭もよくて役に立つのにさ」できるかぎり軽蔑を示しつつ、ミセス・プールについて扉を出ていく。
　ジュスティーヌが仰天してメアリを見た。「ダイアナが自発的に手伝っているの？」
「それはおおいに疑問だわ」とメアリ。「ダイアナはいつだって、何をするにも自分の動機があるもの」

ダイアナ　確実にジャム・タルトを持ってきてもらいたかったんだもん。厨房の戸棚に置いてあって、あたしが下に行くと一個くれるんだよ。ミセス・プールはあたしのことがいちばん好きなんだって言ったじゃん。

ミセス・プール　タルトはあなたを黙らせておくためですよ、このやんちゃ娘。それに、頼まれればアリスにだってやりますからね。

ダイアナ　アリスは味気ないよ。これってあたしの今日の単語のひとつ。すごくいい言葉だよね？　ラテン語でも知ってるんだから——味気ない《インスールスス》。塩気がないってこと。アリスは塩気がない。

ベアトリーチェ　あなたがラテン語を教えてって言ってきたのは、たんに人を侮辱できるようになるためだったの？

「みんなここにいたの！」キャサリンの声が響き、メアリはびっくりして視線をあげた。応接間の入口にキャサリンが立っている。やはり勝手に入ってきたらしく、ちょうどミセス・プールの辛辣な非難を聞きそびれたようだ。もっとも、勝手に入ってきたという事実よりミセス・プールにとって衝撃的なのは、キャサリンの服装だったかもしれないが！

「いったいぜんたい何があったの？」メアリは問いかけた。「その恰好ったら……」だが、キャサリンの装いは筆舌につくしがたかった。「もちろん今朝着てた服じゃないわね。スーツはどこ？」

「あたし、ウィーンには行けない。プレンディックがまだロンドンにいて、ドクター・セワードと会ってたの……。なに、これのこと？」キャサリンは自分を見下ろした。今朝出かけたときには、くたびれてはいるがきちんとした紳士用スーツを着ていた。今まとっているのは、どう考えても大きすぎる女性用の服だ。色あせた薄紫色で、見るからに着古されている。頭にはかかしから取ってきたような（実際そうだった）麦わら帽子をかぶっていた。髪の房が顔のまわりに垂れている。キャサリンは片袖をまくり上げ、長い引っ掻き傷を調べた。「何かの茂みに倒れ込んじゃって、物干し綱から服を一着盗まなくちゃならなかったの。大事なのは、ついに何かが起こりつつあるってこと！　セワードは来週またプレンディックと会うことになってるの、ソーホーのとある住所でね。何をするつもりか突き止めなきゃ。こんにちは、ホームズさん、ワトスン先生。ふたりがここに座ってるってことは、何かあったんですね。あたしと同じものを見つけたんですか？」

「では、プレンディックはほんとうに火事で生き延びたんだな！」ワトスンが言った。「あの倉庫から逃げ出したかもしれないと疑ってはいたんだ」

「わたしたち、ウィーンとルシンダ・ヴァン・ヘルシングのことを話してたの」とメアリ。「ミス・マリーによると、ルシンダが行方不明になっているらしいわ。だから捜さないと――ねえ、何を見つけたの？　腰かけてパーフリートで何があったか話してくれたほうがいいわ。ミセス・プールがお茶を持ってきてくれるから」

「あたしの信じてない神様がミセス・プールを祝福してくれますように！」キャサリンは熱心に言った。

「チャーリー、お茶を飲んでいくでしょ？」

チャーリーが扉から首を突き出し、続いて蛇の穴にでも入るようにおそるおそる室内に足を踏み入れた。

「どうも、ホームズさん。わかんねえ、ダイアナはいるかな？」

「下の厨房にいるわ」とメアリ。「下でお茶を飲んだほうがいい？」

「はい、お嬢さん」チャーリーはほっとしたように言い、入ってきたときと同様にさっと姿を消した。ブーツの足音が廊下にこだましていく。

メアリはホームズに目をやった。口は開かなかったが、その顔にはふたたび例の、おもしろがっていて、ただ説明を待っているかのような表情が浮かんでいた。ときどき、この辛抱強さには当惑させられる。


キャサリンは麦わら帽子を脱いで炉棚に置いた――あとで片付けよう、ミセス・プールが見つける前に、とメアリは自分に言い聞かせた。それからキャサリンはホームズ氏の隣に腰を下ろすと、今朝は男物の帽子をかぶって隠していたまとめ髪を解きはじめた。その帽子はなくしてきたらしい――どこに？　それに、いったいスーツはどうしたのだろう？　メアリは無駄になった金額を考えた。しかし、やむをえない事情だったのかもしれない。

「で、何があったの？　こっちにも話すことがたくさんあるけれど、あなたが先に話すべきかもしれないわね」メアリはパーフリートで何が起きたか聞きたくて身を乗り出した。ジュスティーヌが絨毯に座り、メアリの椅子の肘掛けにもたれかかる。ホームズとワトスンも期待をこめてキャサリンを眺め、話を待ち受けた。

「なに、今度はみんなでこっちをじろじろ見て。すごい恰好なのはわかってるけど。最初はよかったの」キャサリンは話し出した。

ミセス・プール 冒険はともかく、盗みは賛成しませんよ。その服をパーフリートの気の毒なお年寄りのミセス・ポッツに返したときの苦労といったら！

キャサリン まあ、申し訳なかったけど、何かに着替えなきゃいけなかったんだもの！ 追いかけられてたんだから。そのままパーフリートの警察にあたしが捕まったほうがよかった？

さて、ここでその日の朝に戻る必要がある。メアリがベイカー街221Bへ出かけたすぐあとだ。

キャサリンはメリルボーン・ロードでフェンチャーチ・ストリートの方角へ向かう辻馬車を呼び止めた。

「こんなきたねえ小僧を運べってんで!?」ふたりが乗り込むと、馭者《ぎょしゃ》は言った。「浮浪児《ストリート・アラブ》どものひとりですぜ、たぶん掏摸《すり》でさあ。お客さんみたいな紳士がこんなやつと何をやってるんだか」と睨みつけてくる。

キャサリンは喉の奥で低くうなった。とはいえ、そんなことをしても仕方がない。「金を払うかぎりは、きみ、僕の望むところへ、誰でも好きな相手と一緒に乗せていってもらおうか。このかわいそうな家出少年を母親のもとへ連れていくんだ、きちんとした生活が送れるようにな。さあ、フェンチャーチ・ストリート駅へ！」これまでに学んだのは、立派な服装で高圧的な態度を取れば、たいてい望むものが手に入るということだ——ともかくロンドンでは。

馭者は悪態をつくと、向き直って「行け」と叫んだ。馬は右へ曲がり、一行はロンドンの混雑した通りを進んでいった。窓が開いており、うるさくて馬車の中では話ができなかった。もっとも、チャーリーが「かわいそうな家出少年だとさ、くそったれ」と言うのをキャサリンははっきりと聞いた。

ベアトリーチェ　どうして〝アラブ〟って単語が侮蔑の意味になるのかわからないわ。ローマ帝国の没落後、古代の世界における科学的な文章はイスラム教徒によってアラビア語で保存されたのよ。わたしたちの天文学、生理学の知識や外科手術の知見をおおいに広げてくれたわ。アラブの人たちがいなければ、今日の医学は存在しなかったのに！

キャサリン　だって、そんなことロンドンの辻馬車の馭者と言い争ったりしないでしょ。

フェンチャーチ・ストリート駅で、ふたりはパーフリート行き列車の二等車に乗り込んだ。人がいなかったので、ようやく計画を立てることができた。

「パーフリートに着いたら、男の子たちと話してよ」とキャサリン。「男の子っていつでもいろいろ知ってるでしょ。まずはロイヤル・ホテルにいるあの靴磨きの子から。あたしはジョーと話してみる。三カ月もなんにもなかった――ドクター・セワードはどこにも行ってないし、誰も訪ねてきてない。協会の赤い封蠟《シール》がついた手紙を何度か受け取ってたのは知ってるけど、あの封筒に何が入ってたのかはわからないもの」

「なんでただくすねないんだよ？」チャーリーは訊ねた。チャーリーのような少年は常に単刀直入だ。ロンドンの道端で生活するには、とにかく実際的であることが必要なのだ。生まれつき感傷的なところがあったとしても、たちまち失われてしまう――路上の飢えと寒さと危険の前に。それでも、忠実さと機転にかけてなら、典型的なロンドンの少年にまさるものはない。今度〝きたねえ小僧〟という表現を耳にしたときには、必要に迫られて頭を使い、社会の残り物で暮らす、チャーリーのような少年を思い出してほしい。必ずしも正直ではないかもしれないが、責められるべきなのは誰だろう——ひとりの貧しい少年か、それとも、なんとかして生き延びるしかない社会状況だろうか？

メアリ　チャーリーがロンドンの浮浪児の典型にされるのを喜ぶかしら。あの子は自分のことを一段上だって思ってるのよ。ベイカー街の男の子たちは、どんな仲間と付き合うかについてすごくうるさいんだから。

ベアトリーチェ　だとしてもキャサリンの言うとおりよ——あの子たちは恥ずべき扱いをされているわ。掏摸やもっと悪い存在みたいに。わたしたちの司法制度は、あの子たちに対して根深い本質的な偏見を抱いている。汚名を与えてこの社会から追放しているのよ……

メアリ　ほら、またベアトリーチェが始めちゃったじゃない！

キャサリンはかぶりを振った。「ジョーはもう疑われてる。ドクター・セワードに一度解雇されたの——あのいかれたレンフィールドが逃げ出したときにね。またくびになってほしくないの。ジョーがあそこにいればすごく役に立つから。でも、この状況は静かすぎる気がする——水面下で魚が動いてるんだけど、まだ見えなくて、泡が一筋浮かんでるだけって感じ。何度か届いたあの手紙が泡で……」

向きを変えて窓の外を眺める。ロンドンの店舗や会社が家並みに変わり、やがて田舎の風景になった。「田舎に行ったことって一度もねえんだけどさ」とう、チャーリーが言った。「緑だよな」

キャサリンはうなずいた。ガタンゴトンという列車の音が響くなか、ふたりはしばらく黙っていた。それから、「あんた、ほんとにピューマなのかい？」チャーリーが問いかけた。「訊いてもよければさ。ダイアナがそう言ってたけど、あいつ、ものすごくうまく嘘をつけるからな」
キャサリンはまじめにうなずいた。「さわってみたい？」上唇の片隅をめくり上げ、犬歯をあらわにする。
チャーリーは手を伸ばして親指の腹で触れた。「わあ！　これで嚙まれたらかなり痛えだろうな」警戒のまなざしを向けてくる。「おいらのことは嚙まねえよな？　たまにダイアナが嚙むけど、あいつに嚙まれたってたいしたこたぁねえからさ」

ダイアナ　へえ、そう？　見てなよ、チャーリー・サットン……

「あたしが嚙むのは身を守るためか、おなかが空いてるときだけ」とキャサリン。「運がよかったね、おいしい朝食をとったばっかりだから」チャーリーがまだ用心して見ているのに気づき、愉快になった。まあ、それはいい。ときどき人を脅かすことぐらいできないなら、ピューマ女でもなんの役に立つ？「獣人たちとモロー博士の島にいたとき、どんなふうだったか知りたい？　それから無人島に取り残されたこととか？　そのあと助け出されて、ペルーに連れていかれたのも？」

チャーリーは熱心にうなずいた。
「そう、だったら話してあげる」そこで、駅に着くまでは、島にいたときやその後のできごとの話で楽しませてやった。キャサリンの物語を読みたかったら、アテナ・クラブの冒険の第一巻『メアリ・ジキルとマッド・サイエンティストの娘たち』を買うだけです。前に言ったとおり、二シリングですよ。

メアリ　わたしだったら、この本の中であんまりちょくちょく宣伝しないわ。読者は物語が聞きたいのであって、宣伝じゃないのよ！　なんといっても、わたしたちは《リッピンコット・マンスリー・マガジン》じゃないんだから。

列車がパーフリートに到着するころには、チャーリーの個人的な殿堂において、キャサリンはダイアナよりわずかに低いだけの位置に奉られていた——かの比類なきミス・ハイドが窃盗といたずらの女神として君臨する殿堂において。

ダイアナ　比類なき！　気に入った。それもあたしの単語のひとつにしよう。

パーフリートでは、チャーリーが先に客車を出て、ハイ・ストリート沿いにロイヤル・ホテルまで歩いていった。晴れた夏の日に通りをぶらぶらしているだけで、なんの下心もないと言わんばかりに、両手をポケットに入れ、口笛を吹いている。

ふたりでいるところを町で見られないように、キャサリンは列車のプラットホームで数分待った。それから、チャーリーを追ってハイ・ストリートを進んだ。姿は見えない——目的のホテルに入っていったに違いない。ホテルは町の中心部にあった。〈黒犬亭〉という名のパブの隣だ。パブを通りすぎながら、早くも演じている人物になりきって、感心しないというふうに頭を振る。町なかから少し出たところでノース・ロードに曲がり、なんの関係もないというふうに精神科病院の門を通り越した。病院の先には労働者向け住宅の団地がある。キャサリンは革の鞄から小冊子の束を引っ張り出した。一軒ごとにジョサイア・クラショー牧師と名乗り、戸口に出てくるまごついた主婦や小さい子どもの手に渡していく。小冊子には〝禁酒パンフレット〟という題がついていた。題の下に大きく装飾的な文字で〝飲酒は義務の放棄、道徳的堕落、犯罪につながる〟と書かれており、その下には、忍従しているおびえた妻を殴りつけようとして、みすぼらしい子どもたちに上着の裾をつかまれている男の版画がある。クラショー牧師を呼び止めた者はみな、飲酒という魔物についての説教を聞かされることになるだろう。正直な男たちの人生がいかに台無しにされてきたことか、そう、女たちもだ！　しかし、実際には誰にも呼び止められたりしなかった。団地の最後の通り、ピースフル・ロウのいちばん奥にある、ジョー・アバーナシーの家までやってくると、ジョーの母親がクラショー牧師に、ほんとうにそのとおりですよ、飲酒がイングランドの若い男たちをだめにしてるんです、もっともビールは強い酒とおんなじじゃないと思いますよ、うちのジョーは最高の息子ですけど、一日の終わりには一杯飲みますからね、と話しかけてきた。とうとうジョーが出てきて言った。「母さん、そちらはミス・モローだよ、わからないか？　どうぞ早く入ってください。お待ちしてたんですよ、お嬢さん」

「あらまあ、なんてこと」とミセス・アバーナシー。「毎回別の変装をしてきたら、どうやって見分けがつくんだろうね？　ここにお座りな、お嬢さん、何か一口どうぞ――もうすぐ十一時のお茶の時間だから。それで、ミセス・プールと、ミス・ジキルと、あの感じのいいホームズさんがどうしているか教えてくださいよ」

　アバーナシー家の台所は、こぎれいな食器棚やノッティンガム・レースのカーテンなど、この前キャサリンが訪問したときとまったく同じだった。ジョーと母親が食事をする広いテーブルとふぞろいの椅子が四脚、ポンプの柄《え》がある流し、便利な人食い鬼さながらに部屋の奥に鎮座している大きな黒いコンロ。染みひとつないところは、ミセス・アバーナシーの家事の腕前を証明している。

「ミス・モローは噂話をしにきたんじゃないよ、母さん」英国の大聖堂が転写されている皿を並べながらジョーが言った。「情報がほしいんだ。お知らせすることがありますよ、お嬢さん。ようやく何かが起こったんです」

「教えて」キャサリンは台所のテーブルの前に腰を下ろして訊ねた。アバーナシー家には食堂がなく、応接間はいちばん堅苦しい機会にしか使われない。重要なことはすべて台所で起こるのだ。

「そうですね」とジョー。「長いこと何もなかったのはご存じでしょう、少なくともお知らせするようなことはね。S・Aという赤い封蠟のついた手紙が何度か届いていただけですよ。セワード先生はふだんどおりで、気の毒なレンフィールドもそうでした——相も変わらず好きなように蠅を食べて。

しかし、金曜日にセワード先生に来客がありました。ロンドンからきた紳士でした。知っているのは、わたしが中に通したからです。中庭をよこぎっているとき、いい日ですねと言ったら、ここのほうが舗装だらけのロンドンより涼しいと返ってきたんですよ。口調や態度からして紳士でした。もっとも、襟は定期的に洗濯している白さではありませんでしたし、スーツの上着は袖口がほつれていましたが。おかしな、おびえているような雰囲気でした。最初は本人が病院に相談にきたのかと思ったぐらいです——どうも様子が変だったんですよ、おわかりでしょうが。ときおり患者に見られる表情でした。でも、どなたが訪問されたと伝えればよろしいですか、と訊くと、エドワード・プレンディックという名前で、セワード先生と約束があると言われました。その名前が、注意するようにとミス・ジキルに言われていた名前のうちのひとつだと思い出したんです。手紙をお送りしてもよかったんですが、お嬢さん、今日おいでになるとわかっていましたから」

キャサリンは腰かけたまま驚きに言葉を失った。ではプレンディック——エドワード・プレンディック、キャサリンがピューマから人間の女に変えられるのを見守り、話すことと読むことを教えてくれ、愛していると告げて、最終的にはモローの島に置き去りにした男――はまだ生きているのだ。アダム・フランケンシュタインとともに火の中で死んだわけでも、そうかもしれないと考えたように大陸へ逃げたわけでもなかった。あの男がまだロンドンにいる。何を言えばいいかわからなかった。

ミセス・アバーナシーが黒パンとバター、コールドハムの薄切りを載せた皿とミックスピクルスを一皿持ってきた。「すぐお茶の用意ができるから」

「あれは重要なんでしょう、お嬢さん？」ジョーが不安げにこちらを見て問いかけた。

「ええ。ええ、そう」キャサリンは上の空でパンひと切れにバターを塗り、自分の皿に置いた。ハムを一枚取ると、嚙みちぎりはじめる。「なんのことで会ったのか、見当がつく？」（ナイフ）と自分に思い出させる。（肉はナイフで切って、フォークで食べて）栄養を摂るには信じられないほど効率の悪いやり方だ。

人間はどうやって生き延びてきたのだろう？

「一時間ほどでしたね」ジョーは自分用にパンとバターとハムのサンドウィッチを作りながら言った。玉葱と小胡瓜《ガーキン》のピクルスを皿に山盛りにする。「扉の外で聴こうとしましたが、仕事もあったし、どっちにしても、ほかの看護人たちが通ったりしていたんで。だから会話の最初しか耳にしていないんです。セワード先生がロンドンでの会合について何か言って、プレンディックが反対すると、セワード先生は腹を立てました。大声でしゃべってたので、そこまで聞こえたんですよ。先生がプレンディックの忠誠心を疑うようなことを口にしたところで、わたしは行かなければなりませんでした。そういうわけで、それ以上はたいしてわかりません」

台所の向こうで、やかんが甲高い音を立てはじめた。ミセス・アバーナシーがコンロから下ろす。

「ジョー、ティーカップを忘れてるよ！」ミセス・アバーナシーはカップを二個テーブルに置くと、注ぎ口から湯気の立っているそろいのティーポットを持ってきた。「ミルクはいりますかね、ミス・モロー？　ジョーは入れたことがないんで、ときどき出すのを忘れちまってね」

「ええ」キャサリンは答えた。ハムの残りをちゃんとフォークとナイフで食べる。ミセス・アバーナシーにショックを与えたくなかった。

「すみません、お嬢さん。もっとお話しできたらと思いますが。でも、ホームズさんがいつも言うように、何か進行中のようですね。うちじゃワトスン先生が書いてる物語のためだけに《ストランド》を買ってるんですよ」ジョーは紅茶を注いで砂糖を山ほど足した。黒っぽい色で濃そうに見える――ミセス・プールの淹れ方よりずっと濃かった。

「大丈夫。見つけてくれたことはもちろん重要だしね。どこで会おうとしてるのかわかりさえすれば！」

「その点はお役に立てませんね。しかし、見張りは続けますよ――もしかしたらプレンディック氏がまた訪問して、もっと何か調べられるのでは？」

キャサリンは紅茶を注ぎ、カップ半分でとどめて、ミセス・アバーナシーが持ってきてくれた水差しから大量にミルクを加えた。

「ありがとう、ジョー。みんな助けてもらってすごく感謝してるわ」だが、会合は近いうちに違いない。でなければセワードはプレンディックを呼びつけるのではなく、手紙を書いたはずだ。いつどこでおこなわれるか、どうやったら突き止められるだろう？　その情報はどこに置いてある？　パーフリート精神科病院の院長ほどの重要人物なら、当然面会の予定表があるはずだ。錬金術師協会の別の会員と会う約束を書いておくだろうか。それとも、書き留めたりしないほど秘密にしているのだろうか？

「いや、なんでもないですよ、ほんとうに」ジョーは首と顔を真っ赤にして言った。「ミス・ジキルをお助けできるならどんなことでも——それにもちろん、ホームズさんも」

おもしろいほどの困惑ぶりだ。しかし、ジョーには大柄で物静かな男性特有の威厳があり、それは赤い顔でも変わらなかった。何か商売で稼げるだろうに、なぜずっと精神科病院で働いているのだろう、とキャサリンは首をひねった。ひょっとすると、役に立ちたい、自分の世話を必要としている人を助けたいという思いからなのかもしれない。

ふいに台所の扉をノックする音がした。ジョーはぎょっとするあまり、椅子をひっくり返しそうになった。

「誰かくるはずだったのかい?」ミセス・アバーナシーが訊ねた。ジョサイア・クラショー牧師は、あらゆるアルコール刺激物を控える必要性について、アバーナシー親子に大声で不愉快な説教をしようと構えた。

だが、ミセス・アバーナシーが扉を開けると、そこにいたのはチャーリーだった。こっそり後ろの通りに目をやってから——ミセス・アバーナシーが度肝を抜かれたことに——脇をすりぬけてさっと台所に駆け込む。「尾《つ》けられてねえよ、約束しただろ、お嬢さん」とクラショー牧師に声をかけてきた。

「チャーリーよ、ホームズさんの使ってる男の子のひとり」キャサリンは説明した。ミセス・アバーナシーがチャーリーのロンドン風衣装に警戒の目を向けていたからだ。ぼろぼろになった紳士の服というところで、大きすぎてズボンの裾をひきずらないよう留めてある。

「ロンドンから連れてきたの、このあたりの男の子たちと話してもらおうと思って。何かジョーが見逃したことに気づいてるかもしれないでしょ。ホームズさんはこういう男の子たちを大勢雇って、目や耳としてロンドンを探らせてるのよ」

「ああ、まあ、ホームズさんの知り合いでしたら」疑わしげにチャーリーを眺めたものの、ジョーは言った。

「ミセス・アバーナシー、チャーリーにもお茶を一杯いただける？　ここにくるはずじゃなかったんだけど――鉄道の駅で落ち合うことになってたの。でも、きたってことは、何か知らせがあるのよ。それで」キャサリンはチャーリーのほうに向き直った。「なんだったの？」

「進展があったんだ」とチャーリー。「何を持ってきたか見てくれよ。それ、パンとバターかい？」シャツの下から青い布の包みを取り出して差し出す。

キャサリンは布を振って広げた。それは……服だった。

「病院のものですよ」とジョー。「女性患者が着る服です。どこで手に入れたんだ？」

チャーリーがテーブルについてパンをひと切れ取ったとき、ちょうどミセス・アバーナシーがその前に皿を一枚すべりこませた。チャーリーは話しながら、自分のナイフを待たずにバターナイフでどっさりバターを塗りつけた。「言われたとおりロイヤル・ホテルに行ったよ、お嬢さん、そいであそこの靴磨きと仲良くなった。すぐ一緒にビールを飲みはじめて、田舎で仕事を見つけたいって言ったんだ。ロンドンの男に掏摸の頼まれごとを断ったせいで追われてるからってさ。ディケンズさんの小説そっくりにロンドンの暮らしを話してやったよ。今じゃもうあんなふうじゃねえけど、田舎の連中は騙されやすいだろ、ほら。おいらがオリヴァー・ツイストだぜって言っても信じただろうな」

ミセス・アバーナシーが皿の脇に置いたナイフとフォークは引き続き無視し、ティーカップにはあふれそうなほど紅茶を注ぐ。「どうもすいません、奥さん」ぱっと笑みを浮かべてみせる。ロンドンの少年らしい、無邪気さと茶目っけが半々の笑顔だ。

「まったく！」ミセス・アバーナシーは笑顔を返すまいとしながら言い、棚から壺を下ろした。たちまち手元にプラムのジャムの壺がきたので、チャーリーは別のバターつきパンの薄切りにたっぷり塗り広げた。紅茶に山盛りの砂糖と、カップに入るだけのミルクを加え、ずるずる音を立てて飲む。

「そしたら、景気が悪いせいでこの辺じゃ仕事は病院にしかねえって言われた。そいつの姉ちゃんがあそこのメイドになってて、何か知ってるかもしれねえってさ。姉ちゃんと話せるかなって訊いてみた。いいぜって話になって、靴磨きが事務長に一時間休憩を取っていいか頼んだら、残って掃き掃除すればかまわねえって事務長が言うから、ふたりで病院まで行ったんだ。裏口から入れてくれて、洗濯を引き受けてる姉ちゃんに紹介してくれたよ」この時点までにチャーリーは三枚目のパンにかかり、二杯目の紅茶を注いでいた。

「そいでその姉ちゃんが、病院じゃ男の子を探してるって言ってさ。頭のおかしな患者のそばにいなきゃなんねえから金はいいらしい。こっちは気にしねえ、いかれた連中なんて怖くねえよって言ってやったら、中を案内してくれて、家政婦のところへ連れてってくれたんだ。ディケンズさんの話みたいに、おいらはこんな恰好だけど正直者だからって家政婦を説得して、使えそうだってことになった。けど、院長が戻ってくるまで雇えないんだってさ。それこそ皿洗いのメイドまで、誰でも彼でも院長本人が認めなけりゃだめらしいぜ。だから、早く始めたいんだけど、院長はどこにいて、いつ戻ってくるんだって訊いた。そしたら、呼び出されて理事のひとりと会ってるから、茶の時間まで戻らないって言うんだぜ！」このころにはパンは消えていた。チャーリーは取り皿をしょんぼりと眺め、続いてキャサリンの前にあるバターつきパンの最後のひと切れを見た。「それ、食べるのかい？」

「じゃ、セワードは何時間か出かけてるってことね！あいつの事務室には人がいないはず……」

「どの理事で、何の目的でしょうか」とジョー。「レイモンド博士、ゴダルミング卿、それに――いや、もうひとりの名前は忘れたな。セワード先生が病院から離れるのは数週間ぶりですよ。気づかれずに先生の事務室に忍び込めたら、重要な書類があるかどうか確認できますね——」

「あんたはだめよ、ジョー」キャサリンは薄切りパンをチャーリーの皿に載せた。「まず、休みの日なんだから、誰かに見られたらどうしてここにいるんだろうって思われるし、その話をされちゃうでしょ。それに、あんたって目立たないほうじゃないしね。ううん、あたしじゃないと。だからこれを持ってきたんでしょ、チャーリー？」例の青い服を持ち上げてみせる。実用的な綿のポプリン生地で、洗いやすく長持ちしそうだ。

「そうだよ。裏口からは入れねえだろ。あたりに召使が多すぎるし、あんたはそのひとりにゃ見えねえよ。けど、正面からなら行けるかもしれねえ」チャーリーは三杯目の紅茶を飲み干し、もっと残っていないかどうか確認したが、ティーポットは空っぽだった。

ジョーはある表情を浮かべていた——ワトスンがよく見せる顔つきだ。〝しかし、お嬢さんみたいなレディには危険すぎます……〟と言おうとしているらしい。反対するときはいつもそうやって始まるのだ。

「ジョー、手伝ってもらいたいことはあるの」キャサリンは相手が口を開く前に言った。「セワードの院長室にどうやって入ったらいいか教えてほしいんだけど」

ジョーは溜息をついて頭を振った。「わかりましたよ。まず敷地に入らないといけませんが、裏の塀が崩れているんです、そこからレンフィールドが抜け出したんですよ。病院の裏手にあるカーファックス館の所有で、館の持ち主が外国にいるため、まだ修理されていません。女性患者の大部分は無害で、ヒステリーを起こしたり、自分を傷つけたりという理由で入院しているので、昼食のあと芝生を散歩することが許可されています。男性患者ほどしっかり看護人に見張られていないんですよ。だから病院の正面玄関から忍び込めるかもしれません。そこから階段を上って、左側の二番目の扉です。セワード先生の名前が扉に書いてあります。ですがお嬢さん、中に入ったら、看護人の誰かに患者ではないと気づかれるかもしれませんよ。そうしたらどうなります？　どうせ院長室は鍵がかかっているでしょうし」

「さあ」とキャサリン。「そのとき考えるしかないでしょ、鍵についてもね。塀が崩れてる場所に連れていってくれる？」

「わかりました、そこまで決意しているなら。しかし、お嬢さんみたいなレディには危険すぎるのではないかと心配――」

「あたしはピューマよ、忘れたの？　出かけられる、チャーリー？」キャサリンは服を腕に抱えて立ち上がった。その点に関してジョーと話し合うつもりはさらさらない。

「いいぜ」チャーリーは答えた。いったいあの食べ物は全部どこへ行ったのか。ほぼ骨と皮とずる賢さしかない少年が、どうやったらこんなに大量に食べられるのだろう？

キャサリンはミセス・アバーナシーにお礼を言おうとあたりを見まわしたが、ジョーの母親は別の部屋に行ってしまっていた。これからどうするか話し合うあいだ、そっとしておいてくれたのだろう。禁酒パンフレットをテーブルの上に置いて隙間を作り、青い服を鞄に詰め込む。ミセス・アバーナシーがこれでこよりを作ってコンロの焚き付けに使ってくれるかもしれない。病院で何が見つかるか、セワードの院長室にどんな情報があるか、想像もつかなかった。ひとりきりで危険な状況に踏み込むなんて、とメアリにこの冒険を怒られそうだ。だが、プレンディックが何か企んでいるのなら、なんなのか探り出さなくては。なぜロンドンでセワードと会うのだろう？　もっと実験をおこなうつもりなのか？　ハイドもまだロンドンにいるのだろうか。だとしたら、ホームズとスコットランド・ヤードに突き出してやれるかもしれない。みんなに利口で勇気があると褒められているところがすでに想像できる……

キャサリンは鞄を肩にかけ、クラショー牧師の帽子をかぶると、ジョーのあとについてカーファックス館の塀の崩れた場所へ行く準備を整えた。間違いなくおもしろい日になりそうだ。

3　セワード医師の日誌

ジョーは誰も通りを歩いていないのをたしかめた。それから、全員が台所の勝手口から出て、収穫を待つばかりの熟れたカボチャやメロンがぶらさがっている裏庭を通り抜けた。ジョーが先に立って、兎や鹿から庭を守っている白い柵の門をくぐる。家の裏には小道があって、片側には裏庭の柵が続き、反対側はオークやトネリコなど丈の高い木々の森が広がっていた。キャサリンとチャーリーはジョーに続いて労働者用の家々の裏にある小道を進んでいった。

午後の陽射しがじりじりと照りつける。信じられないことに、イングランドも今回ばかりはキャサリンにも充分なほど暖かかった。

「田舎はどんな感じ、チャーリー？」森の縁に生えている鋸草《ノコギリソウ》と野生の人参《ニンジン》の茂みから、小さな羽虫の群れがわっと舞い上がった。

「ここもそれなりに、ロンドンぐらいうるせえよな」チャーリーは冷静に答えた。「この騒音の中じゃ眠れなかったよ」

「鳥と蟋蟀《コオロギ》でしょ」キャサリンはにっこりして言った。

「うん、まあ、鳩と敷石をがらがら走ってく辻馬車のほうがいいや。それに馭者の悪態と！　この緑ってやつもふさわしい場所にありゃいいんだけどさ、その場所ってのは公園だよ。こんちくしょう！　今何かに刺された」

ふたりの前で、ジョーが鼻を鳴らした。

「あいつが何を知ってるんだよ？　ロンドンじゃ半日だってもたねえさ」チャーリーは言ったが、低い声だった。木の幹ほど太い腕をした男を怒らせるほどまぬけではない。

もう団地は通りすぎていた——小道の両側に木が生えている。三人は葉の茂った枝の陰を歩いていった。

「カーファックス館はこの先です」とジョー。「この辺は全部、昔はカーファックス家のものでした——カーファックスの森って呼ばれてます。でも、木材を切り出すために売られて、そのあと木材会社が破産したんですよ。今は誰が所有しているのか知りません」

数分で蔦《ツタ》と地衣類に覆われた灰色の石の高い塀のところにきた。「門はもう少し先だと思います。しばらくここらにきてないんで」塀に沿って歩くと、まもなくたどりついた——錆びた鉄の門で、いつの時点でか錠前が壊れてしまったらしい。ジョーが門を引き開けて三人を通すと、ぎいっときしむ音がした。門の向こう側も見たところさして変わらなかった——やはり森が続いている。もっとも、小道を進んでいくうち、下生えがなくなりはじめた。正式に植えられたものの名残があり、あちこちに苔むした像が立っている。ここはかつて紳士の庭園だったのだ、とキャサリンは気づいた。「あれが館です」ジョーが言った。木立の隙間から塀と同じ灰色の石の建物が見えた。高々とそびえ立っているものの、崩れかかっている。片側の翼棟は中世まで遡れそうだった。反対側は十七世紀の奇抜なゴシック様式で、あたかもホレス・ウォルポールそのひとが設計したかのようだ。両側をつないでいる部分はかなり近代的な建築だった。館は完全に無人らしい——中世建築、えせ中世風、近代的な様式、どこの窓をとっても暗くうつろだ。建物の脇には屋根に石の十字架がついた礼拝堂が建っていた。おそらく館自体より古いだろう。

「カーファックス家の最後のひとりが死んだあと、ここは外国の貴族に売り渡されたんです。その貴族の所有になったので、修繕されて町の人間に仕事を提供してくれるんじゃないかってみんな期待しました。しかし、ご本人は何度か町に顔を見せたあと、いきなり姿を消してしまったんですよ。自分の故国に帰ったという話で、そこに大きな城を持っているそうです。イングランドの屋敷じゃ物足りなかったんでしょう！」

いまや一行は館を通り越しており、森はいっそう暗く、木々の距離が狭まって下草がさらに密生してきた。枝の隙間から光がもれてきて、木陰は涼しかった。

「ほら」ジョーが言った。「あれが病院の裏塀で、石が崩れたところが見えるでしょう。塀の石造りの部分はカーファックスの所有、煉瓦の部分が病院の所有です。なぜセワード先生がさっさと修理させないのかわかりませんよ。外国の貴族が反対するわけでもないでしょうに！」

石が崩れた箇所は乗り越えられる程度の高さだった——レンフィールドがあんなにやすやすと逃亡したのも無理はない。

「どうしてみんな、ここから逃げ出さねえのかな？」チャーリーが品定めするように塀を見ながら訊ねた。

「ほとんどの患者はこのことを知らないんだ。それに、もし知っていても、大半はどっちみち病院に残るさ。世間にいかれた奴の居場所はないからな。この塀はただ患者を閉じ込めてるだけじゃなくて、安全を守ってるんだ」とジョー。

「わかった、あっちを向いてて」キャサリンは鞄から青い服を引っ張り出した。ジョーとチャーリーはどちらも当惑したようだった。「着替えなくちゃいけないでしょ？　服を脱ぐんだけど」

「ああ！」ジョーは耳まで赤くなった。チャーリーはにやにやしただけだった。両方ともキャサリンに背を向ける。下着姿を見られたところで気にしないが、少なくともジョーは気まずい思いをするだろう。手早く紳士服を脱ぎ捨て、青い服を頭からかぶる。こうすれば女物ではなく男物の下着をつけているのはごまかせるだろう。コルセットが必要な種類の服ではないのはたしかだ！　青いジャガイモ袋のように見えそうな気がする。とはいえ、ベアトリーチェならきっと理性的な服装の一例だと褒めるに違いない。

ベアトリーチェ　その言い方は不公平よ、キャサリン！　理性的であるために――そして着心地よくするために、似合わない服装をする必要はないわ。流行遅れの恰好でさえよ。女性が動きを制限される服を着ていたら、どうやって能力を、いいえ権利を使えるというの？　不健康になるほど体を締め上げて、ろくに動けなくなるまで布を巻きつけたら、ぜったいに男性と同等にはならないわ。衣服改革は、参政権とほとんど同じぐらいわたしたちの目的にとって重要なのよ。

キャサリンは頭からピンを抜き、きつくまとめてクラショー牧師の帽子の下に隠していた髪をほどいた。頭を振り、手入れをされていない犬のように目の上まで髪をかぶせてから言う。「さて、どんな感じ?」

ジョーとチャーリーがふたりとも振り向いてこちらを見た。「上出来です、お嬢さん」とジョー。「わたしでも患者と間違えるかもしれませんよ」

「おいら、ここで待ってるよ」チャーリーが言った。

キャサリンはクラショー牧師の服を鞄の中につめこみ、かぶっていた帽子と一緒に渡した。服の裾をいくらか地面にひきずっているので、男物の靴が隠せるだろう。この服には……あった! ポケットがついていたので、ヘアピンを三本入れる。あとで役に立つはずだ。残りのピンはチャーリーに預けていこう。

「わたしもです」ジョーが言い、腕を組んでチャーリーを睨んだ。まるでロンドンの少年に自分の場所を取られたと言わんばかりだ。ある意味でその通りだった――見張りをして最新情報を送ってくれているジョーはありがたいが、悪巧みに関してはチャーリーに遠く及ばない。

「それはだめ」塀の隙間からのぞきながらキャサリンは答えた。病院の側は、石塀の近くに装飾用の木々や灌木が植えられている。おそらく塀自体を隠すためだろう。その狭い範囲の植生を抜けると、石楠花《シャクナゲ》や莢蒾《ガマズミ》、木槿《ムクゲ》越しに広い芝生が見えた。塀に沿って行けるところまで植え込みのあいだを進もう。だが、最終的には病院のものである煉瓦の部分に行き着く。そこには身を隠す場所がない。その先は刈り込まれた芝生の広がりをよこぎって、ほかの入院患者たちに交じらなければならないだろう。

「何かまずいことになって、セワードの院長室に侵入者がいたって気づかれても、あんたにはしっかりしたアリバイを作っておきたいのよ。だから、あんたはね、ジョー、〈黒犬亭〉に行って、みんなに見られるようにしておいて。あと、せめてお茶の時間まではそこにいてよ。できる?」

「しかし、もし助けが必要になったら?」

男というものは！　どうしていつでも、自分がいれば何かしら役に立つはずだと思い込むのか？　「今のところ、いちばん助けになるのは言われたとおりにしてくれることなの。なるべく今回の件から遠ざかってもらわないと。メアリはそうしてほしがると思うけど」

へえ！　うまくいった——ジョーの顔つきでわかる。

「まあ、ミス・ジキルがそうお望みでしたら。ともかく気をつけてください、お嬢さん。戻ってきたら、通ってきた小道を逆にたどって森を突っ切れば、カーファックス館の正門に着きます。そこから左に曲がってある道に入るんです。わたしの知るかぎりでは名前のない道路ですね。みんなたんにカーファックスへの道と呼んでいます。砂利採取場が見えれば正しい道です——もともとは砂利採取場への道路だったんですよ。そこを行けばノース・ロードに戻ります」

「ありがとう、ジョー」とキャサリン。「迷ったりしないって約束するわ」そもそも迷うことなどできないだろうが！　ピューマの方向感覚は優秀なのだ。

ジョーはしぶしぶ向きを変え、自分で説明したとおり森を抜けて戻っていった。カーファックス館の正門と砂利採取場の道へ出て、そこからノース・ロードをたどって町に入るのだろう。

ミセス・プール　男に関してはまったくそのとおりですとも、お嬢さん。立場をわきまえていれば結構ですけれどね、困ったときには女のひとにいてほしいものですよ。女性のほうがずっと感情に流されにくいですから。

メアリ　ホームズさんはどうなの？

ミセス・プール　ああ、まあ、ホームズさんは便利でしょうね。でも、あれだけ言い争っていても、お嬢さんがたが力を合わせる様子をごらんなさいな。きっといつか、あなたがたはホームズさんに負けずおとらず有名になりますよ。

キャサリン　いろんな人があたしたちの本を買ってくれたらね……

キャサリンは上流階級のレディのようにしとやかに裾を持ちあげ、石壁が崩れて膝までしかない隙間をまたぎ越えた。チャーリーにさっと手を振って背を向け、できるだけ石楠花のうしろに隠れて壁ににじり寄る。幅の広い緑の葉がいい隠れ蓑になった。芝生の向こうにパーフリート精神科病院がある。これといって特徴のない近代的な煉瓦の建物だ。裏口と、陽射しで洗濯物を乾かしている物干し綱の列が見えたが、建物のこちら側には誰もいない。召使はみんな中にいるに違いない。うまくいけば誰も窓の外を見ていないだろう――少なくとも、話を聞いてもらえるような人物は誰も。三階の窓には鉄格子がついていた。あの鉄格子つき窓のどれかに、正気を失ったレンフィールドがいる。ホワイトチャペルの連続殺人事件の犯人と疑われた男だ。セワードの院長室は二階で、建物の右側だった――中に入れば左側だ。建物に入らずに登っていければもっと楽だろうが、よじ登れそうなものがない――排水管も蔦も。近代建築ではよくあるように、配管が内部に組み込まれているのだろう。土台を隠している装飾用の植え込みは、一階の窓の高さにも達していなかった。いや、普通の人間のように正面玄関から入っていって階段を上るしかない。その院長室に、プレンディックがセワードと企んでいることへの手がかりがあるのだから――ともかく、あるといいのだが。

もう石塀の終わりにきていた。帯状に続く木立や灌木の茂みもそこで途切れている。塀はここで直角に折れ、病院所有の煉瓦の塀になる。そして、ジョーが説明した通り、芝生の向こうに女性患者たちがいた。ひとりで、あるいは腕を組み合って散歩している者がいる。建物の陰にある芝生用の椅子に座っている者もいる。誰もがキャサリンとそっくりの服装をしていた。看護人はどこだろう？　いかにもここの一員で、行き先は心得ているという顔をしながら、青々とした芝生をよこぎってぶらぶらと歩いていく。病院の正面が視界に入った。なるほど、白衣の男がふたり正面玄関のそばに立っており、片方が煙草を吸っている。こんなに離れていても煙のにおいが届いた。わかるかぎりでは、誰もこちらを見ていない。

いちばん近くにいる女性ふたりは一緒に立っていて、片方がうなずき、もう一方に大仰な身振りをしている。キャサリンが近づくと、身振りをしていたほうが振り返って言った。「あら、こんにちは、あなた迷子になったの？」その口調は洗練されており、頭の上に白髪をごちゃごちゃとまとめあげた様子は、どちらかといえばおとぎばなしに出てくるおばあさんのようだった。ダイアナと同じぐらい小柄で、骨ばった手首と優雅な手をしている。瞳の色は病院服の青とぴったり合っていた。この服がまったく似合わないわけではない唯一の人物かもしれない。

「ええ、ちょっと。ここにきたばかりだから」キャサリンは言った。

「ああ、すぐ日課には慣れますよ。ラヴィニアと呼んでちょうだい、看護人にはレディ・ホリングストンと呼ばせていますけれどね。みんな生意気なんですよ！　無礼は許しませんとも。それから、こちらはフローレンスよ。苗字は知らないの、わたくしがここにきて以来、ひとことも口にしていないのでね。身体的な理由ではないのよね、フローレンス？　セワード先生によるとヒステリー性無言症で、結婚適齢期の若い女性にはごくありふれているのですって。十六歳のときとつぜん話さなくなったのよ、もっとも、きれいなスペンサリアン書体を使いますけれどね。それからずっとここにいるの」

フローレンスはうなずいた。ぽっちゃりした若い娘で、丸顔に内気な微笑をたたえ、悲しげな瞳をしている。

「お目にかかれてとてもうれしいです、奥様、ミス・フローレンス」キャサリンは軽くお辞儀して言った。

「まあ、ほんとうに、ラヴィニアと呼んでちょうだい。ここではほとんど形式ばったことはしないのよ」とレディ・ホリングストン。「なぜ入院したのか訊いてもいいかしら？」

「ええと、その、自分を傷つけるのを止められないんです」キャサリンは袖を引っ張りあげた。褐色の肌にモローの手術の傷痕がうっすらと光っている。「それで、もしこんな訊きにくい質問をしてよろしければ……」

「あら、気にしませんよ」レディ・ホリングストンはやさしく穏やかな笑顔を見せた。青い瞳の目尻に皺が寄る。「わたくしは夫を殺したのよ。でも、年齢と立場のせいで、ブロードムア病院には収容されなかったの。セワード先生はわたくしが危険だとは思っていないので、閉じ込めておかないのですよ、ほかのところならそうなるかもしれませんけれどね。先生はほんとうに進歩的な施設を経営しているの。じつに先進的な考え方をしていらして。ここにいられてとても運がいいと思っていますよ、費用はかかりますけれどね。でも、息子は反対していませんから」

「患者の家族が払うんですか？」キャサリンはびっくりして訊ねた。

「そうですとも、ここはたいそう高級な精神科病院なのよ……お名前は伺っていないわね？　そうでなければ慈善施設に入るでしょうから。資産のある家族はたいてい、どんなに頭がおかしくなっていても、身内にそういうことは望まないものですよ」

「ええ、わかります。わたしの名前はキャサリン・クラショーです、奥さ――ラヴィニア」

フローレンスが喉に片手をあて、会話に参加していないことへの謝罪らしいしぐさをしてみせた。感じのいい娘に見えたが、やはり誰かを殺したのだろうか、とキャサリンは考えてしまった。

メアリ　ヒステリー性無言症は心的外傷《トラウマ》と関連があることがもっとも多いのよ、なんらかの暴行を受けたとか。ウィーンでそのことを知ったの、精神障害の症状を議論していたときよ、そのあとダイアナが――

キャサリン　お願いですから読者にプロットをばらさないでいただけます？　あたしがウィーンのところまでたどりついたら、いくらでも精神障害の症状の研究について話せばいいでしょ。つまり、この物語の先で、あんたがウィーンにたどりついたらってことだけど。

メアリ　まあ、ともかく、フローレンスがひとを殺したとは思わないわ。誰かが――そのう、何かよくないことを――フローレンスにしたってことのほうがずっとありそうよ。

「ひょっとして、デヴォンシャーのクラショー家と関係があるかしら？」レディ・ホリングストンが訊ねた。

　レディ・ホリングストンはどうやって夫を殺したのだろう、とキャサリンは首をひねった。陶人形のように脆《もろ》そうに見えるのに。「ええ、たぶん――遠縁ですが。あのう、なんだかぼうっとしてきたような気がします」

「暑さのせいですよ。レモンをひと切れ入れた水を一杯もらってきたほうがいいわ。ここのひとたちは実際、とても融通が利きますよ、こちらが施設の規則に従っているかぎりはね。でも、きちんとレモンの薄切りが入っているかたしかめなさいな――レモンがとても大事なのよ」レディ・ホリングストンはキャサリンの腕をぽんぽんと叩いた。

フローレンスがうなずいた。こんなに心配してくれるとは、なんといいひとたちだろう！　そしてもちろん、これが求めていた口実だった。キャサリンはもう一度お辞儀をすると、レモンの何がそんなに大事なのだろうと考えながら向きを変え、あたりを歩きまわったり、芝生用の椅子に腰かけたりしている患者のあいだを通り抜けた。たいていの患者はうなずきかけてきたが、ひとりの若い女性だけは、髪をねじってぶつぶつ独り言をつぶやいていた。

いつにない暑さに対抗するためか、扉が開放されている正面玄関の階段に到達したとき、看護人のひとりが声をかけてきた。煙草を吸っていないほうの男だ。

「どこへ行くんだい？」

キャサリンは髪を引っ張り、今通りすぎてきた患者の女性のようにねじりながら顔に垂らし、できるだけ見えないようにした。「気分がよくないの、そしたらレディ・ホリングストンが中に入って水をもらえって。レモンがひと切れ入ったのって言ってた」なるべく曖昧な口調で、憐れっぽい声を出す。

「ああ、なるほど！」相手は片目をつぶってみせた。連れがくっくっと笑ってから、咳払いする。「奥様に言われたら、もちろんそうしないとな。ホリングストン卿はあのひとの気まぐれを聞き入れてもらうために大金を払ってるんだ！　自分の父親を殺されたのに、どうしてなのか見当もつかないがね。ともかく、急いで行ってこいよ」

キャサリンはうなずくと、すばやく階段を上って病院の中へと入った。

メアリが説明したとおりだった――大きな玄関広間の壁際にベンチが並び、あちこちに椅子が置いてある。どれも硬材製だ。病院らしく壁には白漆喰《しっくい》が塗られている。建物の奥へ廊下が一本つながっていた――ジョーの説明から、共用食堂と厨房、召使用の区画に続いているとわかっていた。遠くで煮炊きしている香りがする——羊肉と団子《ダンプリング》だ、とキャサリンは思った。ただし、おそらく常に漂っているのだろうキャベツのにおいがその上にかぶさっていた。廊下の片側には上へ続く階段があった。二階には事務室や危険ではないとみなされている患者の部屋がある。三階にあるのは、他人や自分自身に対して危険だと考えられている患者の部屋だ。

　さいわい玄関広間には誰もいなかった。とはいえ、キャサリンの耳は普通の人間なら聞こえないような音を拾っていた——踵をカタカタ鳴らして廊下からこちらへ向かってくる足音だ。ほのかな医薬品のにおいで、カタカタ鳴る踵の持ち主が看護婦だと判明した。薬とキャベツ——それが精神科病院のにおいだ。三階では患者がひとり、うめき声や泣き声をあげている。だが、そういう音をのぞくと建物はひっそりしていた。

　キャサリンはできるだけそっと階段を駆け上がった。ブーツを脱ぐべきだろうか？　いや、だめだ、隠しておく場所がない。忍び足で歩くしかないだろう。

　都合よく、左側の二番目の扉には名札がついていた。

ジョン・セワード、医学博士
院長

　さて、案じていたのはここだ。キャサリンはヘアピンの一本をポケットから取り出した。充分頑丈だろうか？　そうだといいが。ダイアナがやってみせてくれたように、長いU字形の先端をほぼ一直線になるまで開いてから、片方を角ばったS字形に曲げる。Sの曲がった箇所のひとつでレバーを持ち上げ、もうひとつでボルトを押し込むのだ。そのヘアピンを鍵穴に差し込む。よし——レバーが上がるのが感じられた。ヘアピンをしっかりと、しかし慎重に回転させる。すると、カチッと音を立ててボルトが引っ込んだ。取っ手をまわして、それから……中に入る。安堵の息をついて、部屋の扉を後ろ手に閉め、またヘアピンで錠を下ろした。

セワードの院長室はきちんと整頓されていた――本は棚に並び、隅に書類棚が据えられ、吸い取り紙とインク入れを備えた大きな机がある。机の上、吸い取り紙の横に、革張りの本が一冊置いてあった。机の角には蠟管《ろうかん》に録音するようになっている蓄音機があった。いい点――ここで見つかるものはすべて適切に保管されているということだ。そして悪い点――どこにあるかまったくわからないこと。

本棚を見ても手がかりはなかった。どの本も分厚い革綴じで、背表紙に金箔が置かれている――医学書に違いない。紙表紙の機関誌が並ぶ棚もあったが、これも役に立たないとひと目で見て取れた。《グレート・ブリテンおよびアイルランド連合王国文化人類学研究所論文誌》というような題名だったからだ。いや、この本棚が教えてくれるのは、セワードが重要人物で、医療施設の院長であり、常に専門分野の最新研究に関する情報を把握しようとしているということぐらいだった。窓が開いていてありがたい。でなければ、室内が午後の陽射しでキャサリンにとってさえ不快なほど暑くなっていただろう。イングランドがこんなに暖かくなるとは思ってもみなかった。

机はどうだろう？　そうだ！　例の革表紙の本には『週次日誌』と浮き彫りにされている。紐がはさんであるところを開けてみた。今週の日曜日から土曜日まで で、今日の午後の約束に線を引いて消してある――見た感じ、急いでやったようだ。そして余白には、インクがにじんでいるところからして、やはりあわただしく書かれている――〝呼び出し〟。ドクター・R・セワードは、気を取られていたり悩んでいたりしなければ、インクの染みを作るような男には見えない。キャサリンはページをめくって前の週に戻った。すると、そこにあった。今回は整った字で、金曜の午後一時から二時に、〝E・Pと会合〟。なるほど、やはりこの日誌に個人的な情報を書いているらしい――仕事だけのものではないのだ。さて、先に進もう。見たかぎりでは、ホリングストン卿との約束を含め、すべて病院関係の内容だ。いや――ここ、今日から一週間後の午後五時、〝E・Pと会う、ソーホー、ポッターズ・レーン七〟。これに違いない、セワードとエドワード・プレンディックが言い争っていた会合というのは。住所を書き留めるものがないので――院長室からは何も持ち出したくなかった――そのまま覚えるしかないだろう。もう一度ページをめくって先へ進む……病院の用事ばかりだ。九月の最後の一週間に至るまでは。そこは空欄のままだった。その週に書いてあるのはこれだけだ――〝S・A、ブダペスト〟。そのあと、日誌には何もなかった――十月、十一月、十二月はまだ予定が入っていない。

〝S・A、ブダペスト〟というのは、ブダペストでおこなわれる錬金術師協会の会合に違いない。だが、どんな目的が？　データを発表する科学会議？　それが科学者のやることだろう。ヴァン・ヘルシングは会議で論文を発表すると言及していた。それに一週間ぐらいかかるのかもしれない。もっとも、実際には推測しているだけで、まったく別のことという可能性もある……。もしかしたら机の中を探せば、さらなる情報か、もっと好都合な、ヴァン・ヘルシングとの書簡が見つかるかもしれない。机は中央に抽斗が一段あり、両側に三段ずつ抽斗がついている。真ん中の抽斗には鍵がかかっていた。右側を試してみる――書簡用の紙だ、いちばん上に病院名がついているものといないもの。ペンがもう一本とインク瓶がふたつ。まだ綴じていない個々の患者のメモらしきものを差し込んだ紙挟み。左側の抽斗にはウイスキーの瓶が一本とグラスが二個、糊の効いた襟が三つ、たぶん雨のときに使うゴムの靴カバーが一足分入っていた。

書類棚はどうだろう？　キャサリンは近づいて抽斗を開けた。入っていたのは患者の書類だけだった。いくつか中身を調べて、ほんとうに見かけどおりか確認したが、とくに秘密があきらかになることはなかった。いや、もう少しで忘れるところだった……このどれかには臨床所見以外のことが書いてあるに違いない。すばやくRの項目を見る。レンフィールド、リチャード・マシューと記された紙挟みがあった。まったく空っぽだ。誰か、おそらくセワード自身が中身を持ち去ったのだろう。どこに置いてある？　キャサリンは机に戻り、患者のメモの紙挟みを手早くめくった――レンフィールド関係の書類は一枚もない。もはや鍵のかかった抽斗しか残されていなかった――秘密があるとしたらあの中のはずだ。四個の脚輪《キャスター》で動くセワードの椅子に腰を下ろし、錠前を見つめる。はじめてダイアナを連れてくればよかったと思った。

ダイアナ　ほらね？　ぜったい連れていきたくないくせに、あとになってあたしがいたらって思うんだから。そんな鍵、すぐ開けられたのに。一分もかからないでさ。

少し小さいだけで、扉の錠前に似ているようだが……机の表面に上向きにボルトで留めてある。つまり、レバーを持ち上げるという問題ではないとして、ではなんだろう？　どちらかに動かす？　もしレバーだとすれば……

とにかくさっぱりわからない。だが、日誌によればセワードは午後いっぱい出かけているようだし、これまでのところ誰にも見つかっていないから、やってみてもいいだろう。

ポケットから曲がったヘアピンを取り出し、錠前に差し込んで、動く部分を探ろうとする。そうだ、中にレバーがある。もしなんとか……

錠前がカチッと開く音がした。机の抽斗の錠前ではなかった。

「いったいぜんたい、私の部屋で何をやっている?」

院長室の入口に、山高帽を手にした灰色のサック・スーツ姿の男が憤怒の表情を浮かべて立っていた。

猫めいたしなやかさで、と個人的には考えたいが、おそらく実際には純然たるパニックから、キャサリンは立ち上がって椅子をうしろに押しのけた。転がった椅子が背後の本棚にぶつかるなか、振り向いて窓から飛び出す。

キャサリン あれってほんとに純然たるパニックだった。あのばかばかしい服を着てなきゃもっとしなやかに動けたのに。裾を踏んでつまずくところだったわ。
メアリ あなた、自分の話に割り込んでるの?
キャサリン 正直でいたいからね。自慢できることじゃなかったもの。あんなにどかどか歩く男が近づくのに気づきもしなかったなんて。あたしは猫のはずなのにね、覚えてるでしょ?

猫は足から着地することになっている。残念ながら、キャサリンは病院の壁際に生えているアザレアの茂みに背中から落ちた。ほんの一瞬で立ち直る。できるかぎり手早く頭から服を脱ぎ捨て、茂みの下に放り込んだ。追っ手は青い色を捜すはずだ。ズボン下と肌着が芝生の上で目立たないわけではないが、少なくとも青くはない。

頭上でセワードがどなっているのが聞こえ、病院の廊下からさらに叫び声が響いてきた。だが、少なくとも今のところ、病院のこちら側に人目はなかった。全力疾走で芝生をよこぎって建物の裏へ向かう。そちらにも人気《ひとけ》はなく、まだ物干し綱に洗濯物がはためいていた。どこへ逃げたかすぐにも気づかれてしまうだろう。さあ、ようやく——石塀の脇に並ぶ植え込みの中に戻ってきた。息を切らして茂みのあいだにしゃがみこんでから、うしろを見やる。さっき話をしたふたりの看護人がちょうど建物の角をまわって現れ、もうひとり、白衣ではなくワイシャツ姿の男が裏口から走り出てきた。その恰好に不釣り合いな箒《ほうき》を抱えている。召使か何かなのでは？　つまり、病院全体に注意がうながされたということだ。

キャサリンはなるべく音を立てずに茂みを通り抜け、塀が崩れ落ちている場所へたどりついた。

倒れた石材をまたぐ直前、あと一度だけ振り返る。大きな石楠花が邪魔になって見通しが悪く、病院の芝生で何が起きているのかはわからなかった。しかし、今のところどの叫び声もこちらへ向かってくる気配はない——複数の声があっちへ行ったりこっちへ行ったりして混乱している。

「なんか忘れてきたみたいだけど、お嬢さん」チャーリーが言った。こらえきれないという様子でにやっと笑い、クラショー牧師の服が入った鞄をよこす。

「まあね。ばかなことやっちゃった、チャーリー」急いでまた絶対禁酒主義の支持者の服を着る。「早く戻ってきたドクター・セワードに見られたの。あいつが廊下を歩いてくる音が聞こえてもよかったのに。扉の外にいるのも嗅ぎつけるべきだったし。超人的な五感を持ってたって、注意してなかったらなんの役に立つの？　それどころか相手の予定表を信じて、不意を衝かれたってわけ。人がこうする予定だって言ってても信じちゃだめよ」

「ぜったい信じねえよ、お嬢さん」

さあ、またクラショー牧師の恰好になった。残っているヘアピンで髪を後ろに留め、完成したまとめ髪の上に牧師の帽子をかぶる。前ほどきっちりまとまってはいなかったが、これでなんとかするしかない。

「もうパーフリートでできることはないわ。次の列車に乗ってロンドンに戻ったほうがよさそう。なんて情けないざま――まあ、貴重な情報もつかんだけどね」

「へえ、なんだろ？」

「列車で話すわ。さあ、ジョーに教わった道を行けば、カーファックスの正門が見つかるはず。そうすればノース・ロードに戻って町に入れるから。見張られてるだろうけど、捜してるのは女ひとりで、男ふたりじゃないもの」ロンドンに戻ったらメアリと仲間たちに話そう――ソーホーでの会合と、九月終わりごろの謎めいたS・Aについて。あれはどういう意味だろう？　ブダペストで何が起こるのか？

行く手の枝を払いのけながらチャーリーが先に立ち、ふたりはもう一度森の中を通っていった。ときおり病院の方角から呼び声や叫び声が聞こえたが、言葉は聞き取れなかった。キャサリンはくたびれて空腹で恥じ入っていた。誰でも、ダイアナでさえ、自分よりうまくやってのけたに違いない！

ダイアナ　〝ダイアナでさえ〟ってどういう意味さ？　何もかも大失敗したくせに。そりゃあたしのほうがうまくやったに決まってる。

キャサリン　あんたは衝動的ですぐ気が散るって言いたかっただけ。それに、チャーリーの台詞じゃないけど、べらぼうに大失敗したのはたしかね。思い出させてくれてありがとう。

セワードはキャサリンを特定できるほどははっきり見なかったかもしれないが、看護人ふたりと、レディ・ホリングストンは違う。フローレンスは無視できる、説明できないだろうから――ただし書くように頼まれたら？　うまくいけば、人目を引くことなく、クラショー牧師としてハイ・ロード沿いに町の中心部にある鉄道の駅まで歩いて戻れるかもしれない。

カーファックス館の正門が見えた。地所の裏にある錆びて壊れた門より高さがあって堂々としている。そして開けっ放しだった。ちょうど門を通り抜けようとしたとき、チャーリーがいきなり立ち止まったので、キャサリンはあやうくその上に倒れ込みそうになった。

「おまわりだ」チャーリーがささやいた。

どこだろう？　注意深く前に出て、指さしている先に目をやる。たしかに、左のほう、砂利採取場の脇に、青い制服を着た村の警官の引き締まった姿が見えた。ふたりに背を向けて病院のほうを眺めている。こちらを見ていないうちになんとかよけて行けないだろうか？

「ハリー、女じゃないぞ！」今のは誰が言った？　その声は道の先、病院の方角からあがっていた。

「なんだって？」警官はまだ背を向けたまま叫び返した。

「あいつら、何を言ってんだ？」チャーリーがひそひそ言った。声は届いても、会話はわからないのだ——聞き取るにはピューマの耳が必要だった。

ダイアナ　まったく、勘弁してよ。この本をなんて題名にするつもりさ？『ピューマ女の冒険』キャサリン・モロー作？

ジュスティーヌ　わたしならそれを読むわ。すてきな本になると思う。

名なしの道沿いにかなりの距離があったものの、その会話ははっきり聞こえた。続いて走ってきた足音もだ。白衣が青い制服に合流するのが見えた。病院の看護人のひとり、キャサリンが患者のふりをしていたときに話しかけてきた相手だ。男は前かがみになって両膝に手をかけ、ぜいぜいあえいだ。こんな激しい運動に慣れていないのは歴然としている。「女じゃないって言ってるんだよ。着てた服が茂みの中に隠してあるのをアルバートが見つけたし、土に残った足跡は爪先が四角い男のブーツだった。レディ・ホリングストンがそいつと話したと言っている。当然そのときには女だと思っていたが、妙に男っぽくて、うっすら口髭が生えてたらしい。特定するのは簡単なはずだ――奥様いわく、両目が別々の色で、ひとつが青、ひとつが緑だったそうだ」

ひとつが青、ひとつが緑？　キャサリンの目はどちらでもなかった――口髭もうっすらとさえ生えていない、おかげさまで。レディ・ホリングストンがわざと嘘をついているように聞こえる――しかし、なぜ？　いや、たんに頭がおかしくて、質問されたときぺらぺらしゃべっていただけなのか？　今のキャサリンにはどうでもよかった。レディ・ホリングストンに感謝しよう。

ミセス・プール　あとでホリングストンの殺人事件について調べてみたんですよ。なんでもある朝、亡くなったホリングストン卿が新聞から目をあげて、半熟卵を一分長くゆですぎだ、おまえはまったく、使用人をもっときちんと管理しなさいって言い渡したそうです。《フィナンシャル・タイムズ》を読むのに気が散るからって主張して、それまで二十年間も朝食のとき奥さんに話しかけたことがなかったのにですよ。レディ・ホリングストンは肉を切り分けるナイフでご主人を殺したんですよ――ぐさっと喉を突き刺してね。考えてもごらんなさい！　もちろん殺人はいけないことでしょうが、責められませんとも。朝食の席で二十年間黙っていたあと、はじめて口にしたのがそれではねえ……

「しばらく前に、団地の小道を牧師がひとり歩きまわっていてな」警官が言った。「地獄の業火の話で子どもたちをおびえさせる、と文句を言ってきた女たちがいたんだ。その牧師がそいつだと思うか？」

「どうかな。侵入する前にあちこち説教してまわる泥棒なんぞいるまい？　だが、その説教師を見つけたら、俺なら話を聞くのに引き留めておくな。ひょっとしたら何か見ているかもしれん。片目が青でもう片方が緑かどうか確認してみろ！」

「わかった。まずサムに言って団地を調べさせよう——泥棒は街よりそっちへ行った可能性が高い。それと、ほかに何か聞いたら知らせてくれ。ちょうど帰って食事をとろうと思っていたところでこんなことが起こるとは、まったく間が悪い。うちのやつが怒るだろうな……」

キャサリンはチャーリーを木立の陰に引き戻した。

ノース・ロードが見張られているのは明白だ。警官がキャサリンを、というかクラショー牧師を見たら、引き留めて尋問してくるだろう。

「さて、どうする、お嬢さん？」チャーリーはキャサリンを上から下まで観察しながら訊ねた。警官が少しでもよく見たら、キャサリンが男でないのはわかるだろう。ほかのことに気をとられて、スーツやピンでまとめた髪に騙される主婦とは違う。セワードの院長室に侵入した泥棒とは思われなくても、こんな変装をしていれば、間違いなく何かあやしげなことをしていると疑われる。おそらく身元を確認するまで留置されるだろう。牧師のふりをして何をしていたか説明しなければならなくなる……

キャサリンは石塀に寄りかかり、ずるずると腰を落として羊歯《シダ》のあいだに座り込んだ。さて、どうする、ほんとうに？　ふたりともここでしばらくは安全だろうが、家に帰るには鉄道の駅に行かなければならないし、そのためには町を抜けていくしかない——あるいは、駅と団地のあいだに横たわる沼地を越えていくかだ。沼地は警察より悪い、とすぐさま切り捨てた。沼には水がある。たとえ浅いとしても、水は大嫌いだ——

—それに、泥にはまってしまったら？　助けを呼べば警察に存在を知らせることになる。ジョー・アバーナシーの家にチャーリーと戻るべきだろうか？　だが、あの近所で姿を見られたら、ジョーと母親に疑いがかかることになるかもしれない。すばやく、ひそかに、人目につかずハイ・ロードを歩いていく方法が必要だ……

「今日は月曜」ふいにキャサリンは声を出し、チャーリーの上着の裾を引っ張った。

「はあ？」チャーリーは頭がおかしくなったのかと言いたげに、上を向いたキャサリンの顔を見下ろした。

「今日は月曜の午後で、ここはイングランド、しかも日が照ってる」

依然として理解できないという目つきだ。

「わからないの、ミルトンか誰か詩人がそう呼んだけど、このアルビオンの島全体で、月曜日は洗濯の日でしょ。ほかでもない今日、パーフリートの善良な女性たちがそろって裏庭に干してるのはなに？　服よ！物干し綱にかかった服！　どれか乾いてるように祈るしかないわ。さあ、チャーリー！　クラショー牧師を消しに行くから」

キャサリンは立ち上がり、セワードの部屋の窓から落ちたせいでまだ痛む腕を伸ばすと、きた道を通って木立の中へ引き返しはじめた。カーファックスの森を抜ける小道へ戻り、今朝クラショー牧師がパンフレットを配った労働者用の家々へ行かなければならない。どの家もジョー・アバーナシーの家と同じ様式で、同じ建設業者が建てている——こぢんまりと近代的かつ衛生的に設計され、前庭と裏庭がついている。そして、その裏庭に目的のものがあるはずだ。

下生えをかきわけて、さっき歩いてきた道を逆戻りしながら、イングランドの田舎に対するチャーリーの結論に同意する——それなりにとても美しいが、離れて見るのがいちばんだ。アンデスの斜面が手に入らないなら、乗合馬車の走るロンドンの街路がいい！　セワードの日誌で見たものにふたたび思いをはせる。〝S・A、ブダペスト〟と記されていたあの週――セワードはヴァン・ヘルシングと行くつもりなのだろうか？　キャサリンはメアリやジュスティーヌと一緒に出発することになっている――しかしそうしたら、誰が残ってここで起きていることを突き止める？　誰がセワードとプレンディックのあとをつけてソーホーのポッターズ・レーンに行く？　別にプレンディックをもう一度見たいわけではない――とんでもない。だが、プレンディックが何を目論んでいるのか、誰かが探り出さなければならない。もちろんセワードのほうもだ。

ふたりはまたもやカーファックス館を通りすぎた――今回は前ほど不吉な感じはせず、本物と贋物のゴシック様式が並んでいるところはむしろ滑稽に見えるほどだ、とキャサリンは思った。続いて、その向こうに鍵の壊れた裏門が現れる。それから木々に囲まれた小道、そして、そう、労働者用住宅の裏庭だ。このころにはもう疲れと暑さでへとへとになり、もうチャーリーに話しかけることもなく、ただ行く先を指さすだけの状態だった。

最初の物干し綱にはリネン類しかかかっていなかった。今何時だろう？　腕時計をつけていないが、太陽の位置からして、午後の半ばごろだろう。ああ、喉が渇いた。チャーリーもからからに違いない――顔が蒼白くて汗に濡れている。それでも不平をもらすことなくぴったりうしろについてきていた。ふたりは裏庭沿いにカーファックスの森と白漆喰塗りの塀のあいだをそろそろと進んだ。まだ木立の中だが、植わった野菜や土をひっかく鶏が見える程度の近さだ。ときには子どもたちが笑いながら追いかけっこをしたり、静かに自分たちだけで遊んだりしている。あれだ、隣近所より荒れている家の裏庭に、ちょうど求めていたものが干してある――何年か流行遅れの色あせたライラック色の服。部屋着にするか掃除の日に着るかというところだろうが、警官たちをかわすにはうってつけだった。あたりには誰もいない。洗濯物を確認する子どもも主婦も、ありがたいことに犬もいなかったので、たちまちその服はキャサリンのものになった。

そのあとたった三軒で必要な品が全部見つかった――服に加えてコルセットとコルセットカバー、ペチコート。下にまだ男物のズボン下と肌着をつけていたが、傍目《はため》にはまぎれもなく女性に見えるはずだ。病院の大失敗のあとで、三回襲撃を成功させたのは気分がよかった。たとえ物干し綱への襲撃にすぎなかったとしても。

必要なものを手に入れるとすぐ、こっそりと木立に戻り、クラショー牧師のスーツを脱いで女性の服を身につけた。チャーリーがコルセットの紐をできるだけぎゅうぎゅう締め上げてくれたものの、まだ大きすぎた――前の持ち主はキャサリンよりかなりふくよかだったらしい。別の物干し綱からきたコルセットカバーは少しきつかったし、その上にかぶさった服はゆるすぎたが、どうしようもない。どうせミス・キャサリン・モンゴメリーのような社会的地位の若い娘なら、自分用の新しい服など持っていないだろう。キャサリン・モンゴメリー――前にもこの名前は使ったし、また重宝しそうだ。ここは身づくろいするのに理想的な場所とはとても言えない――鏡もなく、服が枝にひっかかってばかりいる。いったん服を着ると、少し地面にひきずっている裾から牛蒡《ゴボウ》をつまみとらなければならず、見逃した毬《イガ》はチャーリーに取ってもらった。だが、まだらな光が射し込む森は、どんなレディの私室より優雅だった。

キャサリンは髪を結い直してゆるくまとめ、顔のまわりに後れ毛をふわふわと散らして、女だという事実を強調した。どこから見ても疑う余地なく女性で、一時間前に男物のスーツで歩きまわったりしていない。

それから、体を見下ろす。「ばかでかいクロッカスになった気分」

チャーリーはにやにやした。「それで大丈夫さ。ひとつ足りないもんがあるけど。ちょっと待っててくれよ……」

五分後、キャサリンがいらいらしはじめたとき、チャーリーは戻ってきた。絹の花飾りのついた、少々折れ曲がってぼろぼろの麦わら帽子を握りしめている。もう一方の手には、熟れたメロンを抱えていた。

「へえ、優秀な子ね」とキャサリン。「ナイフは持ってる?」

「ナイフを持ってるかって?」そんな質問をされたことが信じられないらしく、チャーリーは訊き返した。この自分、チャーリー・サットンがナイフを持っていなかったためしがあるか? たちまちポケットナイフをぱっと開き、メロンを切り分ける。「ダイアナにそう言ってくれたら恩に着るよ。おいらが優秀だって話だけどさ、あいつ、おいらがそんなにすごいと思ってないんだ」

「ダイアナに片思いするのって、ほんとにばかばかしいと思うけど」キャサリンは言った。チャーリーがよこしたメロンひと切れを受け取り、顎に伝うまで汁を吸うと、手で拭って指をきれいになめる。ハンカチを一枚盗んでおくべきだった。「どこから取ってきたの?」疑わしげに帽子を見やってから、数の足りないヘアピンで留めている髪形を崩さないよう、気をつけて頭に載せた。顎の下でリボンを結ぶ。端が少しほつれていた。

「かかし。あんた、外出中の下働きメイドみたいだ」

「全体にそういう印象を与えようとしてるの。それで、あんたは弟で、いやいやお出かけにつきあってるわけ……年取ったお母さんのところとか?」

「おばちゃんにしたほうがいいな。地元のおまわりならこの辺のやつじゃないって気づくだろうし」

その通りだ。おまけに、少なくともチャーリーは、全身にロンドンと書いてあるようなものだった。髪をうしろになでつけた上に、はるかむかし紳士の持ち物だった帽子をかぶり、落ち着き払った雰囲気を漂わせているチャーリーのような少年は、ロンドン出身でしかありえない。

喉が渇いては困るので、めいめいもうひと切れずつメロンを食べる。数分後、ミス・キャサリン・モンゴメリーとその弟のマスター・チャーリー・モンゴメリーはノース・ロードを歩いていた。クラショー牧師の服をつめこんだ鞄はオークの木の下に埋められ、去年の落ち葉で覆われている。帰りの切符とクラショー牧師の所持金すべてはチャーリーのポケットに移してあった。

のんびりとした足取りで病院の門の前を通りすぎたとき、看護人がひとり、塀から身を乗り出して呼びかけてきた。「この道の先で男と行き会わなかったか？」今回は煙草を吸っていたほうだった。もうひとりがもっと積極的に捜索しているのだろう。こちらは無駄な見張りを続けているらしい。

「いいえ、誰も見かけませんでした」自分としてはいちばん甘ったるいと思う声でキャサリンは叫び返した。「鉄道の駅へ行く道はこちらでしょうか？」

メアリ　あなたに甘ったるい声なんて出せるとは思わないわ。甘ったるいって、やさしいってことよ。今までにあなたがやさしかったことなんてあった？

キャサリン　いちばん甘ったるい声。最上級を使ってたの。誰だっていちばん何かってことはあるでしょ、たいした水準じゃなくたって。

ベアトリーチェ　キャサリンはその気があれば充分やさしくなれると思うけれど。

キャサリン　ただ、そんなにちょくちょくその気にならないだけ。

「ああ、左に曲がってハイ・ロードに入ってから、そのまま町を通り抜けるんだ」と看護人。「ロイヤル・ホテルの向こうさ。もし男を見かけたら——片目が青くてもう片方が緑の、変わった紳士さ——警官に知らせてくれ。不法侵入で指名手配されてるんでな」

「そうします。ありがとうございました！」

ふたりはそれ以上警官に出くわすことなく町の中心まで歩いていった——どこへ行ったのだろう？　おそらくまだ団地を調べているに違いない。ここならパーフリートの通常の人通りにまぎれこめる。果物や野菜、古着、家具などを満載した荷車を転がしている男たち。店の窓をのぞきこんでは値段に声をあげる買い物籠を抱えた女たち。ちょうど学校から出てきた学齢期の子どもたちが、通りを笑ったり叫んだりしながら走っていく。〈黒犬亭〉の前を通ったとき、キャサリンは扉のまわりにたむろしている男の一団に気づいた。そして、腕を組んで壁に寄りかかっているジョーがその中にいる。通りの騒音越しでも、男たちの会話の断片が聞き取れた。「何か重要書類を盗んだんだとさ——女の恰好をしてな——目の色が別々なんだと」なるほど、あっという間に知らせがまわったらしい。会話に参加していないジョーは、心配そうなおももちだった。

ふたりが通りかかったとき、ジョーはちらりとキャサリンを見やり、チャーリーに目を留め、それからもう一度、もっとよくキャサリンを観察した。誰なのか気づいたときには、あやうく飛び上がりそうになった。だめだ、ジョーはごまかしに向いていない。キャサリンは（うん、気がついたのはわかった）と言うかのようにまっすぐジョーを見つめてから、目をそらし、苛立っている姉らしくチャーリーの袖をつかんで引っ張った。役柄を演じつづけなければならないし、列車に乗る必要があるのだ。

鉄道の駅に近づくと、切符売り場のところに警官のハリーが立っているのが見えた。青い制服と銀の星のついたヘルメット姿で、いかにも公務中という雰囲気だ。前を通りすぎても警官はろくに視線もよこさず、キャサリンはひそかに安堵の息をついた。だが、何歩も行かないうちに声をかけられた。「おい、そこのお嬢さん、ロンドンに行くのかい？」

「はい、おまわりさん。弟とあたしはあっちで雇われてるんです」

「まあ、とにかく気をつけろ」警官は言い、駅の壁にもたれかかった。「逃亡中の泥棒がいる。今朝ロンドンからきたらしく、向こうへ戻るだろうと思う理由があってな。筋が通っている――パーフリートのような小さな町ではおそろしく目立つからな。いわゆる悪の巣窟ではさぞ居心地がいいだろうが！」

「まあ、こわい！」とキャサリン・モンゴメリー。「持ってるものを盗まれたくないです。財布が盗まれるといけないから、お金はハンカチに包んでおけっていつでも母さんに言われてて」

「お袋さんは頭がいいな。まあ、列車でそいつを見かけたら、駅長か警官に言えばいい。見間違えることはないさ――片目が緑で片目が青だからな！　そんなに見分けがつきやすかったら、泥棒になんぞならない分別がありそうなもんだ。もっとも、逃げおおせるとは思わんが。鉄道の駅と、町から出る道全部を見張っているからな。カーファックスの森で夜を過ごす気なら別にかまわん――悪霊に血を吸いつくされちまえ！　だが、最後には捕まえてやるぞ」

「ああ、そんなこと聞いたら嫌な夢を見そう！」キャサリンはできるだけこわがっているふりをした。

「心配すんなって、おいらが守ってやるからさ、姉ちゃん」チャーリーが言い、安心させるように腕をぎゅっと握りしめてきた。キャサリンはありがたがっている顔をしようと努めた――セワードの部屋の窓から落ちたとき、こちらの腕を痛めたのを忘れてしまったのだろうか？　軽くつかまれるだけでも痛いのに。

　だが、警官ハリーはうなずいて同意した。

　ふたりはプラットホームのベンチまで歩くと、警官の見守る前で腰を下ろした。暑さについてだらだらと愚痴をこぼす以外、話はしなかった。キャサリンはくたくたで話す気力もなかった。なんという一日だったことか！

　二十分後、ロンドン行きの列車が到着した。

「そういうわけで、左右の目の色が違う泥棒は、結局ハリーの手からすりぬけたわけ」アテナ・クラブの応接間にあるソファで、シャーロック・ホームズの隣に腰かけたキャサリンは言った。「そのあとは乗合馬車に乗るはめになったけどね。このぞっとするようなラベンダー色の服だと、どの馭者も止まってくれなかったから。だめだめ、辻馬車はここにいるホームズの旦那みたいな紳士のためさ、つぎはぎだらけの服を着た下働きメイドなんざ乗合馬車に行け！　まったく、無政府主義者《アナーキスト》になりそうだったわ……」

「お願いだからミセス・プールにそれを聞かせないでよ」とメアリ。「あのひとが女王陛下への忠誠についてどんなふうに思ってるか知ってるでしょ」

ミセス・プール　おっしゃるとおりですよ、お嬢様。神様が女王陛下をお守りくださいますように！　だからって別にミス・モローの言ったことを本気にするわけじゃありませんけれども。このお嬢さんはときどきダイアナに似ますからね。

キャサリン　あたしを侮辱する必要はないでしょ、ミセス・プール。それに、議会を爆破するつもりは毛頭ないし。少なくとも、今はね。

「どう考えても失敗したわ」キャサリンは続けた。

「次に会ったとき気がつかれるかどうかわからないと

しても、セワードに顔を見られた。少なくとも二ギニーした古着の男物のスーツをなくしたし。しかも、なんのために？　セワードが今度の月曜日にソーホーでプレンディックに会うのはわかったけど、目的はわからない。今、錬金術師協会は何を企んでるの？　だからあたしはここに残らなくちゃ——探り出せるのはあたしだけだもの。ベアトリーチェはスパイ行為に向かないってことには全員が賛成だと思う——うっかり毒を盛っちゃうかもしれないでしょ。それにダイアナは——まあ、とにかくだめ。あと、九月の終わりごろブダペストで何か重要なことが起こるの。協会に関係している何かがね。セワードの予定表では、二十日から二十四日までの週が、〝S・A、ブダペスト〟って書いてあるだけで空白だったわ。でも、やっぱり目的はわからない。あと、おなかがぺこぺこ。みんなもうお茶は飲んだの？」

　じっと耳を傾けていたメアリははっとした。「ミセス・プールが持ってくるところだったの。呼び鈴を鳴らすわ」

　呼び鈴を鳴らし、離れた厨房にその音が伝わるあいだに、ワトスン博士がキャサリンの腕の引っ掻き傷を確認した。「洗って少しアルコールをつけておけば大丈夫ですよ」と言う。「あっという間にすっかりよく《アズ・ライト・アズ・レイン》なりますとも、ミス・モロー。そういえば近いうちに雨《レイン》が降ってほしいものですね」

「キャサリン、その週に何があるか、わたしたちが知っていると思うわ」ジュスティーヌが言った。「メアリが電報を受け取ったの」

「ええ」メアリは言い、肘掛け椅子に戻った。「ほら、これよ——」キャサリンに電報を渡すと、その朝のできごとを説明しはじめる。ちょうどアリスがホームズ氏の応接間に駆け込んできたところに到達したとき、ミセス・プールがお茶を持って入ってきた。ベアトリーチェがついてきて、いつもの窓辺の席に腰を下ろす。

それから、全員にお茶が配られ、瓶詰肉のサンドウィッチとヴィクトリア・スポンジ・ケーキとジャム・タルトが出て、ベアトリーチェには緑のどろどろが渡された。不在なのはダイアナとチャーリーだけだ。妹が加わらなかったのでメアリはほっとした――ダイアナはのけ者にされたことを延々と愚痴っていただろうから。

「そうすると、メアリとジュスティーヌがウィーンに行くのね」ベアトリーチェが言った。自分のおぞましい液体をひと口すする。

ベアトリーチェ　そんなふうに記述する必要はないのに。好きではないなら、飲まなければいい――英語の表現はこうだったわね？　でも、人の必要栄養量を批判する必要はないでしょう。少なくともわたしは肉食動物ではないもの。

キャサリンはサンドウィッチのパンから肉をかきとって指で食べた。こんな細かくて面倒なやり方より、ミセス・アバーナシーのお茶の出し方のほうがいい。

ミセス・プール　まあ！　出し方が気に入らなかったら、そう言ってくれればいいんですよ。どうぞ厨房で床のボウルから食べてくださいな、アルファとオメガみたいにね！　でなければ石炭庫でハツカネズミを捕まえるか……ミセス・アバーナシーはいいひとですけれど、ここはレディの住まいですからね。この家では食べ物はきちんとお出しするんです。

「セワード医師がミス・マリーの言っていた会合に参加する予定だということには、みんな同意できると思うわ――ブダペストでの錬金術師協会の会合ね。それが〝S・A〟と書かれていた週よ」ベアトリーチェが眉間に皺を寄せ、膝に両肘をついて身を乗り出した。「この謎の糸が織り合わさってきたわ――これは英語で正しい言い方かしら？　一方、キャサリンはソーホーでセワード医師の動向を調べる。そしてわたしは――ただ不在を預かるだけ？」

「留守。留守を預かるの」メアリはスポンジケーキをもうひと切れ取った。思っていたより空腹だったらしい。

「貢献していないのはわたしだけという気がするわ」ベアトリーチェは悲しげにカップを見下ろした。

「でも、貢献はしているわ」とジュスティーヌ。「誰かがミセス・プールとアリスの面倒を見なければならないでしょう。それにもちろんダイアナと」

「あと、電報も受け取ってもらわないとね」とメアリ。「全員がお互いに連絡を取っていることを確認するひとも必要よ。あなたはほんとうにここにいてくれなくちゃ、ビー」


ベアトリーチェは納得のいかない様子でうなずいた。「それから、列車の切符代を出してくださるという申し出をお受けすることになると思いますわ、ホームズさん」メアリは続けた。「つまり、誰からも反対がなければだけど？」自分ではそうしたくなかったものの、状況が変わった以上、みんなで慎重に練った計画はすべて破棄しなければならないだろう。

その場にいるメンバーは誰も反対しなかった。もっとも、キャサリンは眉をあげてから鼻に皺を寄せて不満を示したが。

「じゃあ、できるだけ早く出かける準備をしましょう。二日か、遅くても三日後には、ジュスティーヌとわたしはチャリング・クロス駅へ出発するわ。それからドーバーからカレーへ、パリへ、オリエント急行に乗ってウィーンへ」

「そして、道すがら途中経過を報告してくれますね？」ホームズが訊ねた。それは要望ではなかった。

「もちろんです」メアリは意図していたより辛辣な口調で答えた。たとえこの旅行の費用を出してもらうとしても、こちらは〝定期的にホームズの旦那に報告する〟ベイカー街遊撃隊のひとりではないのだ。そう考えてから、勘定を支払ってもらっているのだから借りがある——少なくとも感謝するべきだ、と自分に言い聞かせた。だから、ありがたく思うよう練習したほうがいい。

ホームズはうなずいただけだった。またもやいつもの超然とした態度に戻っている。はたして、あの謎めいたアイリーン・ノートンについてもっと知ることがあるだろうか？　まあ、本人とウィーンで会うことになるのだ。とりたてて楽しみではなかった。

数日のうちに、かつてないほど遠くへ旅行することになる。そう思うと、心細さと昂揚感が入り混じった。だが、ルシンダ・ヴァン・ヘルシングを救出すること——それがこの旅のめざすところだ。観光旅行ではない。ミス・ヴァン・ヘルシングを助け出したうえ、錬金術師協会がこれ以上若い娘を実験台にするのを止めることが目的なのだ。あした銀行に行って、旅行費用として二十ポンド引き出し、洗濯できる手袋とゴム底の靴を買おう。ジュスティーヌには男物の雨外套《マッキントッシュ》がいる。ほかには？　明日の朝一覧表を作ろう——きちんとものごとを整理しておけば、心配する理由などない。

メアリは知らなかった。知るよしもなかった。ヨーロッパを半分よこぎった先で、ルシンダ・ヴァン・ヘルシングが壁に詰め物をした独房に閉じ込められていることを。大声で叫んでいることを。

4　英国海峡を越えて

メアリは海峡の青灰色の水面をじっと見下ろした。波がフェリーの脇を駆け抜けていくように見えるが、水の上を動いてイングランドからどんどん遠く離れていくのは、もちろんフェリーのほうだ。フェリーが通ったあとには小さな白波が立っていた。ようやく息をつく時間ができたような気がする。この数日間は準備にてんてこ舞いしていた。ウィーンやブダペストで金が使えるよう銀行へ行ってきた。計算をごまかされないよう通貨換算表を勉強した。フランスのフランとサンチーム、オーストリアとハンガリーの新しいクローネとヘラー、ただし、どうやら古いフローリンとクロイツァーもまだ流通しているようだ。何もかもむやみに複雑だと思われたが、そもそも旅行に関してはむやみに複雑なものが多い。

ウィーンまで同じ旅路をたどったことのあるホームズ氏ともう一度会い、少なくともその地点までは、何を予想すべきか教えてもらった――「とはいえ、ハンガリーは独立した国ですから、ミス・ジキル」と言われた。「変わった小国です、たいそう誇り高く、学ぶのはほぼ不可能な言葉を使っている。あそこが文明化されたヨーロッパの境界だと言う人もいますよ！　少なくとも、ミス・マリー以外にひとりは頼る先があることになりました――アイリーン・ノートンができるだけ力を貸すと返事をよこしました。ウィーンに着いたら、まっすぐ彼女の共同住宅へ向かってください」ノートン夫人の助力の申し出をどう思ったらいいか、あるいはどう感じたらいいかわからず、メアリは口ごもりながら感謝した。

最後に買い物へ行き、ジャスティン・フランク氏と妹のメアリの旅に必要なものはなんでも手に入れておこうとした——妥当な値段で。今はウェストバッグをつけているが、たしかにとても便利だ——ハンドバッグを持ち歩くよりずっといい。ジュスティーヌは体に斜めにかけられる手提げ袋を持っていた。旅行鞄もある——マイルズ＝モーブレイ夫人の『婦人旅行者完全版』で薦められていたような革張りだ。広告によると、マイルズ＝モーブレイ夫人はヨーロッパのあらゆる国を旅行しており、ラクダの隊商でサハラ砂漠をよこぎったことさえあるらしい。ともかく、今回の旅行にラクダの隊商はない！

船酔いで下にいるジュスティーヌの様子を見てこなくては。海峡はなんと広いのだろう！　陸地からまったく見えないところにいるのだ。テムズ川より大きな水域を目にしたのは生まれてはじめてで、こんなふうにイングランドを離れるのはわくわくすると同時に物悲しい感じがした。たった今、憂愁がいちばん上にあるのは、ゆうべよく眠れなかったのと、今日ここまで目がまわるほど忙しかったせいだろう。まず、パーク・テラス十一番地の応接間で、手荷物に囲まれてミセス・プールとベアトリーチェ、キャサリン、アリスに別れを告げた。ダイアナは見送りを拒否した——誰もあたしを気にしてくれないし、どこにも連れてってくれないんだから、あんたたちみんな二度と会いたくない、と言い捨てて自分の部屋にこもってしまったのだ。メアリは気にしなかった——まあ、少しは気になった。ひと月以上も留守にするのに、妹がさよならを言ってくれなかったことには傷ついた。しかも、そのひと月で何が起こるか、誰にもわからないのだ。ホームズ氏の言では、メアリとジュスティーヌは文明化されたヨーロッパの端まで行くことになる。そこで何が見つかるだろう？　見当もつかない。

ベアトリーチェは手袋をはめた手でこちらの手を握った。キャサリンはメアリとジュスティーヌを両方ともさっと抱き締めたので、メアリは驚いた。ふだんキャサリンは愛情を示すたちではない。ミセス・プールは少し泣き、アリスは洟をすすってから、エプロンに顔をうずめた。「目にごみが」とくぐもった声で言う。メアリは最後に一度応接間を見渡し、とくに暖炉の上にかかった母の肖像画のところで時間をかけた。これが生まれてからずっと自分の家だった場所の見納めになるのだ――いつまで？　いつ戻ってくることになるのか、正確にはわからない。心の中で母の肖像画に別れを告げ、きっと帰ってくると約束した……この冒険が終わったら。

ミセス・プール　メイド教育を思い出さなければ、アリスとまったく同じことをしていましたとも。いい召使は決して感情を出さないものだ、とまだ父が生きているときに――どうか安らかに――言われたものですよ。お嬢さんがたがあんなに遠くへ行ってしまって、いつ帰ってくるかもわからないなんてねえ！

メアリ　でも、結局は無事に帰ってきたじゃない、ミセス・プール。

ミセス・プール　最終的にはね！　でも、そのあいだどんなに気をもんだか……

キャサリン　お願いだからプロットをばらさないでくれない？　たとえばメアリが最終的に無事家に帰ってきたとか……ほかのひとたちがどうだったかは言わないけど！

メアリ　もう、勘弁してよ。もしわたしたちが戻ってこなかったら、この本を書いてないでしょ。大事なのは、途中でわたしたちの身に何が起きたかってことよ。

キャサリン　信じられないよね、作者がどんなに自分の登場人物に我慢しなくちゃならないかなんてさ。どうしてあたしがこれを書くって話に同意したのか、教えてくれない？

メアリ　失礼ですけど。わたしたちはあなたの登場人物じゃなくて、アテナ・クラブの仲間よ。それから、なんで同意したかってことについては……お金が必要なのよ、忘れたの？

キャサリン　ああ、そうだった。

ワトスンとホームズは外で貸馬車と一緒に待っていた。ワトスンは心をこめてふたりと握手し、ホームズがチャリング・クロス駅まで馬車で送ってくれた。旅行鞄を運ぶのを手伝ってくれるつもりだったのかもしれないが、荷物を上げたり運んだりという必要な作業は、すべてジャスティン・フランク氏が引き受けた。チャリング・クロスでドーバー行きの列車に乗ろうというとき、ホームズ氏はふたりと握手したが、メアリの手をわずかながら必要以上に長く握っていたようだった。

「ここはあなたを心配するところでしょうが、ミス・ジキル」とホームズ。「あなたのように良識と観察眼のあるイングランド人女性は、いつでも自分の道を切り開いてみせるものです。お帰りを楽しみにしていますよ、冒険譚を聞かせてもらうのも。定期的に電報を送ると約束したのを忘れずに！」

「もちろんです、ホームズさん」注意喚起には少々つんとしたものの、いつにない褒め言葉に喜んで、メアリは答えた。もちろん電報は送るつもりだ。そう約束したのだから。

そのあと、ふたりはドーバー行きの列車に乗り、ドーバーでこのフェリーに乗り込んだ。メアリは腕時計を確認した。あと二十分ほどでカレーに着く。そこでパリ行きの列車に間に合うようにしなければ。その列車なら、パリでオリエント急行に乗る余裕がたっぷりあるはずだ。自分用に書き出しておいた予定表をたしかめるべきだろうか？　ウェストバッグにしまってある。だが、ほんとうはすべて暗記していた——午前九時発のドーバー行き列車、午前十一時五十分発のカレー行きフェリー、港湾駅から午後一時十五分発のパリ行き列車、ブローニュとアミアンを通って、午後四時四十五分パリ北駅着。そこから午後七時半発のオリエント急行に乗るためにパリ東駅へ行く必要があり、二日後の午後十一時十五分に、英語でどういう意味かわからないが、ヴェストバーンホフと呼ばれる駅に到着する。この予定の下に、電報に載っていたブダペストのミス・マリーの住所に加えて、ホームズ氏がくれたアイリーン・ノートンの住所が書いてあった。ウェストバッグには銀行から下ろしてきた二十ポンドも入っている。そうすると、ミセス・プールに残るのは、三カ月前にメアリがアテナ・クラブ用に作った口座の二ポンドだけだ。ダイアナ以外の全員がその口座を利用できる——ダイアナにみんなの金を任せる気にはなれなかった。引き出しすぎただろうか？　だが、できるだけ多く持っていくべきだ、自分とベアトリーチェでなんとかするから、とキャサリンが言ったのだ。メアリはもう一度すべてを点検してから、ばかなことをしたという気分になった。予定は変わっていないし、金額も変わっていない——ただ神経質になっているだけだ。

そんなことより、ジュスティーヌ——というか、今では兄ジャスティンと呼ばなければならないが、その様子を見に行ったほうがいい。ジュスティーヌ……もといジャスティンは、このみじめな状態のまま放っておいてほしい、と言ったが、大丈夫かどうか確認するのがいい妹らしい行動だろう。最後に見たときには、顔がまさに土気色だった。人前で忘れないよう肝に銘じておかなくては——いまや兄のジャスティンなのだと。

メアリは振り向くと、デッキをよこぎって下への階段があるほうへ歩き出した。デッキはほぼ無人だった

――空は灰色の雲に覆われ、にわか雨が降ったりやんだりしていたので、乗客の大部分は中で座っていることを選んでいた。だが、デッキの向こうのあそこ……顔をそむけて手すりの向こうを眺めている少年には、どう考えても見覚えがあるような？　まさか、ありえない。しかし、あの背中、ポケットに手を突っ込んだあの姿勢は記憶にある。新聞売りの少年の帽子からのぞく赤い巻き毛も見分けがつくし、あの帽子はたしか、最近チャーリーがかぶっていたのを見た気がする。少年は航海するために生まれてきたかのように楽々とデッキの揺れに合わせていた。手すりにつかまる必要などないらしい。

それほど平衡感覚がよくはなかったが、メアリはデッキの反対側まで歩いていくと、手すりの前で少年の隣に立った。

「あなたがこんなことをするなんて、と、とても信じられないわ」と声をかける。

「なんで？」ダイアナは問い返した。いまや彼……彼女の隣に立っているため、帽子の下にダイアナのそばかすが散った顔が見えた。

あまりに――いまだかつてないほど猛烈に――腹が立ったので、なんと言っていいかわからなかった。

「まじめな話、どうしてさ？」ダイアナが訊ねてくる。

「だって、いかにもあたしがしそうなことじゃん。わかってていいはずなのに」

まったくもってそのとおりだ。頭にきていたにもかかわらず、メアリは認めざるをえなかった。

ダイアナ　あれ、最高だった！　メアリが金魚みたいにぽかんと口を開けてさ。

メアリ　あなたが生まれたときに誰かが溺れさせるべきだったのよ。

「どうやって？」メアリに言えたのはそれだけだった。

「そりゃ知りたいよね！」ダイアナは得意満面で言った。ひっぱたいてその表情を消してやりたかった。

「言っとくけど、自分の馬車のうしろにひとがくっついてないか、必ず確認したほうがいいよ！　ベイカー街遊撃隊の連中だって誰かを追いかけるとき、いつもやってるもん。老いぼれホームズが知ったらさぞくやしがるだろうな！　女の子にしてやられるなんてさ！　有名な探偵さんもたいしたことないね！」

「とにかく、あなたは戻らなきゃだめよ」とメアリ。「一緒に連れていったりしませんからね。カレーに着いたらすぐ帰りのフェリーに乗るのよ」

「やだ」とダイアナ。「無理強いなんてできないしね。そんなことしようとしたら逃げ出すよ……どこだか知らないけど。ずっとあとを尾けてくかも。でなきゃ、アメリカ行きの船に密航するとか！　あたしはどこだって好きなところに行けるんだから」

メアリは溜息をついた。実のところ、ダイアナをひとりでロンドンに帰すわけにはいかない。ジュスティーヌに付き添ってもらわなければならないだろうが、ジュスティーヌの助けなしにルシンダ・ヴァン・ヘルシングを見つけて、救出する可能性などあるだろうか？　それに、もしメアリのほうがダイアナと戻ったら、ジュスティーヌが同じ問題に突き当たるうえ、一度も訪れたことのない街ブダペストで、会ったこともないミス・マリーと連絡を取らなくてはならないのだ。いったいどうしたらいいのだろう。

「だいたい」とダイアナ。「あたしがどんなに役に立つか知ってるくせに。あたしだったらパーフリートで失敗しなかったよ、キャサリンみたいに」

ダイアナ　冗談抜きでね。あっという間にその机の抽斗を開けてみせたのにさ。セワードはきっとS・Aのついた手紙をそっくりそこに入れてたよ。間違いなくルシンダのことが全部わかったはずなのに。

キャサリン パーフリートの話はもうやめてくれない？

ダイアナ はあ？ あんたが言い出したんじゃん。この本を書いてるのってあんただよ、覚えてる？

「そのルシンダって子がどこかに閉じ込められてるんだったら」ダイアナは続けた。「あたしが出してやれるよ。どんな鍵だって開けられるもん」

それはおそらく事実だろう、とメアリは認めざるをえなかった。「わからないわ」と言ったものの、よかれあしかれ、少なくともウィーンまでは一緒に行くことになるとすでに覚悟していた。ダイアナと離れるわけにはいかない。いったいオリエント急行ではどうすればいいだろう？ ホームズ氏が買った切符は二枚だけだ……。「ジュスティーヌに相談しないと。いらっしゃい、下にいるから」

ジュスティーヌはよくなったようだった、というより、ジュスティーヌとしてはいちばんましに見えた。蘇生された死体はそうなりがちだが、もとから異様に蒼白いのだ。

ジュスティーヌ その話を出すのはぜったいに必要だったの、キャサリン？

「何を見つけたと思って？」メアリはダイアナの腕をつかんで言った。「どうやら駅までずっと馬車のうしろにしがみついてきたらしいわ！ それからどうにかして列車に忍び込んだみたい。そのあとフェリーにも。ずいぶんこそこそしたものね」ダイアナに向かって眉をひそめてみせる。

「ちょっと、離してよ！」ダイアナは体を引き離しながら言った。「あたし、自分から下にきてやったよね？ 手伝いたいんだってば」

「つまり、一緒にウィーンに行きたいと？」ジュスティーヌは応じた。それはジャスティン・フランクのやや低い声で、疲れていると同時に疑わしげな様子だった。

「そういうこと」ダイアナは反抗的に睨み返した。

ここは言い争うような場所ではない、と広い船室を見まわしてメアリは気づいた。当然のことながら、そこは船客でいっぱいだった――新聞を読む父親たち、サンドウィッチを配る母親たち、食事の時間までカード遊びやあやとりをしている兄弟姉妹など、子連れの家族。展示ケースを携えた販売員。二、三人のグループに分かれて旅行案内書を調べている婦人旅行者。休暇を終えて大陸の大学へ戻る学生。がやがやと混雑していて、誰もこちらに注意を払ってはいなかった。だとしても、まじめな議論をしているときではないし、そんな場所でもない。

「カレーまでは一緒にきていいわ、そのあとは様子を見ましょう」メアリは言った。

「そうするしかないけどね」とダイアナ。「まさか海峡のど真ん中で船から降ろすわけにいかないし？」

「誘惑しないでちょうだい！」というのがメアリの反応だった。

ダイアナは答えなかった。そのかわり、できるだけ不機嫌そうな顔でジュスティーヌの隣に腰かけた。しかし、航海の残りはおとなしく従順にしていたので、いつものいたずらをされるよりむしろ不安になった。あの頭の中でいったい何が起きているのだろう？

ダイアナ　あたしの思いどおりになったからでしょ？　いつでも思いどおりになるなら、悪い子になる必要なんてないからね。あたしだってメアリみたいになるよ。

ミセス・プール　そんなことは一瞬たりとも信じませんよ！

カレーに上陸して最初の仕事は、ダイアナが一緒だとミセス・プールに知らせるため、電報局を見つけることだった。ここでジュスティーヌがきわめて貴重な存在だと判明した。一行の旅行鞄を港湾駅まで運ばせ、パリ行きの列車に載せるよう手配してくれたのだ――さいわいドーバーで登録していたので、税関でもう一度確認を受ける必要はなかった。それから、メアリが一ポンドを二十五フランに両替するのも手伝ってくれた。おかげで、少なくともフランスの金では、たいそう懐が豊かな気分になった。そのあと、ジュスティーヌ・モーリッツとして最後にフランス語を話したときにはまだ電信が発明されていなかったにもかかわらず、電報局への道を見つけてくれた。どうやらフランス語で電報は“télégraphe《テレグラフ》”らしい。

電報局の窓口まで行って、何がしたいか伝えたとき、マドモワゼル・フランク宛ての電報が届いていると知って、ジャスティン・フランク氏とミス・メアリ・フランクはびっくりした。「でも、そうなんです《メウイ》」と、亀に似た職員は言った。「ここで見られますよ《ヴ・プヴェ・ヴォワリシ》――お名前がいちばん上にあります《ヴォトル・ノム・エ・トン・オゥ》。マドモワゼル・メアリ・フランク」

マドモワゼル・メアリ・フランクは、その電報を読んでまたもや驚愕した。

ダイアナニヨロシク　トモニイルト　ミセス・プールニツタエル　ガンバレ　セイコウイノル　ホームズ

どのみちミセス・プールには電報を打った。もともとそのつもりだったし、ホームズ氏がどうしようと送ろう。まったく、この旅行のあらゆる局面で、操り人形か何かのようにぴょこぴょこ首を突き出しつづけるつもりだろうか？

「つまり、あのひとは知ってたのよ」電報局から出て、ダイアナが街角でぶらぶら待っているところへ向かいながら、ジュスティーヌに言う。薄暗さと霧は置き去りにしてきたようだ――いまや頭上で太陽が輝き、フランスの町の小さな店やホテルをさんさんと照らしている。「ダイアナがわたしたちのあとを尾けてるって知ってて、何も言わなかったんだわ。よくもそんな……」〝ずうずうしい〟と言うところだったが、それではあまりにも無作法で恩知らずに聞こえる。まあ、現在たいして恩を感じていないのはたしかだ。

「きっとホームズさんにはそれなりの理由があったんだよ」ジャスティン・フランクは、屋内で脱いでいた帽子をかぶりなおして言った。「あのひとはたいていそうだろう。だが、駅《ガール》に行かないと、列車に乗り遅れるよ」

もちろんジュスティーヌが正しい。だいたい、メアリのほうが実務の受け持ちで、時刻表や所持金の額を覚えておくべきなのだから、内心でどう感じていようが実際的にふるまおう。まだ料理人を雇う余裕があったころ、よくクックが言っていたように、変えようのないことは我慢するしかない。クックがヨークシャーの姉のもとでうまくやっているといいが。運命の変化によってダイアナが人生に現れたわけで、ダイアナは変えようのないことのひとつだ。激しい雷雨のような自然現象なのだ。

ダイアナ　そのとおり！

キャサリン　でなきゃナメクジか。あれも自然の力のひとつだし。

ダイアナ　ナメクジは何もしないじゃん。ただそこにいるだけで。

ベアトリーチェ　最終的には庭をだめにするわ。少しずつ植物の葉を食べていくから、植物は日光を吸収できなくなるの。ナメクジはナメクジなりに、雷雨におとらず有害なのよ。

キャサリン　そうそう。最終的に、おおよそなんでもだめにするダイアナみたいにね。

メアリ　いったいぜんたい、どうしてナメクジの話題なんかになったの？

カレーでもう少し過ごす時間があればいいのに、とメアリは思った。訪問客が流れ込み、フランスでいちばん重要な港のひとつになったにもかかわらず、いまだに風流な昔ながらの魅力にあふれる海辺の町だ。パン屋やカフェ、古い教会がいくつか、そしてにぎわう市場らしき光景が見えた。農夫たちが石畳の道を荷馬車で進んでいく。桟橋には漁船がもやい、遠くに海水浴用の小屋が立ち並ぶ砂浜がうかがえる。だが、今は時間がない。

切符売り場でダイアナに切符を買った。本人は、ロンドンからドーバーまでの列車と、カレーまでのフェリーに忍び込めるんだったら、パリ行きの列車にも忍び込めるよ、と抗議したが。それだけ忍び込んだのだから、今日はもう勘弁してほしい。メアリとジュスティーヌの切符は、ロンドンからパリへの急行パッケージの一部として購入済みだった。さいわいカレーからパリへの余分な切符一枚はそれほど高くなかったが、オリエント急行は別問題だ。その切符はホームズが手配しており、パリ東駅で受け取れるはずだ。しかし、ダイアナの分はどうするべきだろう？

まもなく一行はまた別の列車に乗り、港湾駅を出てブローニュを経由し、アミアン、そしてパリへと向かった。アミアンまでずっと、客車にはメアリとジュスティーヌとダイアナしか乗客がいなかったので、窓を下げて潮の香を嗅ぐことができた。よく晴れた日で、田舎の景色はみずみずしい緑だった――いつか休暇でここに戻ってきて、きちんと訪問しよう、とメアリは思った。救出すべき相手がいないときに！

ダイアナは神妙な態度を続けていた。カレーから出発してまもなく眠り込んでしまったので、やりやすくなったのはたしかだ。メアリはパリに着く前に食べるよう、自分とジュスティーヌにサンドウィッチを買ってあった――ジュスティーヌにはチーズとチャツネのがふたつ、自分にはハム・マヨネーズがふたつだ。ダイアナは腹ぺこだと宣言し、両方ひとつずつ食べてから、口を覆いもせずあくびして、ふたりの向かい側の席全体に寝転ぶと、ぐっすり寝入ってしまった。メアリはひとことも言わず、残ったチーズとチャツネのサンドウィッチをジュスティーヌに渡し、ハム・マヨネーズを食べはじめた。ともかくダイアナは林檎を二個残してくれた！　これでパリまで満足しなければならないだろう。メアリはのどかな風景が流れていくのを眺め、ジュスティーヌはドイツ語の表現集を勉強した。ダイアナはいびきをかいていた。

「どんな感じ？」ある時点でメアリは訊ねた。

「残念ながら、わたしのドイツ語ではまったく不充分だわ！」とジュスティーヌ。

（もちろん、たとえ流暢に使えても同じことを言うでしょうね）とメアリは考えた。ジュスティーヌは生まれつき自信を持てない性格なのだ。まあ、ウィーンに着くまでにどんなドイツ語を話していようと、それで間に合わせるしかない！

ジュスティーヌ　それはちょっと不公平な言い方よ。わたしだって画家としては自信を持っているわ。まあ、一流ではないかもしれないけれど。それに、フランス語はなかなか上手に話すのよ。でも、ラテン語はあんまりうまくないし、英語でさえときどき不充分で……。

キャサリン　たった今、メアリの言い分を実証したと思うけど。

とうとう、メアリ自身も少しうとうとした。すでにこれほど長い一日だったのだ！　アミアンではフランス人の老婦人が乗ってきた。黒い麦わら帽子の下にふわふわと白髪がのぞいており、後家の着る黒縮緬《ちりめん》の服をまとっている。愛想よくうなずきかけてきて、マダム・コルボーだと自己紹介した。メアリはダイアナの席に移り、ちゃんと体を起こして座りなさいと言いつけたが、ダイアナは頭をメアリの膝に載せただけで眠りつづけた。老婦人とジャスティン・フランク氏は、フランス語でいくらかあいさつを交わした。アミアンに住んでいて、娘が十八区《ディズイッテイエム・アロンディスモン》に住んでいるので、パリへ行くところらしい。孫娘の写真をご覧になる？　とってもかわいらしくてねえ、いい子なのよ。ああ、イングランドからきたの、いつも雨が降ってるんでしょ。フランスを楽しんでくれるといいけどねえ。それから、マダム・コルボーは編み棒をカチカチ鳴らしながら編み物にとりかかった。アミアンとパリの途中で、唯一の手荷物の籠から缶を引っ張り出し、そこから蠟紙の包みを出す。「いかが？《ヴードリエ・ヴー》」と訊ねてメアリに差し出した。その中には小さなカタツムリそっくりの巻いたビスケットが入っていた。メアリはありがたくひとつ取り、老婦人に勧められてもう一個もらった。アプリコット・ジャムがつめてあり、イングランドで味わったどのビスケットよりおいしかった。ジュスティーヌもふたつ受け取った。信じられないことに、食べ物が近くにあるにもかかわらず、ダイアナは目を覚まさなかった。

ダイアナ　ちょっと、ビスケットの話なんか聞いてない！　起こしてくれればよかったのに。

キャサリン　できなかったの。アテナ・クラブの規則のひとつだからね——眠れるダイアナを起こすべからず。

ダイアナ　どこに書いてあるわけ？　冗談抜きで、見せてよ。

マダム・コルボーは自分でもいくつかビスケットを食べてから、編み物を再開した。車輪がまわるにつれて列車がガタゴト、その音に合わせて編み棒がカチカチ。パリに到着するころになると、靴下の片方がすっかり編み上がった。

メアリは列車の窓から都市が近づいてくるのを眺めていた。まず、畑や遠くの農家にかわって、花々や野菜の畝《うね》でいっぱいの庭を持つ、戸建ての郊外住宅が現れる。それから、かの有名な首都における最初の建物群が見えてきた。

ああ、パリ！　世界一美しい都市。ロンドンのほうが立派で、ウィーンのほうが知的で、ブダペストのほうが魅力的だ。しかし間違いなく、パリはもっとも美しい。

メアリ　わたしはロンドンのほうが好きよ、すみませんね。

ベアトリーチェ　でも、あなたはまだフィレンツェを見ていないわ！　見たことがあったら、あれこそあらゆる都市の中でもっとも美しいと認めるでしょうに。夕日があの城壁を黄金色に染めた光景を今でも思い出すわ……。

ジュスティーヌ　ジュネーヴもとてもきれいよ。ぼんやりとした記憶しかないけれど、頭上の青空と、遠くの山並みを覚えているわ。

ダイアナ　メアリの言うとおり、あたしはどこよりロンドンがいい。たとえどぶ臭くたって、あたしたちのどぶだもん。

キャサリン　まあ、どうやってもそれよりすごい褒め方は思いつかないけど！

ダイアナ　それって皮肉だよね？

パリ北駅に近づくころになると、メアリは列車の長旅にありがちな眠気に襲われていた。どちらも経験のある読者はもちろん気づいただろうが、列車の動きは馬車とはまるで違う。馬車では絶え間なく揺さぶられる。馬の動作と道路の状態が相まって、唐突で思いがけない動きになるのだ——いつ車輪が轍《わだち》にはまるか石にぶつかるか、予想がつかない。だが、列車はレールの上をすいすいとなめらかに進む。ダイアナがあれほどはっきり示してみせたように、車輪のガタゴト鳴る音にさえ眠りを誘われたりする。

ジュスティーヌに軽く突っつかれて、「もうすぐ着くよ」と言われたとき、メアリは驚いた。

窓の外を見る。いまやパリそのものが目に入った。少なくとも、一階が店舗になっている共同住宅の建物が見える。少しロンドンに似ているが、ただもっとフランス的だ。しかし、そのフランスっぽさがどこにあるのか明確には言えなかった。メアリはダイアナを揺すった。「起きて。もうすぐ着くわ」

「だったら着いたとき声かけてよ」ダイアナは目を開けずに答えた。

「だめ、今起きなさい。あなたのせいで脚がしびれて、じんじんしてきそうよ。ほら、座り直さないと立ち上がって床に突き落とすわよ」

ダイアナは体を起こし、眠そうに目をこすった。

ゆっくりと脚の感覚が戻ってきた。どうして実害はないのにこれほど痛いのだろう？　ばかでかいピンと、とてつもなく鋭い針にちくちく刺されているようだ。

マダム・コルボーが身を乗り出し、メアリの膝を叩いた。「きれいな子ね《イレブ》、あなたの息子さん《ヴォトル・フィス》、マダム。この赤毛を見てちょうだいな《ルガルディセス・シュヴール》！」

老婦人が何を言っているのか見当もつかなかったものの、メアリはにっこりしてうなずいた。自分のウェストバッグはあるし、ジュスティーヌの手提げ袋もある。ダイアナもいる。遺憾ながら！

ジュスティーヌがマダム・コルボーに何やら礼儀正

しそうな言葉をかけてから、軽く一礼した。あとについて通路を進み、プラットホームに降りたとき、ダイアナが言った。「あのひと、なんて言ったの？　あたしのことを何か言ったよね」

「あなたがものすごく厄介そうに見えるって言ったのよ、そのとおりだわ！」とメアリ。「いらっしゃい。切符の問題をなんとか解決しなくちゃ」

　パリ北駅は港湾駅よりずいぶん大きかった。どちらを向いても鉄道の乗客がいるようで、さまざまな言語をしゃべりながら右往左往している。そして、人と同じぐらいたくさん鳩もいた。舗装の上をもったいぶって歩き、街灯に止まり、空へ飛び立つかのように駅のアーチへ舞い上がっている。

　ジャスティン・フランク氏が旅行鞄を回収してくるにはしばらくかかった。その作業が済むと、メアリのほうを向いて言った。「荷運び《ポーター》を雇って、パリ東駅まで運ばせたほうがいいと思うよ。僕が運ぶのは簡単だが、ええと――この地図に書いてある、フォブール・サン＝ドニ通り《リュ・ドゥ・フォブール・サン・ドニ》沿いに長く歩くことになる。そんなに力が強いというのをまわりに見られたくない。チャリング・クロスでは旅行鞄を鉄道の駅まで運び入れればよかったが、ここは違う。パリの中央のにぎやかな大通りで運んでいくんだ。きっと人目を引く。しかし、荷運びに金を払う必要がある」

　メアリはうなずくと、五フラン渡した――必要な分より多いが、ジャスティン・フランク氏は諸経費のために金がいるだろう。

　実際にはそれほど長く歩いたわけではない――ふたつの駅は比較的近かった。フォブール・サン＝ドニ通りはベイカー街を思い出させた。店の窓の上に住居があり、馬車や行商人、乗合馬車まで行き交っている。もしかすると、どんな都市もみな本質的には同じようなものなのではないだろうか。メアリとジュスティーヌが並んで歩き、ダイアナが気の向くまま前やうしろを駆けまわっては店の窓をのぞく、というふうに通りに沿って進んでいるとき、メアリは訊ねた。「あのひと、ほんとうは列車でわたしになんて言ったの？」
「ハンサムな息子さんねって言って、ダイアナの赤毛のことを言っていたわ――あの赤毛《シュヴールー》」ジュスティーヌは上の空で答えた。きっとパリの思想史の哲学者や百科事典編纂者たちに思いをはせていたのだろう。それこそジュスティーヌがしそうなことだからだ。

ジュスティーヌ　じつはそうだったの。啓蒙思想が生まれたのはパリよ。ルソーやディドロ、ヴォルテールみたいなひとたちや、彼らがどんなふうに、何世紀にもわたってひとびとの心を曇らせてきた迷信や無知の闇を吹き払おうとしたか、ということを考えていたわ。

ダイアナ　あたしはおなかが減ったって考えてた。

「息子！」メアリは憤慨して声をあげた。「どうしてダイアナがわたしの息子だなんて思えるの！　十四歳の母親になるほど老けて見える？　ねえ？　だいたい、ダイアナとわたしはぜんぜん似てないわ」
「まあ」ジュスティーヌは例によって理性的に言った。「あなたはとても落ち着いて頼りになりそうだから、年齢を誤解されやすいかもしれないわ。ダイアナは年より若く見えるし。もしかしたら、ダイアナが寝ているあいだ髪をなでていたのに、自分では気づいていなかったのかしら。だから、あのひとが間違って思い込んだのも理解できるわ……」

メアリ　そんなことしてません。もしかしたら目から払いのけてたのかも……

ダイアナ　好きなだけ言い訳すれば、お姉ちゃん《マ・スール》。ほら、フランス語をしゃべったよ！　あたしがフランス語をしゃべったの、誰か気がついた？

「いつ食事するの？」ふたりのうしろについてきていたダイアナが訊ねた。「パン屋があったよ——とにかくパン屋に見えた。上の看板はパン屋にも、それどころかパンにもぜんぜん似てなかったけど。でも、窓際にパンのかたまりが並んでたし、三日月みたいなロールパンもあった。戻っていくつか買えない？ まじめな話、おなか減って死にそう」

「あなたの切符をどうするかを解決してからね、それが済むまでぜったいにだめよ」まだ不機嫌なメアリは答えた。「だから、あきらめて待つことね。ほんとうに飢え死にするなら、わたしが切符を買う前にしてくれるとありがたいわ。お金を無駄にしなくて済むもの」

「あたしが死んだら、あんたが死体を運ばなきゃいけないんだからね！」ダイアナは言った。しかし、もう遅れることはなかった。

　パリ東駅はパリ北駅より小さかったが、やはり混んでいた。旅行鞄の山で埋めつくされているように見える——この旅行者たちはあきらかに、より長く遠い旅に出るところなのだ。ここからの列車は東の各地へ出発する——ベルリン、ワルシャワ、ミュンヘン、ウィーン、ブダペストなどの都市だ。オリエント急行自体はコンスタンティノープルまで行く。ふいにメアリは心が昂揚するのを感じた——この列車のどれかに乗るのだ！ まあ、昂揚感だけでなく不安もあった。それでも、世界をまたにかけるマイルズ＝モーブレイ夫人のような、あの婦人旅行者たちのひとりになった気がした。その瞬間、ラクダの隊商を勧められていたら、躊躇なく自分のラクダにまたがったに違いない。

　さいわいにも列で待つ時間は短くて済み、メアリは切符売り場の窓口に近づいた。ドーバーからカレーまでのフェリーに乗っていた大学生のうちふたりが前にいたが、急にひとりが、財布を捜しても見つからないというよくある動きをした。ふたりとも脇によけ、片方が手を振って先に通してくれた。フェリーの上では、医学生しか持ちえない絶対的な確信をこめて、最新の生物学的な発見を議論し、生体解剖に関して何か言い争っていて、迷惑なほど声が大きかった。

「メアリ・フランク、ウィーン行きのオリエント急行の切符二枚を受け取りにきました」

「ちょっと待って《アン・モモン》」格子の奥にいる女性が言った。若くてとてもかわいらしいが――トレ・ジョリ、とミセス・コルボーの孫娘の説明から思い出した――不満げな表情は、どこへ旅行することも根本的に間違っている、と言わんばかりだ。たえず動きつづけ、別の場所へ向かわずにはいられないこの気まぐれな時代の症状だ、とほのめかしている。「いいえ《ノン》、マドモワゼル」と言う。「チケットは三枚です《ジェ・トロワビエ・プールヴ》。ムッシュ・ジャスティン・フランクに客室《キャビン》ひとつ、マドモワゼル・メアリ・フランクと《エ》マドモワゼル・ダイアナ・フランクに別室《オートル・キャビン》、オリエント急行《プール・ルエクスプレス・ドリオン》、本日出発《デパール・オジュルデュイ》。あな《エヴォ》たの旅券もお願いします《トル・パスポール・シルヴプレ》？　切符を受け取るのに身分証明をお願いします」

切符が三枚？　ホームズ氏の仕業に違いない。メアリは多少驚いたが、それ以上に苛立ちを感じた。この問題は自力で解決できたはずなのに。臨機応変な対応は得意ではないか？　機転が利くのはホームズも知っている。この冒険から戻るのがいつになろうと、借りた金は返そう――どうにかして。メアリはウェストバッグに安全にしまってあった旅券を見せた。女性は格子の下から切符を押し出した。ジャスティン・フランク氏、ミス・メアリ・フランク、ミス・ダイアナ・フランク、パリからウィーン、午後七時三十分発。

「いいですか《エビアン》？」どう見ても女性は立ち去らせたがっていた。実際、うしろの列は長くなっている。

「どうもありがとう《メルシーボークー》、マドモワゼル」これがメアリの知っているフランス語のほぼ全部だ。

「マドモワゼルではありません《パ・マドモワゼル》——マダム」格子の奥の女性は言い、きっと睨みつけてきた。ベアトリーチェでもこれほどの毒気は出せないだろう。

「見て」メアリは荷物と一緒に駅の壁際に立っていたジュスティーヌに言った。列に並んでいるあいだに荷運びが届けたのだろう。「ダイアナの分の切符もあったの」ところで、ダイアナはどこへ行ってしまったのだろう？　ああ、あそこにいた、鳩を追いかけている。鳩は駅の巨大なアーチの下へひらひらと飛んでいってしまった。パリ北駅と同じく、この駅にも灰色や茶色やまだらの鳩があふれている。どうやら鉄道の駅が生息地らしい。

「ホームズさんが電信で買ってくれたんでしょうね」とジュスティーヌ。「ほんとうに気前がいいわ。この旅行鞄をオリエント急行の手荷物取扱所へ持っていきたいの。あそこで登録できるし、列車が到着したときに載せてもらえるから。ダイアナ！」

ジュスティーヌの声が響いたとたん、ダイアナは振り向いて近寄ってきた。どうしてメアリやミセス・プールが呼んだときにこれほど素直になれないのだろう。

「なに？　もう食べに行くの？」

「まだよ。この旅行鞄をオリエント急行の手荷物取扱所へ運ばないと。わたしがひとりで運んでいるように見せないために、この持ち手を握ってくれる？　そんなに遠くないわ」

「いいよ、なんでも。みんな忘れてるといけないから言っとくけど、あたしまだ腹ぺこだから」ダイアナが持ち手のひとつを握り、ジュスティーヌが残りのふたつをつかんで旅行鞄を持ち上げた。ふたりでコンコースをよこぎり、壁の木製看板に国際寝台車会社《コンパニ・アンテルナシヨナル・デヴァゴン・リ》と書いてある場所へ運んでいく。メアリはあとについていった。ありがたく思うべきだ。ありがたく……だが、そういう気分ではなかった。ブーツの音が石の床にカツカツとはっきり響き渡った。

「メアリが何か怒ってる」ジュスティーヌが制服姿の荷運びに旅行鞄を預けて受領証をもらったあとで、ダイアナが言った。「いつだってわかるんだから」

「メアリ？」とジュスティーヌ。「どうしたの《ケレルプロブレム》？ その、何があったの？」

「まあ、いろいろあるけれど……」メアリは深く息を吸い込んだ。よかれと思ってしたことだ。ホームズが善意でしてくれたのは知っている。だが、ときどき、ほんのときたま、善意だけでは足りないことがあるのかもしれない。「いろいろあるけれど、この切符はミス・ダイアナ・フランクの分なのに、あなたは——」ダイアナのほうを向く。「——ミス・フランクにはとても見えないわ」この身なりでは無理だ。どう見てもベイカー街の少年たちのひとりだろう。時として親切は押しつけがましくなる。重荷になりうるのだ。義務に変わってしまうこともある。ホームズはそのことに気づいていなかったのだろうか？ もちろん気づくはずがない。パリを出る前に電報を送るつもりでいたが、こうなると……ほんとうに必要だろうか？ 感謝していると伝える以外、何が言えるだろう。感謝するのにはうんざりした。

どちらにしても、今はもっと重要なことがある。

「ダイアナ、あなたに女性用の服を見つけないと」

「はあ？ なんで！ 女物なんて着たくないよ」

「でも、着なくちゃだめよ。切符にはミス・ダイアナ・フランクって書いてあるし、そんな恰好をしてたら、車掌にミス・なんとかだなんて信じてもらえないと思うわ」

ダイアナは鼻を鳴らした。

「好きなだけ聞き苦しい音を立てればいいわ、でも服は見つける必要があるの」

ジュスティーヌはふたりの荷運びに訊いたが、成果はなかった。しかし、駅の入口で煙草と茶色い紙にくるんだ菫《スミレ》の花束を売っていた女が、アルザス通り《リュ・ダルザス》のはずれに婦人服《レ・ヴェトマン・プル・ファム》を売っている店が見つかると教えてくれた。しなびた林檎のような顔をした女で、この連中はフランス銀行に強盗に入るために変装しようと目論んでいるのでは、と疑っているかのような視線をよこした。それでも、店は説明してくれた場所にあった。聖カタリナ修道会《スール・ドゥ・サント・カトリーヌ》が運営している慈善中古品店だったが、切りまわしている女性は感じよく肥っていて《オムボンプワン》、メアリより十歳ほど年上らしく、笑顔でなくても笑っているような目つきだったものの、修道女には見えなかった。なかなかおしゃれな、フランスで言うところのア・ラ・モードの服装をしていた。

ダイアナ　それってアイスクリームのことだと思ってたけど?

「その男の子に女の子の服がほしいです?」相手は驚いて訊ねた。

「ウィ、マダム」とメアリ。

「マドモワゼル。でも、ニコレットと名前を!」マドモワゼル・ニコレットは英語が上手《パルレ・トレビアナングレ》ではないと言い張ったが、間違いなくメアリのフランス語よりうまい!　実際、学ぶべきだろう。ミス・マリーのもとでもっと長く勉強できてさえいたら。ミス・マリーが私立の女子校で教えるために去ったときには、フランス語を始めたばかりだった。そしてメアリはアダムズ看護婦を雇い、徐々に症状が悪くなっていく母の世話をしてもらうことにしたのだ。ふいに、母の棺の上に土が落ちていって、降り注ぐ雨で泥に変わる光景がふたたび目の前に浮かんだ。パリの真ん中で慈善古着屋の店内に立っているのに。ほんとうにあれからたった三カ月しかたっていないのだろうか。

「ああ、じつは男の子じゃないんだ」ジュスティーヌが、というよりジャスティン・フランクが言った。

「そら、ただの冗談——遊《アン・ジュー》びで扮装しただけさ。だが、ちゃんとした服をなくしてしまったから、新しいのを買わないといけなくてね。少なくとも二着、それに通常の付属品もいるだろうな。ほら、女性《レ・ファム》が身につけるものだよ」

やれやれ、ジュスティーヌももっと説得力のある話をでっちあげられないのだろうか？　だが、マドモワゼル・ニコレットは声をたてて笑い、うなずいた。「いらっしゃい、お嬢ちゃん《ヴィァン・プティット》」とダイアナに言い、一緒にくるよう手招きする。ふたりはカーテンのかかった入口の向こうに消えた。たぶんそこから店の奥につながっているのだろう。メアリは服を見て歩いた。どう見ても古着だが、質はいい。こんなに急いでいなかったら、自分用に探したいところだった。なにしろパリで服を手に入れることには特別な価値があるのだから！

十分後、マドモワゼル・ニコレットはにっこりしながらまた現れた。「なんてかわいい女の子かしら《ケル・ジョリ・フィーユ》！」と言う。「最初に見るとき、信じないですよ」

「それで？」メアリは問いかけた。ダイアナはどこだろう？

「こんなの大っ嫌い」カーテンの向こうからダイアナの声がした。「あんたも嫌い。それにミスター大探偵なんて地獄に落ちればいい」

「まったくもう、すぐ出てきて！　乗らなきゃいけない列車があるのよ、覚えてるでしょ？　出発までに一時間半しかないから、急がないと列車に乗る前に誰も食べる時間がなくなるわよ」

ダイアナは出てきた。これほどひだ飾りやフリルがついた服を着込んでいるのは見たことがない。たしかにかわいらしく《ジョリ》見える。完璧なフランスのお嬢さん《ドゥモワゼル》だ。髪がすてきな巻き毛になっていて、その上に羽根飾りつきの帽子がおしゃれな角度で載っている。

「あんたたちみんな、寝てるあいだに殺してやるから」とダイアナ。

「すてきね、どうぞそうして。おいくら《コンビアン》、マドモワゼル？」

「包みを作りました、とてもかわいい服をもう一着《ユノートル・ローブ・トレジョリ》、スカート一枚《ユヌジュップ》、シャツ一枚《ユヌシュミーズ》、靴下と、紳士が聞いてはいけないほかのもの、そうでしょ《ネ パ》？　それで全部よ《コンプレート》。たった五フラン、ここは慈善《シャリテイ》で、服はすべて寄付されるです」

メアリは安堵の息をついた。「あなたはフランスでいちばんいいひとだと思うわ、マドモワゼル・ニコレット」

「ああ、パリでだけよ《セレモア・パリ》！」マドモワゼルは笑顔で言った。「いい旅を《ボン・ボヤージュ》、それに神様《ボン・デュー》がともにありますように！」

そうであることをメアリは心から願った。

パリ東駅へ戻る途中で、〈魔法にかけられた蛙《ラグルヌイユ・アンシャンテ》〉という名前の小さなレストランの前を通りかかった。看板には金の冠をかぶった緑の蛙が鎮座しており、桃色の長い舌で口をなめている。

「冗談抜きで、何か食べなきゃこれ以上進めないよ」ダイアナが言った。「まして、こんな恰好で歩きまわれって言うんだったらさ。どうして女物の服ってこんなに重くなきゃいけないわけ？」

「わかったわ」とメアリ。「ここで食べましょう。でも、食事に時間をかけないでね――乗らなきゃいけない列車があるんだから！」窓に貼ってある値段を確認したところ、妥当な金額に見えた――少なくともロンドンの基準では。

「あたしが時間をかけてたことなんてある!?」とダイアナ。

三人は中に入った。給仕が窓の近くの小さなテーブルに案内してくれ、手書きのメニューを三枚持ってきた。

「文句を言うべきじゃないわ」とメアリ。「あなたの新しい服をそっくり入れた袋を持ってくれてるのは、ジャスティン兄さんなんだから」

「重さに気づいてもいないんじゃないの。エスカルゴ。これなに？」ダイアナは訊ねた。

「バターを添えて殻に入ったまま出てくるカタツムリだよ」とジュスティーヌ。

「それ少しほしい！　蛙もあるの？　看板のあの蛙みたいな？　フランス人ってフライドポテト《チップス》みたいに蛙を食べるって聞いたけど。カタツムリ・アンド・チップス！　ほら、フィッシュ・アンド・チップスみたいに？　一品になるよね」

　しかし、蛙の時季ではないと給仕が教えてくれた。メアリがオムレツとトマトサラダを注文する一方、ジュスティーヌはオニオンスープ《スーパロニヨン》をほしがり、ダイアナはカタツムリがいい、うん、フライドポテト《ポムフリット》添えを食べる、と言い張った。そのカタツムリを殻からずるずる食べ、すごくおいしい、と宣言する。「デザートはどうすんの？」皿の上に空き家のように全部の殻が転がると、ダイアナは訊ねた。

「あなたの胃袋って底なし穴ね、知ってる？」メアリは口元を拭ってナプキンを皿の脇に置いた。「さあいらっしゃい、列車は三十分で出るし、わたしたちはそれに乗りたいのよ！」

　駅に着いたとき、ちょうどあと一ポンド分フランに両替する時間があった。列車ではすべての食事が切符代に含まれているはずだ――その食事はホームズ氏のおかげだが、あまり喜べなかった。だが、チップや雑費のために金がいるだろう。

「七番線」ジュスティーヌが言った。「ほら、ここから見えるでしょう。いつでも乗っていいと言われたわ」

　七番線に向かうと、なるほど、そこに止まっていた――国際寝台車会社と各客車に書いてあり、会社の黄金の紋章が側面についたオリエント急行だ。三人は乗る前に車掌に切符を見せた。「ああ、はい」と車掌は言った。「フランクご一家《レ・フランクス》――イングランド人のご家《ファミ》族《ーユ・ネパ》ですね？　まずお嬢さん《ドウモワゼル》がたふたりの客室へ行きます、そのあとすぐムッシュ・フランクの客室を見ましょう。大学生のムッシュ・ヴァルトマンと相部屋です。旅行鞄はご指示どおりすでに客室へ運んであります。旅に必要なものを引き出して旅行鞄を荷物置き場《レバガージュ》に置きたいようでしたら、担当の荷運びのミシェルに伝えていただければ。それではよいご旅行を《エ・ボン・ボヤージュ》、マドモワゼル、ムッシュ！　まもなくオリエント急行はウィーン、ブダペスト、そしてコンスタンティノープルへ向けて出発いたします！」

5　オリエント急行で

まず一同はメアリとダイアナの客室にごちゃごちゃと入った。昼間の配置になっており、座席は前方の機関車側を向いていた。ジュスティーヌがダイアナの新しい服の入った袋を座席に下ろした。

「どこで寝ればいいわけ？」ダイアナが訊いた。

「上にあるあの壁板が見える？」とメアリ。「この座席が寝台のひとつで、あれを引き下げて水平にするともうひとつの寝台になるの」

「あっそ、じゃあ上の寝台がいい！」ダイアナは座席に腰かけて上下に跳ねた。「悪くないね。で、あのちっちゃい部屋はなに？」扉を開けると入浴設備があった。「へえ、トイレだよ！　列車の中に！　おしっこはどこに行くのかな……」

いきなり汽笛が鳴った。その音にぎょっとして、メアリは飛び上がりそうになった。続いて振動と轟音が響き、オリエント急行はパリ東駅から出発した。ウィーンへの旅が始まったのだ。

「例のものをもらえる？」メアリはジュスティーヌに声をかけた。

「何をもらうって？」ダイアナが問いかける。「なんの話、してるのさ？」

ジュスティーヌは肩からかけていた手提げ袋をひっかきまわした。メアリの拳銃を取り出す。

「ちょっと！」とダイアナ。「それ、弾が入ってる？」

「もちろん入ってないわ」とメアリ。「わたしだってばかじゃないもの。でも、ウィーンに着いたら弾を込めるつもりよ。どんなことにも備えておくのがいちばんだと思ったの」

ジュスティーヌが拳銃をメアリに渡した。「今、弾がほしい？」

「ええ、オリエント急行ではどんな危険もないと思うけれどね。だって、わたしたちがウィーンに行くことも、その理由も、知っているひとさえいないんですもの。セワード医師が見張りをつけているわけでもないしね――むしろ逆よ。あのひとはわたしたちの存在さえろくに知らないわ。パーフリート精神科病院から逃げ出した片目が緑で片目が青の男か、目立たないミス・ジェンクスとしてしか。ところで、キャットはどうしてるかしら？　あれ以外に何か見つけたと思う？」

「見つけたとしたら、ウィーンに電報をよこすでしょうね」とジュスティーヌ。

メアリ　いったいミス・ジェンクスが誰なのか、どうやって読者にわかるの？　第一巻にしか出てこないのよ。

キャサリン　だったら戻って第一巻を読めばいいでしょ。本屋でも鉄道の駅でもたった二シリングで買えるんだから。そう書いてもよかったけど、宣伝はやめろって言われたからね！

「なんであたしには拳銃がないわけ？」ダイアナがふたたび座席にどさっと腰を下ろし、眉をひそめて腕組みした。

「でも、わたしだって拳銃は持っていないわ」とジュスティーヌ。「わかるでしょう、いつでも必要なわけではないのよ」

「そうだけど、あんたは素手でひとを殺せるじゃん」とダイアナ。

「なんですって！　そんなことはぜったいにしないわ」ジュスティーヌは衝撃を受けたようだった。メアリは反応しなかった——実のところ、ジュスティーヌがまさにそうやって何人か殺していることに言及するのは、礼儀正しくもなければ親切でもない。

旅行鞄を開き、寝間着を出しはじめる——自分のナイトガウン、続いて見知らぬ男と客室を共有する予定のジャスティン・フランクのパジャマ。そのことが心配だった——とはいえ、もちろんその男はジャスティンが女性だとは知らない。ジュスティーヌは大丈夫だろう、たぶん。まあ、身を守る力はあるのだ。ナイトガウンのないダイアナは、下着で寝なければなるまい。そのダイアナは、ただ眉をあげてジュスティーヌを見つめた。

「わたしが言いたいのは、ぜったいにわざと殺したりしないということよ。コーンウォールの街角にいた男や、メアリの家の豚男、あれは事故だったの。故意に誰かを殺そうとしたことは一度もないわ」ジュスティーヌは泣き出しそうだった。

「もちろんよ」とメアリ。「あなたがそんなことをするはずがないってわたしたちは知ってるわ。ほかに何か必要なものはある？　ここにあなたのパジャマと部屋着があるけれど、あしたの着替えも選んだほうがいいわ。それから、上履きはどこ？　まったく、ダイアナ、少しは役に立てないの？　あなたのほうがわたしより旅行鞄に近いのよ」

「無理」という返事だった。「場所がないもん。あんたとジュスティーヌで占領しちゃってるから」

　ちょうどそのとき、扉をノックする音が聞こえた。メアリが開ける。国際寝台車会社の制服を着た男が言った。「失礼《パルドン》します、マドモワゼル。私はミシェル、この車両の荷運びです。コーヒーとよりすぐりのデザートを食堂車でお出ししています。おいでになるようでしたら、そのあいだに寝台を整えておきます」一礼して引き下がる。

「コーヒー？」ダイアナが言った。「やった、コーヒー！　行こうよ」

「わかったわ」とメアリ。「紅茶はあるかしら？」コーヒーを飲む大陸の習慣に慣れるしかないかもしれない。これから行く先で、いい英国紅茶を見つけるのは難しそうだ。

「ちょっと自分の客室で落ち着かせて。そのあと合流するわ」とジュスティーヌ。

　メアリはうなずいた。ここが二日間自分たちの家になるのだ。客室を見まわす。狭いがこざっぱりして上品だ。全体として、オリエント急行はなかなかいい。あいにく、ダイアナと部屋を共有しなければならないが……。

ダイアナ　キャサリンと同室よりましだよ！　悪夢を見て眠りながら客室をうろつきはじめるかもしれないんだから。無意識で噛みつくかもよ！
キャサリン　まあ、危険はいつでもあるでしょ。あたしはピューマだし。

「いらっしゃい」メアリは言った。「デザートを食べ損ねたくないでしょ？」

「当然！」ダイアナは答え、ぱっと立ち上がった。ムッシュ・ヴァルトマンに自己紹介しているジャスティンを客室に置いていく。閉じた扉の向こうでふたりがぼそぼそ話している声が聞こえた。

食堂はホテル並みに優雅で、テーブルクロスがかかり、きちんとした銀器が用意されていた。コーヒーに磁器のカップ、そして……ああ、ティーポットがある！　メアリはほっとして吐息をもらした。ふたりは窓の下のテーブルを見つけ、飲み物を注文してから、デザートビュッフェに行った。食堂車は満席だったが、混雑してはいなかった――八月下旬というのは、大陸をよこぎる旅をするのにいちばん人気のある季節ではないのかもしれない。たいていのひとはもう休暇を済ませ、どこにしろ家に帰っていくところなのだ。メアリはラズベリー・トルテをひと切れとアーモンド・ビスケットをいくつか選ぶと――日中に食べたマダム・コルボーのアプリコット・カタツムリに負けないくらいおいしい――窓際に座り、パリの郊外が勢いよく通りすぎていくのを眺めた。ダイアナはたちまちガトー・オ・ショコラをひと切れ平らげ、それからおかわりをしに行った。

メアリはお茶のぬくもりが体に染み込んでくるのに任せた。とても上質な烏龍茶で、パーク・テラス十一番地の応接間で飲むお茶を思い出させた。ほんとうにくたくただ。今日はあまりにもいろいろなことがあった。今朝はロンドンにいたのに、今は列車内で、ウィーンと、さらに未知の目的地へ向かって、フランスの片田舎を走り抜けている。ダイアナはまったく平気そうだが、いつでもそうなのだ。何があっても疲れないようだし、たいして考えもせず次から次へと行動する能力にも影響はないらしい。ときどき、あのぐらい心配ごとから解放されたらさぞいいだろう、と思うことがある。

ダイアナ　あたしだって疲れることはあるよ。ああしろこうしろって言われるのに疲れた。

ジュスティーヌのほうは、メアリには不可能なほどここフランスになじんでいるようだ。さっきレストランでは全員の分をフランス語で注文してくれた。もちろんジュスティーヌはこの中で唯一フランス語を流暢に話せるし、そもそもジャスティン・フランク氏だ。一家のただひとりの男性として、みんなのために決断を下すものだと思われている。金銭的な取引を扱うことや、主導権を握ることを期待されているのだ。礼儀上の決まり、たとえば戸口を通るときなどに女性を優先すべきだというような、些末な例をのぞいては。メアリとダイアナに椅子を引いてくれたり、時と場所をわきまえてジャスティンの帽子を脱いだりと、ジュスティーヌが完璧に男を演じていることは認めざるをえなかった。メアリはティーカップを両手で包み、立ち上る香りを吸い込んだ。とつぜん自分が妙にイングランド人らしく感じられ、人目が気になった。

「席が見つかったようだね。メアリ、ハインリッヒ・ヴァルトマンと同席してもかまわないかな？　僕の同室なんだ。ハインリッヒ、妹のメアリとダイアナだ」ジャスティンはダイアナの隣の椅子を引き出して座り、長い脚を折ってテーブルの下に入れた。兄のジャスティンよ、とメアリは自分に言い聞かせ、内心で三人の身の上の詳細をおさらいした。ムッシュ・ヴァルトマンを見上げると、驚いたことに、あのフェリーの大学生のひとりだった。切符の窓口に並んだ列のすぐ前にいた青年だ。そのあと友人と何か話し合うため、列からはずれたのだが。

「お邪魔でなければいいのですが」相手は上手だが訛りのある英語で言った。「もしご迷惑なら、喜んでほかの席に座りますので」背が高く金髪で、とても青い目をしている。

「とんでもない。どうぞお座りになって。わたしたちはもういただきましたけれど、ふたりともおなかが空いてるでしょう。軽食がたくさん残っていますから」

「ほんとうにありがとうございます、ミス・フランク」ヴァルトマンは言い、メアリの隣の椅子に腰かけた。「ぼく自身は何も食べたくないんですが、コーヒーを一杯飲みたいですね」

「僕もだ」とジャスティン。「ハインリッヒはスイス人で、イングランドでの休暇から帰るところだそうだよ。僕はスイスのジュネーヴの近くでしばらく勉強していたことがある、という話をした。フランス語を話すイングランド人は多くないが、僕はそこで覚えたんだ。もっとも、ドイツ語は少しかじった程度しか学ばなかった。もちろんハインリッヒは両方話すよ」

なるほど、ジュスティーヌは身の上話に手を加えたようだ！　スイスで勉強したという部分をつけたしている。うまくやった。スイス国民からフランス語の優秀さを隠すことはできなかっただろう。もちろんフランス訛りで英語を話すが、わずかな訛りだ——外国人には気づかれないことを期待したのだ。メアリは一瞬、パーク・テラス十一番地の応接間でキャサリンと座り、身元や行く先を訊かれたときなんと答えるか決めていたときのことを思い出した。「なるべく真実に近づけて」とキャサリンは言ったものだ。「いつだって嘘をつくよりほんとうのことを言うほうが簡単だから。もちろんダイアナなら別だけど」

「ええ、兄は画家になる勉強をしているんです」メアリは言った。「たいそう才能があると言っても、決して妹の贔屓目《ひいきめ》ではありませんわ。兄が美術館で勉強できるようにウィーンへ行くところなんです、あのとても大きな美術館で」

「ああ、美術史美術館《クンストヒストーリッシエス・ムゼーウム》ですね」とヴァルトマン。

「お大事に《ゲズントハイト》」とダイアナ。「もっとケーキを持ってくる」

「もう充分食べたでしょ」とメアリは言ったものの、その台詞を言い終わらないうちにダイアナはいなくなっていた。

「それで、どんな分野の研究をなさっているんですか？」メアリはハインリッヒ・ヴァルトマンのほうを向いて訊ねた。ハインリッヒはドイツ名ではなかったか？ それを知っているのは、スイスがフランス語圏とドイツ語圏に分かれているとジュスティーヌに教わったからだ。この青年はドイツ人に見える。少なくとも、一般的にドイツ人として思い浮かぶのはこういう人物だ。それにしても、瞳がほんとうに青い。

「ぼくはインゴルシュタット大学で医学を勉強している学生です。こちらもウィーンへ行くところで、大学に戻る前に病理解剖学博物館《パトロギッシエ・アナトミー》へ――ああ、これはご婦人がたにお聞かせする話ではないですね！――行かなければならないんです。そうでなければミュンヘンで降りたでしょうね、ずっと近いですから。同級生と連れ立っていたんですが――たしか切符の列でぼくらのうしろにおいででしたね、ミス・フランク、僕が財布を入れた場所を忘れてしまってあんなに恥をかいたときですよ！ ありがたいことに別のポケットで見つかりました。あいにく友人は土壇場で体調を崩してしまい、一緒に乗れなかったので、こうしてひとりきりというわけです。ですが、お兄さんと同室になれてとてもうれしいですよ」

「あら、そうお聞きしてとても残念ですわ」とメアリ。

「あの、お友だちが体調を崩されたことですけれど」

「ああ、すぐよくなりますよ」ヴァルトマンはにっこり笑いかけてきた。「しかし、ご心配いただいてあいつも光栄でしょう、お嬢さん《フロイライン》」

「スイスは今どうだい？」ジャスティンが訊ねた。

「もう長いこと――つまり、数年は行っていないんだ」こちらが話しているあいだに、ジャスティンは給仕に手を振って、自分とヴァルトマンの両方にコーヒーを注文していた。

「さて、そうですね」ヴァルトマンは椅子の背にもたれかかって答えた。そのあと続いたのは政治的かつ哲学的な議論で、まもなくメアリはすっかり混乱してしまった。スイスの政府はどうしてそんなに複雑になれるのだろう、それだけ州だの憲章だのがたくさんあるとは。いや、憲法だっただろうか？　ジャスティンとヴァルトマンはふたりとも無意識にフランス語に切り替え、また英語に戻り、そのうちふさわしいと思われる話題に合わせてふたつの言語を自由に行ったりきたりするようになった。黄昏《たそがれ》が訪れて食堂車にガス燈がともるなか、メアリは窓辺に腰かけてお茶を飲み、不可解な会話に耳を傾けながら、ひどくイングランドを恋しく思っていた。

荷運びがやってきて客室の寝具の用意が整ったと伝えたとき、メアリはダイアナを捜してあたりを見まわした。どこへ行ってしまったのだろう？　「失礼します」と言って立ち上がる。「妹を捜さないと」男性ふたりも立ってこちらに一礼すると、腰を下ろして会話を再開した。ヴァルトマンは胸ポケットから煙草を一本取り出した。女性陣が引っ込んだあと吸えるようにだろう。ダイアナはブッフェの列にはいなかった。食堂車をざっと確認すると、反対側の端で女性の隣に座っているのが見えた。見たこともないほど凝った装いの女性で、服は自然に存在しそうもない薄紫色だし、帽子はしゃれた角度に傾けすぎ、今にもずり落ちて目にかぶさりそうだった。

「ああ、こっち。いつあたしがいなくなったのに気がつくかと思ってた」メアリがテーブルに近づくと、ダイアナは言った。「公爵夫人、これがうちの姉のメアリ。メアリ、こっちは公爵夫人。なんだか長い名前で発音できなくて」

「お目にかかれてとてもうれしいですわ」公爵夫人は上品な高い声で言った——野外では生き延びられず、とりわけ温暖な日だけ台車で運び出される温室の植物のような上品さだ。口紅を塗りすぎている。「イフィジェニーと呼んでくださるかしら。わたくしたちはみんなお友だち《デザミ》でしょう、オリエント急行では？」

「ええ、もちろんです、奥様」メアリは少々混乱して答えた。公爵夫人のことをなんと呼ぶのだろう、イフィジェニーでなければ？　〝閣下〟というような呼び方のはずだ。大陸の公爵夫人との付き合いはあまり経験がない。「残念ながら、そろそろ妹の寝る時間なので」

「ほんとに楽しみの邪魔をするんだから」ダイアナは言った。しかし、立ち上がって「じゃ、ありがと」と言うと、メアリのあとについて食堂車を突っ切った。ジャスティンとムッシュ・ヴァルトマンのそばを通りすぎたとき、まだ活発に議論していて、ヴァルトマンが煙草に火をつけているのにメアリは気づいた。ほかの女性はすでにほとんど立ち去っていた。まもなく食堂車は煙草を吸う男たちの飛び地となるだろう。ここに残りたくはなかったが——このころには、もう自分のものと呼べるベッド、少なくとも寝台に横になりたいだけだった——そう考えると苛立ちを感じた。女性は常に引き下がっているようだ。

ベアトリーチェ　まさにそれよ。だからわたしたちは自由と平等のために闘わなければならないの。
キャサリン　あとキュロットスカートとね。
ベアトリーチェ　好きなだけばかにするといいわ。でも、女性の体の解放は女性の精神の解放におとらず重要なのよ。選挙権と避妊があれば——
キャサリン　ベアトリーチェ！　この本を発禁にされたいの、とくにお上品ぶってるアメリカで？

口にはできないことっていうのがあるんだから。

ベアトリーチェ　でも、口に出せるべきなのよ！
それこそわたしの言いたいことだわ。

　ふたりの客室は夜の支度ができていた。メアリはすぐさまナイトガウンに着替えた。「この服を脱げてよかった」とダイアナ。「まったく、へどが出そう」
「ここではやめて」メアリは言った。『ベデカーのオーストリア』を見つけて下の寝台に横になり、もう一度ウィーンについて読み、その街の折り込みの地図を調べた。ウィーンの大通りで、市の中心部を半分囲んでいるリンク通《シュトラーセ》りを見つける。続いて、アイリーン・ノートンが住んでいる通りであるプリンツ・オイゲン通《シュトラーセ》りがあった。リンク通りの南側で、細長い四角形の公園らしき場所の隣だ。ウィーンに着いたら、辻馬車を見つけてその建物まで連れていってもらおう。ベデカーによると、ウィーンで辻馬車の料金はじつに手ごろらしい。ホームズ氏の電報に返事をくれたとはいえ、この件を全部説明した手紙をノートン夫人が受け取るのは、おそらく三人がウィーンに到着したあとだろう。力を貸してもらえるといいのだが。まあ、目を覚ましたまま横たわり、この先どうするか、何が起こるかなどと考えていても仕方がない。眠らなくては。ダイアナはすでに上の寝台でいびきをかいていた。

　メアリは起き上がってベデカーの本を片付けると、ウェストバッグにしまっておいた拳銃と弾薬を取り出した。ガス燈の明かりを落とし、弾丸の入った革の小袋と拳銃を安全な枕の下に押し込んでから、ふたたび横になる。拳銃に弾は入っていない——頭の下に装塡した銃器を置いて寝るほど愚かではなかった。緊急時にはたいして立たないだろう、たぶん誰かを殴りつける以外には。だが、枕の下のふくらみは心強かった。

　ジュスティーヌはまだ食堂車でハインリッヒ・ヴァルトマンと話しているのだろうか。金髪碧眼で少年らしい雰囲気があり、まあまあ美男子だ。まったく正反対だが――まあ、誰と正反対なのかはどうでもいい。

ジュスティーヌ　わたしたちは客室に戻ったけれど、まだ起きていて会話していたわ。ヴァルトマンはオーストリア＝ハンガリー帝国の政治や経済の状況を話していたから、到着する前になるべくたくさん知っておくほうがいいと思って。そんなにおもしろくはなかったけれど――個人的に、政治問題はなんだか気が滅入るんですもの。ただ、それでも有益だったわ。それからライプニッツに関する議論に移って、深夜まで起きていたの。もちろんその話は政治よりおもしろかったわ。

キャサリン　そうそう、もちろん。

ジュスティーヌ　それ、皮肉のつもりで言っているの？

キャサリン　まさか。いったいどうしてあたしがライプニッツについて皮肉を言うわけ？

ジュスティーヌ　ええ、今度は皮肉だってわかるわ！

ダイアナ　ライプニッツって誰？

翌朝、三人はふたたびムッシュ・ヴァルトマンと食堂車で朝食をとった。またジャスティンと政治について議論するのだろうと思っていたが、今回ヴァルトマンが向いたのはメアリのほうだった。旅行は楽しんでおられますか？　大陸はイングランドとずいぶん違うと思いますか？　ぼく自身はそちらの国での休暇をとても楽しみました。友人と湖水地方の徒歩旅行に出かけたんです。サミュエル・テイラー・コールリッジにはおくわしいですか？　コールリッジはぼくの好きな詩人なんです。ワーズワースよりコールリッジのほうがずっと好みですね。そして彼女は？　あのすばらしい問いのどこに出てきましたか？

ワーズワースは大好きだが、コールリッジの詩は判断できるほど読んでいない、しかし、どちらもイングランドで有数の偉大な詩人だと言われている、とメアリは認めた。ロールパンにバターとジャムを塗りながら――列車の朝食はいわゆる〝大陸式《コンチネンタル》〟だった――コールリッジのどの作品を読んだか思い出そうとする。ミス・マリーにもう少し長くいてもらえさえすれば、きちんとした教育を受けられたのに！

　メアリは相手の心遣いにややどぎまぎしていた。ひとつには、ムッシュ・ヴァルトマンは同じ年頃か、そうでなくともさほど年上ではなさそうだったからだ。おまけに、今朝はさらにハンサムに見えた。髪が少し乱れていて、もっと笑顔が増えている――とくにメアリに対して。まるで秘密を分かち合うかのように、少し身を寄せてくる癖があった。とある男性たちとは違って、実に率直そうだ。

　今話しているのは自分の研究分野についてだった。「いちばん興味があるのは感染症です、ミス・フランク」と言う。「その原因や伝染のしくみを突き止めたいんですよ。この分野ではここ十年で大きな成果を上げています――たとえばコレラや腸チフスの流行を減らしました。ですが、やることはまだ山ほどあります」その瞳は今朝よりいっそう青く、誠実そのものだった。気高い志ではないだろうか、人類からそうした災禍を取り除くというのは。

　食事のあと、客室が昼間用に整えられると、ヴァルトマンがやってきてメアリと座った。もちろん付き添い役としてジャスティン・フランク氏がいる。男性ふたりは今、現代の科学の進歩とその哲学的な意味合いについて論じ合っていたが、メアリもある意味で話に加わっていた。ダイアナは、死ぬほど退屈、と三人に言い渡した。「風にあたりに行くから」とメアリに告げて出ていく――どこへ行ったのやら！　昼食前に捜しに行くと、すでに食堂車にいて、トルコ人の絨毯商人、ウィーン市民のショコラティエ、それに友人の公爵夫人と一緒のテーブルについていた。この数時間、何かのカードゲームをしていたようだ。どうやら賭博が絡んでいたらしく、ダイアナは十フラン勝ち取っていた。

「いったい賭け事をするお金なんてどこから手に入れたの？」ダイアナを客室に引っ張っていきながら、メアリは荒々しくささやいた。

「もちろんあんたからくすねたんだよ」とダイアナ。「いたっ！　腕が痛いってば。喜ぶべきだよ――盗んだのは五フランだけなのに、今じゃ十フランあるんだから！」

昼食後、メアリはドイツ語表現集を眺めた。〝どう《ダンケ》もありがとう《シェーン》。〟〝いくらですか？《ヴィー・フィール・コステット・ダス》〟〝美術館《ヴォー・イスト》はどこですか？《ダス・ムゼーウム・デル・クンスト》〟ジャスティンは自分の客室で横になって昼寝をしている。ムッシュ・ヴァルトマンと遅くまで話していたに違いない。ムッシュ・ヴァルトマンがどこへ行ったのかは知らなかった。煙草を吸いに行ったのだろうか？

「あいつ、あんたを口説いてるよね」とダイアナ。

「なんでだろ？」

「もちろん、下心なしでわたしを口説くひとなんていないからよ」メアリは苛立って言った。「わたしはすごく落ち着いて理性的なたちですものね、なにしろ」

「またそんなこと言って！　あのコールリッジとかワーズワースとかのばかげた話に騙されたなんて言わないでよ。詩の話をするなんてどんな男さ？　拷問で無理強いされたとかでもないのに」

「ばかげたってどういう意味？　どうして男のひとが詩を好きじゃいけないの？　それにあのひとはスイス人よ。スイスの若い男性はきっと、イングランドの若い男性とはまったく違うのよ」

ちょうどそのとき、客室の扉をたたく音がした。ムッシュ・ヴァルトマンだろうか？　だが、ダイアナが扉を開けると、それは公爵夫人だった。「ねえ、かわいい《マ・シェール》ダイアナ《ディアーヌ》」と言う。「わたくしたちのちょっとした《プティット》ゲーム《・ジュー》を続けたくて？　殿方はする気があると言っていてよ」

　ダイアナはメアリを振り返った。「どう？」

「もう、知らないわ！」メアリは不機嫌に言った。「なんでも好きなことをしてきなさいよ」たちまちその台詞を後悔した――なにせダイアナは、まだ十フラン賭け事に使えるお金を持っていて、そのうち五フランはメアリのものなのだ！　だが、抗議しようと口を開いたころには、ダイアナはすでに扉から抜け出していた。

ダイアナ　ほんとに言いたかったのは「悪魔のところへ行っちまえ！」だよね。でもお上品なメアリにはそんなこと言えないもんね。

メアリ　悪魔があなたをほしがるとはとうてい思えないわ。

ミセス・プール　あなただったら、あの老紳士《あくま》を死ぬほどこわがらせるでしょうね！

ダイアナ　当然。

　夕食の席にはまたムッシュ・ヴァルトマンが合流した。今回の会話は、新古典主義とロマン主義の美術学校の優劣と、印象派の革新性に重点が置かれた。ジャスティンはモネが好きだと認めた。もっとも、たしかに技術は雑なときがある。しかしあの光！　色の選び方！　自分でもいくつかの絵で印象主義を試してみたんだよ。ヴァルトマンはクールベとドラクロワのほうが好みだと言った。メアリはひどく物知らずだという気分になった。どうしてジュスティーヌはメアリよりこんなによく知っているのだろう？　もちろん、百年近く生きてきて、その百年の多くを読書に費やしたという理由はある。それでも、この冒険が終わってロンドンに戻ったら、自己啓発の勉強に着手しよう、と決意した。画廊へ行って、科学と政治学の講義を聴こう。重要な本を読もう。

キャサリン　重要な本はたいてい読む価値がないけどね。まあ、たいていの本は読む価値がないし。

ベアトリーチェ　まさか本気で言ってないでしょう、キャサリン！

キャサリン　ああ、別にあたしの本のことじゃないから。でも現実に、ちょっとでも価値があるのなんて、書かれた本のうちほんの少しでしょ。そこらに山ほど転がってる三文犯罪小説を見てよ！

アリス　あたしはああいうの、けっこう好きです……。

夕食の途中でダイアナが口を開いた。「退屈だから、失礼していいですか？」

メアリは眉をひそめて「行きなさい！」と小声で言った。今ムッシュ・ヴァルトマンは音楽における新機軸について論じており、その問題に関してはほとんど知識がない、とジャスティンが認めていた。

ダイアナは天使のようにほほえみ、「ありがとう、大好きな姉さん」とできるかぎりの皮肉をこめて言うと、出ていった。夕食が終わるころにも戻ってこなかったので、メアリは捜しに行った――客室をのぞき、通路の端から端まで見てまわってから、また食堂車に戻ってくる。とうとう荷運びのミシェルが、妹さんは荷物専用車に入っていきましたよ、荷物を取りに行ったのでは？　と教えてくれた。ダイアナがまだそこにいて、荷運びの助手と腕相撲をしているのをメアリは見つけた。助手の少年はダイアナと同年配ぐらいで、乗客に頼まれたとき旅行鞄を引き出すのが仕事だった。

ダイアナをひきずって通路を戻っていくと、寝る支度をしなさい、さもないと勝ち取ったフランは全部没収よ、と言い渡す。どちらにしても盗まれた五フランを取り戻したかったのだ。だいたい、盗みは悪いことだと誰からも教わらなかったのだろうか？　しかし、ダイアナのあとから客室に入ろうとしたとき、ムッシュ・ヴァルトマンが通路に立っていて、開いた窓のところで煙草を吸っているのが見えた。

なれなれしいかもしれないが……近づいていって声をかける。「とても楽しい夕べをありがとうございました、ムッシュ。美術に関しては兄ほど知らないのですけれど、お話はとてもためになったと思いますの」

ヴァルトマンはにこやかに見下ろしてきた。じつに魅力的な笑顔だ。「これほど知的で感じがいい女性とお話しできて光栄でしたよ、ミス・フランク。それから、どうかハインリッヒと呼んでいただけませんか？　ウィーンに着いてからもぜひお話を続けたいですね。よろしければあなたをお訪ねしたいのですが。もちろんお兄さんもです」

「まあ……もちろんですわ」メアリは言った。お訪ねする！　知的で感じがいい！　うれしいと同時にどぎまぎした。これまでに男性から訪問したいと言われたことなどなかった——書類の整理や、殺人犯の耳に関する論文の書き写しをさせられただけだ。しかしそのとき、ウィーンではムッシュ・ヴァルトマン……いや、ハインリッヒに話したように、友人のもとに滞在して美術館に行くわけではないと思い出した。誘拐されたらしい女性を救出しようとすることになるのだ。

「ご住所をいただけたら……」ヴァルトマンは続けた。

「まだどこに行くことになるかよくわからないんです」とメアリ。「ほら、ウィーンに滞在していても、地方へも行ってみるかもしれないので、旅行の予定が決まっていなくて。兄の聞いたところだと、オーストリアの村はほんとうに絵のように美しいそうですね」

この場で思いつく口実としてはこれが精一杯だった。結局のところ、ノートン夫人の住所を教えるわけにはいくまい。着いたあと何をするか、どんな危険に遭遇するか、誰にもわからないのだから。

「もちろんですよ」とヴァルトマン。「お兄さんにぼくの滞在先を伝えておきますから、よかったら立ち寄るか、伝言をよこしていただけますか？　ウィーンには一、二週間いて、そのあとインゴルシュタットへ向から予定です」

メアリはうなずいて手を差し出した。「おやすみなさい、ムッシュ・ヴァルトマン」

「よい夢を、ミス・フランク」握手するつもりだったのだが、そのかわり相手は大陸式の作法で頭を下げてメアリの手にキスした。

暗くてよかった。顔が赤くなっていたに違いない。パーク・テラス十一番地のメアリ・ジキルは、手にキスを受けるのに慣れていないのだ。今何が起きたのかよくのみこめないまま、メアリは向きを変えて客室に戻った。

ダイアナはすでに上の寝台に入っていた。「ねえ、あんたってたまにばかみたいだよね」とメアリに言ってくる。

いったいどういう意味なの、どうして姉にそんな話し方ができるの、と問いただす前に、ダイアナはもういびきをかいていた。

次の日も似たような経過をたどり、ジャスティンは知的な会話をして、ダイアナは荷運びの助手たちか公爵夫人たちとどこかへ出かけていった。午後には三十二フラン貯まったと自慢してきたものだ。一行はその晩ウィーンに到着することになっていた。

ムッシュ・ヴァルトマンはややぎこちない雰囲気だった。笑いかけてくることがずっと少なくなり、笑い方もためらいがちで、話しかけられる頻度も減った。何かで怒らせてしまったのだろうか、とメアリは心配になった。こちらに関心をもっても、つまりそういう意味だとして、応えてもらえないと思ったのだろうか。

ウィーンでどこにいるか、どんなにまた会いたいか、伝えたくてたまらなかった。同年代の男性に関心をもたれたことなどいつ以来だろう？　そもそも、そういう男性に会う機会があったのは？　一度もない、という答えになる。メアリは昔から、頼られるほう、面倒を見る側だった。今はここに、本気で興味をもっていてくれそうな男性がいる！　誰かさんとは違って。

今晩、ふたりはたぶん永遠に別れることになるだろう。オリエント急行がウィーン西駅に着きしだい、メアリとジュスティーヌとダイアナは、辻馬車を雇ってノートン夫人の共同住宅へ赴かなければならない。遅い時刻でくたびれているだろうし、問題なく住所を見つけられるといいのだが。もうムッシュ・ヴァルトマンのような相手への時間はなくなるだろう。

夕食のあいだ、ヴァルトマンはいつになく口数が少ないように見えた。ある時点で、こちらに身を乗り出して言った。「こんなに魅力的な道連れがいなくなったら寂しいでしょうね」どう反応すべきかわからなかった。

連絡先を知らせるだけなら、どんな害があるというのか？　せめてロンドンの住所なら教えてもいいだろう。

もう一度衣類やほかの必需品を荷物専用車から持ってきた旅行鞄につめているとき、メアリはパーク・テラスの住所をさっとメモした。別れる前に渡す手段を探そう。

扉をノックする音が聞こえた。もしかして――いや、違った、荷運びだった。数分でウィーンに到着すると言いにきたのだ。旅行鞄を運んでプラットホームに置いておくそうだ。メアリはうなずいて、お決まりのチップ《プールボワール》を払った。荷運びがいなくなってから、ウェストバッグに拳銃と弾薬が入っているか確認する。念のため。

「ウィーンではまた男の子の恰好ができる？」ダイア

ナが訊ねた。早く着かないかと座席の下を踵で蹴りつけている。

「だめ」メアリはぶっきらぼうに言った。「いらっしゃい、外の通路で待ちましょう」

ふたりとも列車がウィーン西駅に入っていくのを眺めた。午後十一時過ぎだったが、その時間でも駅はガス燈で明るかった。窓越しに、荷物の山の隣で列車を待っている旅行者たちが見える。ここはヨーロッパ最大の終着駅のひとつなのだ。ウィーン西駅は決して眠らない。

ちょうど列車が止まりかけたとき、ジュスティーヌが廊下を大股で歩いてきた。「そろそろ――」メアリは言いかけたが、ジュスティーヌに腕をつかまれた。あまりにもふさわしくない動作だったので、ぎょっとしたメアリは、一瞬どうしていいかわからず、立ったまま相手を見上げた。「急いで！」とジュスティーヌは切迫した声を出した。ふだんはあんなにやさしいのに、今腕を握る手は万力《まんりき》のようだった。

「わかったわ、行くから！」メアリは答えた。ジュスティーヌに列車の扉のほうへ引っ張られていく。「ちょっと、痛いわ」

ジュスティーヌについて階段を降り、プラットホームに出る。そこは旅行者と荷物でごった返していた。ダイアナはどこだろう？　よかった、今回だけはうろうろしていない。ずいぶん不機嫌そうではあったが、すぐうしろにいた。

「ごめんなさい」とジュスティーヌ。「でも、辻馬車を見つけないと、今すぐ！　辻馬車乗り場はどこ？」

「ヘル・フランク？　そちらはヘル・フランクでは？」誰がしゃべったのか見ようとメアリは振り向いた。それは下僕の仕着せをまとった若い男で、〝フランク家〟と書いてある看板を持っていた。

「そう訊いているきみは？」ジャスティン・フランク氏は、メアリが聞いたこともないほど疑わしげに問いかけた。

「フラウ・ノートンの家中の者です。列車のところへお迎えに行くようにということで、とても正確な説明を受けています——たいそう背の高い男性《アイン・ヘル》ひとり、それに女性《ツヴァイ・フラウエン》ふたり。ミースター・ホームズからよろしくとお伝えするようにと、奥様に言いつかっています。駅の前で馬車がお待ちしています」

「わかった」とジュスティーヌ。「旅行鞄を運ぶのを手伝ってくれれば、ついていこう」

メアリは列車を振り返った。ムッシュ・ヴァルトマンが降りてきた。当惑しているか、あるいは誰かを捜しているかのようにプラットホームを見まわしている。メアリだろうか。まだ住所を書いた紙切れを持っていた。大急ぎで駆け戻って渡す暇があるだろうか？

しかし、ふたたび万力が腕を締めつけた。「行こう」とジュスティーヌが言ったので、ついていかざるをえなかった。箱形四輪馬車《クラレンス》に似ているがもっと豪華な馬車が、ランタンを灯して駅の正面で待機していた。下僕は馭者とすばやくあいさつを交わした。馬がいななき、蹄《ひづめ》を踏み鳴らす。ジュスティーヌとメアリが乗り込むのに手を貸した下僕は——ダイアナはその腕を断った——続いて旅行鞄を積み込み、うしろの足場に飛び乗った。

「それ《ヒュー》！」馭者が声をかけると、馬たちは石畳の道をパッカパッカと走り出した。馬車はウィーンの宵闇に包まれてほとんど見通しの利かない通りを抜け、暗がりの中でかろうじて判別できる建物のあいだをがらがらと進んでいった。

「いったいあれはなんだったの？」と訊ねる。「腕が青あざだらけになりそう。わたしがしたかったのはただ……」

「ほんとうにごめんなさい、メアリ」とジュスティーヌ。「でも、あのね、あるものを見つけたの。どうしてなのかわからないけど——泥棒みたいな気がしたわ

――ハインリッヒが外に煙草を吸いに行っているあいだに、鞄を調べたのよ。ほら、あのひとは完璧すぎたでしょう。あんまり人なつっこくて、よく気がつきすぎた。わたしたちのことは少ししか知らないのに、ずっと一緒に過ごして。それに、スイスについて話していたとき、細かい部分が少し――しっくりこなかったの。母国を見てからずいぶんたっているけれど、百年間で変わらないこともあるわ。あのひとの訛りでさえ、フランス語を話すときには……ほんとうにスイス人なのかしら?」

ジュスティーヌは手提げ袋から何か引っ張り出した。馬車のランタンの薄暗い光ではろくに見えなかった。そもそも馬車を照らすためではなく、その動きをほかの馭者に警告するための明かりなのだ。メアリは窓に身を寄せ、街路のガス燈で確認しようとした。車輪が敷石の上をガタガタと乗り越え、ひどく体が揺さぶられるのを感じた。

「何それ?」ダイアナが問いかけ、身を乗り出してきた。

「やめて! あなたの肘があばらにあたっているのよ。すぐ自分で見られるわ」

それは紙片、封筒だった。だが、中身は空っぽで、いったいどういう意味なのかとジュスティーヌに訊ねようとしたとき、封蠟がついているのが目に入った――黒く見えるが、おそらく日の光のもとでは赤い色だろう。じっくり眺めると、S・Aの文字が浮き彫りになっているのがかろうじて読み取れた。

メアリ　この章でそこまでくわしく描写する必要がある? わたしがばかみたいに見えるわ。

ダイアナ　そりゃ、ばかだからじゃん。

ジュスティーヌ　あなたにハインリッヒ・ヴァルトマンがソシエテ・デザルキミストとつながっていると知るすべはなかったわ。

ダイアナ　そうだけどさ、やっぱりばかだよ。「ああ、ハインリッヒ！　なんて青い目をしているの！」

メアリ　たしかに、わたしの最高の瞬間じゃなかったわ。

6　ウィーンでの朝

「道中会った相手で、ほかにソシエテ・デザルキミストの会員だったと思うひとはいて？」アイリーン・ノートンは自分に一杯コーヒーを注いだ。

一同は居心地のいい食堂に座っており、朝の光が窓から流れ込んできていた。

「誰も思いつきません」とメアリ。「ビスケットをくれたあの親切なマダム・コルボー？　マドモワゼル・ニコレット？　どちらかが協会の一員だったなんて想像がつかないわ。もしかしたら公爵夫人かも。わかりませんけれど」

「ルーマニア政府のスパイだって本人は言ってたよ」ダイアナが言った。ポットを取って、コーヒーのおかわりを注ぐと、角砂糖を五個加え、せっせとかき混ぜる。

「それなら、確実に違うでしょうね」とアイリーン。

「スパイは自分がスパイだとほかのひとたちに言ってまわったりしないものよ。もっとクレープがほしいひとは？　フラウ・シュミットがあなたがたのために特別に作ったのよ」

ダイアナが皿を差し出し、驚いたことにジュスティーヌもそうした。「子どものころ、これを食べたの。どうして思い出したのかわからないけれど……そう、砂糖を少しかけて。それからくるっと巻いていたわ。つまり、人間の子ども時代ということよ、ジュネーヴでの」その場面を思い出そうとするかのように、眉をひそめる。

「わたしにはコーヒーをあと少しだけ」メアリは言った。この薄く平たいパンケーキをすでに四枚食べているのだ。大陸式の朝食はささやかだったはずでは？

「ジャムかチョコレートをつける？」アイリーンが訊ねた。「それとも両方？　ダイアナは両方でしょうね。ねえ、その名前、ヴァルトマンというのは、なぜか聞き覚えがあるようよ……でも、シャーロックの手紙に出てきた名前の中にはなかったわ」その手紙は見せてもらった。五枚のページにこちら三人の外見と、ホワイトチャペルの殺人を解決したいきさつ、そしてソシエテ・デザルキミストについて細かく書き込まれている。最後の一枚にホームズの署名があるのも見た――〝常に変わらずあなたの、シャーロック〟と走り書きされていた。あれはどういう意味だろう。厳密にはどういう意味でアイリーン・ノートンのホームズなのか？

昨夜、三人が到着して応接間に案内されたとき、アイリーンは背もたれつきの長いソファから立ち上がって言った。「とうとう！　ここにきてくださってほんとうにうれしいわ」そして握手しながらつけくわえた。

「お互いざっくばらんにやれるといいのだけれど。アイリーンと呼んでちょうだい。シャーロックの手紙はきのう届いたの。お知らせしたいのは、ルシンダ・ヴァン・ヘルシングがどこに監禁されているかがわかったことよ。でも、今晩してあげられることは何もないし、きっとそちらは疲れ切っているでしょうね。何か食べたい？　いらない？　それなら、三人とも少し眠ったほうがいいわ、朝になったら話しましょう」

メアリは驚愕した。まず、アイリーンがあきらかにイングランド人女性ではないという事実に対してだ。どことも言えない訛りのある豊かな低い声をしている。そして次に——「いったいどうやって、わたしたちが着く前にホームズさんの手紙が届いたんです？　電報は受け取っていらっしゃると思っていましたけれど、手紙が郵便でそんなに早く届くはずがありません」

「ああ、シャーロックにはそれなりのやり方があるの」アイリーンは微笑して答えた。「あのひとのお兄さんが英国政府の仕事をしているのは知っていた？　女王と国とか、そういう関係の仕事よ。各国政府は一般人より早くものを送れるわ。でも、お願いだから楽な恰好になって！　ハンナ」と、三人を入れてくれたメイドに声をかける。「ミス・ジキルとミス・フランケンシュタインとミス・ハイドの荷ほどきを手配してもらえる？」

「かしこまりました、マダム」メイドはお辞儀して答えた。

「あの子、三人の帽子と手袋を集めて持ち去る。

「あの子、英語を話すんですね！」メイドが行ったあと、メアリは言った。

「ええ、わが家の使用人は全員英語とドイツ語とフランス語を話すわ」とアイリーン。「料理人のフラウ・シュミット以外はね。でも、あのひとはペストリーが理由で免除されているの。さて、おなかが空いていないのなら、ハンナに部屋まで蜂蜜入りの温かいミルクを運ばせるわ。もし疲れ切っているだけでは眠れなくても、それで寝つけるでしょう」

「それにルシンダです」とジュスティーヌ。「どこにいるか知っているとさっき言いました？」

「ええ。でもどうやって脱出させるつもりか、いいえ、それどころかどうやって話をするために侵入するのかさえわからないわ。だって、マリア＝テレジア・クランケンハウスにいるのよ」

「クランケンハウス——それは病院ですね」とジュスティーヌ。「病気なのですか？」

「病院から出すのは難しくないはずだけど」とダイアナ。

「ああ、でも普通の病院ではないの。正気を失ったひとのための施設よ。しかも、ただ頭がおかしいだけではなくて、他人や自分に危害を加える力があると判断されたひとたちのね。有罪宣告された犯罪者が絞首台に送られない場合に収容されているの。侵入不可能よ」

ダイアナ　あの錬金術師どもはなんだって人を精神科病院に閉じ込めたがるわけ？　やたらこだわってるみたいだけど。
メアリ　ロンブローゾみたいな犯罪学者たちがよく言ってきたことだけれど、天才と狂気は紙一重なのだそうよ。もしかしたら、そういう正気を失った人たちの中に、自分たちの昏《くら》い影を見出すのかもしれないわ。レンフィールドを思い出してちょうだい。
ダイアナ　人を閉じ込めるのが好きなだけだと思うな。牢屋より精神科病院に送り込むほうが簡単だからじゃないの。
キャサリン　あんた、ロンブローゾの理論はまるっきり間違ってるって言ってなかった？
メアリ　ホームズさんがそう言ったのよ、わたしもそう思うわ。

ダイアナ　別に驚くことじゃないね。

その晩、メアリはメイドに案内されて廊下からダイアナと一緒の寝室へ行った。ふたりのベッドはすでに用意されていて、夜のために寝間着が広げてあった。旅行鞄はきちんと荷ほどきされている。ジュスティーヌは書斎のソファを使うことになっていた。全身がちょうど収まる長さがあったからだ。アイリーン・ノートンの共同住宅は、プリンツ・オイゲン通り十八番地の片翼の二階分を占めていた。これまでのところ、なかなか豪華な階段を上った二階しか見ていない。だが、目にしたものは――まあ、〝優雅〟というのがひとつの表現だ。〝洗練されている〟という言い方もあるかもしれない。（パーク・テラス十一番地よりずっと優雅だわ）とメアリは思った。だが、イングランドの家がウィーンの共同住宅より優雅であることは期待できないだろう。まして若い女性が五人住んでおり、そのうちひとりがどこへ行っても散らかしてまわるダイアナときては。

メアリはナイトガウンに着替えてから浴室を探しに行ったが、見つけてみると、意外に現代的だった。温水が出るようになっていて、鉤爪脚《かぎづめ》のついた大きな陶製の浴槽がついている。ありがたく洗面器で顔を洗った。旅の垢がすっかり洗い落とされるのがわかり、それが渦を巻いて排水管を流れていく。贅沢なタオルで顔と手を拭いたが、イングランドで使っていたどんなタオルより分厚かった。浴室には入り組んだ模様のタイルが張ってある。魚やほかの水棲生物、蛸《タコ》や磯巾着《イソギンチャク》などの意匠はベアトリーチェが好むだろう、とメアリは思った。なんというか――近代的？　芸術的だ。

寝室へ戻る途中で、アイリーンに出くわした。

「ベッドでくつろげるといいけれど」とアイリーン。「ジュスティーヌを書斎に入れるしかなくてごめんなさい。でも客用寝室はひと部屋しかなくて、あのひとにはベッドの丈が足りないの。こういう昔ながらのヨーロッパ式ベッドは、大柄な女性向けに作られていないのよ！　何か必要なものがあれば、呼び鈴を鳴らしてハンナを呼んで。シャーロックはあなたのことをとても褒めていたわ、メアリ。もっとよく知り合えるのを楽しみにしているの」こちらを眺める顔つきは、実際のメアリを自分がどう思うか見極めようとしているかのようだ。

「ありがとうございます」ほかにどう言えばいいかわからず、メアリは答えた。いったいあの手紙でホームズ氏はメアリのことをどう書いたのだろう？　アイリーン・ノートン自身は、予想と少し違った。たしかに美人だし、撮ったのは二十年も前だろうに、写真からそれほど変わっていない。だが、このひとをボヘミア王の愛人としては想像できなかった。見たところ——まあ、親切で率直で、実際的だ。たしかに、どこか芝居がかった雰囲気はある——しぐさが優雅で、イングランド人女性より両手を使った身振りが多い。また、雄弁術の教師のようにはっきり発音するし、いまだに特定できないあの訛りがある。しかし、この女性は——人目を引くというか、頼りにできる相手に見える。この印象が間違っていないといいのだが。

「では、朝にまた話しましょうね？」アイリーンが言った。笑いかけられて、メアリはなぜかいきなり認められたという気がした。

「ええ、もちろんです」とメアリ。「ええと、それじゃ、おやすみなさい」

「よい夢を」とアイリーン。「ねえ、妹さんのダイアナのことはとても気に入ったわ。手に余りそうな気はするけれどね。それから、ハンナがミルクを持っていったと思うの。飲み終わったら、廊下のテーブルにコップを出しておくだけでいいわ」

ハンナはミルクを持ってきていたが、ダイアナがすでに両方とも飲んでしまっていた。それでも、メアリはまもなく眠りについた。

ジュスティーヌ　わたしもあっという間に寝入ったわ。アイリーンはとても興味をそそられる本をいろいろ持っていたけれどね！　読んだことのない著者があんなに――実験的な書き方をしている現代の作家たちですって、あとで教えてもらったわ。ちょっとあなたみたいね、キャサリン。

キャサリン　ふうん、アスタルテのシリーズでは違うけどね。これがアスタルテの本と同じぐらい売れるかどうかはわからない。だって、みんな必ずしも実験の対象になりたがるとはかぎらないでしょ。たとえフィクションでもね。

食堂の窓からは、ロンドンの灰色の陽射しより鮮明な朝の光が流れ込んでいた。その光の中では、結局のところアイリーン・ノートンも写真の女性と同じではなかった。額と目の下に細かい皺が走っているのが見える。昨夜は焦げ茶色に見えたが、濃い赤褐色だと判明した髪には白い筋が交じっていた。襟と袖口に深紅の刺繍が施された緑の服を着ている。茶会服のようだったが、たぶんベアトリーチェがいつも話している例の改革服というやつだろう。こちらのアイリーン・ノートンのほうが好ましいと認めざるをえなかった。この数十年でおおいに人生経験を積んだというように、表情の深みが増している。あの劇場公演の写真にはなかった悲しみが瞳に宿っていた。机に写真をしまっておいたホームズ氏なら、今の彼女をどう思うだろう？　人生で最愛のひとだったとワトスンは言っていた。もしかしたらホームズもこのアイリーン・ノートンのほうがいいと思うかもしれない。たぶんそうだろうとメアリは思った。〝常に変わらずあなたの、シャーロック〟。メアリはホームズさんとしか呼んだことがないのに、アイリーンはシャーロックと呼んでいる。もっとも、アイリーンは全員を名前で呼んでいるが。

「わたしがアメリカ人だからよ」と本人は説明したものだ。「訛り？　ああ、それは何年もオペラで歌っていたからなの。若いころにはなかなか有名なソプラノ歌手だったのよ。パッティや〝スウェーデンのナイチンゲール〟ほど有名ではなかったけれど。ええ、そこまではね。イタリア語とドイツ語とフランス語のレパートリーを覚えると、かなりごちゃまぜの訛りになるの。もう正しい英語を――あるいはアメリカ英語を――話せなくなるのよ。ニュージャージーで生まれたとは信じられないでしょう？　でも、わたしは恋に落ちて、オペラ歌手としての生活に別れを告げたわ。女としての人生がほしかったの――子どもを持ってね、わかるでしょう。まあ、子どもは授からなかったけれど。最終的に、身ごもっても出産に至ることはないだろうと医者に言われたの――そういう言い方だったと思うわ」思い出すかのように窓の外を眺める。瞳が光っているのは涙かもしれない、とメアリは思った。「それから夫が死んで、そのときアメリカに戻ることもできたの。父と兄はまだいるし、ふたりともわたしが戻ってくるものと思っていたようだけれど――ニュージャージーではなくても、ニューヨークあたりに。でも、ここがずっとわたしの家だったし、わたしはここで幸せだった――昔はとても幸せだったの。夫はここに埋葬されているもの。離れがたいわ」

「もっとある？」ジャムを巻き、チョコレートをかけたクレープの、まさに最後の一枚の最後のひとかけを口に突っ込んで、ダイアナが訊ねた。

「いいえ、それにシャーロックがあなたのことを警告してくれたわ」アイリーンは微笑して言った。ほほえむとあの細かな皺がどこから浮き出てくるのか見えた。「もっとも、あなたとわたしはとてもうまくやっていけると思うけれど。ところで、今朝あのひとに電報を打って、あなたがたが到着したのを知らせたの。あと、ミセス・プールにも送っておいたわ。三人とも無事ここにいることを知りたいでしょうから。S・Aに気をつけるよう注意しておくべきだという気もしたのよ。よほど必要でないかぎり返信はしないように伝えたわ」

「ありがとう」とメアリ。ともかく、ひとつは手配が済んだ！　今日ホームズ氏とミセス・プールの両方に到着を知らせるつもりだったのだ。なにしろホームズ氏には約束したし、ミセス・プールが心配するのはわかっていた。だが、アイリーンの言う通りだ――錬金術師協会に追われていることが発覚した以上、とりわけ用心しなければならないだろう。

「それで、ルシンダ・ヴァン・ヘルシングのことは？」ジュスティーヌが問いかけた。今朝はまた男物の服を着ている。持ってきたのはそれだけだったからだ。メアリも着替えていたが、ダイアナはまだ寝間着のままだった。

「応接間にいらっしゃいな」とアイリーン。「もう九時近いし、報告がくるはずなの」

報告？　なんの報告だろう？　昼間の光で応接間を見たとき、メアリはベアトリーチェのためにも、写真を撮るのにコダックのカメラがあればいいのにと願った。室内はまさにベアトリーチェが好むような、さまざまな木材でできた興味深くめずらしい形の家具でいっぱいだった。色あざやかな絨毯には様式化された模様があり、ソファや肘掛け椅子の張り布と異なってはいるものの、どこか調和している。壁は絵画で覆われていた。どれも非常に高価で、とても趣味がよさそうだ。絵の一枚にジュスティーヌが近寄った。アイリーンがゆうべ座っていた長いソファの上にかかっているものだ。何をあんなに熱心に眺めているのだろう。メアリは追っていって見分けようとした。女の絵で、水の中にいるように見えるが、もしかしたらただの波線かもしれない。泳いでいるのか、ひょっとすると溺れているのか――判断が難しかった。目は開いており、見る者をまっすぐ見つめていた。赤い髪が体のまわりに漂っている、いや、あれも線なのだろうか？　水の部分は緑と青で、女のまとっている服は濃い黄色とオレンジ色で、奇妙な模様がついている。そして黄金の葉がたくさんあった。片隅に〝ラ・シレーヌ〟と書いてある。

「これはすばらしいですね」ジュスティーヌが言った。「こんなのは見たことがありません。でも、画家の名前が読めなくて」

「わたしの友人のひとりが描いたの」とアイリーン。「ウィーン以外では名前が知られていないけれど、やがて有名になるわ――たぶん近いうちに、ヨーロッパじゅうがグスタフ・クリムトのことを話すようになるでしょうね。この絵のモデルはわたしなの。似ているのがわかるかどうかは知らないけれど」

「わかんない」ダイアナが口を出した。すでに家にいるときとまったく変わらず、両足を曲げてソファに座り込んでいる。ソファには大きな赤い罌粟《ケシ》の花模様が描かれた緑の生地が張ってあり、ベアトリーチェなら感激のあまり気絶していただろう。

ベアトリーチェ　気絶はしないわ。女性の自然な体形を締めつけるあの不愉快な檻を身につけていなければ、気絶なんてしないのよ。アイリーンはぜったいにそういうものをつけないわ。でもあのひとがどんなに優雅か、どんなにきれいに動くかはわかるでしょう。

メアリ　そうね、ありがとう。わたしたちみんなアイリーンが大好きよ。でも、あのひとの美しさについて延々と話しつづける必要がある？

ベアトリーチェ　もちろん、美しさはあのひとの中でいちばん興味を引かない点だわ。

メアリ　ええ、もちろん、そのことに異議を唱えてるわけじゃないわ――それでもちょっと。だいたい、どうしてホームズさんに言及してばかりいるの、キャサリン？　これはわたしたちについての物語ってことになっているのに。

なるほど、メアリにはその絵とアイリーン・ノートンの相似がいくらか見て取れた……ただし、水の中の女はひどく蒼白くて痩せている。もっとも、現代美術は理解できたためしがないのだ。いつかジュスティーヌに説明してもらわなくては。

「ウィーンでは政治的な混乱に加えて、文化的、芸術的な混乱があるの。そのせいでいつかは芸術が変わるでしょうし、もしかしたら生活そのものに対するわたしたちの取り組み方も変わるかもしれないわ。でも、わたしはその政治的な部分に関して気をもんでいるの。鍋の中の水が沸騰しはじめる前にざわついているように、国粋主義、派閥主義、反ユダヤ主義が集まって……ヨーロッパが爆発したらどうなるか心配だわ。でも、あなたがたがここにきたのは、政治の議論をするためではないわね」アイリーンが呼び鈴を鳴らすと、まもなくハンナが現れた。「グレータは朝食を済ませた？」

「はい、マダム」とメイド。「こちらによこします」

真珠貝らしきものをはめ込んだ黒褐色の木製の机から、アイリーンは大きな紙の巻物を取ってきて、ソファの前の低いテーブルの上で開いた。平らにしておくため、四隅に四つの品物を置く――女の小さなブロンズ像、衣服を着ていないところからしてニンフだろう。緑の陶製の花瓶。葉をかたどった銀の灰皿。そして最後は、表紙に金の罌粟が描かれている詩集。そして、ソファにいるダイアナの隣に腰かけると、切り出した。

「みんなコーヒーテーブルのまわりに座ってもらえれば――談笑？　作戦会議？　ができるわ。ただ、待ってほしいのが――ああ、きたわね、グレータ！　おは《グーテン》よう《・モルゲン》、いい子ね」

グレータというのが、ダイアナと同年配の少年だったので、メアリは混乱した。たぶん十四、五歳で、いささか汚れている。ドイツ語ではグレータが男の子の名前になるのだろうか、それとも、たんに聞き間違えたのだろうか。

「朝食はちゃんと食べた？　英語を話すべきだと思うの、お客様のためにね。みんな、ここに座ってちょうだい。これはマリア＝テレジア・クランケンハウスの設計図よ」

全員がまわりに集まった。メアリとジュスティーヌはソファとおそろいの肘掛け椅子ふたつに腰を下ろし、ダイアナはアイリーンの隣で脚を組んだ。薄汚れた少年はテーブルに歩み寄ると、命令を待つかのようにポケットに手を突っ込んで立った。

「この設計図は、古い国立の精神科病院、ナレントゥルムが閉鎖された時期に、クランケンハウスを設計した建築会社からきたものよ。ウィーン郊外にある一群の民間の精神科病院がナレントゥルムの代わりになったの――クランケンハウスはそのひとつよ。もともと、正気を失っていて公衆に危険を及ぼすと法廷で判断された犯罪者を収容するために設計されたのだけれど、個人的な患者も受け入れるようになった。そういう個人的な患者の大部分は、自分や他人に危険だという理由であそこに監禁されたの。基本的にはずっと、幽閉するための場所で、患者にほとんど希望を与えなかったし、治療はもっと提供していなかったわ。精神の病気の診断法や治療法を変えようとしている友人がいるのだけれど――その男性は、精神病が避けられない遺伝性向ではなくて、抑圧された思考や願望の症状だと信じているわ。患者がどうにかして、そうした思考や願望を意識に上らせることができれば、癒すことができる――ともかく、彼はそう言っているわ。精神分析学者と自称しているのは、精神、つまり人間の心――

あるいは魂ね、ギリシャ語まで遡るなら。友人は夢や言い間違いを解釈するの——物議を醸す理論だし、彼の頭がおかしいと思っている同僚もいるわ。でも、夫が死んだあと、わたしがろくにベッドから出ることもできないほど落ち込んでいたとき、助けてもらったのよ。そのひとがわたしのために、ルシンダ・ヴァン・ヘルシングがクランケンハウスにいると裏付けてくれたの。どこにいるかはわからなかったけれどね。でも、グレータがもう少し教えてくれるのではないかしら?」

「はい、マダム」少年が言った。ハンナのようにオーストリア訛りが強くて、話し出したとたん、少年ではなく少女だとメアリは気がついた。もっとも、ダイアナよりさらに少年らしい。実のところチャーリーによく似ていて、ロンドン式の自信たっぷりな態度が同じだった。いや、ここではウィーン式になるのだろう。ひょっとすると街の悪童というのは、どこでも似たようなものなのかもしれない。

「ここにいます、三階だけど、どの部屋かわかりません」グレータは巻物の三階《ドリッテ=エタージェ》と記してある箇所を示した。「教えてくれたのはメイドのひとりで、シュヴァーベン出身のアニカ・クラウゼって子です。厨房で働いてて、患者に台車で食事を持っていく担当です。ルシンダって名前の若い女のひとに食べ物を運んだとき、部屋に入っていくと、そのひとがベッドに腰かけて、床を見てたのを覚えてました。ひとり看護人——この言葉でいいですか?——ひとり監督者《アイン・アウフゼーア》がついていて、ずっと一緒でした。アニカがお盆を取りに戻ったら、何も手がついてなかったそうです。それでその女のひとのことをとくに覚えてるんです——食べ物に一度も手をつけたことがないから。それに、犯罪者用の三階に閉じ込められるなんて、こんな若い女のひとが何をしたんだろうって不思議がってました」

「ああ、だからジークムントには見つけられなかったのね」とアイリーン。「三階の患者には近づけないと言っていたわ。部屋の配置はどうなっているの？　ジークムントが建物を大まかに説明してくれたけれど、きっとあなたのほうがくわしい情報を持っているわね。先見の明のある人物はたいていそうだけれど、あのひとも物質界に関してはとりたてて観察力が鋭いわけではないのよ。廊下の台に向かって帽子を上げているのを見たことがあるわ」

「はい、マダム。一階は管理用です。二階は個人患者用で、三階は犯罪者用です。二階と三階には窓に鉄格子がはまっていて、患者が運動や気晴らしのために許されたときだけ——許されたとき以外って言いたかったんです——部屋には鍵をかけてあります。二階と三階は、左側の棟が女性用、右側が男性用です。三階はどっちの棟も、やっぱり鍵をかけっぱなしです。院長の許可がなければ誰も出入りできません。個人患者と犯罪者が交わるのは——この言葉でいいですよね？——交流《ウムガング・プフレーゲン》するのは許されていません。誰も入れないように、クランケンハウスの表口と裏口には守衛がいます。配達は裏口にきて、守衛に調べられます。賄賂が効くかアニカに訊いてみたら、給金がよすぎてだめだって言ってました。出入りが許されてるのは、クランケンハウスで働いてる人——許可のある人——だけです。訪問客はいません、家族でも許されません。アニカは毎朝入るとき検査されます。看護人も全部です。この情報をもらうのに、金を払う必要はありませんでした、マダム。アニカはあそこで働いてるのを得意がってて、さんざん自慢話をしてきたから、聞いてるだけでいろいろわかったんです。実際、金を払ったら疑われたんじゃないかと思います」

「それで、内部の守衛についてはどう？」アイリーンは訊ねた。「二階には守衛がいないとジークムントが言っていたわ。三階はどうかしら？」

「教えてくれませんでした」とグレータ。「それ以上訊きたくなかったんです——なんでこんなにいろいろ訊いてくるんだろうって、向こうが思いはじめてるのがわかったので。あたしが観察したところでは、病院は高い塀、たぶん九フィートぐらいの塀に囲まれてて、てっぺんに金属の忍び返しがついてます。あたしの考《ダス・ヴァアス・》えでは《イッヒ・グラウベ》ですね、もし正直な意見が必要でしたら——」

「もちろんよ」とアイリーン。

「できるとは思えません。クランケンハウスはぜんぜん違うんです、あたしたちが前に……」グレータは言葉を切り、疑わしげにこちらを、とくにダイアナを見た。「あたしが言いたいのは、個人の家に入り込むのとも、ホーフブルク宮殿に忍び込むのとさえ違うってことです。むしろ牢屋に侵入するみたいなものです!」

「ありがとう、グレータ」とアイリーン。「いつもどおり、ほんとうに優秀だったわ。ミス・クラウゼ用に取っておいたお金をあなたのものにしたらどう？　さあ、そうしたら少し寝たほうがいいでしょうね。この件だけじゃなく別の仕事もあって、一晩じゅう外にいたのは知っているわ」

　グレータはうなずいた。「別の仕事のほうは……」

「その話はあとにしましょう、ほかの娘《こ》たちと会うときにね」

　グレータはまた首を縦に振ると、背を向け、ポケットに手を入れたまま部屋からすたすたと出ていった。

「ほら」アイリーンは言った。「わたしにも、言ってみれば自分のベイカー街遊撃隊があるの。ただし、女の子と組むほうが好きだけれどね。道端で暮らしているのを助けたという子が多いわ、グレータみたいに。あの子はハンナの妹なの。ふたりとも牢屋にいたのよ、わたしが——まあ、そうね、助け出したときには。女の子はどこにでも行けるし、なんでもできるし、ほんとうに、どんなものにでもなれるの。目立たないから」

「ね？　いつもあたしが言ってることじゃん」とダイアナ。「だけど、メアリがあたしに何かさせてくれる？　まさか」

「さて、何か考えはない？」アイリーンが問いかけた。

「今のところ、手詰まりだと認めざるをえないわ。その娘《こ》をどうやって脱出させたらいいかしら？　現時点では、その娘と連絡を取るために病院に入り込むことさえできないのよ。訪問は許されていないし、誰ひとり表口か裏口の守衛に知られずに入ることはできない。三階にはもっと守衛がいるかもしれないわ。グレータに情報を提供してくれた子が間違っていて、守衛を買収できたとしても——適切な対価がわかれば、賄賂が効かない相手はまずいないものよ——時間がかかるでしょうし、あなたがたには時間がないとシャーロックから聞いたわ。そうすると、残るのは何かしら？　なんらかの変装？　どんな変装をしたらルシンダに近づけるか？　あるいはクランケンハウスそのものにもね」

「さっき言ったお友だちはどうですか？」ジュスティーヌが訊ねた。「夢を解釈するというかたです」

「残念ながら、これ以上何かしてもらうのは無理だと思うわ」とアイリーン。「あのひとはクランケンハウスの立ち入り許可証なら持っているけれど、二階の自分の患者に会うことができるだけなの。三階に行くのは許されていないし、上で見られたら面倒なことになるかもしれないわ。シャーロックの手紙を受け取ったとき、うちの娘《こ》たちにヴァン・ヘルシング一家がウィーンのどこに住んでいるか探し出すように頼んだの。一年ほど前にヴァン・ヘルシングはリンク通りの外側、大学の近くに家を借りたわ。妻と娘がそこに引っ越してきて、本人は研究の必要に応じて行ったりきたりしていたの。数カ月前、妻が精神科病院に閉じ込められた——ええ、マリア＝テレジア・クランケンハウスよ。ヴァン・ヘルシングの家政婦のフラウ・ミュラーによると、妻がそこで亡くなった数日後に、娘が失踪したそうよ。ルシンダは複数の男にさらわれて、おそらく身代金のために人質にされているのだろうと警察は信じている――庭の花壇でブーツの足跡が見つかったから。でも、ヴァン・ヘルシングが妻を精神科病院に入れたのなら、娘も送り込む可能性はあるでしょうね、自分の活動から注意をそらすために誘拐を演出して。だから、入院患者名簿を見られないかと友人に訊いてみたの。そうしたら、フロイライン・ヴァン・ヘルシングの名前と、入院の理由が載っていたわ――神経衰弱、ヒステリー、自殺願望。ヴァン・ヘルシングが本名で入院させたのは運がよかったわね。そうでなければ見つからなかったはずよ――偽の誘拐で警察を騙すことはできても、クランケンハウスの場合、院長がヴァン・ヘルシングを知っているから、ルシンダが誰なのか気づくだろうと思ったのでしょうね。友人は二階を探してまわったけれど、ルシンダは見つからなかったの。それさえ危険な行動だったのよ――物議を醸している理論の件だけではなくて、あのひとはユダヤ人だから。ウィーンでユダヤ人であるというのは、どんどん難しい状況になっているの。三階で捕まってしまったら、専門職の地位をあやうくすることになるわ。だからグレータを送り込んで、もっと情報を得られるかどうか見てもらったの。ごらんのとおり、グレータは情報収集の達人よ。こちらが助けようとしているのをルシンダに知らせるためにも、もちろん救出するためにも、潜入する手段を見つける必要があるわ。でもどうやって？」

しばらく全員が座ったまま黙り込んだ。

「何も思いつきません」ジュスティーヌがかぶりを振って言った。「キャサリンが一緒にきていたらよかったのに。あれほど機転が利くひとですもの――きっと何か考えついたはずよ」

ダイアナ　まったく、それを入れずにはいられなかったんだよね。

ジュスティーヌ　でも、あのときわたしはほんとうにそう言ったわ。少なくとも、言ったと思うの。いったん書かれると、自分の記憶よりむしろ原稿のほうが正確だという気がするものよ。

「まあ、ここにキャサリンはいないしね」メアリは言った。心配なのと同時に腹が立ってもいた。機転が利くのはメアリのはずでは？　ともかく、ホワイトチャペルの殺人事件を解決する際にはそういう役割だった。だが、外国にきてからというもの、まだあのフェリーの上で海の波に揺られているかのように、すっかり混乱している。それでも、何か案を思いついてしかるべきだ。身を乗り出して頬杖をつき、もっとよく設計図を眺めてみた。クランケンハウスのような場所でさえ弱点があるはずだ。それはなんだろう？

「ああ、もう」ダイアナが言った。「はっきりしてるじゃん？　つまり、あたしにははっきりしてるってこと」

「何かの変装をするのが最善の策だと思うわ」とメアリ。「ヴァン・ヘルシング夫人はそこで亡くなったと言ったでしょう。お葬式のとき神父は呼ばれたのかしら？　ジュスティーヌはいい神父になると思うの。その変装で入り込んで、そのあと三階に行ける可能性はあるわ。ジュスティーヌの力ならたいていの錠前は壊せるもの。神父なら守衛に疑われないかもしれないし。それに、ルシンダを脱出させる件だけれど、棺はどう？　棺の中なら人を隠せるわ……棺だったら調べられないでしょう？」

「でも、別の患者が死ぬのを待たなければならないわ」とジュスティーヌ。「何カ月もかかるかもしれないのに。いえ、何年もよ！　それに、神父の恰好でどうやって三階へ上がるの？　そんな目立つ服装をしていたらたちまち見つかるでしょう。たとえなんとかなったとしても、どうやってルシンダを棺に入れるの、それに死体をどうすればいい？　その案には不確実なことがたくさんあるわ、メアリ」

ダイアナ　最高にばかばかしい計画だった。

メアリ　あれは計画じゃなかったわ。計画のつもりでもなかったし。わたしはただ案を出していただけよ。

ダイアナ　で、いつもどおりあたしの案は無視してたんだよね。

「あたしの話を聞いてないじゃん！」ダイアナがテーブルを蹴って言った。

「その元気いっぱいの態度、友人のオットーは感心しないのではないかしら」とアイリーン。「オットーはわたしのために特別にそのテーブルを作ってくれたのよ。話というのはなに、ダイアナ？」なだめつつ抑え込むかのように、ダイアナの肩に手をかける。

今度は何がしたいのだろう？　妹がついてくるのを許したことをメアリは心から後悔した。カナダかオーストラリアにでも家出してくれたほうがよかったかもしれない！　少なくとも、そうなれば癇癪《かんしゃく》に対処する必要もなくなる。

「そこって牢屋なんだよね？　でなきゃ牢屋みたいなとこ。うちの父さんはどうやって牢屋に侵入して、そこから脱出したんだった？」

アイリーンはかぶりを振った。「シャーロックがあなたがたのことを教えてくれたとき、その点は入っていなかったわ」

「あのひとは牢屋に侵入してなんかいないわ」メアリは口をはさんだ。まったく、ルシンダ・ヴァン・ヘルシングとなんの関係があるというのだろう？　「ダンヴァーズ・カリュー卿を殺害したかどで逮捕されて、ニューゲート監獄に送られたのよ」

「うん、でも、そのあと抜け出したじゃん！　あのさ――」ダイアナはアイリーンのほうを向いた。「――あたしの父さん、ハイド氏っていうんだけど、ひとを殺してニューゲート監獄に連れていかれたの。自業自得じゃなかったって誰が言うわけ？　殺されたほうがってことだけどさ。とにかく、父さんはめっちゃ簡単に抜け出したんだよ。いったん中に入ったら、看守がどこにいるか、いつ行き来するか見えたからね。それに鍵開けができたもん。少なくとも、そういうことだったんだと思う――もちろんほんとうのことは知らないよ。父さんはさよならも言わずに行っちゃったし。最高の父さんってわけじゃなくても、あたしたちにはあの父さんしかいないんだよ、だから黙ってて、メアリ――話の邪魔しようとしてるのはわかってる。ところで、あたしはどんな鍵でも開けられるんだけど」

「邪魔しようとしてたわけじゃないわ」とメアリ。


「つまり、あなたが言ってるのは、いったん入れば出られるってことね――でなくても、少なくとも三階まで上がってルシンダと話すまではできる。ただし、三階に鍵がかかってるだけじゃなくて、守衛がいなければね。それはわからないわ。さて、そもそもどうやってクランケンハウスに入るつもり？」

「父さんと同じ方法で」

「ひとを殺して？」ジュスティーヌが当惑した顔つきで訊ねた。

「あのねえ、あたし以外誰も頭を使ってないじゃん！　ひとを殺せば牢屋に入るんじゃないの？　だったら精神科病院に入るには、ヒステリーを起こすとか、神経――なんとか、アイリーンが言ってたやつになればいいんだよ。アイリーンの友だちって、患者を入院させられるって言ってたよね？　いったん入れば、守衛の居場所も避け方もわかる。守衛だって四六時中見張ってられないよ――歩きまわったりトイレに行ったりしなくちゃいけないもん。めっちゃ簡単だよ」

「だめ！」メアリは言った。「ぜったいにだめよ。正気を失った犯罪者の施設に送り込んだりするもんですか。あなたはわたしの妹よ、わたしが許しません。自分で鍵開けがどんなに得意だと思ってようがかまわないわ。出られなくなったらどうするの？」

「出られるわよ、ジークムントが入院させるなら」とアイリーン。「クランケンハウスに滞在する期間を決めるのはあのひとでしょうから。退院を命じるか、別の場所に移動させることはできるわ。もちろん、捕まらなければということよ。そうなったら、あなたを助けるためにジークムントには何もできないわよ、ダイアナ、それに、あのひとをこれ以上巻き込むのはためらうわ。重要な仕事をしているのですもの——経歴に傷をつけたくないわ。でも……ほんとうにどんな鍵でも開けられるの？　どんな鍵でも必ず？」

「当たり前」ダイアナはばかにするように言った。

「見せてほしいわ。いらっしゃい」アイリーンは立ち上がると、ダイアナについてくるよう手招きした。いったい何をするというのだろう？　ダイアナに鍵開けの腕前を実演させるつもりだろうか？　だとしたらどうやって？　メアリが目をやると、ジュスティーヌはわたしもどういうことかわからないわ、と言いたげに肩をすくめた。

ダイアナはまだナイトガウンのまま、公爵夫人さながらにつんとすましてアイリーンについていった。

「もう、勘弁してちょうだい……」メアリは肘掛け椅子から立って言った。「行きましょう、ジュスティーヌ。どういうことなのか見たいわ」

アイリーンは一同を連れて共同住宅の裏側のほうへ廊下を進むと、狭い階段を下りていった。ここは召使が暮らしている一階なのでは？　そうだ、厨房への扉があった。大きな黒いコンロと、ハンナとグレータの両方が座っている中央の長いテーブルがうかがえる。

よくある厨房の付属品が壁際にぐるりと配置されているのも見えた。天井に干した唐辛子とニンニクの束がつるしてある。年配の女性がコンロのそばに立っていた。料理人の白い帽子とエプロンをつけているので、おそらくフラウ・シュミットだろう。

「ハンナ、少し時間がとれる？」アイリーンは厨房の入口から呼びかけた。

「もちろんです、マダム」ハンナは答えて扉のところへやってきた。「お望みはなんですか？」

「メイドとしての仕事ではないわね、今は。鍵開けが上手なのはどちらか見たいの、あなたか、ここのダイアナか」

ハンナは品定めするようにダイアナを眺めた。「わたしはとても早いですよ」

「へえ、そう」とダイアナ。「たしかめてみようよ！」

「それなら、こちらへいらっしゃい」とアイリーン。

「事務室に行きましょう」

みんなを先導して廊下の端まで行く。そこは……廊下の突き当たりだった。行き止まりでどこにも続いていない。羽目板が張ってあり、絵画が一枚かかっていた。青い花瓶いっぱいに赤い罌粟が挿してある絵だ。きっとアイリーンの好きな花に違いない。

アイリーンは絵を持ち上げ、その裏の壁についていた取っ手をまわした。壁が奥に動いたのを目にして、メアリはぎょっとした。なるほど、扉だったらしい。

「ちょっと待って」とアイリーン。「ここの明かりをつけないと」カチッと音がして、室内は光に満たされた。

「それ……電気が通っているんですね！」とジュスティーヌ。

「ええ、この部屋には電気を組み込ませたの。今からここでやることには、ガス燈で出せるより明るい光がいるわ。入ってちょうだい、みんな」全員があとについて入室するまで扉を押さえていてから、扉を閉める。

その部屋の大きさは、パーク・テラス十一番地にあるジキル博士の書斎程度で、応接間よりは狭かったが、居間《モーニング・ルーム》よりは広い。窓はなかった。三方の壁一面に棚があり、本や書類入れが収めてある。四番目の壁には多種多様な武器がかかっていた――剣、ナイフ、いろいろな種類の拳銃、ライフル銃まであった。部屋の奥には大きな机が置かれ、そのせいで事務室のように見える。しかし、中央には椅子に囲まれたダークウッド製のテーブルがあり、むしろ会議室のような雰囲気を与えていた。アテナ・クラブが会合を開くパーク・テラス十一番地の食堂に似ている――武器があることをのぞけば。

「この部屋はなんですか?」メアリはあっけにとられてあたりを見まわした。

アイリーンは答えなかった。かわりに棚のひとつから箱を持ち上げ、テーブルに載せる。その箱を開けて取り出したのは――なんだろう? メアリは見ようとして一歩テーブルに近づいた。金属……ああ、錠前だ。古いものから現代のものまで、さまざまな錠前だった。

「ダイアナに十個、ハンナに十個」アイリーンは言い、錠前をふたつの山に分けた。もう一度箱に手を入れ、しばらくかきまわしてから、ストップウォッチを引っ張り出してテーブルに置く。続いて頭に手をやり、控えめなのに凝った形に結い上げた髪から、ヘアピンを二本抜いた。アイリーンとベアトリーチェは、どうやってそういうことをしてのけるのだろう。見当もつかない。「ほら」アイリーンはハンナとダイアナにめいめいヘアピンを渡した。「最初に全部の錠を開けたほうが勝ちよ。わたしが時間を計るわ。用意はいい?」

「勝つと何がもらえるの?」とダイアナ。

「わたしの称賛と敬意よ。ハンナはとてもとても腕がいいということは知っておくべきね。たぶんあなたよりもね!」

「まさか」ダイアナは言ったが、ヘアピンを取り上げた。ハンナはそちらに、上級メイド特有の軽蔑をこめた視線を投げた。

メアリはふたりの少女を見比べた。ひとりはまだナイトガウン姿で、もうひとりは上品な黒い仕着せに白い帽子とエプロンをつけている。どちらが勝つだろう？　椅子を一脚押しのけて、もっとテーブルの近くに立てるようにした。

「用意はいい？」アイリーンがストップウォッチを持ち上げて言った。「はじめ！」

まるでバレエのような、なかなか美しい動きだった。まずどちらもヘアピンを好みの形にねじる。次に正確な動きで自分の正面にある錠前を手に取り、すばやく慎重にヘアピンを鍵穴に差し込む。錠がカチッと音を立てるのが静かな室内で異様に大きく響くと、次の錠前に移る。取り上げ、ヘアピンを突っ込み、回転させ、カチッ。次の錠前を手に取る。

鍵開けのできるメイドを雇っているアイリーン・ノートンとは、いったいぜんたい何者だろう？　あるいは自宅に隠し部屋を持っていたり？　壁に武器を並べていたり？　もちろんホームズ氏の友人だが、それ以上の存在に違いない！　盗賊か、盗賊団のまとめ役か？　アイリーンを盗賊と見るのは不可能だ。ホームズのような探偵なのだろうか？

ああ――別のことに気を取られているあいだに、ハンナがちょうど最後の錠前を下ろしたところだった。だが、ダイアナの錠前はもう正面のテーブルの上に置いてある。全部開け終わったのだろうか。それともまだ残っているのか？　いや、ダイアナは何も気にならないと言わんばかりに、伸びをしながら大口を開けてあくびをしている。

「ハンナ、六分十五秒。ダイアナ、五分四十七秒。もしあなたがうちの陽気な一団に加わりたいと思ったら、いつでも仕事があるわ」アイリーンは錠前を箱に戻した。「よろしい、あとひとつだけここでしたいことがあるの。ダイアナ、着替えてきたらどう？　ハンナ、ありがとう、自己最高記録を更新したわね。十五分後に応接間へもう一度集まってもいいかしら？　メアリとジュスティーヌ、少し残ってくれるなら、話したいことがあるの」

「完敗だった」ハンナが右手を差し出して言った。「よかったら、あとで厨房までわたしと妹に会いにきて。あなた、妹と気が合いそう。おもしろい話をしてあげるし、フラウ・シュミットはいつでも戸棚に甘いものを置いておいてくれるから。トルテとかシュトルーデルとか」

「正々堂々の勝利だね」ダイアナは言い、その手を握ってしっかりと振った。「この連中に飽きたら下に行くよ、たぶんすぐじゃないかな。あと、あんたの妹の服借りられる？　そうすればこんなばかげた恰好で出歩かなくて済むからさ。行こう」ふたりそろって出ていくとき、ダイアナが続けるのが聞こえた。「よくやったじゃん。あたしと張るぐらい早いやつなんて会ったことがないよ」

ダイアナは着替え、ハンナはおそらく厨房に戻るために、ふたりで行ってしまうと、アイリーンはメアリのほうを向いた。「ダイアナならできそうね。あそこの鍵を開けられると思うわ。うまくいけばルシンダ・ヴァン・ヘルシングと連絡が取れるでしょう。それ以上のことはしてほしくないけれど——助けに行くとルシンダに知らせるだけでいいのよ。でも、ルシンダのところまで行けなかったとしても、病院の日課の情報は集められるもの。いちばん重要なのは三階に守衛がいるかどうかね。いるとしたら、その数は何人か？　どこに配置されていて、いつ巡回するか？　わたしたちが侵入するときには、そのあたりをすべて知っている必要があるわ——どうやって入るにしてもね！　ダイアナは手早いし頭がいいわ——ハンナより早いわね、そんなことは不可能だと思っていたけれど。それに、この案を思いついたのはあの子よ。問題は、あなたにやらせる気があるかということ。とくにあなたに訊いているのは、あの子の姉だからよ。あなたがたふたりがいつでもうまくいっているわけではないと知っているけれど、妹を守ろうとしているのは知っているわ。そうあるべきだしね。今回の計画はあの子を危険にさらすでしょう――その点に関して疑う余地はないわ。でも、ルシンダと連絡を取って、なんというか、土地勘をつかみ取る可能性がいちばん高いのは、あの子を使うことよ。戻ってきて報告してもらえば、救出する方法を考えつけるわ。どうかしら？」

メアリが反応する前に、ジュスティーヌが答えた。

「アイリーン、失礼かもしれませんけれど――これはいったいどういうことでしょう？　隠し部屋に壁の武器。よろしければ、わたしたちに――」メアリの視線を捉える。「――ええ、メアリとわたしに、少し説明していただけますか」

アイリーンは声をたてて笑った。「わたしは犯罪者の黒幕かしら？　それとも、急進派の指導者、ひょっとしたら無政府主義者かもね？　いいえ、そんなわくわくするものではないわ。ヨーロッパじゅうを移動してまわる若いソプラノ歌手だったとき、あれこれ目を配っておいてくれと国に頼まれたの。アメリカは若い国で、まだ世界の強国ではないけれど、そうなりたいと思っているから。そして、ヨーロッパで何が起きているか知りたがっているの。アメリカには――そう、観察者のネットワークがあってね。それがわたしのしていることよ――観察すること。情報を集めること。将官たちは誰を支持しているか？　どの投資家たちが一緒にコーヒーを飲んでいるか？　皇帝は消化不良を起こしているか？　一般人に消化不良が起こるより、皇帝に起こるほうが重要なのよ――あらゆる結果につながりかねないでしょう。そういったことね。一度、その仕事でボヘミア王とつながりができて、それでシャーロックと会ったの。結婚したときにやめたけれど、夫が死んだあと、ほかにする仕事も、生きていく理由もなかったから——歌うことに戻るには遅すぎたしね。だからもう一度その仕事を始めたの」

「あなたはスパイなんですね！」とジュスティーヌ。

アイリーンはふたたび笑った。深みがあって豊かな、耳に心地よい音楽的な笑い声だった。「本物のスパイだったら、自分がスパイだとあなたに言うことはぜったいにないわね。ダイアナの件に戻ってもいいかしら？　友人に連絡を取って、手を貸してくれるよう頼むわ。もし関係していると知られたら、専門家としての立場を危険にさらすことになるわけだから、頼むべきかどうか自信がないけれど。ただ、むしろ状況を説明して、自分で決めてもらいたいの。たとえ助けてくれたがらなくても、貴重な助言をもらえるでしょう。でも、まず知る必要があるわ——あの子にこれをさせる気があって？」

ふたりとも自分が口を開くのを待っているのだ、とメアリは気づいた。「ダイアナはまだ十四歳です」と、時間稼ぎで言う。「それに、あの子がどんなに扱いにくいか、ジュスティーヌも知っていますし。めったに言われたとおりにはしないんです」

「でも、わたしとベアトリーチェを助けにみんなが倉庫へ侵入したとき、ダイアナがどんなに役に立ったか思い出して」とジュスティーヌ。「あの子がいなかったら、わたしは今日ここにいなかったわ」

ダイアナ　そのとおり、それを忘れないでよ！

「ええ、でも、そのあとハイドの逃亡を助けたのを思い出してちょうだい！」とメアリ。「ただ潜入して連絡を取るだけですよね？　それと、守衛を観察するのと？　それ以上のことはさせないんでしょう？　どのくらい中にいることになりますか？」

「三日間いてもらうべきでしょうね」とアイリーン。「三日で連絡が取れなかったら、連れ出して別の手を試してみましょう」

メアリは向きを変え、武器の並ぶ壁に視線をそそいだが、実際には見ていなかった。「わかりました」ややあって言う。「お友だちと話してみてください、そのかたのお返事を聞いてみましょう。どっちみち、嫌だと言われるかもしれませんし」

アイリーンはうなずいた。机のところまで歩いていって腰を下ろすと、机の隅に置いてあった器具を引き寄せる。顕微鏡の一種だろうか？　なんとなく土台のついた蠟燭立てのようだ。アイリーンは蠟燭の火消しに似たものを取り上げた――いったい何をしているのだろう？

「電話を持っているんですね！」とジュスティーヌ。

「ウィーンはとても現代的なのよ」アイリーンはにっこりして言った。「しばらくひとりにしてもらっていいかしら？　この会話は時間がかかると思うの」

「もちろんです」メアリは答えた。部屋から出ていきながら、ジュスティーヌにささやく。「電話ってあんな見かけなのね！」

「前に電話を見たことがないの？」ジュスティーヌが訊ねた。

「広告でだけよ。ホームズさんでさえ電話は持っていないわ。見たことがあるなんて言わないでよ！」

「いいえ、わたしも見たことはないわ。本物はね」

二階の応接間に戻る途中では話をしなかった。おそらく話すことがありすぎたからだろう。ゆうべ泊まった書斎の扉を通りすぎたとき、ジュスティーヌはベストをぽんぽんと叩いて言った。「懐中時計を忘れてきた気がするの。ソファの隣のテーブルに置いてきたか、机の上かもしれないわ。男物の服はほんとうにずっと気をつけている必要があるのよ！　帽子を取るべき場面だって、あれだけ決まりごとがあって……」

「女物の服も同じぐらい大変だと思うわ」とメアリ。

「ただ慣れているってだけよ。じゃあ、見てきたら。きっとアイリーンが電話で話し終わるのに数分かかるわ。そうすると、そのお友だちも電話を持っているわけね？　そういう仕組みでしょうから。電報に似ているけれど、会話でそれをやるってことね」

ジュスティーヌのあとから書斎に入る。そこは二階のほかの場所より暗く、天井まで届く木の棚と、分厚いビロードのカーテンがあった。ジュスティーヌが寝ていたソファは長くて厚みがあり、寝転がっていい本を読むのにぴったりだった。メアリはサイドテーブルを見たが、載っていたのはジュスティーヌの捜している懐中時計ではなく、一冊の本だった。題名を見て、息をのむ。

「ああ。ああ、どうしよう。なんてばかだったの！」顔に両手をやって頬を包む。恥ずかしさのあまり赤くなっていないとしたら、赤くなっているべきだ。

ジュスティーヌが懐中時計を掲げた。「ほらね、まず目に入るように机に置いたのに、今朝時計用ポケットに入れるのを忘れたのよ。男のひとだったら忘れなかったはずだわ。メアリ、いったいどうしたの？」

本が全部説明してくれるというかのように、指さすしかなかった。表紙には『フランケンシュタイン――現代のプロメテウスの伝記』と書いてあった。どうして自分が分別と責任感のある人間だなどと一度でも考えたのだろう？　ホームズ氏のように探偵になれるなどと思ったのだろう？

「ええと、あのね、じつはわたし、一度もそれを読んだことがないの」ジュスティーヌは申し訳なさそうに言った。「自分の父とアダムについてとか、わたし自身が殺されたことになっているような内容を読むのはつらすぎるだろうと思って。でも、アイリーンが調べていたのかしらという感じでテーブルに載っていたの。

わたしは今朝、朝食の時間よりだいぶ早く起きたし。だから読みはじめたのよ。最初はよかったわ、スイスとフランケンシュタイン一家について読むのは。でも、ジュスティーヌ・モーリッツの記述に入ると、読みつづけられなくなって……」

メアリはいきなりソファに座り込んだ。「わかってないのね。ヴァルトマン。ヴァルトマンという名前。気がつくべきだったのに」急いでぱらぱらと本をめくる。ジュスティーヌは読んでいなかったかもしれないが、メアリはもちろん読んでいる。ホワイトチャペルの殺人事件を解決し、アダムが倉庫の火事で死んだあとに。ソシエテ・デザルキミストについてなるべくたくさん知りたかったのだ。キャサリンが警告したように、本には何も書かれていなかった——協会についてはまったく触れられていない。だが、ある名前が挙げられていたのを思い出したのだ……そう、これだ。「ヴァルトマン！」苦悩に満ちた勝利とでも言うべき声をあげると、そのページを指さす。「インゴルシュタット大学でヴィクター・フランケンシュタインの化学の教授だったひとよ。ハインリッヒ・ヴァルトマンはそこの医学部に行くところだったのよ。ああ、どうして気づかなかったの？」

ジュスティーヌはソファのメアリの隣に座った。「ほんとうに？　どこ？」

メアリは本を渡し、関連する段落を示した。それから、両手に頭をうずめて顔を隠す。「自分がどうしてしまったのかわからないわ」と言った声は、指越しにくぐもって聞こえた。「イングランドを出てからというもの、ずっと本来のわたしじゃないような気がしているの。物事を忘れるし、混乱するし……」いつでもどうすべきか知っていて、あんなに自信があったのに。わたしはパーク・テラス十一番地のミス・メアリ・ジキルだった。外国で、しかも自分のものではない家にいる、今のわたしは誰だろう？　わたしに何が起きているのだろう？

ジュスティーヌが片腕を体にまわしてきた。メアリはそのしぐさに驚かされた。ジュスティーヌはまず人にさわろうとしない——うっかり傷つけてしまうかもしれないと常に恐れているのだ。今は意識してそっと触れてきた。

「自分を責めてはだめよ。ねえ、わたしたち、あなた以外はずっと前に家を失っているわ。ダイアナはマグダレン協会に連れていかれたし、キャサリンはモローの島に運ばれたし、ベアトリーチェはパドゥアのお父さんの庭園を出てきた。わたしはもちろん、パパが生き返らせると決めたとき、生まれ故郷のスイスから連れ出された。でも、あなたには家があるわ、一度も出たことのない家が。そこから離れたら意気消沈して、まともに頭が働かなくなったように感じても不思議はないでしょう」

「ジュスティーヌの言うとおりよ」アイリーン・ノートンが入口に立っていた。いつからあそこにいたのだろう？「ニューヨークの音楽学校に行くためにはじめてニュージャージーを離れたとき、わたしも同じように感じたわ。ヨーロッパに行くためにアメリカを出たときもね。あなたのことはそんなによく知らないけれど、メアリ——今はまだね。でも、主導権を握るのに慣れている種類のひとだと思うし、今はそういう状況ではないのよ。あなたのまわりではいろいろなことが起こっているわ——自分で疑っているより大きな物事がね。だから訊いたのよ、ほかにもソシエテ・デザルキミストのスパイかもしれない相手に会ったかどうかを。ヴァルトマン——その名前を前に聞いたことがあるのはわかっていたけれど、どこで耳にしたのか思い出せなかったわ。フランケンシュタインの教授だったヴァルトマンの子孫なのでしょうね。たぶん曾孫？理解できないのは、なぜ偽名を教えなかったのかということよ、簡単だったでしょうに。ひょっとしたら、あなたがどれだけ知っているか探るための試験だったのかもしれないわね」

「偶然の一致ということはないでしょうか？」ジュスティーヌが訊ねたものの、自分でもその可能性をあまり信じてはいないようだった。

「ソシエテ・デザルキミストのような組織を相手にしていたら、偶然の一致などというものはないのよ」アイリーンは険しい表情をしていた。まるで自分もそういう組織を相手にしたことがあるような言い方だ。無政府主義者？　社会主義者？　当然、アイリーンはそういう集団を知っているのだろう……。

「ほんとうにごめんなさい」メアリは言った。すっかり恥じ入っていた。アイリーンならそんな間違いはしなかったに違いない。この話はホームズ氏に伝わるだろうか――シャーロックに？　肩を抱いているジュスティーヌの腕の重みが心強かった。

アイリーンは驚いた顔をした。「あら、あなたのせいとは言えないでしょう。誰でもばかげた間違いをすることがあるものよ。わたしは最初、シャーロックに対してそういう間違いをしたわ。それが人間のすることですもの。間違ったときにしなければならないのは、そこから学ぶことだけよ。さあ、あなたがたにジークムントと話した結果を伝えたいのだけれど、ダイアナにもその場にいてほしいし、ハンナとグレータにも相談しなくてはね。だから落ち込むのはやめて、応接間にいらっしゃいな、メアリ」

ミセス・プール　アイリーン・ノートンは、わたしが会った中でいちばん分別のある女性のひとりですよ。こぼしたミルクのことを嘆いても仕方がありませんからね。拭き取って気持ちを切り替えるべきですよ、うちの母が言っていたように。

ダイアナ　先に猫がなめちゃってなければね。

ミセス・プール　あのいまいましい猫どもったら

ら！　どうしてあなたがたに飼わせてしまったのかわかりませんよ。

一同がまた応接間に集まると、アイリーンは呼び鈴を鳴らした。しばらくして、黒い服に白い帽子とエプロンという申し分ない身だしなみのメイドがふたり、颯爽と入ってきた。仕着せ姿だとハンナとグレータは驚くほどよく似ていた。もっとも、グレータのほうがわずかに小柄だ。ダイアナがそのあとに続いたが、それほど申し分ない恰好とは言いがたかった。さっきグレータが着ていた服を着ているようだ。

「こういう状況なの」アイリーンはソファに腰かけて口を開いた。まわりを囲んで立った一同は何を話すのかと待ち受けている。「友人のジークムントは、ひとつ条件つきで力を貸してくれることになったわ――まずダイアナに会いたいそうよ、精神病の患者として信憑性があるかどうかたしかめるためにね。それはまったく問題ないと言ったわ――」

「ちょっと！」ダイアナが怒って口をはさむ。

「でも、直接会いたいらしいの。自分の評判と病院の立ち入り許可がかかっているものね。それでも、ルシンダを助けることは大切だと同意してくれたわ。どうやらヴァン・ヘルシングとなんらかの専門的な論争をしているらしいの、何か性心理の発達についての……学者がギリシャ語とラテン語の語根をごちゃまぜにしはじめたら、耳を傾けるのはやめているのよ。決して建設的な結果にはならないから」

ジュスティーヌが同感だと言わんばかりにうなずいた。メアリはまたもや、ミス・マリーのもとで勉強を続けられていたら、と思った。そうしたら何を話しているのかわかったのに。

「メアリ、ダイアナを診療所に連れていってもらえるかしら？　あいにく辻馬車で行ってもらわなければならないわね。今朝はわたしが馬車を使うから。それに、あのひとはリンク通りの反対側に住んでいるのよ。ウィーンの真ん中をわたしの馬車で突っ切ってほしくないわ。ソシエテ・デザルキミストがあなたがたを見張っていることが判明したし、わたしのほうも、協会以上とは言わないまでも、同じぐらい危険な団体から監視されているの。ハンナをつけるわ——住所を知っているから」

「わかりました」とメアリ。「いつ出たらいいですか？」

「ダイアナがまた女物の服に着替えたらすぐに」とアイリーン。

「なんでさ？」ダイアナが憤慨して訊ねた。「着たくないよ」

「なぜって、あなたは神経衰弱でヒステリー症だということになっているからよ。思春期の女の子がそういう診断を受けても、誰も疑問に思わないでしょう」

「思春期はそっち！」ダイアナは言ってから、ハンナにささやきかけた。「これって汚い言葉だよね？　ぜったい汚い言葉だと思う」

「ジュスティーヌとグレータ、あなたたちにはクランケンハウスに行ってもらわないと。誰とも接触しないで、姿も見られないようにして。ただ周囲の様子を把握して、ダイアナが病院の中にいる期間、こちらが見張りのできる場所を探してちょうだい。もしかしたら、近くの建物に部屋を借りられるかもしれないわね？よく見える場所にするのよ。ダイアナがルシンダと連絡を取ろうとしているあいだ、わたしたちは助けが必要な場合に備えて、外から観察していましょう。あとは、救出作戦に関して実行できそうな計画を考えはじめないとね。みんな諒解《りょうかい》したかしら？」

ハンナとグレータはほぼいっせいに「はい、マダム」と答えた。ジュスティーヌはうなずいた。ダイアナは、うなずくにはまだ女物の服を着るという見通しに憤慨しすぎていた。顔をしかめ、腕組みして突っ立っている。

メアリはダイアナの肩に手をかけた。「わかりました。ええ、これが計画なら、やりましょう」

十五分後、メアリとダイアナとハンナは、辻馬車に乗ってリンク通りの石畳の上をがらがらと走っていた。ウィーンの中心部をぐるりとまわる長い並木道だ。ハンドバッグの中には、辻馬車代に加え、ウィーンでかかるほかの費用を充分賄えるだけのクローネが入っていた。出発する直前にアイリーンから渡されたものだ。いくらなんでも多すぎます、とアイリーンに言ったものの——考えてみればベデカーを調べないと為替相場があまりよくわからないのだ。ダイアナは窓の外を眺め、あれこれ愚痴をこぼしていた。

ダイアナが何を言っているにしろ、メアリは注意を払っていなかった。ヴァルトマンの件はあまりにもばかげた間違いだった。もっと用心しなければだめだ。とくに今は、一行がウィーンにきていることにソシエテ・デザルキミストの誰かが気づいているとわかっているのだから。何者かが見張っていて、こちらを尾行させているかもしれない。メアリはアイリーンに渡された、馭者に示した名刺を見下ろした。

ジークムント・フロイト博士
ベルクガッセ十九番地　アルザーグルント

フロイト博士が力になってくれるといいのだが。

7　ソーホーの住所

「あの猫どもときたら!」ミセス・プールが言った。

「今度は何をしたの?」キャサリンは食堂のテーブルから顔をあげた。ロンドンの地図をじっくり調べていたのだ。

「この電報をかじったんですよ。戸口に鍵をかけようとしてほんのちょっと下に置いただけなのに、見てください!」ミセス・プールは紙切れを持ち上げた。たしかにぼろぼろに裂けて、かなり湿っている。

「メアリから?」キャサリンは地図を押しやった。入り組んだソーホーを通り抜けてポッターズ・レーンへ行くにはどうするのがいちばんいいか、解明しようとしていたのだ。

「いいえ、あのホームズさんのお友だちのノートン夫人からですよ。ほら、じかにごらんになってくださいな」

キャサリンは電報を受け取り、テーブルに置くと、そこに書かれた内容を読んだ。

メアリ　ジュスティーヌ　ダイアナ　ブジトウチヤク　ムスメノヨウニ　セワ　シンパイナク　ミセス・プール　ダガチユウイセヨ　レツシヤナイデ　SAスパイニ　ソウグウ　ドウシテモ　ヒツヨウナトキ　イガイ　ヘンシンフヨウ　ケイグ　アイリーン・ノートン

「〝列車内でS・Aスパイに〟というのは、どういう意味だと思います?」ミセス・プールの声は心配そうだった。

「列車の中で、S・Aからきた誰かに会ったってことでしょ」とキャサリン。「つまり、錬金術師協会があたしたちを見張ってるってことね。まったく！　あたしたちの存在さえ知らないと思ってたのに。今までよりずっと用心しなくちゃいけないと思うわ」ミセス・プールから電報を取り上げる。「〝列車内でS・Aスパイに〟。もっと具体的に書けなかったのかな。この電報、誰が持ってきたの？」

「電報局の男の子ですよ」とミセス・プール。「普通の電報運びに見えましたけれど、帽子はかぶっていなかったし、妙な訛りがありましたね。アイルランドではなくて。もっとオーストラリア訛りに近かったんですが、ちょっと違っていて。どうして知りたいんです？」

「わからない。誰でも彼でも疑いはじめてるのかもね。まあ、電報運びの男の子がS・Aのスパイをしてるとは思わないけど。たとえオーストラリア人だとしてもね！」最近、パーク・テラス近辺で誰か見かけただろうか？　疑わしいものは何も記憶になかった。とにかく注意するしかない。とくに今日は、セワードとプレンディックが何を企んでいるか突き止めに行くからだ。ソーホーに向かうなら男装していったほうがいいだろう。ジョサイア・クラショー牧師のスーツはなくしてしまったが、〈空飛ぶカミンスキー兄弟〉からくすねた服はまだ持っている。あれで間に合わせるしかない。ポッターズ・レーン七番地にはそもそも何があるのだろう。下宿屋か何かか、それともパブだろうか。なぜセワードはパーフリートの自分の院長室ではなく、そこでプレンディックと会いたがっているのだろう？　見当もつかない。もちろん、その場所に前もって行って偵察できれば、そのほうがよかった。だが、大忙しでメアリとジュスティーヌの出かける準備をしていたし、そのあとは《女の世界》の記事を仕上げなければならなかった。そうすればぜひとも必要な二ポンドを払ってもらえるだろう。メアリが出かけるときには、ジュスティーヌとふたりで必要な分だけ——いまやダイアナの分まで負担しなければならない、あの子ときたら！——金を持っていくようにと言ってやった。だが、おかげでパーク・テラスの家は金に困っている。

ミセス・プールは眉をひそめて腰に手をあてた。

「わたしはメアリお嬢様とほかのかたがたを心配しているだけですよ。きちんとした手紙を書いてもらえたらねえ——電報というのは、今大英博物館にあるあのエジプトの象形文字みたいですよ。いつだってどういう意味なのかよくわからないんです。アルファとオメガのことですけれどね、どうしてトムだのニャンコだのってまともでちゃんとした猫の名前をつけなかったのかわかりませんよ——ともかく、うちの厨房には入れないでくださいな。きのうは床に死んだネズミを二匹置いていったんですからね！　今朝一匹を踏んでしまって、上履きの底を石炭酸で洗わなきゃなりませんでしたよ！」

「まあ」キャサリンは合理的に言った。「それはちゃんと仕事をしてるってことじゃない？　だって、ネズミを捕まえるかぎりはここにいていいってあんたが言ったんだし。きっと立ち聞きしたんでしょ。それに、厨房にいるなら、死んだネズミ二匹のほうが生きたネズミ二匹よりましだと思うけど？」

「ふん！」とミセス・プール。

ミセス・プール　わたしがそんなみっともない音を立てるものですか！

メアリ　そのとおりよ。ミセス・プールはぜったいにそんな音を立てないわ。

ジュスティーヌ　みっともなく、ふん、なんて。うちのミセス・プールにかぎって。

ベアトリーチェ　ほんとうよ、ミセス・プールはどんなみっともない音も決して出さないわ。

ダイアナ　みんな冗談言ってるんだよね？　なん

でみんな笑ってんの？
ちょうどそのとき、玄関の呼び鈴が鳴った。

ミセス・プール　実際には三十分後でしたけれど、自分の本に嘘を書きたいならご自由に！

キャサリン　このほうが緊迫感があるから。

ミセス・プールは応答しに行ったが、先にアリスが出たに違いない。少しして、盛り上がった筋肉にあまり合っていないスーツを着た大男を連れて、食堂に入ってきたからだ。まるでひと袋のジャガイモを靴下につめこんだように見えた。

ジュスティーヌ　それは不公平よ、キャサリン！　アトラスはわたしの知り合いの中でいちばんやさしくて穏やかな男性なのに。ひと袋のジャガイモに似てなんかいないわ。

キャサリン　ジャガイモが好きなのかと思ってたのに。ともかく、あんたが認めようが認めまいが、これはうまい表現なの。

「こちらの紳士がお会いになりたいそうです、お嬢さん」アリスが言った。「サーカスでお知り合いだったとか？」

「アトラス！」キャサリンは飛び上がると、ほとんど走るようにしてテーブルをまわり、大男に抱きついた。どれだけ会っていなかっただろうか、それに〈驚異《マーヴェルズ》と歓喜《・アンド・デイライツ》のサーカス〉の友人みんなとも？　数カ月だ――パーク・テラス十一番地に引っ越して以来、あそこには戻っていなかった。ロレンゾに手紙は書いて、自分とジュスティーヌがどうなったか知らせてはおいたのだが。サーカスの〈怪力男〉は、慎重にキャサリンを抱き返した。

「よう、キャット！」と満面の笑みで言う。幅の広い顔にはそばかすがあり、金茶色の髪がぼさぼさと額の上にかかっているせいで、ライオンのように見える。一度折れて、いまでは曲がったままになっている鼻のおかげで釣り合いが崩れていたが、ほかの男なら醜いはずのものが、この顔だとなかなか魅力的だった。

キャサリン　ほら、名誉挽回できた？　こっちのほうがいい？

ジュスティーヌ　ええ。ライオンのほうがジャガイモよりいいし、もっと正確よ。

「お願いだから、座ってサーカスのことを全部話してよ」キャサリンは言った。「みんながなつかしい！」大男が食堂の椅子のひとつに腰かけると、椅子はその重みできしんだ。「ロレンゾからの金の残りを渡しにきたんだ――もっと早く送れなくてほんとうにすまなかったとさ！　それにあんたとジュスティーヌが大丈夫かどうかたしかめにな。ジュスティーヌはここにいるか？」人が、とくに女巨人が隠れる場所などどこにもなかったが、室内のどこかに隠れているのではないか、と考えているかのようにあたりを見まわす。

「まあ、それで本当の理由がわかったわ、どうしてあんたがきたか」キャサリンは隣の椅子に腰を下ろして言った。「いないよ、今は出かけてる」ジュスティーヌがウィーンにいると教えても意味はない。気をもませるだけだろう――一緒にサーカスにいたときにもさんざん心配していたのだ。寒い冬の夜にはふたりのテントを訪れ、ストーブが使えているか確認してくれたし、風邪を引かないか不安だというように、しょっちゅう健康状態を訊ねてきたものだ。「でも、あんたが立ち寄ったって伝えとくから、マシュー」それが本名、洗礼を受けたときの名前なのだ――マシュー・テーラー。キャサリンが〈ロレンゾの驚異と歓喜のサーカス〉に加わったとき、この男はすでに余興の一部で、力業を演じたり、多少発達しすぎているとはいえ、みごとな体を誇示したりしていた。もともとマンチェスター出身で、父と祖父はそこで実際に仕立屋《テーラー》だったのだが、工場のせいで廃業に追い込まれたのだ。この男がお針子並みにきっちりとハンカチを繕っているところを見たことがある。もっとも、針があまりに小さく見え、あの大きな指の中にほぼ隠れてしまうのを、キャサリンはおもしろがったものだ。以前は拳闘家だったが、鼻を折られて脳震盪《しんとう》を起こし、数日間意識を失ったことがある。そのあと、もっと危険の少ない職に就くことにしたのだ。暇なときにアトラスが詩を書くのは、事実として知っていた。いくつかジュスティーヌのために書いていたからだ。

ジュスティーヌ　なかなかいい詩よ。「どこへ行く、白き乙女よ、憂いに満ち……」で始まるのがあって……

ベアトリーチェ　とてもきれいね、それにあなたをよく表現しているわ。

ダイアナ　詩なんてほんとにくだらない。キプリングは別だけど。キプリングは最高だよ、とくに最後でみんな死ぬやつ。

ジュスティーヌ　あなたが考えてるのはテニスンでしょう。〝死地に乗り入る六百騎（『日本近代文学大系52　明治大正譯詩集』「新體詩抄」テニソン氏輕騎隊進擊の詩、森亮注釈、角川書店）〟、これのことではなくて？

ダイアナ　そう、それ！　どうして知ってんの？

ジュスティーヌ　あなた、わたしのアトリエの床に本を開きっぱなしで置いていったのよ。ページの真ん中に赤い絵の具の筋があったわ。

ダイアナ　血みたいに！

「さて、これがその金だ」と言ったアトラスがあまりにがっかりした様子だったので、何か、なんでもいいから話せることがあったらいいのに、とキャサリンは願った――せめて、ジュスティーヌが褒めていたとか。だが、サーカスを出て以来、ジュスティーヌはアトラスのことを口にしていなかった。「それぞれ五ポンドだ、一度に全額送れなくてすまないと言っていた。サーカスの仕事も近頃はあまり景気がよくなくてな。今月はデヴォンシャーに行くはずだったんだが、三つの町がバルトリのサーカスのほうがいいと言ってな――象がいるんだ。だからロンドンにいるってわけさ。クラーケンウェルの下宿屋に泊まってる。遊びにこいよ――クラーケンウェル・グリーンのそばにある、聖ジェームズ教会の近くだ。もっとも、長くはいないかもしれないがな――ロレンゾが新しいことを思いついた」

「へえ、何？」キャサリンは上の空で訊ねた。今は資金が乏しいので、この金は役に立つ。しかし、考えているのはすでに午後の冒険のことだった。ソーホーで何が見つかるだろう？　なぜセワードはそこでプレンディックと会うのか？　ふたりが到着する時刻の一時間前にポッターズ・レーン七番地へ行って、身を隠せるか見てみよう――戸棚か貯蔵室のようなところがあるのではないだろうか。どうにかして、何が起こっているのか突き止めなくては。

「一座の一部がパリに行くんだ。そこで三晩ショーをやる。そのあと、ロレンゾはもっと先まで考えてるのさ――ベルリンかもな！　考えてみろよ。俺とサーシャとクラレンス。軽業師と曲芸師。蛇使いのマダム・ゾーラ――新入りだよ。ロレンゾが言うには、大陸で今、そういうのが流行してるんだとさ。一風変わった、不気味なものならなんでもだ。あんたたちが一緒にきてくれればなあ――〈猫娘〉か〈女巨人〉は使えるぞ！　ところで、サーシャがよろしくとさ。あとクラレンスに抱き締めるよう言われてる」

「もうしたじゃない」キャサリンはにっこりして言った。「あたしも行けたらいいと思うけど。サーカスの一員だったのがなつかしい。パリには行ったことがないしね。でも、ここでしなくちゃならないことがありすぎて」

「そうだろうな」とアトラス。「元気そうに見えるぞ、キャット。うちを見つけたみたいにな。あんたのためにうれしいよ――ジュスティーヌのためにもな、もちろん」

うちを見つけたのだろうか？ キャサリンにはまだよくわからなかった。だが、その手を取って握り締めた。「マシュー、ジュスティーヌのことだけど――ずいぶんいろいろ経験したのよ。帰ってきたら知らせるから、そのとき訪ねてきてもいいかもね。花を持っておいでよ――ジュスティーヌは花が好きだって知ってるでしょ。あきらめないで。ジュスティーヌはずっと前に心を傷つけられてて、立ち直るまでにどれだけかかるかわからない。でも、あんたが助けてあげられるかも……」必ずしもこのとおりではないし、ジュスティーヌが耐え忍んだことを言い表してはいないが、相手にわかるように説明したかった。どちらにしろ、一部始終を打ち明けるのは――どうやって死に、蘇生されたか――ジュスティーヌ次第で、本人が望むならという話だ。そして、アダムの話は――まあ、間違いなくキャサリンの話すことではない。

「ありがとう」アトラスは言い、少々強すぎる力で手を握り返した。じつにすてきな笑顔だ。もっとも、今は望みを持ちつつも自信がなさそうだった。はたしてジュスティーヌは、アダムとのことを乗り越えて別の男性を信頼できるようになるだろうか？ キャサリンにはわからなかった。

「まあ、会ったら俺がよろしく言っていたと伝えてくれ、また会えるのを楽しみにしているとな。花だって、ふーん？ 覚えておくよ。そういうことは得意じゃなくてな、ずっとそうだった」アトラスは立ち上がった。

「練習が必要なだけよ」キャサリンは言った。爪先立ちになって頬にキスする——アトラスが身をかがめないと届かなかった。

そのとき、アリスがハツカネズミのようにふたたび入口に現れた。なんと静かに出入りするのだろう！

「お帰りになりますか？」使い古したツイードの帽子を持っている。

「悪いな、嬢ちゃん」アトラスは言い、うなずいて帽子を受け取った。「それじゃ、時間があったらぜひ遊びにきてくれ、キャット。ミセス・プロスローの下宿屋だ——住所は覚えてないが、あの辺のやつなら誰でも道を教えてくれる。今週末までそこにいるよ」

まもなく、キャサリンは玄関の扉が開いて閉まる音を耳にした。ああ、会えてよかった！　サーカスでの生活はすばらしかった。楽ではないがおもしろかったし、しばらくは安全に暮らせた。思うに、この新しい生活は——ある意味ではよくなったが、あのときほど安全ではない。リージェンツ・パークのそばに建つ上流階級の家に住んでいるにもかかわらず。これからソーホーで遭遇するような、別の種類の危険があるのだ。

「お嬢さん？」アリスがまた入口に立っていた。

「なに、アリス？　あと、お願いだからキャサリンって呼んでくれない？　でなきゃキャット、そのほうがよければね。でなかったら、ねえ、あんたとか」

「はい、お嬢さん。ミス・ベアトリーチェにお昼を持っていったんですけど——」（緑のどろどろ）とキャサリンは思った。「今日の午後は一緒に行かないっておっしゃってました」

「そうだね、危険すぎるから」キャサリンはまた地図を引き寄せた。「隠れる場所を見つけなきゃいけないの、たぶん狭い場所だろうしね。ベアトリーチェとふたりで隠れたら、毒にやられるかもしれないでしょ。そんなつもりはなくても、ベアトリーチェにはどうしようもないし」
「ええ、覚えてます！」アリスは実感を込めて言った。そういえば、波止場近くの倉庫で、あやうくベアトリーチェの毒にやられるところだったのだ。この話は『メアリ・ジキルとマッド・サイエンティストの娘たち』に書いてあって、一流の本屋ならどこでも、たった二シリング出せば手に入ります。

メアリ　もうそれは充分やったと思わない？
キャサリン　充分やったらやめるわ。

「ほかのみんながここにいればいいのに」キャサリンは言った。「ジュスティーヌは背が高すぎるし、ダイアナは手に負えないけど、メアリなら役に立ちそう、見張りとしてだけでもね」

メアリ　まあ、なんてご親切なこと！　わたしは見張りよりずっといろいろできるわ。

もちろんチャーリーに頼むことはできるが――これはプレンディックに関することだ。どういうわけか、ホームズやその配下のベイカー街遊撃隊に関わってほしくなかった。遊撃隊が知ることはなんでもホームズに伝わるし、今回の件は個人的な問題だと感じていたからだ。自分で対処してみせる。
「あたしはどうですか？」アリスが訊ねた。「そんなに役に立つかわかりませんけど、人並みに見張りはできますよ」
キャサリンは驚愕した。「でもアリス、あんたは何度も何度も、ただの厨房メイドでいたいって言ってたじゃない。冒険は嫌なんでしょ、忘れたの？　すごくこだわってたのに」
アリスは足元を見下ろすと、エプロンをつかんだ両手をもみしぼった。「はい、お嬢さん――キャサリン。

でも、自分が手を貸せるのにひとりで行かせるのは、卑怯な気がするんです。ミス・メアリはあたしに行ってほしいんじゃないかなって」

キャサリンは眉をひそめた。「ほんとうにいいの？　また危険なことになるかもしれないけど」

アリスはふたたび顔をあげてうなずいた。「はい、キャサリン。本気です」

アリスの気が変わったときに備えて、キャサリンは一瞬待ち、それからさらに一拍おいた。「わかった、そういうことなら。こっちにきて。ふたりともソーホーのこのあたりの通りを覚えておくようにしたいの。それと、建物に囲まれたら、地図とは違うふうに見えるって忘れないで」

メアリ　行く必要はなかったって知ってるでしょう。何も証明する必要なんてなかったのに——わたしに対しても、誰に対しても。

アリス　わかってます、でも、あのあといろんなことがあったけど、行ってよかったです。思い切ってやってみなかったら、ほんとうの自分になれないですよね？

メアリ　ええ、そうかもしれないわね。ただ、あんなにつらい思いをさせずに済んだらよかったのに。

アリス　もう一度しなくちゃいけなくなったら、同じことをしますよ。

ベアトリーチェ　すばらしいわ、アリス。あなたはわたしたちみんなの鑑《かがみ》ね。

パーク・テラス十一番地を出たのは午後三時ごろだった。メリルボーン・ロードに向かって歩きながら、キャサリンは通りをきょろきょろ見渡した——誰かが見張っているか？　物乞い、猫肉屋、くず拾い、誰だろうとS・Aのスパイらしき人物はいないか？　だが、見かけたのはベイカー街の少年たちのひとり、ジミーだけだった。箱とブラシを持って、靴磨きの恰好をしている。ホームズの遊撃隊の誰かが必ずこのあたりにいて、警戒しているのだ。それ以外、パーク・テラスは完全に無人だった。アリスと歩きながら、通りすがりに小さく手を振ると、ジミーはうなずいて応じた。ふたりはメリルボーン・ロードでピカデリー・サーカス行きの乗合馬車に乗った。それから、複雑に絡み合った通りや小道を歩きまわって、どんどんロンドンの迷宮の奥へ入っていった。

出発する前、無用な危険は冒さないように、とミセス・プールはふたりに告げた。

「わたしもそう思うわ」ベアトリーチェも言った。ふたりが住まいに戻る途中のロンドンの使い走りの小僧に変身するべく、手袋をはめて帽子をかぶっているときのことだ。「一緒に行けたらよかったのに！　大切な人たちを助けるより害になってしまうから、わたしはいつでもあとに残ることになるのかしら？」

「まあ、誰かに毒を盛る必要ができたら、すぐ知らせるから」キャサリンは答えた。実際、プレンディックに毒を盛るというのはなかなかいい考えかもしれない。当然の報いではないだろうか？　憤りと恨みに満ちた思いが浮かんだものの、ゆっくり検討する時間ができるまで心の片隅に押しやっておいた。今はそんなことを考えている場合ではない——はっきりと論理的に考えなければ。まったく、メアリのような言い方になってきている！

「正直なところ、どうしてアリスが行かなければならないのかわかりませんよ」ミセス・プールは気がかりそうに言った。「今日の午後は繕い物を手伝ってもらいたかったのに。この子まで危険にさらす必要がほんとうにあるんですかね？」

「ミセス・プール、これは繕い物よりもうちょっと大事なことなの！」とキャサリン。「ともかく、今のこの子はアルフレッドだから」

アリスはダイアナのズボンと上着を身につけていた。見つかった中ではいちばん小さい服だったが、細い体にはぶかぶかだ。キャサリンも同じように男物の服を着込んでいたものの、ずっと体に合っていた。「行こうぜ、アルフレッド」チャールズとして声をかける。自分用にはその名前を選んだのだ。できるだけ男っぽくアリスの肩を叩く。それからふたりは、ミセス・プールがこれ以上反対の声を上げないうちに玄関を出て、パーク・テラスを進み、メリルボーン・ロードへ向かった。

その日は暑く、街はガラスのドームに覆われたように空気がこもってむっとしていた。ロンドンじゅうに下水臭が漂っている。乗合馬車の上には空きがなかったので、中に乗って別々の座席に腰かけるしかなかった。少なくとも、ソーホーの横丁や路地を歩いて通り抜けるときは、もっと風通しがよかった。

ふたりはキャサリンが自分用に描いた地図をたどり、ポッターズ・コートにやってきた。半月のような細長い公園を、くすんだ地味な家々が半円形に囲んでいる。

「だけど、いったいポッターズ・レーンはどこ?」キャサリンは問いかけた。この袋小路から三本の小道が放射状に延びているが、どれにも標識がない。一本目を歩いてみて、次に二本目、そして三本目も行ってみた。一本ごとに前の道より薄汚れていて気が滅入るということをのぞけば、どの道も見分けがつかなかった。

「すいません、奥さん」玄関の階段に腰を下ろし、おそろしくにおいのきついパイプをふかしている女に、アルフレッドが声をかけた。百歳にも見えるが、たぶんずっと若いだろう——貧困ほど眉間に皺を寄せ、口をすぼめ、若く健康な体を曲げてしまうものはない。

「おいらたち、弟を捜してるんでさあ。ジョーって呼んでるけど、名前はジョセフで、ポッターズ・レーン五番地に住んでるんで。真っ赤な髪だから見逃しやしねえ。ここはその通りですかい？　うちのお袋がすげえ心配してて」

アリスはロンドンの下町訛りをどこで覚えたのだろう？　今のしゃべり方を聞いたらミセス・プールがどんなにぎょっとすることか！　ふだんならアリスは話し方にとてもこだわる。語彙が追いつかなくても、紳士の家庭で働くメイドの上品な口調を身につけていた。

アリス　あたしはロンドンに生まれ育ったんです。みなさんときどき忘れてるみたいですけど。はじめてジキル夫人のお住まいにきたとき、下品に聞こえないようにイーニッドの真似をしたんです。ミセス・プールとかほかの召使たちに、ただの浮浪児って思われたくなかったから！

「ああ、おまえさんたち、道は合ってるよ」女は言った。「向かい側の三番目の家さ――番号はちゃんと見えるだろうよ、道からだとはっきりしないがね。お袋さんがそんなに心配するなんて、その弟は何をしたんだい？」

「酒を飲むようになったんでさ、あいにくと。昔はあんなにいい子だったのになあ！　けど、悪い連中とつるむようになって」アルフレッドは頭を振りながら言った。

「いつだってそういうもんさね」と女。「まあ、見つかるといいね、お袋さんのためにさ！」パイプをもう一度吸ったとき、煙草のやにで歯が茶色くなっているのが目についた。

「ありがとさんです、奥さん」アルフレッドは言った。キャサリン、いやチャールズがうなずいてみせ、さりげなく一ペニー渡すと、たちまちほつれたポケットに消えた。

たしかに、そこから三番目の家は、扉にペンキで5と書いてあった。もっとも、扉のペンキが長い筋になってはがれていたので、半分しか見えなかった。次の家にはなんの印もなかったが、論理的に考えればここが七番地に違いない。通りから少し引っ込んでいて、土の地面に枯れ草の生えた狭い前庭の奥に建っている。玄関の扉は周囲の建物の陰になっており、一階の窓には板が打ちつけてあった。二階があって、窓にカーテンがかかっていたが、そこまで登る手立てはない。

「あの女のひとからこっちが見えるかな?」キャサリンは訊ねた。

「見えないと思います」とアリス。「建物の角の向こうにいて、こっちから見えないですから、向こうにもあたしが見えないはずです。どうしてですか、何をするんです?」

「あんたは見張ってて。まあ実際は、誰かきてもできることはたいしてないけどね。ほんの一分しかかからないから」現実にはずっと長くかかり、ある時点でキャサリンは、錠前に差し込んだヘアピンが半分に折れるのではないかと気をもんだ。だが、ようやくカチッという音がした。これだけ苦労したのだから、ここが正しい住所だといいのだが! ポッターズ・レーンの家の番号が、ロンドンでたまにあるように、なぜか数字を飛ばしてしまったわけではないことを祈るしかない。あるいはもしかして、ひょっとして、住所を間違って覚えていたということがあるだろうか? セワードはいったい、なぜプレンディックとここで会いたがっているのだろう?

戸口に足を踏み入れたとたん、ここが正しい場所だったのがわかった。あっけにとられてしまい、入ったあと扉に鍵をかけ直すのを忘れるところだった。

「わあ!」アリスが声をあげた。「じゃなくて、びっくりしました。思ってたのとぜんぜん違う!」

「たしかに」とキャサリン。

ポッターズ・レーン七番地の荒れ果てた外観の内側は、ベルグレイヴィアかメイフェアの紳士クラブのようだった。キャサリンはもう一度扉を開けて、いきなりロンドンの別の場所に移動させられていないかたしかめたくなった。壁には濃い色の羽目板が張ってあり、窓を覆う薄い板越しにもれてくる薄暗い光の中でさえ、金めっきの枠がついた鏡の下に、マホガニー製の玄関テーブルが置いてあるのが見える。その向こうにあるのは、手の込んだ帽子掛けと傘立ての組み合わせだ。幅広い階段が二階へ上っている。ふたりの右側にはアーチつきの入口があり、クラブの談話室らしき広々とした部屋へと続いていた。居心地のよさそうなソファや肘掛け椅子、そばに座って本を読むのにぴったりの大きな暖炉があって、灰皿があれば喜ばれそうな小テーブルが配置されている。壁には凜々《りり》しい雰囲気の男性たちの絵が並び、板張りされた窓には厚い金襴《ブロケード》のカーテンが下がっていた。

「この場所は何?」キャサリンはささやいた。あまりにも静かで、声に出してしゃべるのは冒瀆《ぼうとく》のような気がしたのだ。

「何だった、ですよ」とアリス。「見えませんか、お嬢さん、そこらじゅうに埃が積もってます。この場所はものすごく長いこと塵を払ってねえ……ないんです。それにほら、隅に蜘蛛の巣が張ってます。あたしがこんな状態でこの部屋をほっといたら、間違いなくミセス・プールにくびにされますよ」指摘されるまで気づかなかったが、埃についてはアリスの言うとおりだった。とはいえ、そういうことに気づくのがアリスの仕事なのだ。鏡でさえうっすらと埃に覆われている。その中をのぞきこむのは、よどんだ水たまりを見るようだった。

キャサリンは懐中時計を確認した。「一時間であいつらがくるはず。隠れる場所を見つけなきゃいけないけど、少し偵察したいの。ポッターズ・レーン七番地は下宿屋か、このあたりのパブか何かだと思ってたわ。ここが——こういうところだとは思ってなかったから。

これはなんなの？　それに、どうしてソーホーの真ん中にあるわけ？　ほんとうに、もっと早くくれればよかった。そうしたらよく調べられたのに」

「自分を責めないでください、お嬢さん」とアリス。「ミス・ジキルとミス・フランケンシュタインの出発の準備で忙しくて、ほとんど時間がなかったんですから」

「あのいまいましい記事を書かなきゃいけなかったしね——帽子の！　お金のためにすることとっていったら、まったく。まあ、嘆いてても仕方ないわ。あと三十分で何がわかるかやってみようか」

第一にやらなければならないのは隠れ場所を探すことだったので、ふたりはさっさとその作業に戻った。一階にはさっきのぞいた広い談話室と、私的な会合に使うもっと小さな部屋がいくつかあった。建物の奥にある一室には大きな机と本棚が置かれ、事務室として整えられている。

「きっとここで会合があるのよ」とキャサリン。「セワードは机の奥に座ってるのに慣れてるでしょ。院長で責任者なのに慣れてるもの。必ず無意識でこの部屋にくる。でも、どうしたら確実にわかる？　そもそも、ほんとうにここにくるとして、いったいどこに隠れたらいい？」

隠れる場所などなかった。室内には机とその奥の椅子一脚、手前の椅子二脚しかない。本棚は空っぽだった。

「本が入ってたことがあったはずです」とアリス。「それに、机の抽斗には書類や筆記用具が入ってたはず——でも、見て、まるっきり何もないわ。そういえば、ほかの部屋にも物がなかった——テーブルに灰皿もなかったし。なのに、この場所を見てよ！」絨毯は分厚く、家具の上張りはビロードで、絵画の額はずっしりと重い金めっきの木でできている。「さあ、上を見てみようか」

だが、二階には寝室と水の止まった浴室しかなかった。ここの衣装簞笥は空っぽで、洋服掛けが二、三あるだけだ。簞笥の抽斗にも何も入っていない。ベッドには寝具がなく、剝き出しのマットレスだけで、いくつかはあきらかにハツカネズミの巣になっていた。

「いったいこの場所はなんだったの、ここがどこかだったときには?」キャサリンは問いかけた。まあ、今臆測している暇はない。「隠れなくちゃ。そうね、下の階にあったあの廊下の戸棚にでも?」

「あそこからじゃ、ろくに聞こえないと思います」とアリス。「気がついたものがあるんです。よかったらついてきてください、お嬢さん……キャサリン」

ふたりはまた下へ行った。アリスは何を見つけたのだろう、とキャサリンは首をひねった。だが、今までのところアリスはかなり思慮深いことが判明していたので、厨房メイドのあとについて事務室に戻った。

「ほら、見えるでしょう」アリスは言った。「この部屋には給仕用エレベーターがあるんです。正面の大きな部屋にもありました。ここをほんのちょっと開ければ、こんなふうに……」キャサリンには見えてさえいなかった小さな掛け金を持ち上げ、暖炉のすぐ隣にある、壁の中に半分せりあがった戸棚のようなものを開く。なぜ気づかなかったのだろう? せいぜい一フィートの高さで、扉が羽目板と同じ色だからかもしれない――実際、羽目板の一部に見えるようにしてあるのだ。あきらかにこの広さではどちらも身を隠せない。それにしても、もっとよく観察しなければいけなかったのに! 目ざとくなければ、ピューマである意味がどこにある?

「ほら、この扉が開いてると、この部屋の中で言ったことは全部、エレベーターの昇降路に反響して下に伝わるんです。ジョゼフが、うちの下僕だった人ですけど、給仕用エレベーター越しに聞いた内容をもとに、主人を脅迫した執事の話をしてくれました。あとは、これがどこからきてるのか見ればいいだけです。この下だろうと思ってるんですけど」

キャサリンはアリスの遠ざかる背中に尊敬のまなざしを向けた。厨房メイドを連れてくるのはいい考えだろうか、とあやぶんでいたのに。なるほど、これが答えだ！　おもしろがると同時に苛立ちも感じながら、アリスのあとを追う。なんと、アリスはチャーリーにおとらず役に立つことが発覚しつつある！

途中でアリスは談話室の給仕用エレベーターも開けた。ごくわずか隙間が開いているのは、すぐ隣に立っていないかぎりぜったいに気づかないだろう。

それから、ロンドンの家にとてもよく見られる狭い裏階段から地階に下りた。最初にきた部屋は厨房で、地面の高さに半月形の窓がふたつあり、楽天家なら庭と呼ぶかもしれない場所に面している。そこも板張りされていたが、板が劣化していたので、薄暗い光が射し込み、お互いの姿も埃だらけのコンロも、何もない厨房の棚も見えた。そして、黒ずんで煤《すす》けた壁に、給仕用エレベーターの昇降路の基部が見つかった。「枠を取り除けばもっとよく聞こえますよ」アリスが言い、率先して取り外しはじめた。キャサリンも手伝った。少なくとも、まだアリスより力は強い！　ふたりは力を合わせて、通常なら昇降路を上下して食事やワインを厨房から届ける大きな木の枠を抜き取り、石の床に置いた。

「で、ここが食料貯蔵室と」キャサリンは厨房のもうひとつの扉を開けて言った。「誰かが下りてきたら、ここに隠れられるわ。枠があるのに気づかれないように、この中に入れておこうか。会合の時間まであと十五分よ！」

ふたりはそれぞれ、厨房の両側に設置された二台の給仕用エレベーターの脇に陣取り、セワードとプレンディックの到着を待ち受けた。

メアリ　ほんとうに、給仕用エレベーターのことを思いつくなんて、アリスはおおいに評価されるべきだと思うわ！

アリス　探してたら誰だって気がつきましたよ。ほら、あの部屋に入ったとたん、どうやって食べ物を出してるのかなって思ったんです。だから、ある意味で目にする前から給仕用エレベーターを探してたわけですね。

ミセス・プール　あんまり謙遜しなさんな、お嬢ちゃん。あんたは玄人の目を持っているんですよ。知っていますとも、なにしろ教育したのがわたしですからね！

アリス　最高の教育でした、ミセス・プール。

長く待つ必要はなかった。懐中時計で午後五時を過ぎたので、キャサリンはまたもや、勘違いしていただろうかと考えた――たぶん時間を？　それとも日にちか？　だが、そんなことはなかった。午後五時十五分に、聞き間違えようのない男のブーツの足音が頭上でどかどかと響いた。アリスに目をやる――だが、厨房メイドは自分の給仕用エレベーターに向かって熱心に耳をすましていた。上で声がしているが、言っていることは聞き取れない。キャサリンとアリスが間違っていて、男ふたりがまったく別の部屋に行っていたら？　準備がすべて無駄になる……。だが、いまや声が前より明瞭になってきた。予想したとおり事務室にいるに違いない。もっとよく聞こうとして、キャサリンは昇降路の内側に首を突っ込んだ。やった、正解だ！　話し声が反響して下りてくる。夢中でアリスに手を振り、こっちへくるようにと合図した。

「いったいぜんたい、どうしてあんなことをした？」

あれはセワードだ――少なくとも、精神科病院で耳にした声だという気がする。あのとき、それほどその声を聞いたわけではないが、声は充分大きかった！

「別に理由はない。つまり、ただの実験だった」別の声がふてくされたように言った。ああ、あれはプレンディックだ。どこにいてもあの声はわかる。モローの島でさんざん聞いたから。忘れることさえできれば！だが、今から百年たったあとに会い、それまで一度も顔を合わせなかったとしても、たった一音節であの男だと聞き分けられるだろう。

「それで、手伝う者はいなかったのか、誰とも行動を共にしてはいなかったと？」これは三人目の声だ。聞き覚えがない。何人いるのだろう？ セワードとプレンディックだけだと思っていたのに。

「ええ、当然ですよ」とプレンディック。腹立たしげな声だったが、底に不安が潜んでいるのが感じ取れた。セワードも聞きつけるだろうか？ その可能性もある。もっとも、猫科の敏感な耳はたいていの人間には不可能な音を聞き取れるのだが。そのことを思い出して、キャサリンは少し移動し、アリスがもっと昇降路のそばに身を寄せられるようにした。キャサリンほどはっきり聞こえないはずだ。

ダイアナ　あたしの耳はあんたぐらいよく聞こえるよ。まあ、だいたいね。

キャサリン　あんたが人間だって誰が言った？ いたっ！ やめてよ。褒め言葉のつもりで言ったんだけど、撤回するわ。あんたは完全に人間そのものよ。動物だったらこんなにいらいらさせられたりしないもの。

「では、ただその生き物を見つけて――変身させたのかね？」三番目の声が訊ねた。

生き物？ いったいなんの話をしているのだろう？

「船員を買収しました。次の上げ潮がきたら、ケープ・ブレトン島か喜望峰か、どこかその辺に出航する船の乗組員です。行く先は正確には覚えていませんが」

とプレンディック。「なぜそんなことが問題なんです？　どっちにしろ、手伝ってくれる相手などどこにいます？　ほかに協会の誰かがロンドンに残っているわけでもないのに」

「問題なのは、獣人にロンドンを走りまわってほしくないからだ！」とセワード。「さいわい、今回のやつはたまたまエイヴベリー卿の動物園に現れて、類人猿の希少種だと思われた。《パーフリート・ガゼット》に載せたそいつの記事を偶然目にしたが、そうでなければ私自身、何も知らなかっただろう。エイヴベリー卿はすっかり得意になっていたぞ。まあ、まだ卿はそいつを思い出す写真を持っているが、実物は私がじきじきに連れ出した、真夜中にな。おかげでズボンを一着だめにしたぞ！　レイモンド、私が今回の件になんの関係もないのはわかるでしょう？　何もかもプレンディックの仕業ですよ。私はこのことを知ったとたんそちらに報告しました」

「信じよう」三番目の声が言った――誰であるにしろ、これがレイモンドに違いない。「だが、それでは君がこんな不便な時間にわしをここに呼びつけた理由の説明にはならんな」

頭上でブーツの足音がとぎれることなく続いているのが聞こえた。行ったりきたりしながら歩きまわっている。「理由は、ロンドンに協会のメンバーがいないということの問題です。ヴァン・ヘルシングと私はその状況を変えたいんです。彼はブダペストの年次会合に行く。私も同行するつもりです。プレンディック、君もきたまえ。表向きはより効果的な輸血方法に関する論文を発表することになっていますが、真の目的は、ヴァン・ヘルシングと私が始めたことを継続できるよう、錬金術師協会を説得してイングランド支部を再開してもらうことです。結局のところ、われわれの支部があれほど急に――しかも不当に閉鎖されてから、もう十四年になりますからな」

「どういうわけで、尊敬すべきわれらが女性会長《マダム・プレジデント》が、君に、いやヴァン・ヘルシングにさえ耳を貸すと思ったのかね？」レイモンドの声は皮肉っぽくそっけなかった。「ジキルがあやうく協会を世間の穿鑿《せんさく》の目にさらしかけたあと、会長は頑として、あらゆる変成突然変異実験は必ず自分の承認を直接受けてからおこなうべきだと譲らなかった。ヴァン・ヘルシングが隠れてそうした実験を続けていたと知ったら、さよう、気を悪くするだろうな」

「会長が決めるわけではありませんよ。ヴァン・ヘルシングは一般会員の投票を求めるつもりです。それは会長にも覆《くつがえ》せませんから。会員がわれわれの主張に納得し、こうした脈絡《in this vein》で——失敬、軽率な発言でした——実験を続けることを認めるか、あるいは、こちらの決議案が否決され、われわれの実験が完全に禁じられるかです。ヴァン・ヘルシングはその事態を覚悟しています。実のところ、そのほうが好ましいと思っていそうですな。ヴァン・ヘルシングと、ブダペストでの主たる手蔓《てづる》となっているアルミニウス・ヴァーンベーリには、協会内に親密な派閥があって、味方として投票してくれる準備ができているんです。それに加えて——正確には軍隊ではないが、いざとなれば力に訴えるのに充分な、言ってみれば地上部隊を造り出しました。会員の多数がヴァン・ヘルシングの側につくか、流血の惨事になって——政権交代するかですよ。彼が会長になったあかつきには、間違いなく今までとは異なる方針をいくつか定めることになるでしょうな」

「ふむ」とレイモンド。「政権交代が有益だという判断に反対だとは言わんとも。あの女は会長の地位を充分に長く保ってきた。だが、隠れてこそこそされるのは気に入らんな、セワード。まったく気に入らん。ヘネシーが手紙で述べたことは……」

「ヘネシーは臆病者です」セワードは言った。そのブーツが上の階の床を太鼓のように一定のリズムで打っている。「あの男にわれわれの計画について知らせるとは、ヴァン・ヘルシングはもっとよく考えるべきでした。あいつが何をしたか？　あの女に手紙を出したんです。まあ、私がきちんと途中で押さえましたが。あいつが病院を退職して以来、ずっと見張らせていたんです。当時でさえ、精神的に参る寸前だとわかっていたので。あの男は五年前、カーファックスであまりにもひどい経験をしました。そのせいで――信頼をおけなくなったんです。だが、先週の月曜に呼び出しを受けるまで、ヘネシーがそちらにも手紙を書いていたとは知りませんでした。不都合なことに、とつけくわえますよ。とはいえ、病院の理事としても、ハイドの大失敗以前の最後のイングランド支部長としても、あなたにその権利があることを疑問に思っているわけではありませんが」

「ヘネシーは手紙の中で、君たちの最近の実験に衝撃を受け、良心の呵責を覚えたと書いているぞ」レイモンドはなじるように言った。

「ふん、あなたご自身は衝撃を受けたんですか？　そんなことはないでしょう。さもなくば今日ここにはこなかったでしょうからな。しかも、四十年前にヘレンを造り出したそちらの実験よりどれだけ悪いというんです？」

「まあ、その話はしないでおこう」とレイモンド。「現在の状況とはほとんど関係ないだろう。さて、君は何を求めているのかね？」

「われわれを支援していただきたい」セワードはすぐさま答えた。絶え間ない足音が止まった。「こちらの行動をあの女に警告しないと約束してください。結局のところ、あなたがまだうちの支部長ですからな。イングランド支部が復活したら、ふたたびその地位についてもらいたいと思っています」

長い沈黙があった。

「それで、そうしたらこちらになんの得がある？」

「いやいや！」とセワード。「何もかもですよ。不死の人種に何ができると思います？　死ぬこともなく、老いることもなく、感染症に苦しむこともない人間。傷がふさがり、錬金術の科学の力を意のままに操る人間。超人類となるでしょう！　世界を支配しますよ！」

「それで、ルーシーのようにルシンダも死んだら？」プレンディックが静かに訊ねた。

「実験が成功するなら、それがなんだというんだ？」セワードは腹立たしげな声を出した――ほとんど叫ぶように。「問題なのは原理だ――原理と血清だ。彼女はただの実験対象にすぎない。九月が終われば、生きていようと死んでいようとそれがどうした？　大義のために人命を犠牲にしなければならないこともある。モローはそのことを知っていたさ、たとえおまえは知らなくともな」

「ヴァン・ヘルシングは実の娘にそれをやるのか？」

プレンディックが問い返したが、はたして上にいるふたりの男の耳に届いたのだろうか、とキャサリンは思った。その言葉はささやくように昇降路を下りてきて、聞き取れないほどだった。

「オリエント急行の切符をウィーンまで二枚、電信で買っておいた。プレンディック、木曜の朝九時十五分前にチャリング・クロス駅で落ち合うぞ。土曜の夜ウィーンに着く。ヴァン・ヘルシングが駅まで迎えにくるから、日曜に患者を確認しよう。そのころにはすっかり変化しているはずだ。患者は隔離しなければならなかった――どうやらカーファックスの件に関わっていたミセス・ハーカーが、なんらかの妨害を試みたらしい。だが、娘は無事で……今は制御されている。ブダペストへ連れていくつもりだ――いわば概念実証例として。まず支持者と会い、われわれの側に立てばどういうものになれるかを示す。次に、この低迷している社会を変身させる！　どういう気分でしょうな、紳士諸君、世界を支配するというのは？」

レイモンドはくっくっと笑った。少なくとも、キャサリンはレイモンドだろうと思った。自分がどんな感情を抱いているにしろ、プレンディックはここで笑うほど冷酷ではないはずだ。

「ぼくが造り出した憐れな生き物はどうなんだ？」ああ、これはたしかにプレンディックだ。

「あいつは石炭庫にいる」とセワード。「そして、おまえの忠誠か、少なくとも服従を保証するために、この一件に決着がつくまでそのままにしておく。おまえがロンドンの真ん中で獣人を造ったと知ったら、われらが女性会長《マダム・プレジデント》はなんと言うだろうな？　しかも、それが新聞に特集されていたと知ったら？　たとえ《パーフリート・ガゼット》のような無名の新聞だとしてもだ」

「まあ、それではこれで決まったということでよかろう」とレイモンド。「わしはそちら側につき、イングランド支部の支部長への復帰を受けよう——ただし、後悔させてくれるなよ！　危険な企てだが、あの女に首根っこを押さえつけられている状態を抜け出せるなら、やってみる価値はある。さて、君のことは知らんが、セワード、わしは夕食がとりたい。トッテナム・コート・ロード駅の近くに、協会がまだここで会合をしていたころ、よくジキルと行った場所がある。格別のキドニー・パイを出していたものだ。昔ながらのいい荷物運びもいたよ。まだやっているかな」

誰のものかはわからなかったが、笑い声が響いたあと、また床を歩くブーツの音がした。それから、玄関の扉がかなり強く閉じられたかのように、遠くでバタンと聞こえた。

キャサリンとアリスはじっと動かずにいた。時が過ぎていく——五分、十分。とうとう「もう戻ってこないと思う」とキャサリンは言った。

アリスは今までずっと呼吸を止めていたかのように

息を吐き出した。

「あの会話、どれだけ聞こえた？」キャサリンは訊ねた。人間にも自分の耳に届いた内容がすべて聞こえたのだろうか？

「だいたいは」アリスは低い声を出した。まださささきより声を大きくするのを恐れているかのようだ。

「でも、ぜんぜん意味がわかりませんでした。不死になるとか無敵になるとか、あれ全部、なんなんですか？　神様にそむくみたいに聞こえます、お嬢さん」

「そういうふうに言えるかもね」とキャサリン。「まあ、実際、あれはある意味でモローの野望でもあったけど。モローは一種の神になりたがってた……まあ。神学について話してる場合じゃないか。あたしにもわからないけど、ひとつだけ確信があるわ」

「なんです？」

「何かが――または誰かが――石炭庫にいるってこと」獣人だ。立ち聞きした会話の内容から、それだけはあきらかだった。だが、どの獣人だろう？　プレンディックによって造られた新たな獣人だろうか？　そうかもしれないが、倉庫の大火災を逃れた獣人という可能性のほうが高い。猫背で小柄な姿がホームズから身をかわし、戸口から夜の中へ逃げていったのをぼんやりと思い出す。

「アリス、波止場でのあの晩、どの獣人が逃げ出したか覚えてる？」

アリスはかぶりを振った。「ミス・ベアトリーチェの毒で気分が悪くて、たいして何も気づきませんでした」

「あたしのほうは、怒ったアダムからジュスティーヌを救おうとするのに忙しかったしね。ホームズがどの獣人か言ってたのは知ってるんだけど、忘れちゃったわ」

「あのひとたちが話してたのって、そのことだと思います？」アリスは少しおびえているようだった。当然だ、ハイドの指示で動いていた獣人のひとりにさらわれた経験があるのだから。

「大丈夫よ。熊男とか豚男とか、大きい連中のひとりじゃないと思う。ほら、手を握って。離れ離れになりたくないから」もちろん口実だ。まっすぐな廊下ではぐれることなどありそうもない。だが、アリスは本気でおびえているようだった。接触にほっとしたかのようにぎゅっと手をつかんでくる。

ふたりは連れ立って、まだ入ってみていない廊下の奥へ進んでいった。厨房と同じく、低い半月形の窓から光が入ってくる。板張りしてあるが、板の一部はずっと前にゆがんで落ちていた。扉がいくつかある——最初の入口は執事の部屋らしき区画に続いており、二番目はかつての食料貯蔵室で、壁際に今は空っぽになったワインラックや銀器用の戸棚が並んでいた。三番目がめざす場所だった。扉を開けたとたん憐れな金切り声に迎えられ、それとわかった。

床に横たわっているのは、オランウータン男だった。そうだ、今思い出した。火事の夜、裏の廊下から姿を消した獣人だ。

石炭庫には窓がなかった——扉を開ける前は真っ暗だったはずだ。相手は入口から入ってきた光にまばたきしながらこちらを眺めた。ほのかな光だったが、この牢屋の暗さに慣れている目には明るかったらしい。そう、まさしく牢屋だった。オランウータン男は裸で、片方の足首に鉄枷がはまっていた。壁の鉄の輪に鎖がつながれている。以前はあの輪に石炭入れがかかっていたのかもしれない。

「あいつら」キャサリンは言った。「あのくそ野郎ども」

オランウータン男は片手を上げて目をかばった。同時にささっとあとずさりして、錫《すず》の皿をひっくり返す。たぶん水が入れてあったのだろうが、今では乾いていた。オランウータン男がふたりのことをひどく恐れているのはあきらかだ。

「ここから出してあげる」キャサリンはアリスの手を放し、声をかけた。もっと近寄る必要がある。「あたしの言ってることがわかる？　こいつがどの程度人間の言葉を理解してるのか知らないから」とアリスに言う。「あの足枷の鍵をはずさないと。ここで待ってて」だが、そちらへ動きかけたとたん、オランウータン男はまた甲高い声で叫びはじめた。最後の抵抗を試みるかのように、歯を剝いて仁王立ちになる。

「キャサリン、危険すぎると思います！」まだ入口に立ったまま、アリスがびくびくして言った。

「危険なんか考えていられないときがあるの。でも、充分近づけるかどうか。あいつがピューマのにおいを嗅ぎつけてるのが問題なのよ。向こうが受け入れてくれなきゃ、鍵にたどりつけない」まるで鋭いナイフを脳に突き刺したように、あの金切り声が敏感な猫の耳をつらぬいた気がした。

「あれはなに？」いきなりアリスがさっと前に出て、キャサリンを部屋の隅の物陰に引っ張り込んだ。ここなら入口から見えない。いったいアリスは……いや、オランウータン男の甲高い叫びでまだ耳鳴りがしていたものの、いまやキャサリンにも聞こえた――足音が階段を下りてきて、そのあと廊下を進んできたのだ。ふいに、エドワード・プレンディックの輪郭が入口に浮かび上がった。

倉庫で最後に見たときと同じ、みすぼらしいスーツを着ている。入口からの光が白髪交じりの髪を照らし、背後に光の輪を描き出していた。聖エドワード！　皮肉なものだ。

「足音が聞こえたんだろう？」プレンディックはオランウータン男に言った。「静かに、いい子だ。落ち着いて。傷つけるためにきたわけじゃない。林檎を持ってきたぞ、ほら」上着のポケットから林檎を一個取り出して投げてやると、オランウータン男は空中で受け止め、むさぼるように芯まで食いはじめた。別の内ポケットからフラスコ瓶を引っ張り出し、中身をオランウータン男の皿に注ぐ。「そら、水だ。セワードが遅まきながら、水をやるのを忘れたと思い出して、戻らせてくれたんだ。ぼくがその林檎を持っていてよかったじゃないか？」

オランウータン男は水を飲み干すと、分厚い舌で錫の皿をなめた。あっという間のことで、なめおわると足枷のついたくるぶしを突き出した。懇願するようにプレンディックを見る。まだ片手に林檎が半分残っていた。

「できないんだ」とプレンディック。「できることならやってやりたいが、確実にセワードに締め上げられる。すでに厄介な状況なんだ。すまない。ここはひどい場所だな」石炭庫を見まわす。（今だ）とキャサリンは思った。（見られる）おびえているに違いないアリスをちらりと見たが、厨房メイドは目を閉じ、祈るように正面で手を組んでいた。唇が動いている——声に出さず祈りを唱えているようだ。まあ、好きなだけ祈ればいいが、こちらは戦ってやる。キャサリンは身をかがめ、プレンディックに飛びかかる態勢を整えた。もし殺してしまっても、そう、あれだけのことをした報いというものだ——キャサリンに対して、ほかの獣人に対して。プレンディックがこちらに気づいたら、自分に気づいたら、一気に襲いかかって喉を引き裂いてやる。警告を発する暇もないだろう。

だが、その視線はふたりの上をそのまま通り抜けた。

「すまない」プレンディックは重ねてオランウータン男に言った。「おまえをこんな目に遭わせるつもりはなかったんだ。こんなことになるとは思ってもみなかった。少なくとも、扉は開けていってもらえたんだな——いくらか明るい。ぼくも開けていこうか？　それに、われわれが留守にしているあいだ、世話をする人間をよこすようにしておこう。戻ってきたら、おまえをここから連れ出させてくれるかもしれない。そうしたいだろう？」

　オランウータン男の頭をぽんと叩こうとしたが、獣人は歯を剝き出してうなった。

「そうか、じゃあ」プレンディックはばつが悪そうに言った。「行くよ」

　また石炭庫をぐるりと見まわす。なぜこちらが見えないのだろう。キャサリンは当惑していた。たんに見えないふりをしているだけなのか？　いや、違う、いたって真剣だし、すっかり打ちひしがれた様子だ。あんな嘘つきで善意につけこむ卑怯者でなければ、気の毒になったかもしれない。

メアリ　手厳しい言い方ね、キャット。

キャサリン　言われて当然でしょ。アーチボルドを壁に鎖でつないだまま、あそこに置き去りにしたんだから！　セワードが誰かよこすのを覚えてたなんて、とても思えないけど。あの石炭庫で死んでたかもしれないのに。

アリス　もし自分で、あの気の毒なアーチボルドを見ることができたら、メアリ……ほんとうにかわいそうでした。

　ほとんど申し訳なさそうに、プレンディックは向きを変えた。扉を通り抜けているとき、オランウータン男はもう一度身を起こすと、ありったけの力を振り絞って、出ていくプレンディックの背中に林檎の残りの半分を投げつけた。どかっとぶつかった音が聞こえた。急いで廊下を遠ざかり、階段を上がっていく足音が伝わってくる——走っているようなものだ。それから、またもや遠くで玄関の扉がバタンと閉じた。

「もう目を開けても大丈夫よ」アリスに声をかける。

　アリスは瞼を上げてあたりを見た。「あのひと、あたしたちを見なかったんですね。ああよかった、見られなくて。こんな暗い隅っこに目を向けようなんて思わなかったんでしょうね」

「それどころか。まっすぐこっちを見たけどね、二回。ちょっとした好奇心なんだけど、ひとりで何を言ってたの？」

「ええと」とアリス。「最初は主の祈りを唱えようとしたんですけど、『御名をあがめさせたまえ』から先がぜんぜん思い出せなかったから、ただ（あたしたちはここにいない、あたしたちはここにいない、ここにはなんにもない）ってひたすら繰り返してました。それしか思いつかなかったんです。ほんとうにごめんなさい、お嬢さん。あたしはあなたやみなさんみたいに勇敢じゃないんです。なんですか、お嬢さん？　すごく変な顔でこっちを見て」

〝あたしたちはここにいない、ここにはなんにもない〟……そんなことがありうるだろうか。だが、今その可能性を追求する時間はない。「さあ、あいつらがオレンジか何か持ってきてやろうって決める前に、オランウータン男をここから出してやらなくちゃ！」アリスの謎はあとまで待たなければならないだろう。

キャサリンはふたたびオランウータン男に近づいたものの、さっきと同様、金切り声に迎えられただけだった。

「あたしにやらせてください」とアリス。「あたしは猿なんですよ、この子みたいに。ともかく、ベアトリーチェさんはそう言ってます――ダーウィン氏によると、ひとはみんな猿なんだそうです。もちろんあなたは別ですけど、ダーウィン氏はあなたのことを知らないでしょう？」

キャサリンはうなずいた。うまくいくかどうかわからなかったが、やらせてみたほうがいいだろう。

アリスはゆっくりとオランウータン男に近寄った。「しーっ、しーっ」となだめる。「痛いことなんかしないから」そして片手を差し伸べた。

ふいに、オランウータン男は自分のぎこちない指でその手をつかんだ。もう片方の手を上げてみせる。「男五人《ファイブ・マン》」何日も使っていなかったかのようにしわがれた声で言う。「おれは男五人」

「あたしも」アリスはやはり反対側の手を持ち上げて言った。「あたしも、男五人——というか、女。友だちにその鍵をはずさせてもらえる？」足首を指さす。「このひとがあんまりいいにおいじゃないのは知ってるけど、信頼できるから」

「おれは、男五人」キャサリンはおうむ返しに言い、両手を掲げた。あの島の言葉がなんとすみやかに戻ってきたことか！「見て、あたしは造られた」傷痕が見えるように片方の袖を引き上げる——薄暗い中でも見えるといいのだが。「あたしは造られた、あんたみたいに。でも、今ここであたしたちはみんなひと、一緒。ひとはお互いを食べない。そう教わった？」

「ああ、教わった、鞭をもつ主人に」オランウータン男は答え、力強くうなずいた。足首を伸ばしてくる。

プレンディックのことだろうか？キャサリンはあまりそうは思わなかった。鞭をもつ主人というのは、むしろアダムの可能性が高い。あの島でさえ、プレンディックは気乗り薄で無能な支配者だった。

不格好な大きい錠前はたちどころに開いた。キャサリンが足枷をはずすと、オランウータン男はよろよろと立ち、そして倒れ——また立ち上がった。

「歩ける？」キャサリンは訊ねた。

「あたしの手を握って」とアリス。「手伝うから」というわけで、三人はそうやってポッターズ・レーンの建物から出た。オランウータン男はアリスの手にすがり、人間に近すぎる裸を隠すためにアリスが脱いだ上着を羽織っていた。

暗くなってきたのがありがたい！うまくいけばさらに目立たなくなるだろう。家までずっと歩いていくしかなかった。まさか半裸の獣人をロンドンの乗合馬車で連れていくわけにはいかない。キャサリンはソーホーの街路を通って進みながら、いったいオランウータン男をどうすべきかと考えた。

キャサリン　正直、家に連れて帰ったらミセス・プールが卒倒するんじゃないかって心配してたの！

ミセス・プール　まるでわたしが卒倒したことなんてあるみたいに！　だいたい、アーチボルドはあんなにいい下僕なんですからね。ジョゼフより優秀ですよ。前に屋根まで上っていって、煙突の煙出しを取り換えてくれたことがあるんです。しかも一度だって物を壊したことはないですからね。ジョゼフじゃそんなこと言えませんよ、それどころかイーニッドでもね！　ところで、ふたりに最初の子が生まれるんです。女の子だったらわたしの名前を取ってつけるそうですよ！　ちっちゃなホノリア。すてきじゃありませんか、ねえ？　訪問しなくては、メアリお嬢様。

メアリ　何を持っていったらいいかしら？　歯固めのおしゃぶりが伝統的だけれど。

ミセス・プール　ああ、お嬢様に歯が生えはじめたときのことは、まだ覚えていますよ。ぜったいに泣きませんでしたね、あのころでさえ。申し分なくいい子でしたとも！　当時は、わたしの運がよかっただけだと思ったものです。もちろん、今はどうしてなのかわかっていますよ……

メアリ　キャット、今のを本に入れるつもりじゃないわよね？　だって、わたしが赤ちゃんのときどうだったかなんて関係ないでしょう。恥ずかしいし。

キャサリン　さて、どうしようかな。

8 サーカスに加わる

ようやく一行がパーク・テラス十一番地にたどりついたとき、ミセス・プールがオランウータン男に最初にしたのは、風呂に入れることだった。「ものすごいにおいがしますよ」と言う。「それに、ちゃんとした服を着せないと。ジキル博士の古い寝間着がどこかにあったと思います。大きすぎるでしょうが、少なくとも上のシャツは着られるでしょう」

一時間ほどたつと、一同はそろって応接間に腰を下ろしていた――キャサリンはナイトガウンをまとい、脚を組んでソファに座っている。ミセス・プールが肘掛け椅子の片方に、ベアトリーチェがもう一方に。アリスは床に座り込んで、ちゃんとジキル博士の寝間着の上を身につけたオランウータン男の毛を櫛でとかしてやっていた。体を洗ってみると、あまり男というふうには見えない――むしろ、やわらかなオレンジ色の髪と大きく悲しげな瞳を持つ少年のようだ。キャサリンはその姿に〈犬少年〉サーシャを思い出した。二匹の猫、アルファとオメガは、どう判断していいか決めようとするかのように、オランウータン男の周囲をめぐっていた。

「ミセス・プール」キャサリンは言った。「もっと豚がある？　ハムってことだけど」ミセス・プールが持ってきた夕食の残りを見やる――エンドウ豆のプディングを添えた冷肉の大皿とブラマンジェだ。プディングを食べたのはアリスだけだった。ピューマは豆なんてものは食べない、とキャサリンは全員に思い出させた。もっとも、ブラマンジェはおおむねミルクで、わりあい気に入った。ベアトリーチェはお決まりの混ぜ物を飲んでいた。オランウータン男は差し出されたものをすべて拒んだので、とうとうベアトリーチェが、ジキル博士の書斎にあった『ブリタニカ百科事典』でオランウータンを調べた。

「オランウータンは果物を食べるのよ」という報告だった。「ここに〝ジャックフルーツやドリアンがオランウータンの主要な食物となっており、力強い指で硬い棘のある皮を引き裂いて開ける。また、甘いマンゴスチンなどのほかの果実も摂取する〟と書いてあるわ」

「今おっしゃったドリアンだのなんだのっていうのは、いったいどういうものなんですか?」ミセス・プールが問いかけた。「手元に生の果物があるかどうかわかりませんよ――しっかり火を通さないと消化によくないですからね。いえ、待ってください、シロップ煮にしようと思っていた梨がありましたよ。気に入るかどうか見てみましょう。どうせ、あなたがたみたいなひとたちにシロップ煮なんて無駄ですからね! 一日じゅう、作っているものときたら肉か草なんですから。わたしとアリスのために料理していなかったら、やり方をすっかり忘れていたでしょうよ!」

「〝木に枝で台を組んで寝場所にしている。幾晩か続けて使用するようである〟とも書いてあるわね。オランウータンがボルネオ島とスマトラ島原産だと知っていた? オランウータンというのは〝森の人〟という意味よ」

「まあ、ここではそんなことをしないで、ベッドに寝てくれるといいですけれどね。まともなイングランド人らしく」とミセス・プール。

オランウータン男は梨をとても気に入った。そのうえ、ベアトリーチェを少々気に入りすぎてしまった。そばを通ると「きれい、きれい」と言いながら、服の裾に触れようと手を伸ばすのだ。「わたしにさわってはだめよ」ベアトリーチェは言い、オランウータン男が絨毯に座っているところに膝をついた。「わたしには毒があるの、わかるかしら？」どう見てもわかっていない。顔に感嘆の色を浮かべ、また手を伸ばしてさわろうとしたからだ。

「すてき、猿男まであんたに恋するわけね」とキャサリン。「今度はなに？」

「オランウータンは類人猿で、猿ではないわ」ベアトリーチェは答えた。それから、オランウータン男のほうを向くと、「ごめんなさい」と謝った。腕を伸ばしてその手に触れ、手のひらを合わせる——オランウータン男は刺されたかのようにさっと手を引っ込め、抱え込んだ。「これでわかって？」ベアトリーチェは訊ねた。

「うん」とオランウータン男。「うん、あんたはおれを傷つける。かなり痛い」まだ賛嘆のまなざしを向けていたものの、もう手を触れようとはしなかった。

「名前をつけないと」とミセス・プール。「オランウータン男と呼びつづけるわけにはいきませんよ。長すぎて」

「シルキーはどうですか？」とアリス。「こんなにやわらか《シルキー》い毛だから」

「ラッキーはどう？」とキャサリン。「倉庫の火事で生き延びて幸運《ラッキー》だったから——たぶんこいつだけだったんじゃないかな」

「どうして本人に訊かないの？」とベアトリーチェ。「きっと自分で意見が言えるはずよ」オランウータン男を振り向く。「あなたの名前は？」

相手は胸に手をあて、「おれはアーチボルド」と言った。続いてぎこちなく一礼する。キャサリンはつい吹き出しそうになり、アーチーと呼んでもいいか訊きたくなったものの、あまりに堂々としていたので、気を悪くするに違いないと思った。

ベアトリーチェはきまじめにお辞儀を返した。「アーチボルド、会えてとてもうれしいわ。それはエイヴベリー卿といたときにもらった名前？」

アーチボルドはうなずき、これまで見た中でいちばんうれしそうな顔になった。もっとも、見つけたときの状態を考えれば、あまり意味はない。エイヴベリー卿のもとでも檻に閉じ込められていたはずだし、たいして状況は変わらなかったはずだが、そこに戻る気があるのも、以前の自分をなつかしく思い出しているのも、不思議には思わなかった。キャサリンもときおり夢の中で、かつての姿であるピューマになっているからだ。

ダイアナ　自分がピューマだったたって何回書くつもり？

キャサリン　なんでよ、気に入らないわけ、猿娘？

ダイアナ　あたしを猿って呼んだって侮辱にならないよ。アリスも猿娘だし、メアリもそうだってアリスが言ってたもん。ダーウィン氏の話じゃ、ミセス・プールまで猿なんだって！　とにかく、読者はあんたがいつでも自分のことを話してるのにうんざりしそう。

ミセス・プール　わたしはぜったいに猿じゃありませんよ！　なんて邪悪で異教徒的な考えでしょう。

キャサリン　ここで進化論についての論争を始めるつもりはないから、すみませんけど！

ミセス・プールが夕食を運んできて、みんなが気兼ねなく応接間で食べたあと、キャサリンはその日のできごとを説明した。途中でアリスが口をはさんだり、ミセス・プールが声をあげたりする。論評しなかったのはベアトリーチェだけだった。それから一同はくつろいだ沈黙の中で座り、キャサリンはミセス・プールが見つけてくれたハムの最後のひと切れをつまんだ。姉より肉付きの悪い雄猫のオメガにこっそりハムを少しやり、ミセス・プールが注いだ紅茶を飲む。建物に忍び込んだり人を探ったりした長い一日のあとで、ポット一杯のお茶にまさるものはありませんよ、とミセス・プールは言った。

「キャサリン」ベアトリーチェが口を開いた。まだ緑のどろどろの入った自分のマグカップをもてあそんでいる。「わたしが何を言うかわかっているでしょう」

「あたしもあんたが何を言うかわかってると思う」とキャサリン。「計画があるの」うまくいくだろうか。確信はなかった。

ミセス・プールが両方をかわるがわる見つめた。「ふたりとも、いったいなんの話ですか?」と頭を振る。「わたしに理解できないのは、こういうことですよ。まず、そのレイモンドという人物は何者で、どうしてそのひとが重要なんです? それから――」

「レイモンド博士は、以前イングランドの錬金術師協会の支部長だったの」とキャサリン。「どの国にもそれぞれ支部があるみたいね? もちろん知らないけど――セワードが言ったことから推測してるだけ。あたしがわからないのは、ヘネシーって誰で、どうしてレイモンドに手紙を書いたのかってことよ」

「覚えていない?」ベアトリーチェが言った。「あそこの精神科病院の副院長で、辞職したひとよ。メアリが教えてくれたわ」

「三カ月前にメアリが教えてくれたことなんて、どうして覚えてるはずがあるわけ?」腹が立つ。パズルのピースを与えられて組み立てるように言われたが、欠けているピースがあるうえ、いくつかは別のパズルのものかもしれないとでもいうかのようだ……「じゃ、そのヘネシーってやつは、何かで怖じ気づいてるってことね。セワードとヴァン・ヘルシングが、ヴァン・ヘルシングの娘、つまりルシンダに対してやってる何かの実験で。だからレイモンドに手紙を書いて、レイモンドがセワードと連絡を取った。わかってる、これじゃまるで、最後に全部正しく繰り返さなくちゃならない伝言ゲームみたい！　大事なのは、ルシンダに何をしてるとしても、力が手に入るってあいつらが思ってること――死ぬことがなくなって無敵になるって」

「そんなばかげた話は聞いたこともありませんよ」ミセス・プールが言った。もう一杯紅茶をお代わりする。

「ばかげた話ではないわ」とベアトリーチェ。「わたしを見て、ミセス・プール。キャサリンやジュスティーヌを見てちょうだい。わたしたちを造るのが可能なら、彼らが渇望している力を与えてくれるものを造り出すこともできるはずよ。キャサリン、今何かの血清のことを口にしたわね？　もしかしたら、人間の命を引き延ばし、治癒力を強化する物質を発見したのかもしれないわ。ヴィクター・フランケンシュタインが生物的変成突然変異という概念を発表して以来、それが錬金術師協会の、あるいはその中の一派の夢だったの。そして、知識はあまりにもたやすく力を得る手段として悪用されてしまうものよ。わたしの父は善人ではなかった。わたしをかわいがっていたことは例外かもしれないけれど、父の長所はいいものではなかった。それのことがわたしの人生にどんな影響を与えたか、わかるでしょう――わたしは自分の大切な相手に危害を加えて殺すモンスターよ。でも、父は悪人でもなかった。他人を支配する力は求めなかったわ。自分の研究は、いつか人類がより高い水準に進化する助けになる、と信じていたの。今回の男たち――彼らは新しい世代よ。どんな科学の進歩を達成しようとも、自分たちだけのものにしておきたいと願っているんですもの。今の会長がその実験を禁じたのも不思議はないわ」

「会長って誰なのか知ってる？」キャサリンは訊ねた。「あの女って、すごく妙な言い方をずっとしてたの。会長が女のひとだって可能性はある？」

ベアトリーチェはかぶりを振った。「それは知らないわ。父は協会内での駆け引きをわたしの前では話さなかったの。保守的だと罵《ののし》るときをのぞいてね――そのときでさえ、内部の動きに関してはほとんど口にしなかった。わたしが会員になったとき、すべてわかると言ったの。ソシエテに女性会員はいるわ――その意味で、ほかの学会より進歩的かもしれないわね。父はわたしがそのひとりになることを望んでいた。女性会長が立つこともありうるでしょうね――少なくとも建前としては」

「まあ、どうやらわたしたちはたいして何も知らないようですね！」ミセス・プールが不安と苛立ちの入り混じった声で言った。「メアリお嬢様たちが思っていたより危険な状況だということは別として。その男どもはブダペストの例の会合に行くことになっている――ミス・マリーがお嬢様に電報で知らせてきた会合でしょうね。そして、ルシンダ・ヴァン・ヘルシングをそこに連れていく計画だと。あなたがたの話からすると、セワードとほかの連中の思いどおりにならなければ、なんらかの対立が起こるようですね」

「流血の惨事」アリスが助け舟を出した。「って言葉を使ってました」

「ありがとう」とキャサリン。「じつはそれをミセス・プールに言うのを避けたかったんだけど」

ミセス・プール どうやって隠しておくつもりだったのか、さっぱりわかりませんよ！

キャサリン アリスがうっかり口走らなければ言うつもりだったの――ただし、その言葉を使わずにね。メアリのことで取り乱すのを防ごうとしてたわけ。

ミセス・プール わたしは取り乱したりなどしません！

アリス ほんとうは、ちょっと取り乱してましたよ、ミセス・プール。

「すぐに電報を打たないと！」ミセス・プールは肘掛け椅子から立ち上がり、あやうくエプロンに紅茶をこぼすところだった。「ああ、大事なメアリお嬢様、どんな危険に巻き込まれてしまったんです？　なんという悪人ども！　お父様がここにいれば、あのひとの不愉快な協会についてさんざん小言をくれてやるところですよ！　夜のこんな時間でも開いている電報局があるに違いありません。ホームズさんならご存じでしょう！　ホームズさんのところへ相談に行かなくては」

「もう、勘弁してよ」とキャサリン。「流血の惨事――その、協会の会合――は、早くても九月二十日まで予定されてないの。お願いだから座って、ミセス・プール。もちろんどうにかしなくちゃいけないけど、メアリがどこにいるか実際に知ってるわけじゃないでしょ？　ウィーンに着いたのは知ってるけど、もうルシンダ・ヴァン・ヘルシングがいなければ、そこを出てるかもしれない。どこにルシンダを閉じ込めてるか、セワードはぜんぜん口にしなかったし――どういう意味なのか知らないけど、変化してるとしか言わなかったもの。それに、よほど必要じゃないかぎり電報の返事を出すなってノートン夫人が言ってきたでしょ。さっきベアトリーチェが提案しようとしたのは、あたしが――ベアトリーチェ、何を言おうとしてたの？」

ベアトリーチェは有毒な煎じ汁の最後の一口をすすった。「ミセス・プール、キャサリンとわたしはブダペストに行かなければならないわ。ドクター・セワードの計画を知ってしまった以上、キャサリンがロンドンにとどまる理由はないし、メアリとジュスティーヌとダイアナが危険な状況にあるなら、わたしの居場所もそこよ。わたしたち両方の……いわば体の状態には、不利な点があるわ。でも、ふたりとも力があるでしょう。どちらも戦えるのよ。ばらばらになっているより、五人一緒のほうが強いということは、あの倉庫で示したのではないかしら」

「あんたの植物はどうするの?」キャサリンは訊ねた。「新しいのを育てなければならないでしょうね、戻ってくるとしたら――そのつもりよ!」とベアトリーチェ。「枯れたら悲しいけれど、こっちのほうがもっと大事ですもの」

「それで、あたしはどうなんです?」アリスが問いかけた。同行してくれと頼まれるのと、置いていかれるのと、どちらも半々に恐れているように見える。

「そうね、どうしよう?」とキャサリン。「あんたには毒はないし、鋭い歯もないわ――それに、ミセス・プールがこんな危険な冒険に出したくないと思うだろうし」

「当然ですよ!」とミセス・プール。「お嬢さんがたが行くのとは違います――それだって心配ですよ、気が気ではありませんとも、でも、あなたがたには自分の面倒が見られることがわかりましたからね。アリスはまだ十三で、おふたりの、その、持っているものがこの子にはないんです。おわかりでしょう。電報を送ることについては――」

「あたしたちのモンスター的な性質?」とキャサリン。「いいの、反論しなくて――言いたいことはわかってるから、ミセス・プール。ただね……石炭庫であることが起きたの。アリス、あのときしてたことをやってみて、プレンディックがあたしたちを見なかったとき」

アリスは当惑した顔になった。「お祈りのことですか?」

「あたしが言ってるのは、目をつぶって、あたしたちはここにいないって唱えてたこと。もう一度やってみて」

「今ここで?」アリスは問い返した。

「そう。どうなるか確認したいの」

アリスは気の進まない様子で目を閉じた。唇が動いているのが見える。

「いったい何が起こるはずなんです?」ミセス・プールが訊ねた。

「さあ」とキャサリン。「でも石炭庫では、まるであたしたちが目に見えなくなったみたいだったの。プレンディックはまっすぐこっちを向いてたのに、あたしたちを見なかった」

アリスが目を開けた。「だから、あたしがそのことと何か関係あるって思ってるんですか? 別に特別な力も何も持ってませんよ。あたしはただのあたしです」

「気にしないで」とキャサリン。「ちょっと思いついただけだから。どうせあの石炭庫は暗かったし、もしかしたら前よりあいつの視力が落ちたのかもしれない。ほら、島を出ていったあとで何があったか知らないけど、その影響かもしれないでしょ」ほんとうにそう信じているのだろうか? まあ、今のところ、論理的に可能性があるのはそれだけだ。

「行く必要があるのはわかりますし、止める気はありませんよ」とミセス・プール。「ですが、せめてミス・マリーに電報を打って、セワード医師の計画について警告するべきだと思いますね。それはノートン夫人への返信ではないでしょう? メアリお嬢様たちが到着するころには、ミス・マリーが準備を整えておくでしょうから。ここで家庭教師をしていたころには、いつだって機転の利く娘さんでしたからね。それから、現実に考えなければならない事柄がもうひとつありますよ。もう銀行に二ポンド足らずしか残っていないんですよ。ホームズさんからお借りしなければならないでしょうね」

「アトラスが今朝また五ポンドくれたけど」とキャサリン。「急いで移動するつもりならもっといるわ。それに、どうしても必要にならないかぎり、ホームズには頼みたくないの。ひとの計画に首を突っ込んでくるところがあるでしょ。別の考えがあるの。ベアトリーチェ、サーカスに入ろうって考えたことがない？」

ベアトリーチェはしげしげとこちらを見た。「いいえ、とくには。どうして、キャサリン？　何を考えているの？」

ベアトリーチェ　今では、どうしてあなたとジュスティーヌがあれほどサーカスになじんでいたかわかったわ。あんな友情はどこでも感じたことがなかったもの。もちろんここは別だけれど。

キャサリン　サーカスの仲間はみんなのけ者、はみ出し者だからね。みんな何かから逃げ出してきてる。全員がなんらかの点でモンスターなの。

メアリ　そういう言い方はよくないと思うわ――

キャサリン　あたしはサーカスの話をしてるの、メアリ。サーカスのことに関しては訂正できないでしょ。あたしはあそこにいたんだから。知ってるのよ。

翌朝、キャサリンとベアトリーチェはクラーケンウェルに向かって出発した。出かけるにあたって、キャサリンはもう一度パーク・テラスを注意深く観察した。その前にチャーリーと話して、ベイカー街の少年たちの誰かがこのあたりで疑わしいものを見たか訊いてあった。「おいらの知るかぎりじゃなかった」とチャーリーは答えた。「けど、ほかの連中に確認してみるよ。ホームズさんの指示で、誰か必ず近くにいることになってるから」

クラーケンウェルでは、新聞と安い文庫本を売店で売っている女が、ミセス・プロスローの下宿屋への道を教えてくれた。アトラスの説明どおり、クラーケンウェル・グリーンの近くだ。外からはあまり魅力的に見えなかったが、サーカスのひとびとが魅力的な場所に泊まったためしなどあるだろうか？

「用意はいい？」キャサリンは訊ねた。

ふたりは通りの向かい側の歩道に立っていた。ほぼ人通りはなく、荷車が二、三台がらがらと通っていくのと、少年が数人、瓶をボールがわりに蹴っているだけだ。ロンドン中心部とは思えない！　付近の建物、たいてい上が貸間になった小さな店の屋根の上に、クラーケンウェル聖ジェームズ教会の尖塔がそびえているのが見える。

「いいわ」とベアトリーチェ。「サーカスの芸人のように見えて？」

キャサリンはちらりと目をやった。ベアトリーチェはペトロニウス教授の家から逃げ出して以来、はじめてヴェールを脱いでパーク・テラス十一番地を出たのだ。三カ月間教授の話は耳にしていないし、連絡もきていない——何の問題がある？　ともかくベアトリーチェは今朝そう言った。今は顔にあたる陽射しや、煤けたロンドンの空気さえ楽しんでいるようだ。まあ、いいことだ。誰だろうと、四六時中大量の植物と閉じこもっているべきではない。

「大丈夫」キャサリンは言ったものの、心は別のことにあった。まずブダペストへ行って、メアリたちに手を貸さなければならない。次に、というか実際にはこちらが最初だが、ロレンゾの旅の一座に入れてもらわなくては。そして三番目は……

その日の朝、ミセス・プールが寝室に上がってきた。キャサリンはまだベッドにいて、上掛けをかぶったまま伸びをしていた。早く出すぎても無駄だ——サーカスのひとびとは必ずしも早起きではない。「実は、あなたの言うとおりでしたよ」とミセス・プールは言った。「ゆうべは信じていませんでした——見間違いだったか、プレンディックさんが近眼なだけだと思ったんです。ですが、今朝新しい水差しを持ってアリスの部屋に入ったら、いなかったんですよ！　『アリス、アリス、どこにいるの？』と呼んでみました。そうしたら、いきなり目の前に現れたんです。『いったい今何をしたの？』と訊いたら、『石炭庫でしたことをやってみただけです』と言われました。『何度も何度も、あたしはここにいない、ミセス・プールには見えないって繰り返したんです。あたしが見えましたか、ミセス・プール？』『おやまあ』とわたしは答えましたよ。『アリス、あなたは姿を消すことができるのね！』ですから、きのうあなたの言ったとおりでしたよ、お嬢さん」

「ひとが姿を消すことはできないわ」キャサリンは言った。上掛けをめくって体を起こす。

「この目でたしかめたことを疑えとおっしゃってるんですか？　あの子がはっきり見えたんですよ――あるいは見えなかったか。今はそこにいなかったのに、次の瞬間しれっとベッドに座っていたんですからね」

「ううん、そういうことじゃないの、ミセス・プール」キャサリンは言った。「ただ、物理的に不可能なことなら、違う説明があるはずだって言ってるだけ」

「ふうん。それで、ホームズさんにこのことをすっかり話すつもりですか？」

「そうする、そうするけど、今日の午後まで待ってくれる？　あのひとに邪魔されずに手配したいことがあるの――手伝ってもらわずにって意味よ」

「まあ、いいですよ」ミセス・プールは疑わしげに言った。「自分のしていることはおわかりでしょうからね。でも、メアリお嬢様がここにいれば、とほんとうに思いますよ。居間の机で何も書いていない頼信紙を見つけたので、記入してからジミー・バケットに渡して、カムデンタウンの電報局まで持っていってもらったんです。料金にちょっとお駄賃をつけてね。万が一見張られていた場合に、わたしたちの誰かが持っていくより目立たないだろうと思ったので。あなたとベアトリーチェさんがブダペストに行くとミス・マリーに伝えました――C・MとB・Rが行く、と暗号みたいに書いてね。それから、S・Aの会合でS博士とヴァン・H教授からの危険に気をつけるように、というようなことを書きました。あれでちゃんと警告になったはずですよ」
「たしかに、すごくうまいわ、ありがとう、ミセス・プール」キャサリンはいらいらしながら言った。どう考えても電報は無用な危険を冒しているのでは？　なにしろ自分とベアトリーチェがブダペストに行くのだ。間に合うに決まっている。メアリがそばにいたらよかったのに、と認めざるをえなかった。いつでも非常に実際的な見方をするからだ。ジュスティーヌほど賢くないし、ベアトリーチェほど博識でもないが、計画を立てるのがいちばん得意だ。キャサリンは誰よりも勘がいい——その点には自信がある。だが、ピューマは飛び跳ねたり戦ったりするようにできていて、計画を立てるのには向いていない。まあいい、できるだけうまくこの状況に対処するしかない——そして、どうしたらいいか知っている気がする。

そこでキャサリンはかなり高さのあるベッドからすべりおりると、素足の下でやわらかな寝室の絨毯に立って言った。「ミセス・プール、朝食に燻製の魚《キッパー》はある？」ミセス・プールがキッパーを炒めるために出ていくと、メアリの部屋に行って衣装簞笥をのぞいた。今日は女物の服を着る必要がある。青いディミティのアフタヌーンドレス——そう、これがいい。これなら申し分なくきちんとして見えるだろう……。

メアリ　それはわたしのお気に入りのドレスよ！

キャサリン　へえ、だったらあたしはいいのを選んだみたいね。

キャサリンは今、鎧戸が斜めにぶらさがった下宿屋をじっと見つめていた。「行きましょ」とベアトリーチェに言う。「通りの向かいの煉瓦の建物よ、靴とブーツの店の隣の」

ベアトリーチェはうなずき、ふたりは一緒に道を渡った。家具を載せた荷車と羊を載せた荷車にはさまれており、羊がひっきりなしにメエメエ鳴いていたので、キャサリンはかなりいらいらさせられた。ばかな生き物だ——あの島で最初に殺した獲物は、モローが造った羊女だった。

ジュスティーヌ　どうしてそんなことを口に出したりできるの？

キャサリン　あたしは肉食動物よ、覚えてるよね？　ほかのみんなが食べてるみたいに、雑草は食べられないの。

呼び鈴を鳴らすと、継ぎのあたったエプロン姿の女がふたりを入れてくれた。たぶんミセス・プロスロー自身だろう。この下宿屋にちょっと似ている——みすぼらしくてくたびれた感じだが、古色を帯びた表面の下を見れば、なかなかこざっぱりとしていた。

ジュスティーヌ　古色を帯びた！　その言い方は好きだわ。

キャサリン　ありがとう。あたしの繊細な表現に気がついてもらえるのはいい気分だわ。

ミセス・プロスローはラベンダーと防虫剤の香りがした。「サーカスのひとたち？　あなたがたがきたって知らせてきますよ。お客用の応接間を使ってるんです。廊下の先の左側ですよ」

キャサリンが応接間に入っていったとたん、ソファに座って《ロンドン・タイムズ》を読んでいた男が立ちあがり、礼儀正しく会釈した。それから、もっとよくこちらを眺める。「キャサリン！」と声をあげた。

「きみか？」

「あたしよ、クラレンス」キャサリンはにっこりして言った。

たちまち男はキャサリンに腕をまわしてぎゅっと抱き締めた。そのあと、まだ腕に抱いたまま一歩下がる。

「元気かい、猫ちゃん《ウィスカーズ》？　うまくやっているとアトラスに聞いたよ。しかし、しゃれた恰好じゃないか！　それで、その友だちは誰だい？」

キャサリンはうしろに立っていたベアトリーチェを振り返った。

「こちらはベアトリーチェ・ラパチーニ。ベアトリーチェ、あたしの親友のクラレンス・ジェファーソン」

「ミス・ラパチーニ」クラレンスは礼を取った。立派な体格の男で、ほぼジュスティーヌに匹敵するほど背が高く、引き締まっていて肩幅が広かった。容貌はアフリカの息子だと明白に示しており、事実、ロレンゾのサーカスでは〈ズールー族の王子〉と宣伝されている。余興の入場券を買えば、誰にでも血に飢えた土着の踊りを披露してくれるのだ。

「ジェファーソンさん」ベアトリーチェは答えて会釈した。相手の冷静な態度や堂々たる風采に感銘を受けたのが、キャサリンには見て取れた。

ダイアナ　ふうさいって何さ？

ベアトリーチェ　クラレンスは美化されても喜ばないと思うわ、キャサリン。それにあのひとはボストン出身よ、アフリカではないでしょう。多数の民族や国を含む大陸ではいつだってあることよ。たんなるひとつの場所ではないのよ。

キャサリン　そんなこと充分わかってるってば。あんたより長くクラレンスと知り合いなんだから。でも、実際にそういう感じでしょ、堂々たる風采も含めて。辞書の使い方を知らないひとのために言っておくと、風采っていうのは顔つきとか振る舞いとか——どう見えるかってこと。自分でその単語を調べたってよかったんだけどね、ダイアナ

――まるっきり無知ってわけじゃないんだから。
ダイアナ　わかった、語彙のリストに入れとく。
〝無知〟もね。

　クラレンスは握手しようとするかのようにベアトリーチェに手を差し伸べた。

「さわらないで！」キャサリンが鋭く言った。「この娘《こ》には毒があるの。手袋をしてるかぎり平気だけど、それでもあたしだったらあんまりそばには寄らないな」

　いったいどういう意味だ、とクラレンスが訊きそうな顔をしたとき、すぐうしろにアトラスを従えてロレンゾが入ってきた。

「カテリーナ！」腕を大きく広げてから、手をキャサリンの肩にかけ、両方の頬に音を立ててキスする。「私のかわいい子猫《ミオ・ベリッシモ・ガッティーノ》！　会えてじつにうれしいよ」小柄でぽっちゃりした男で、道化のように表情の豊かな顔をしているが、実際にかつて道化だったのだ。一瞬で悲しそうにもうれしそうにも見せられるが、今はとてもうれしそうだった。「どうしていた？　私が送った金は受け取ったかね？　ほんとうにすまない――もっと前に全額送ることはできなかったんだ。請求書がな――ひどいものだよ。この下宿屋にいてさえ、これだけ大勢養うのは高くつく。だがわれわれは家族だろう、と芸人たちに言うんだよ。どうしてもというときまで別れることはない。元気かね？　そして麗し《ラ・ベッラ》のジュスティーヌはどうだね？　かけたまえ、かけたまえ。どんな状況か全部話してくれ」

　キャサリンはクラレンスが座っていたソファに腰を下ろし、読んでいた新聞を脇にどかした。「もちろん、喜んで。でもロレンゾ、提案があるんだけど」

「仕事の提案かね？」急にその表情はすっかり真剣になった。「話してくれ」ソファの隣に腰かける。クラレンスはそれ以外で唯一座り心地のいい椅子にかけるよう、ベアトリーチェに合図してから、尻の下でつぶれそうなガタガタの木の椅子に腰かけた。何に座ろうが常に体重で壊してしまうことを恐れているアトラスは、壁にもたれかかった。

「こちらがあたしの友だちのベアトリーチェ・ラパチーニ」キャサリンは言い、まるで女店員が商品を見せているように、ベアトリーチェを示してみせた。

「ああ、なるほど、美しいご婦人だ」とロレンゾ。

「もちろん目に留まってはいたとも。どうして気づかずにいられる？」ベアトリーチェのほうを向く。「しかしラパチーニとは……君はイタリア人かね？《セイ・イタリヤーナ》」

「はい《シー》、シニョーレ」とベアトリーチェは答えた。「パドゥアで生まれ育ちました」《ソノ・ナタ・エ・クレシュータ・ア・パドウア》

「おお、麗しきパドゥア《ベッラ・パドゥア》！　美しい故郷がなつかしくなることがよくある《スペッソ・オ・ノスタルジア・デル・ベル・パエーゼ》よ。だが、失礼した、無作法だったな。英語で話せるのだろう？」

「不充分ですが」ベアトリーチェはいつもどおり完璧に英語を操って言った。「この大都市で、地元の言語はずいぶん学びました」

「もっとイタリアの話をしないとな！」とロレンゾ。「私自身はフィレンツェ人だ。残念ながら、生まれ故郷を見たのははるか昔の話だ……。だが、カテリーナ、君が言っていた仕事の話とはなんだね？」

キャサリンは身を乗り出した。こちらの望みに同意してもらえるだろうか？　すぐにわかる。「数カ月前に王立外科医学院に登場した〈毒をもつ娘〉を覚えてる？　余興にあんな呼び物があったら、いくら出しても惜しくないって言ってたでしょ」

「ああ《シー》」とロレンゾは言った。まあ、興味は持ったようだ——とまどって、興味を持っている。多少意味はあるだろう。

「ベアトリーチェがその〈毒をもつ娘〉なの。一座をパリに連れていく予定なんでしょ。あたしたちも一緒に連れていってほしいの、パリまでと、もしその先に行くんだったら――まあ、それはどこに行くかによるかな。あたしたち、大急ぎでブダペストに行く必要があって。理由はあんまり話したくないんだけど」訊かれるとは思わなかった。サーカスのひとびとは個人的な質問をしない。できれば隠しておきたいことがみんなにあるからだ。

ロレンゾは仰天してベアトリーチェを見た。「ほんとう《エ・ヴェロ》か？　君が〈毒をもつ娘〉だというのはほんとうなのかね？」

「あいにく、そのとおりです」ベアトリーチェは答えた。「そうでなければいいのですけれど」

「見せてくれ」とロレンゾ。「ここにキスを」一本の指で自分の頰を叩く。「これが前に君のやっていたショウだろう？」

ベアトリーチェはしぶしぶ立ち上がると、相手が座っている場所に近づいた。身をかがめてロレンゾが示した位置、もみあげの脇の頰にキスする。

「ああ！」ロレンゾは言い、ソファの上でベアトリーチェからぱっと身を離した。「これは――雀蜂に刺されたようだ！」唇で火傷したかのように、その頰には真っ赤な痕がついていた。

「残念ですが、その火傷の痛みをやわらげる軟膏は持っていませんわ！」とベアトリーチェ。「コールドクリームを塗らなくては、水ぶくれになってしまいます」

「そんなことはどうでもいい《ノン・インポルタ》！」ロレンゾは言い、手を振った。「君はうちのスターになる！　大儲けできるぞ。パリに電報を打ってショウを追加しよう。それから、フランクフルトはどうだね？　ベルリンとプラハも興味を示していたが、まだほかの興行の予約は入れていない。こうなったらきてほしがるだろう！　最上かつ最大の劇場をよこすはずだ！　それにむろん、カテリーナが〈猫娘〉として一緒にくるんだろう？」

「行くけど、ベルリンやプラハには行けないの」とキャサリン。「ウィーンなら大丈夫——道の途中だから。ウィーンとブダペストで興行の予約をすれば一緒に行けるけど。でも、〈猫娘〉と〈毒をもつ娘〉としてじゃなくてね。新しい名前を考えてくれないと」錬金術師協会はサーカスの呼び名でふたりに気づくだろうか？　わからないが、その危険は冒したくない。たとえ短いあいだでも、ウィーンに立ち寄ればなおいい——メアリとジュスティーヌがまだいるかもしれないし、そうでなくとも、ふたりがどこに行ったかをアイリーン・ノートンから聞き出せる。「あと、ジュスティーヌやあたしと同じ金額の給料と、ベアトリーチェのショウから出る利益の五割をもらいたいんだけど」

「利益になると保証できますわ、シニョーレ」とベアトリーチェ。「唯一の条件は、生き物を殺さないということです。でも、わたしは何カ月も〈毒をもつ娘〉でしたから。どうやってショウを見せるか心得ていますわ」

「それはもう、間違いないとも、シニョリーナ」ロレンゾは言った。「ウィーンの可能性はあるかもしれない。何ができるか考えてみよう。それから、やるのは二割だ。宣伝にかなり使わなければならないのを忘れないでくれ。どういう名前がいいかね？　パリ向けには当然フランス語でなければならないが」

　おや！　ロレンゾが切り出すと予想していた金額より高い。「四割。ベアトリーチェの写真がどれだけお客を呼ぶか想像してみてよ、とくに紳士がたをね！」

「毒の女《ラ・ファム・トクシーク》というのはどうかしら」とベアトリーチェ。

「ああ、しかし写真は高価だ！　三割。そして麗しの《ラ・ベッラ》ベアトリーチェは——」ロレンゾは〝ベアトリーチェ〟と発音した。「——〝美しき毒《ラ・ベル・トクシーク》〟にしよう。君のほうは、カテリーナ——どんな名前を選ぶかね？　やはり観客を惹きつけるものでなければな——なにしろ金を稼ぐ必要がある」

「猫女《ラ・ファム・シャット》？」とベアトリーチェ。「いいえ、それでは〈猫娘〉に似すぎているわ。豹女《ラ・ファム・パンテール》はどう？　ピューマは豹《ヒョウ》の一種ではなくて？」

「決まり！」とキャサリン。「ピューマでも豹でもなんでも。お望みなら豹女になるから」三割なら期待以上だ。ベアトリーチェがウィーンで大勢観客を集めるなら、そうならない理由はないが、ロレンゾが最終目的地まで連れていってくれようとくれまいと、ブダペストまで行くのに充分な金が手に入る。どちらにしても、錬金術師協会はどれだけこちらのことを知っているのだろう？　よくわからない。だが、自分たちとしてではなく、サーカスの芸人として移動するなら、穿鑿されにくくなる。それに、もっと大事なのは、まわりに友人がいるということだ。何より重要なことに、ホームズに頼らずに済む。

メアリ　どうしてそんなにホームズさんからお金を受け取らないって決意していたの？

キャサリン　どうしてって、あんたが受け取ったらどうなったか見てよ。何もかも計画しておいたのに、ホームズがそうしてほしがったからって一瞬でやめたじゃない。それがいちばんだってあの男が思ったせいでね。しかも抗議さえしなかったし。あんたはそうやって管理されても気にしないのかもしれないけど、あたしはいや。そんなのモローの島だけで充分よ。

メアリ　あなたってときどき、ほんとうにピューマね！

キャサリン　ありがと。

「われわれは金曜日に出発する」ロレンゾが言った。「早くだ、いいかね！　午前八時三十分にチャリング・クロス駅にいなくてはならないぞ、寝過ごしてはだめだ！　それから、シニョリーナ・ラパチーニが興行にふさわしい衣装を用意してくれたら、おおいに感謝するとも。さもなければマダム・ゾーラの衣装を借りてもいいが、あまり合うとは思わないがね！」

「ちゃんと行くわ」準備と荷造りに二日あることになる。まあ、メアリがそれで足りたのなら、ふたりにも充分だろう。「あとひとつ。〈驚異《マーヴェラス》のマーティン〉はまだ一緒にいるの？」

「もちろんだ」とロレンゾ。「上の自分の部屋で横になっているよ。エミクラーニャ、偏頭痛持ちなのは知っているだろう」

「ええ、知ってるわ。ちょっとだけ話せる？」

「下宿屋のおかみが反対しなければ。悲しくなるほど堅苦しい女性でな」

「俺が連れていこう」とアトラス。

キャサリンはそちらに笑いかけた。「これ以上の付き添い役はいないわ」アトラスは赤くなった。こんな大きな男が赤くなるのを見るのは愉快だった。

ジュスティーヌ　キャサリン、ときどきあなたはあまり親切じゃないわ！

キャサリン　いつあたしが親切だなんて言った？

「よし、ついてこいよ」とアトラス。「二階にいるんだ」

「ここで平気？」キャサリンはベアトリーチェに訊ねた。

「残念ながら、ほかのひとにとって危険なのはわたしのほうで、逆ではないのよ」ベアトリーチェは憂いに沈んだ花のようにうなだれた。

キャサリン　そのことでそんなにしおれかえらなきゃいいのに。危険なのはいいことだし。

ベアトリーチェ　わたしにそう言うためだけに物語を中断しているの？

かわいそうなマーティン、こんなところに押し込められて。いつでも生活環境には大きな影響を受けていたのに――職業柄よくある悩みだ、と本人から聞いている。

二番目の扉にくると、アトラスはそっとノックした。ほんの少し扉を開ける。「マーティン」と言う。「おまえに客だぞ」

「どうぞ」〈驚異の催眠術師〉のかすかな声がした。

キャサリン そう、だって思い出させる必要があるから。しょっちゅう。

キャサリンは怪力男について階段を上がり、二階へ行った。下のどこかで昼食を料理しているにおいがする。おおむねキャベツだ。なぜイングランド人はこんなにキャベツが好きなのだろう？　ミセス・プールがめったにキャベツの料理をしなくてよかった。あんなものは立派なピューマの鼻に対する侮辱だ。

「みんなマーティンを心配しているんだ」アトラスが言った。体重で階段がきしみ、廊下は狭くて通れないのではないかというほどだった。「頭痛がどんどんひどくなるようでな」

「それは気の毒ね」キャサリンは答えた。まったく、この壁紙を選んだのが誰だか知らないが、相当長く牢屋に送り込んでやるべきだ。犯罪的に醜悪だし、汚れた小窓から入ってくるくすんだ光も役に立っていない。

9 驚異の催眠術師

アトラスはドアを押し開いた。窓にはカーテンが引かれ、室内は暗かった。いちばん暗い隅の狭いベッドに、〈ロレンゾの驚異と歓喜のサーカス〉の催眠術師〈驚異のマーティン〉が横たわっている。目を閉じており、ベッドの敷布のように顔色が白い。

「マーティン」キャサリンはベッドに近寄って言った。「頭痛がひどくなってるってロレンゾが言ってたけど。ほんとうにお気の毒に」

相手は目を開け、弱々しくほほえみかけてきた。

「キャット。会えてうれしいよ」

マーティンはまさに催眠術師がそうあるべきというふうに見えた。痩せこけた崇高な雰囲気のおもてに落ちくぼんだ瞳、枕の上に乱れかかった長い黒髪。すぐ近くから見ると、根元が白くなっているのがわかる。では、染めたのだろうか？ 昔から疑問に思っていたものだ。まあ、結局は芸人なのだから――もっと肌を白く見せ、舞台の明かりのもとで光らせるために粉を振っているのを見たことがある。とはいえ、顔に浮かんだ苦痛はまぎれもなく本物だった。

「マーティン、質問があってきたんだけど、あんたは答えたくないかもしれないわ」

ピアニストの長い指を持つ、細く蒼白い手が差し伸べられた。キャサリンはその手を取ってベッドの端に腰かけた。「君のためならなんでも、〈猫娘〉」微笑すると、マーティンはいよいよやつれて見えた。

「催眠術ってほんとうなの？ あんたのしてること――あれは舞台の手品師みたいなインチキ？ それとも、何かあるの？」

マーティンはまた目を閉じ、一瞬キャサリンは怒らせたのではないかと不安になった。だが、そのあと相手は瞼を開け、真正面から視線を向けてきた。観客全体の注意をそらすことに慣れているサーカスの人間としては、可能なかぎり誠意を込めたまなざしだった。

「いくつかはトリックだと認めるよ。だが、催眠波は？　現実に存在するものだ。誰もが感知したり操ったりできるわけではないさ――自称催眠術師の一部は騙《かた》りや詐欺師だ。あの偉大なメスメル博士さえ、それほど催眠術の力を持っていたわけではないかもしれない。もっとも、博士自身はその力があると信じ込んでいたが。しかし、私は子どものころ、まわりじゅうに催眠波を感じ取ることができた――まるで全員が大海の水の下で暮らしているのに、濡れているのを知っているのは私だけだというようにね」

マーティンが寝心地が悪そうにベッドの中で身じろぎしたので、キャサリンは言った。「ほら、やらせて」なるべく頭を動かさないようにして薄い枕を整え、乱れていた毛布の皺を伸ばす。信じられない、メアリのようになりつつある！　そんなことになったら……まあ、死ほどひどくはないとしても、おそろしい災難だ。

メアリ　わたしであることに何も問題はないわ、おあいにくさま！

ダイアナ　フロイト博士はそう言ってないよ。あのひとが専門家ってことになってんだろ？

メアリ　なっているんでしょ。

ダイアナ　話を変えないでよ。

「私は貧しい子どもにすぎなかった」とマーティン。「畑か工場で働く運命だった。だが、科学者のヘンリー・ベル博士の注意を引き、私の可能性を見出されるという幸運に恵まれたのさ。博士は催眠術の力を説明するためにうちの村を訪れた。私は母と――どうか安らかに——即席の集会場になった村のパブへその実演を見に行った。博士はそこで、あの高いシルクハットをかぶり、部屋の前方に立っていた。私はうしろのほうにいる、ぼろ服を着て靴も履いていない子どもだった。だが、ショウの途中で博士は言った。『次の実演には助手がいる。奥に立っているあの男の子だ。そう、きみだよ、ぼく。こちらにきたまえ』あとになって、部屋の向こうからでも、私の頭の上で波動が踊っているのが見えたと言われたよ」

「波動って何？」キャサリンは訊ねた。「それと、おでこにオーデコロンをつけたら楽になりそう？」

「もしかしたら」マーティンは疑わしげに答えた。「ハンカチは持ってる。アトラス、誰だったらオーデコロンを持ってると思う？」

「マダム・ゾーラかな」アトラスは自信なさそうに言った。「派手に見せるのが好きだから。訊いてこようか？」使いに行くために部屋を出ると、少々大きな音を立てて扉を閉める。マーティンはうめいた。

「人間は純粋に物質的な存在ではない」と続ける。「ベル博士なら、まるで物質的な存在ではないと言うところだが、私はそこまで主張しないよ。だが、われわれはエネルギーの波動に囲まれている。波動自体は見えなくとも、活動しているところは見たことがあるはずだ。夫と妻が幸せな結婚をしていれば、ふたりのエネルギーが絡み合うようになり、同じことを考えるようになる。愛情ある母親には、どんなに離れていても息子の死や怪我がわかる。幼くして別れ別れになったふたりの姉妹が同じ日に結婚し、そのことに気づきさえしない。これが人々のあいだを行き交う催眠波の効果だ。超自然と呼ばれる事柄の背後には、しばしばこれがある。幽霊とは、まだエーテルに散っていない死んだ人間のエネルギーにすぎない」

「その波動で、あたしを誰かの目に映らなくすることってできる？　まるでそこにいないか、透明になったみたいに?」

「なあキャット」とマーティン。「私の出し物を見たことがあるだろう。私は人々にこちらがヴィクトリア女王だと信じさせ、頭を下げて陛下と呼ばせることができる。オデュッセウスの部下のように豚に変身したと思い込み、舞台を鼻で掘りはじめるようにできる」まるで今舞台に立っているかのように、低い声が室内に堂々とこだました。「波動を操れる者にとって、そんなことは子ども騙《だま》しだろう。だが――」ここでその声はいつもの音質に戻った「――なぜ訊く?」

「ほら、持ってきたぞ」入口からアトラスが言った。声が響きすぎたと気づいたらしく、ネズミのように音もなく入ってくる。凝った切子ガラスのかなり大きな瓶をキャサリンによこした。ラベルに〈フロリス〉と書いてある。「マダム・ゾーラからの贈呈だ」

　キャサリンは瓶を開けた――オレンジの花の香りが強烈すぎるほど漂った。香りのついた水をハンカチにふんだんに振りかけ、マーティンの額にかけてやる。相手は吐息をもらしてふたたび目を閉じた。

「マーティン、もし人を、知り合いの女の子をここに連れてきたら、催眠術の力があるかどうか教えられる?」

「もちろんだ」とマーティン。「その子がそういう能力を発揮してみせたんだろうね――誰かを目に見えなくする力を?」

「よくわからないの。ただ、あの子に何か起きてるってわかってるだけ。でも、あした連れてくるわ――あんたの気分がよければ」

　マーティンはキャサリンの手をつかんだが、目は開かなかった。「治るさ。いつでも最終的には治る。年を取るにつれて、以前ほど波動を制御できなくなっているのは自覚している――私には力が強くなりすぎたんだ。いつかこの体では抑えきれなくなるのではないかと不安だよ」

「まあ、すぐにじゃないといいけど」キャサリンは言った。マーティンの手を握り締めてから毛布の上に下ろす。「じゃ、またあしたね」

マーティンはにっこりした。メアリのハンカチをまた一枚置いていきてしまったと気づいたのは、下にきてからだった。

メアリ　この時点で何枚なくしたの？　まじめな話。

キャサリン　ハ、ハ、ハンカチでしょ。ちっぽけな布切れ。あたしの〈猫娘〉の爪でずたずたに裂けるような、ほんのちっちゃな布の切れっぱし……

メアリ　あれは一箱一シリングするの。あなたに貸しよ。

一階ではベアトリーチェがクラレンスと話していたが、ロレンゾのかわりに女性がひとりいた。オーデコロンをくれたマダム・ゾーラに違いない。見るからに外国人だ――キャサリンと同じぐらい褐色の肌、大量のコールで縁取った焦げ茶色の瞳。さまざまな色がまじったローブのような服には金糸で刺繍が施してあり、同じ模様のターバンですっぽり髪を包んでいる。年齢を推測するのは難しかった――メアリより少し年上だろうか？　たしかに蛇使いらしく見えた。

「あいつはどうだい？」ソファに座ったベアトリーチェの隣に移動したクラレンスが訊ねた。まったく、キャサリンの言ったことを何も聞いていなかったのだろうか？　ベアトリーチェには毒があると警告したのに。これがベアトリーチェの美しさの問題点だ――なんと言おうと男を惹きつける。女もだ。

「あんまりよくなかった」と答える。「ビー、あんたの毒の温室に、何か偏頭痛を治すものがある？」

「治すものはないわ」とベアトリーチェ。「でも、痛みをやわらげるものなら、もちろん。偏頭痛は脳につながる血管の収縮によって起こるの、ともかく父はそう信じていたわ。血管収縮を緩和して、少なくとも症状が軽減する薬を狐の手袋《キツネノテブクロ》から作れるわ——少量服用すればね。知っているでしょうけれど、薬はいつでも用量なのよ」

「知らないけど、好きにして。あしたアリスを連れてマーティンに持っていくから」

「アリス？」ベアトリーチェは意表を突かれて問い返した。「どうしてアリスを？」

「あとで説明する。マダム・ゾーラ、紹介もまだでしたよね」

「社会的義務を怠っていたよ」とクラレンス。「マダム・ゾーラ、これがアンデスの〈猫娘〉アスタルテです。キャサリン、こちらは偉大なマダム・ゾーラ、神秘の東洋からイングランドに旅してきた。そこで蛇を魅了する術を学んだおかげで、メデューサよろしく毒蛇を腕や額に巻きつけて運びながら舞台を歩けるわけだ。錦蛇《ニシキヘビ》を外套のように肩にかけることもできる。コブラに咬《か》まれても何の不都合もない」マダム・ゾーラのほうを向く。「正しく覚えていますか？」

マダム・ゾーラは立ち上がり、祈るように両手を合わせて一礼した。どこのものともつかない訛りのある低い声で言う。「お目にかかれて幸いですわ」

「神秘の東洋ねえ、ふうん？」とキャサリン。「ホワイトチャペルかスピタルフィールド？」

「ハックニーさ、じつはね」マダム・ゾーラはにやっと笑って言った。まあ、もう訛りがどこのものか判断できないことはない——これはイーストエンドの抑揚を持つロンドンの話し方だ。「でも、うちの母はちゃんとインド生まれだよ——ラホールって言ってたね、もっともあたし自身は行ったことがないけど。父は軍隊の兵士だった——最後には軍曹だったよ。現地の女を娶《めと》れば家族に縁を切られると知っていても結婚したのさ。今はふたりでロンドンに住んで、ショーディッチ・ハイストリートで帽子屋をやってる」

「蛇を魅了するやり方はお母さんに教わったの？」

「まさか！」マダム・ゾーラは笑った。「母さんは蛇が大嫌いで、首筋の毛が逆立つって言ってるよ。ううん、母さんはあたしのやってることが気に入らないんだ、父さんのほうはもっと理解があるけどね。あたしは家族の中の異端児ってとこだね。十六のとき家出してサーカスに入って、この仕事をメデューサそのひとから教わったのさ。つまりマダム・メデューサのことだけど——それがバルデッサリでの芸名だった。バルデッサリはバルトリのサーカスの経営者が代わる前の名前。マダム・メデューサがあたしにこの商売のこつを教えてくれたんだよ。どうしてあたくしが——」ここでまた外国訛りを使うふりをする。「——神秘的なマダム・ゾーラではないとおわかり？」

「サーカスの中に演じてる役どおりのひとなんていないからね」とキャサリン。「クラレンスは〈ズールー族の王子〉じゃないし、あたしはもちろん〈猫娘〉じゃない。まあ、ある意味ではそうだけど、舞台で見せてるような意味でじゃないもの」

「毒蛇に咬まれても影響がないというのはほんとう？」ベアトリーチェが問いかけた。

「もちろん、歯を抜いておけばね」とマダム・ゾーラ。「おおかたはそうしとくのさ。そんなに歯が鋭くなければ残しとくこともあるけど、ショウの前にきちんと毒を全部抜くようにしてる。そうすれば手首に歯形が残ったのが観客に見えるからさ——必ず感心されるね」

「ああ、わかったわ」ベアトリーチェはあきらかに落胆した様子で言った。キャサリンはどうしてだろうと思ってから、ばかな考えだと気づいた。当然だ——毒の影響を受けない相手が見つかれば、ベアトリーチェにとっては大きな意味があるだろう。手袋の保護さえなしでほかの人間と握手ができたかもしれないのだ。

「失礼」キャサリンは言った。「もっと話したいんだけど、ベアトリーチェとあたしは帰る前にいろいろやることがあって」
「うん、あんたたち、一緒に楽しいパリまでくるって聞いたよ」とマダム・ゾーラ。「話す時間はたっぷりあるさ!」
「お会いできて光栄でした、ミス・ラパチーニ」クラレンスが立ち上がって頭を下げながら言った。
「わたしもです」ベアトリーチェは応じ、にっこりして目を伏せた。男のことでまるっきりばかになる寸前の女によくある態度だ。

ベアトリーチェ　キャサリン、それはぜったいに違うわ!

ダイアナ　またそんな。クラレンスが気に入ったって認めなよ。

ベアトリーチェ　クラレンスはただの友人よ。毒を与えたくない友人なの。

ダイアナ　じゃ、あんたに毒がなかったらどうなのさ?

ベアトリーチェ　でも毒はあるわ、それでおしまいよ。議論は終わり、メアリがいつも言うようにね。

メアリ　わたし、そんなふうに言うかしら?　ほんとうに言ってる?

「では、またあした?」その反応がどういう意味かしっかり心得ているクラレンスが言った。たいていの男は承知しているものだ。
「ううん」とキャサリン。「あしたは連れてこないから。あんたは一日で充分ベアトリーチェの毒を吸い込んでるもの。会うのは金曜日にチャリング・クロスで。行きましょ、ビー!」
ベアトリーチェに毒がなければ、あのお粗末な下宿屋からひきずりだすことになっていただろう。それでなくとも山ほど問題があるのに、もうひとつ必要だとでも言うのだろうか。そして、男はいつでも、必ず問題になるのだ。少なくとも、厄介な状況になることは間違いない。

「お友だちのジェファーソンさんはすてきな方ね」乗合馬車がつかまるセント・パンクラスへ向かって歩きながら、ベアトリーチェが言った。「ボストンの話をしてくれていたの。そこで法科大学院にいたときのことよ。キャサリン、法律の学位を持っているのなら、どうしてロレンゾのサーカスでズールー族の王子のふりをしているの？　まるで筋が通らないわ」

「第一に、この世界で起こることに筋が通っていると思ったら、がっかりすることになると思う。第二に、サーカスのひとたちはお互いに質問したりしないの。みんな過去に何かあったからね、ビー、でなきゃここにいなかったはずだもの。どうしてあたしが猫娘なのかってクラレンスに訊かれたことは一度もないし、こっちもどうしてズールー族の王子なのって訊いたことはないな。そして第三に、クラレンスはサーカスでいちばん古い友だちなの。最初にアスタルテとしての出し物を作るのを手伝ってくれたし。ジュスティーヌに会う前にモローの島のことを話したのはクラレンスだけ。でも、本物の友だちらしく秘密を守ってくれてる。だから、ほんとうに毒で具合が悪くなってほしくないの」

「ええ、もちろんよ」ベアトリーチェは傷ついた声で言った。気づかずに毒を与えてしまい、解毒剤と信じたものを飲んで死んだ恋人ジョヴァンニのことを考えているのだろうか？　そうに違いない。だが、口にしたのは「乗合馬車がくるわ。怒らせるつもりはなかったの、キャサリン」という言葉だけだった。

「怒ってないわ。ほんとうに、怒ってなんかないから」内心でキャサリンは悪態をついた――ベアトリーチェの心を傷つけるつもりではなかったのに。ほらね？　もう厄介な状況になりつつある。「ただ心配だっただけ――全部。だいたいはジュスティーヌとメアリのことと、そう、ダイアナのこともね。あたしはあの三人と一緒にブダペストにいたい。でなきゃどこでも三人がいるところにね。二十世紀までには確実に行けるようにしようよ、ね？　少なくともあたしたち抜きでは、罠にはまってほしくないの。ミセス・プールがミス・マリーに警告の電報を送ったけど、セワードとヴァン・ヘルシングと――それに加えて、なんだか知らないけど、あいつらが自由に使える勢力相手に、家庭教師ひとりで何ができる？」

「わかっているわ」ベアトリーチェは答えた。手袋をはめた手ですばやくキャサリンの腕を握り締める――それが自分に許している最大限の接触だった。「助けるのに間に合うように着けるわ、きっとよ」

ふたりは乗合馬車の段をあがって上に腰かけた。誰にも毒を与えないように、ベアトリーチェはいつでもそこに座るのだ。

「まあ」キャサリンは言った。「家に寄って何か食べてから、まっすぐベイカー街221Bに行ったほうがいいと思う。ホームズにこっちの計画を伝えるってミセス・プールに約束したから」ベアトリーチェはうなずいただけだった。たぶんまだ傷ついているのだろうが、何ができるだろう？　真実は真実だし、時として耳に痛いものだ。クラレンスにジョヴァンニのような結末を迎えてほしくない。

メリルボーン・ロードから歩いてパーク・テラス十一番地に到着すると、ワトスンが待っていた。ふたりが入っていったとたん、ミセス・プールが玄関ホールに現れて言ったのだ。「ワトスン先生が応接間に。すぐお会いしたいそうです。おそろしく気をもんでらっしゃいますよ。お茶をお持ちします」

それぞれ帽子を脱いで、キャサリンが手袋を脇に置いたあと、ふたりは応接間に入っていった。ワトスンがパイプをふかしながら暖炉の前を行ったりきたりしている。

「ミス・モロー、ミス・ラパチーニ、ホームズと会うか、連絡がきたかい？」心配そうにこちらを見る。

「兄のマイクロフトと約束があった木曜の午後から家にいないんだ。事件を調べているとき、しばらく留守にするのはめずらしくないが、その晩家に戻らないという様子はまったく見せていなかったし——何も持っていかなかった。服も歯ブラシも髭剃り道具も、すべて221Bに残っている」

「それは変ね」キャサリンは言い、どさっとソファに腰を下ろした。遅まきながら、無作法に見えるかもしれないと思いついたが、くたびれているのだ。「お兄さんとの用事はなんだったの？　マイクロフト・ホームズって政府の職員か何かじゃなかった？」

「会っていた理由はまったく知らない」とワトスン。

「ホームズはなんの話なのか私に言おうとしなかった——ひょっとしたら言えなかったのかもしれない。それに、そう、マイクロフトは政府の仕事をしているが、どの部門かは知らないんだ。何をしているか、誰のもとで働いているかについては以前から非常に口が堅くてね。今回のことは、例の極秘の政務のひとつではという印象を受けたな。ホームズはめったに私に隠し事をしないが、マイクロフトは最上層部に関わっている。今朝マイクロフトのクラブに行ってみたら、先週から顔を見ていないと言われた。むろん守衛が嘘をついていれば別だし、おおいにありうることだがね。なにしろディオゲネス・クラブだからな——ロンドン一秘密主義のクラブだ。せめて、ミス・ジキルが無事ウィーンに着いたと知らせてきたノートン夫人の電報だけでも、ホームズが見ておくべきだと思ったんだが。その知らせは君たちも受け取っただろうね？」

「ええ、でもメアリが危険なの」とキャサリン。「ウィーンでってわけじゃないけど、錬金術師協会がブダペストで会合するとき、セワードとヴァン・ヘルシングが論文を発表する以上のことを企んでるってわかったのよ。あいつら、必要なら力ずくで権力を握ろうとしてるの。レイモンド博士って名前のひとを知ってる？　どこかで聞いた気がするんだけど……」

ベアトリーチェはいつもどおり優雅に肘掛け椅子のひとつに座った。やはり疲れているのがわかったが、はたしてそんな様子を表に出したか？　いや、そんなことはしない。

ダイアナ　表に出さないんだったら、なんで疲れてたってわかるのさ？

キャサリン　まあ、あれだけ歩いたらそうだろうなって思ったの。

ダイアナ　それってわかったわけじゃないじゃん。

キャサリン　どこかよそに行って、何か危険なことでもしてきたら？　自分に火をつけるとか。きっとおもしろいよ。

ダイアナ　うまくいかないよ、何か燃えやすい液体でも浴びないかぎり。

メアリ　どうしてそんなこと知ってるのか、訊く気にもなれないわ。

「レイモンド博士……」ワトスンは言うと、パイプを吸った。「いや、あいにく。医療関係者かな、それとも別の博士号の持ち主だろうか？」

「ミセス・レイモンドのことを考えているのではないかしら」とベアトリーチェ。「ほら、ダイアナが預けられていた聖メアリ・マグダレン協会の。あのひとが今回の件になんらかの形で関わっている可能性があって？」

「ううん、いま思い出した！」とキャサリン。「レイモンド博士って、パーフリート精神科病院の理事のひとりよ。あたしが病院に行って大失敗した日に、セワードを呼び出した相手。どうやら錬金術師協会のイングランド支部が解散させられるまえ——誰だか知らないけど会長命令で解散させられたみたい——支部長でもあったみたいね。ジキル博士みたいに医学博士だと思うけど、どうかな。重要なのは、セワードやヴァン・ヘルシング——それにプレンディックと組んでるってこと。もし医者だとしたら——あんたみたいな——そいつのことを調べられる?」

「『医学人名辞典』を確認して、訊いてまわることはできるよ」とワトスン。「だが、プレンディック氏と言ったな。では、倉庫の火事で生き延びたのかね? 裏から逃げたかもしれないとは思っていたが」

「どうやって逃げたにしろ、まだ生きてるわ——残念ながら」キャサリンはため息をつき、うしろにもたれかかって布張りに頭を預けた。プレンディックのことを思うと、いっそう疲労が増した——また向き合うのは嫌でたまらなかったが、メアリとジュスティーヌを助けるためにブダペストへ行くなら、まさにそういうことになる——再度の対決だ。

「その情報元を教えてもらえるかな?」ワトスンが訊ねた。「自分たちで調査していたように聞こえるが——見上げたものだ、もっとも、不必要な危険に身をさらしていないことを願うが」

「不必要なことはしていませんわ、もちろん」ベアトリーチェが安心させるようにほほえんだ。ワトスンはとくに安心したようには見えなかった。

「食堂にお茶をお持ちしました」気づかれずに入ってきたミセス・プールが言った。「とっくに食事の時間を過ぎていますよ、それからワトスン先生、お茶をご一緒していただけるとよろしいのですが。ホームズさんがいらっしゃらないなら、221Bはさぞ陰鬱でしょうね。ミート・ティーなんですよ——先生のようにお忙しい紳士にも充分食べごたえがありますから」

「ホームズがいないとかなり陰鬱だね」ワトスンは言った。このところ食事のことはあまり考えていなかったという様子だ。「じつにありがたい――ご招待をお受けしますよ！」

間違いなくふだんより食べごたえのある――紳士には食べ物がたくさん必要だとミセス・プールが考えているのはあきらかだ――お茶のあいだに、キャサリンはこの数日のできごとを説明した。一同に加わったアリスが細かい点をつけたす。ミセス・プールが大きなティーポットをお盆に載せて持ってきたとき、サンドウィッチ――ミセス・プールにしか作れないみごとなローストビーフ――を運んできたアーチボルドを見て、ワトスンはぎょっとした。いかにも疑わしげにオランウータン男をじろじろ眺めているのを見て、キャサリンは愉快になった。

「あの生き物を君たちとここに置いていて、安全だと確信があるのかい？」ワトスンが問いかける。「以前敵に仕えていたのを思い出したまえ！　アダムがミス・フランケンシュタインを誘拐したとき、その場にいたんだぞ」

「ここにいるわたしたちはみんな生き物ですわ、ワトスン先生」とベアトリーチェ。「神に創造された生き物だと期待したいところです。今の姿に変えられたことで、アーチボルドを責めるわけにはいきません」

「あいつら、鎖でつないでたんですよ！」アリスがつけくわえる。「この子はここにいられてよかったと思ってるんです、ほんとうに。あたし、チェッカーのやり方を教えてるところです」

「まあ、君たちがいちばんよくわかっているだろう」ワトスンは頭を振りながら言った。「しかし、これから行く旅行が必要でなければと思うね。あるいは、ホームズか私が一緒に行けるとよかったのだが。同行を申し出るところだが、ホームズに必要とされたときのために、ここで待っているべきだろうな。あいつの身が危険なのかもしれない」

「どうせサーカスに向いてるとは思えないけどね、〈普通の紳士〉として以外には」とキャサリン。「いたって普通の、怪物らしくない十九世紀のイングランド人を実演するの。さあこちらへどうぞ、紳士淑女のみなさまがた、この正常の模範をごらんください！」

アリスがつい笑ってしまったのは運が悪かった。ちょうどお茶を飲んでいて、唾を吐き出したようになったからだ——しかもテーブルにお茶がこぼれた。「ああ、ごめんなさい、お嬢さん」と誰にともなく言い、小走りで濡れ布巾を取りに行く。

「キャサリン、茶々を入れるのはやめてお茶を飲んでしまいなさいな」ベアトリーチェが言った。「ワトスン先生、守ってくださるというお申し出はご親切ですけれど、自分たちの面倒は見られますから」

「もちろん、もちろんだよ」ワトスンはあまり納得のいかない様子で言った。

メアリ　女性が自分の面倒を見られるって、男のひとはぜったいに信じないようね！　しかもワトスン先生はその点でとくにいらいらするわ。
ベアトリーチェ　メアリ、先生はただ騎士道精神を発揮しようとしていただけよ。
メアリ　わかってるわ。ある意味で、それがよけい悪いのよ。

「それで、君の植物はどうするんだい、ミス・ラパチーニ？」ワトスンは訊ねた。

ベアトリーチェは美味な池の藻類の入ったマグカップを下ろした。

ベアトリーチェ　わたしの食習慣をばかにするやり方をいくつ思いつけるの？
キャサリン　まだわからない。この本を書き終わってないから。

「残念ですけれど、留守のあいだに枯れるでしょうね」とベアトリーチェ。「あの有毒な空気の中で世話ができるのはわたしだけですから――毒に影響を受けないジュスティーヌは別として。でも、もちろんジュスティーヌはウィーンにいますし。水をやろうとしてあの部屋に入ったら、誰でもすぐに毒気にやられてしまいます」

「自動水やり装置のようなものを考案できないかな？」とワトスンが訊いた。「雨がほとんど降らず、水をすべて保存しておかなければならないアフガニスタンで従軍していたとき、そういうものを見たよ。木の管でできた独創的な装置だったが、ほとんど出費なしにゴムの管を使って同じ効果が得られると思う。いったん装置を取り付けたら、中央の蛇口から水を出せばいい。植物にほんの少しずつ流れていくよう、ごくわずかな量に設定して。そうすれば水をやりすぎることも、乾いてしまうこともない」

「どうでしょう」ベアトリーチェは疑わしげに言った。「公開手術室に蛇口がありましたけれど、そんな装置を作れるひとがいますか？」

「それは君と私でやれると思うよ。私が特許品の肺保護具をつければ設置できる。しばらく前、崩落した坑道に下りなければならなかった事件のためにホームズが買ったんだ。顔をぴったり覆って空気を濾過する一種のマスクでね。管を取り付けるのにかかる程度の、比較的短い時間なら保護してくれるはずだ」

ベアトリーチェは返事をしなかったが、気遣うように相手を見た。どんな特許があろうが、肺保護具が薬草園の有毒な害からワトスンを守ってくれると信じる気にはなれないらしかった。

ジュスティーヌ　でも、結局はうまくいったわ。

最初にそういう装置を発明したのはバグダッドの三人兄弟だったと知っていた？　『からくりの書』でそれを説明していて、ほかにもさまざまな自動装置を提案しているの……

キャサリン　この話って小説、それとも科学の講義？

続く二日間はきわめて忙しかった。しぶしぶキャサリンに連れられてクラーケンウェルの下宿屋に行ったアリスは、〈驚異のマーティン〉がベッドの上で体を起こして「なんということだ、こんなものはお目にかかったことがない。まさにハリケーン並みだよ。それだけの波動がまわりじゅうでぶつかりあっていて、どうして耐えられるんだね、お嬢ちゃん？　週に二回行って、制御の仕方を教えよう」と言ったときには逃げ出しそうに見えた。マーティンはキャサリンのほうを向いた。「今度の大陸小旅行に私はいらないそうだ――サーカスがロンドンに戻るまで、ここにとどまっているべきだとロレンゾは言っている。だから、このかわいいアリスに時間を割けるよ。対価として求めるのはもっとこれを――なんと呼ぶのか知らないが、この調合薬をもらいたいということだけだ」乳白色の液体入りの瓶を掲げる。マーティンのためにとベアトリーチェがキャサリンに渡したものだ。「痛みが潮のように引いていく感覚がどんなにすばらしいか、とても言いつくせないよ。いや、朝食がいくらかほしくなりそうだぞ！」

「なんとも呼ばれてないと思うけど」とキャサリン。「でも、効くようならもっと作って、ミセス・プールが定期的に調剤できるようにするってベアトリーチェが言ってた。ぜったいに用量を超えたらだめだって、少量で薬になるものでも大量だと毒になるからって。わかるよね？」

「うん、うん」マーティンは言ったものの、頭痛から注意が移ったようだった。「さてアリス、自分の姿を消したとき、どうやってやったんだね？　やってみせられるかな？」
　キャサリンは溜息をついた。ときどき、この世界でほんの少しでも実際的なのは自分だけではないかと思うことがある。

メアリ　ほかにも実際的なひとはたくさんいるけれどね！
ダイアナ　で、自分のことを実際的なんて呼ぶのをどこでやめるわけ？　あんた、作家じゃん。

　旅券を取っている時間はなかったが、別に普通の旅行者になりすまそうというわけではない。サーカスの芸人〈美しき毒《ラ・ベル・トクシーク》〉と〈豹女《ラ・ファム・パンテール》〉として移動するのだ。ミセス・プールが舞台衣装を手伝ってくれた。クラレンスが取っておいてくれたキャサリンの〈猫娘〉の衣装はまあまあの状態だったが、それを舞台の上でさらに効果的にするために、少々考えがあった。

キャサリン　ベアトリーチェに毒があるってことはよく言って聞かせたんだから、クラレンスはあの子をほうっておくべきでしょ。あたしに不満がありそうだったけど。でも、衣装を取っておいてくれたのは親切だよね。
ジュスティーヌ　残念だけれど、その警告には意図した効果がまったくなかったと思うわ。
キャサリン　クラレンスにどうこうしろって指図しても無駄なのはわかってるべきだったのに。正直、これは挑戦だろうって受け取られた気がする！

　ベアトリーチェには〈美しき毒《ラ・ベル・トクシーク》〉にふさわしい衣装が必要だった。ジキル夫人の茶会服がより現代的なスタイルに作り直された。より芸術的なスタイルだ、とベアトリーチェは主張した。

「わたしの育ったファッションで何が悪いのかわかりませんけれどね」とミセス・プール。「このたくさんのひだときたら——異教徒的だと思いますよ。がっちりしたコルセットと自立するぐらい糊の効いたペチコートをくださいな！　わたしの時代には、きちんとした若いレディはそういうのを着ていたんですよ」

「あなたが着るのは大歓迎よ」とベアトリーチェ。

ワトスンは特許品の肺保護具をつけて、ベアトリーチェの植物に水をやるゴムの管の装置を取り付けた。肺保護具のせいでカエルめいて見え、キャサリンとアリスはどちらも爆笑したが、アーチボルドは震え上がってしまい、ワトスンがいなくなるまでベッドの下から出てこようとしなかった。

出発の前の晩、ワトスンはパーク・テラス十一番地で一緒に夕食をとった。「ウィーンからまた何か連絡があったかい？」と訊ねる。

「まだ」とキャサリン。「何が起きてるのかわかればいいのに！　それでホームズは？　なんの音沙汰もないの？」ローストビーフのおかわりをする。ミセス・プールの作るローストビーフは絶品で、二日目や三日目にはさらに味がよくなるのだ。ワトスンとアリスはポテトでも食べればいい。

「何も」ひどく意気消沈した様子でワトスンは言った。

「ミス・モロー、もし金が必要なら……」

「いらないわ、実のところ。でもありがとう、ワトスン先生。この数日間、ほんとうに思いやり深く親切にしてくださって。ひとにお礼を言うのはあんまり得意じゃないんだけど、力を貸してくださって感謝してます。もっとポテトはいかが？　この緑のもあるし——ミセス・プールはサヤインゲン《ハリコッツ・ヴァーッ》って呼んでるけど、たぶんフランス語ではそういう発音じゃないと思うわ」

「わたしも、心から感謝しています」ベアトリーチェが言い、例の厳粛な微笑を向けた。サヤインゲン《アリコ・ヴェール》のスープは飲んでいるようだ。サーカスと移動しているあいだ、いったい何を食べるつもりだろう？　まあ、道端で何か雑草を抜いてやれるかもしれない！

ベアトリーチェ　日光だけで相当長い時間もつのは知っているでしょう。
キャサリン　知ってる。すごく変よね。あんたってときどきすごく変。
ベアトリーチェ　どういう意味で言っているとしても、褒め言葉だと受け取っておくわ。

「いや、たんに私の義務にすぎないよ、もちろん」ワトスンは言った。よかった、あの豚の餌をおかわりしている。ガス燈の明かりでは見分けにくかったが、間違いなく顔を赤らめていた。

ベアトリーチェ　ワトスン先生はほんとうにいちばん信頼できる、誠実なお友だちよ。
ジュスティーヌ　ただのお友だち？　クラレンスみたいな、ということ？
ベアトリーチェ　それは違うわ、クラレンスはまったく違う種類の友人よ。
メアリ　かわいそうなワトスン先生。心からお気の毒に思うわ。
ベアトリーチェ　あなたたちはみんなわたしのことを誤解しているのよ。
キャサリン　ううん、してないね。

金曜日の朝は明るくすっきりと晴れた。キャサリンとベアトリーチェは午前八時までにチャリング・クロス駅のプラットホームに到着し、その前にミセス・プールとアリスに別れを告げていた。アリスは朝食のとき、どうやって姿を消すか見せてくれた。「ほら、マーティンさんがやり方を教えてくれたんです！　波動を制御するだけのことなんですよ。もちろん実際に消えてるわけじゃないけど、まわりは消えてるって思うんです。誰でもエネルギーの場に囲まれてるってことをいったん理解すれば、ほんとうはすごく科学的で……」大陸に向かって出発するのはいいことかもしれない、とキャサリンは考えた。もしアリスが催眠術の原理について延々としゃべりつづけるなら、すぐに鼻持ちならなくなるだろう。キャサリンの原稿料の二ポンドがちょうど届いたので、ミセス・プールに小切手を渡すのに間に合った。いくらか知らないが、まだ銀行に残っている分と、アトラスにもらった金で、自分とベアトリーチェが帰ってくるまでパーク・テラスを維持していけるといいのだが――それがいつになるにしろ！　一方、ふたりの旅費はサーカスで引き受けてもらえるはずだし、まもなく金はたくさん手に入るだろう――ショウは必ず成功すると確信があった。

プラットホームに置かれたバッグや旅行鞄の小山の隣には、ロレンゾと〈ズールー族の王子〉、マダム・ゾーラ、アトラス、〈犬少年〉サーシャ、〈ジェリコのねじれた双子〉、〈ナイフ投げ〉のシャープ大佐、それにロレンゾが大陸で人気を博すのではないかと考えたさまざまな芸人がいた。

　キャサリンは自分とベアトリーチェ用に客室を見つけ、いちばん上の窓をすっかり押し下げて、ほかのひとが入るのを禁止した。「冗談抜きで、ドーバーに着くまでに気を失いたいの？」クラレンスが合流しようかと提案したときには、そう言い渡した。「少なくともあたしはベアトリーチェに慣れてる――必要なら通路を行ったりきたりできるし。でもあんたは、何が起こってるかも気づかないうちに意識を失うかもしれないんだから！」

「僕が少しぐらいの毒におびえるとは思わないだろう？」クラレンスは扉の枠にもたれかかって訊ねた。

微笑を浮かべて腕組みしている。つまり、ここで勝利を得たとしても一時的なものだということだ。

「じゃあ、せめて休ませてあげてよ！」とキャサリン。「あたしたちは二日でこの旅行の準備をしなくちゃいけなくて、しかもあの娘《こ》の衣装を仕上げるのに夜中過ぎまで起きてたの。あたしまで縫うのを手伝ったんだから、裁縫なんてしないのに。ベアトリーチェは寝るつもりなの。ほんとうに眠ってるところを見てたいわけ？」

「わかったよ」クラレンスはまだ機嫌よく言った。「ドーバーで確認にくる。きみも毒にやられるなよ、猫《ウィスカーズ》ちゃん」

列車の窓から駅のプラットホームが流れ去るのを眺めながら、またロンドンを見るのはいつだろう、メアリとジュスティーヌに何が起こっているのだろうとキャサリンは考えた。もうルシンダ・ヴァン・ヘルシングは見つかっただろうか？　なぜもっと電報を打ってよこさないのだろう？　それに、錬金術師協会は自分とベアトリーチェがイングランドを離れつつあることに気づいているだろうか？　見張られているのだろうか？　この先海峡を渡ることを考えるとぞっとする。船はほんとうに、ほんとうに嫌いなのだ。

10　フロイト博士との面談

「あとどのくらいかかると思う？」メアリは訊ねた。

腕時計によれば、ダイアナはフロイト博士の診察室に一時間いる。ある時点で甲高い笑い声が聞こえた――ダイアナだ。

「読むものがなくて申し訳ありません」本棚で見つけたドイツ語の詩集から顔をあげて、ハンナが言った。

待合室はそれなりに居心地がよく、壁紙は模様つきでソファには臙脂《えんじ》色のシェニール織物が張ってあり、低いテーブルには雑誌が用意されていた――すべてドイツ語の。本棚にはさまざまな言語の書物が幅広くそろえられている――ドイツ語、フランス語、スペイン語、イタリア語。だが、残念ながら英語の本はシェイクスピア全集とサー・エドワード・タイラーの『人類学――人類と文明の研究入門』だけだった。どちらも読む気分ではなかったので、かわりに雑誌をぱらぱらめくり、宮中服をまとったオーストリア女性の写真だの、石鹸やコルセットや薬らしきものの瓶の広告だのを眺めた。いったい精神分析学者とダイアナは、こんなに長く何を話しているのだろう？

窓際まで歩いていって、厩《うまや》が含まれている中庭を見渡す。窓は開いていた――馬と干し草のにおいがほのかにする。ロンドンを思い出したが、陽射しのなんとも言えない性質、際立った明るさがまったく異なる気候の場所にいることを示していた。

急に扉の取っ手がまわる音がして、診察室の入口が開いた。

「ああ、フロイライン・ジキル」フロイトが言った。「これほど長くかかって申し訳ない」

どうして大陸の全員が英語を上手に話すのに、こちらはほかの言葉を何も話せないのだろう？　恥ずかしいことだ。ジュスティーヌにドイツ語の発音を教えてくれるよう頼まなければ。

ジークムント・フロイトは豊かな茶色い髪の堂々とした男性で、白いものが交じりはじめた顎鬚《あごひげ》を生やしていた。葉巻を吸っていて——ホームズ氏なら種類を特定できるだろう——ウールのスーツの襟に灰が落ちている。

「入っていただけるようなら、少しお話がしたいのですが」

「もちろんです」メアリは当惑して言った。なぜ自分と話したいのだろう？

フロイトについて診察室に入ってから、あたりを見まわして驚く。予想よりずっと広かった。さらに本棚があって、書物や骨董品が並んでいる——壺、花瓶、さまざまな小像は大部分がとても古そうに見える。棚のいちばん上には古典主義の胸像が載っていた。部屋の中央に背もたれつきの長いソファがあり、ダイアナがそこに腰かけて、スプリングがきしむほど飛び跳ねていた。

「やめなさい、フロイト先生の家具が壊れるから」メアリは言い渡した。

「ここで命令はできないよ。あんたの家じゃないんだし」とダイアナは答えたものの、飛び跳ねるのはやめた。「で、もう終わり？」

「ああ、君と私は」とフロイト。「だが、お姉さんとふたりで少し話したい。いいかな？」

「わかった」とダイアナ。「でも、おもしろいことなんてなんにも見つからないと思うけど。メアリはぜんぜんいかれてないもん。これ以上ないってほどまともだから」いつものように礼儀作法を見下して、すたすたと部屋から出ていく。ダイアナが出ていったあと、精神分析学者は扉を閉めた。

「妹さんには同意しませんよ、フロイライン」とにっこりして言う。「妹さんと同じぐらいあなたもおもしろいと思うでしょう、たとえ妹さんの主張どおり〝うんざりするほど〟まともだとしても。私はただ精神の異常だけに関心を持っているわけではないのですよ。私の研究は、人間の精神のあらゆる形態と発現なのです」これだけの髭越しに微笑を向けられると、少し恐ろしかった。意地悪そうだったからではなく、その表情に特別な真剣さが潜んでいたからだ。自分自身、もしかしたら魂まで深くのぞきこまれているような。メアリは落ち着かない気分にさせられた。

「わかりました」わかってはいなかったが、そう言う。「どうしてわたしと話をなさりたかったんでしょう? 力を貸してくださいますか? ノートン夫人のお話では、助けてくださるおつもりのようでしたけれど」

「まず、どうぞお座りください。まず実際的な事柄から話し合いましょう。あなたがとても実際的なお嬢さんなのはわかりますよ、称賛に値する性質です。そのあとで、差し支えなければいくつか質問をさせていただきたいのですが」

ほかに場所がなかったので、メアリは背もたれつきのソファに腰を下ろし、フロイトはずっと座り心地の悪そうなキャスターつきの椅子にかけた。

「妹さんは間違いなくおもしろい症例ですね」と切り出す。眉をひそめているように見えたので、最初メアリはいったいダイアナが今回はどんなまずいことをしたのだろうとあやぶんだ――博士を怒らせたのだろうか? だが、違う、とすぐに気づいた。ただ当惑しているだけなのに、あの濃い顎鬚と眉のせいであんなに恐ろしげに見えるのだ。話を続ける前に、フロイトは葉巻の火を灰皿の上でもみ消した。

「妹さんが正気を失っていると精神科病院の経営陣に信じ込ませるのは難しくないでしょう。衝動的で非合理的ですから。言葉遣いはきわめて不適切ですし。以前に自傷した箇所を見せてくれました。しかしそれでも、フロイライン、妹さんがほんとうに正気でないとは思いませんよ。普通ではありません——たしかに普通ではありません、その状態に苦しんでいるようには見えませんから。ですが、悪夢を見て不安など感じておらず——実のところ、楽しんでいるようです。自分の考えや望みを思いつくままに表現することに罪悪感もない。社会からの期待に従う必要も感じなければ、従えないのではないかと心配することもない。実際、妹さんの話が事実なら、あの考え方と言動はある種の強みになりますね。もちろん私に嘘をつきましたとも——嘘をつくことも妹さんの本質の一部ですから。ですが、私は真実と故意の嘘を識別できると自負しています。私と話しているあいだ、ミス・ハイドは精神的に申し分なく安定しているように見えました。妹さんの行動はわれわれと異なる社会において理にかなっており、責められるべきものではないと。非難されるべきは妹さんの社会というより、むしろわれわれの社会であると私には思われましたが」

「でも、わたしたちが暮らしているのはこの社会で、もうひとつのほうではありませんわ」メアリは言った。「その規則や慣習は理由があって存在しているんです。それが礼節と友好の基盤です。私たちが社会的存在としてともに生きられるのはそのおかげなんです。ダイアナは、もしこんな言い方を許していただけるなら、フロイト先生、くそガキですわ」

ダイアナ　〝くそ〟って言った！

ジュスティーヌ　ほんとうにフロイト先生との会話で〝くそ〟って単語を使ったの？

メアリ　まあ、誇るべきことではないけれどね、ほんとうよ、使ったわ。

ダイアナ　メアリが〝くそ〟って言った！　メアリがフロイト大先生に〝くそ〟って言った！

メアリ　振り返ってみても、完全に正当化できると思うわ。

「確実にそうでしょうね」とフロイト。「しかし、あの子はヒステリー症でも神経質でも神経衰弱でもないという確信があります。自己陶酔的ではあるでしょう。ですが、実際の社会病質性はない。たとえば、逆の主張をしていますが、妹さんはあなたに愛情を持っていますよ。こんなに性格が正反対に見えてもね。それに、同じ苗字ではないですね。お父さんが違うのですか?」

「じつは母が違うんです」とメアリ。「でも父は――別人として妹の母とつきあっていたと言えるでしょう。まるで違う人間になったかのようでした」

「なるほど」フロイトは言い、椅子の背にもたれかかった。「そうした症例は聞いたことがあります――立派な紳士がふたつの生活をして、まったく異なる住まいや家族を持ってさえいたという。お父上の評判はよく知っていますよ、フロイライン。専門分野では、いささか型破りではあってもすばらしい人物だったと言われています。しかし、仕事の評判がよくても、人間でなくなるわけではありません――私たちはみな誤りを犯します。実際、社会で頭を高く掲げていればいるほど、秘密の生活では低くなるかもしれないのです。まるで精神が一種の均衡、釣り合いを保とうとしているかのように。私は長らく人間の心を戦場だと考えてきました。人類の最高と最低、もっとも文明的な部分と、もっとも原始的な衝動とが闘う場であると。ひとりひとりの中に、愛情と食物と欲望の充足だけを求める根源的な子どもがいるのです。その子どもは必要と怒り、その場の衝動から行動します」

「まあ、それはダイアナそのものだわ!」メアリは言った。

「そして、そうした衝動に負けないことを知っている大人もいます」とフロイト。「たとえばあなたは、フロイライン、みごとな自制心の一例だと思いますね。もっとも、妹さんは少々違う表現をしていましたが」

ダイアナ　あたしはくそつまんないって言ったの！

メアリ　あなたはただ、〝くそ〟ってもう一度言いたかっただけでしょう？

「それは」メアリはやや言い訳がましく答えた。「子どものときから重い責任を負ってきましたから。母が正気を失ったあと、家を切りまわさなければなりませんでしたし——請求書を支払ったり、わたしをあてにしているひとたちがいたり。なんでもやりたいことをしたり言いたいことを言ったりしてまわるわけにはいかないでしょう？　果たすべき責任も、まっとうすべき義務もあって……」

「ええ、妹さんがお母上の病気について話してくれました。とても興味深い内容でしたよ。それで、彼女——妹さんのことですが。彼女もその義務のひとつですか？」

「残念ながら！」メアリはそれほど熱意を込めて言うつもりはなかったが、ほんとうのことではないか？　「あの子はほんとうに途方もなく……」

「では、なぜマリア＝テレジア・クランケンハウスに送り込むのをためらっているのです？」フロイトは膝に両肘をついてじっとこちらを見つめた。

「あの子はわたしの妹で、面倒を見る責任があるからです」当然だ。なぜそんなことを訊ねるのだろう？　その問題についてどう感じているかということなど関係ないだろうに。望もうと望むまいとダイアナのことはメアリの責任なのだ。

　フロイトはほほえんで椅子に寄りかかった。「ああ、フロイライン、どうして私がこんな腹立たしく無作法なやり方で穿鑿してくるのだろう、と考えているのではありませんか？　心理学的な真実を追求するには礼儀正しいままではいられないと気づいたのですよ。しばしば患者を苛立たせることになるのです」

だが、メアリは患者ではないのでは？「もちろん、そちらがお訊きにならなければ、そんな言葉を使ったりしませんわ……」メアリは言いかけた。

「ええ、もちろんそうでしょう。ほら、あなたの嘘のつき方は妹さんとは違いますね。彼女は自分のほしいものを手に入れるために、ためらいも良心のとがめもなく嘘をつきます。あなたが嘘をつくのは、世間体と礼儀正しさといううわべを維持するためです。それだけがわれわれを獣と隔てているのですが。いや、答える必要があるとは思わないでください――お望みどおり、妹さんをあの病院へ収容します。そうすることで、私が職を賭しているのはおわかりですね。引き受けるのはあなたのためではなく、友人のアイリーンのためですらなく、エイブラハム・ヴァン・ヘルシングのことを多少知っていて、その内容が気に入らないからです。あれは危険な男です――公平な知識の集積としてよりは、権力のために科学を追求している人物です。そうした人間は止めなければなりません。妹さんを危険にさらしたくはありませんが、本人はあなたや私のように危険を感じないだろうということはあきらかです――妹さんにとっては、これもまた別の冒険にすぎないのですよ。クランケンハウスに三日間いられるようにしましょう。そのあと表向きは別の病院に移します――実際にはもちろんあなたの保護下に。フロイライン・ヴァン・ヘルシングという問題のお嬢さんを見つけて、連絡をつけることができるといいのですが」

ふいにフロイトは微笑した。まるで嵐雲から思いがけず日光が射してきたかのようだった。「それから、あなたと妹さんがウィーンにしばらく滞在するようなら、またお会いしたいですね。あなたがたには、フロイライン、めいめいお互いに欠けているものが備わっているという気がします――妹さんが人間の精神装置の半分を受け取り、あなたが残り半分を受け取ったかのように。妹さんが言っていましたが、泣くことがないというのはほんとうですか？」

「ちょっと挑発されただけで、みんなが泣きわめいてまわるわけじゃありませんわ」メアリは憤慨して言った。よくもダイアナは、この失礼で腹の立つ男にそんな話をしてくれたものだ！

「それに、怒って誰かを殴ろうと思ったこともないのですね？　あるいは無生物の物体を蹴るとか。たとえばテーブルに爪先をぶつけたときなどに？」

「いったいどうしてそんなことをするんです？」メアリは訊ねた。「なんの役にも立たないし、もちろんテーブルに傷がつくはずもないのに。実のところ、そんなばかな真似をしたら、もう一度怪我をするのが落ちですわ。もっとも……」

「はい？」とフロイト。

「まあ、ダイアナをひっぱたくことは考えます！　とりわけ手に負えないときですけれど、おわかりでしょう」認めるのは嫌だったが、ほんとうのことだ。

「ああ、そうですね、ダイアナ」精神分析学者はほとんど同情しているようだった。「当然のことながら、妹さんにもっとも原始的な衝動を引き出されるわけですね。そしてあなたは、抵抗されても妹さんを抑え導いている、と思いますが」

ダイアナ　ばっかばかしい。

「たしかに努力はしていますけれど」メアリは言った。「正確には何をおっしゃりたいんですか、先生？　この質問の裏には目的があるのに、なんなのかわからないような気がするんです」

「それほど単純なことならと思いますよ、フロイライン」とフロイト。「いや、これはただ私のほうでの思いつきにすぎません——思いつきでさえなく、直接考えようとすると消えてしまう影のようなものです。われわれは人間のことを話している——私、自我です。それでいて単数の私はまったく異なる複数の存在から成っており、相争っていると思うのです。もっとも傷ついたひとびとが私のもとを訪れるか、あるいはマリア＝テレジア・クランケンハウスのような場所に行き着くことになります。あなたと妹さんは……いや、これほどわずかな証拠から結論を出すことはできません。また戻ってきていただく必要があります。そのときまた話せるかもしれません。しかし、今はあなたも昼食をとりたいでしょうし、わたしも妻が待っています。明日の朝、妹さんをクランケンハウスに連れていきましょう——今日の午後アイリーンに電話して計画を練ります。ウィーンにおられるうちにまたお会いできることを願っています、フロイライン・ジキル。どうか時間があるときに思い出してください、あなたの子ども時代や夢について話していただければ光栄に思うと」

メアリは立ち上がった。もちろん、精神分析されることを許すつもりなどさらさらない！「ありがとうございます、フロイト先生」慇懃《いんぎん》に、だが熱のない言い方をしておいた。これが——ひとのことに首を突っ込んで嗅ぎまわるのが——精神分析学ならいっさい関わりたくない。いったいなぜ、アイリーン・ノートンほど知的な人物がこんなものを興味深いとか役に立つとか考えるのだろう？

ミセス・プール　まったくそのとおりですよ、お嬢様。ひとにはいいことと悪いことの区別がつくべきですし、もしつかないとしても、何かのコンプレックスを——心理学の紳士がたが使うどんな言葉でもかまいませんが——言い訳にしてはいけませんとも。

ベアトリーチェ　でも、フロイト博士は人間の性格についてすぐれた洞察力を持っているわ。夢の解釈に関する新しい本を読んだ？

ジュスティーヌ　いいえ、一冊手元にあって？

ベアトリーチェ　わたしのベッドサイドテーブルにあるわ。いつでも借りてちょうだい。フロイト博士はすべての夢に意味があると論じているの——正しく解釈すれば、ほんとうに望んでいることや願望を理解できると。たとえば、ゆうべの夢はなんだった？

ジュスティーヌ　たしか湖だったわ。自分の姿が映っているのが見えて、でもそれからその上に雲が集まってきて、とつぜんすごい嵐になったの。雨が降り出して、わたしは寒くておなかが空いて途方に暮れていることに気づいたわ。そうしたら水の中の顔はもうわたしの顔ではなかったの……

ベアトリーチェ　湖は女性の象徴よ。もしかしたらそれがお母さんを表していて、降ってきた雨は女性をかき乱す男性原理を表しているのかしら？　雨はしばしば父親の象徴だし、嵐雲はもちろん父なる神ゼウスを連想させるわ。つまり、あなたのお父さん、神になろうと求めたフランケンシュタインが、創造という女性原理を乱して、現れたのがあなた、今のあなただった——その別のジュスティーヌにとって見知らぬひと。

キャサリン　それって今まで聞いた中でいちばんばかげた話だけど。

フロイトはほほえんだだけだった。「さて、それでは話は終わりましたね、フロイライン。妹さんのところへ行きましょうか？」

メアリはうなずいて立ち上がった。終わってくれてありがたい！　もちろん、これから難しい部分が始まるのだが。

外の待合室ではダイアナがソファの上に脚を組んで座っていた。「ああ、終わった？　ずいぶん長くかかったね」

「君は間違っていたよ、フロイライン・ハイド」フロイトが言った。眉の下からダイアナを睨んでいるように見えたが、メアリにはにっこりしているのだとわかった。いくらか相手のことを知ってみると、人間としてはけっこう好きだ。飼い馴らされた熊に似ている。最初は食われてしまいそうな気がするが、知り合ってみると思ったより恐ろしくない。あの理論については――まあ、自分には関係ないことだ。こちらの興味があるのは事実なのだから。ホームズ氏が信じているのは事実であって、人間の性質に関するあんな曖昧な仮説ではない。実のところ、ホームズだったらダイアナに対するフロイト博士の分析をどう思うだろう――それにメアリに対する分析を。

「へえ？　どう間違ってた？」ダイアナは立ち上がり、反抗的な子どものように腕組みした。

「君のお姉さんは君自身と同じぐらい興味深いと感じたよ」

　ダイアナは気にしないふりをして肩をすくめたが、メアリには気を悪くしたのがわかった。「どうでもいいけど。もう行けるの？　おなか空いた」

「ああ、この問題は解決したと思う」とフロイト。「ハンナ、ご主人に今日じゅうに電話して詳細を話し合いたいと伝えてもらえるかな？」

「もちろんです、ヘル・ドクトル」ハンナは本を脇に置いて手袋をはめた。

「ああ、ゲーテか」とフロイト。「私も好きだよ」

「そういうふうに発音するの？」ダイアナが訊ねた。「ジュスティーヌはいつでもそのひとを読んでる。もっと〝山羊《ゴート》〟に近くて、〝th〟が最後に入ってる音だと思ってた。どっちにしても綴りはそうなってるし」

「ありがとうございました」メアリはできるだけダイ

アナを無視して精神分析学者に声をかけた。山羊に似ているのはダイアナだ、いつでも腹を減らしていて、出くわしたものはなんでも食べる。食べるかよじ登るかだ！　メアリは手を差し出した。
　フロイトは握手するかわりにその手を取ってキスした。まあ、大陸ではこういうふうにするものなのだろう！　イングランド式にしっかり握手するほうがいい。
「またあした」とフロイト。「楽しい時間でした、フロイライン」
「こちらもですわ、先生」完全にそうとは言い切れなかったが、メアリは応じた。どんなに個人的に気に入っても、あんなふうに精神的に解剖されるのはごめんだ。

ジュスティーヌ　メアリ、いつかウィーンに戻ってフロイト先生の精神分析を受ける気はあるの？　ひょっとしたら、あなた自身について何かおもしろいことを教えてもらえるかもしれないわ。

メアリ　わたしがすでに知っていることしか教えられないわ。精神の異なった部分についてのあのひとの考えは、シュタイアーマルクで言われたことを思い出させるの――

キャサリン　ちょっと、やめてよ！　まだ物語はそこまで行ってないんだから。はらはらさせておく必要性についてはあれだけ何度も言ったでしょ。あんたは史上最悪のキャラクターよ。

メアリ　わたしたちはキャラクターじゃないわ。人間よ。

ジュスティーヌ　でも、ある意味では両方じゃなくて？　キャサリンがこういうふうに書くことを許したんですもの。

キャサリン　許した？　あたしの記憶が正しければ、あたしたちの冒険の報告を書くように頼まれたんだけど。メンバー全員が出席してる会合でね。

「ね、難攻不落でしょう」グレータが言った。

ジュスティーヌはマリア＝テレジア・クランケンハウスを見上げた。残念ながらグレータに同意せざるをえない。精神科病院は灰色の石でできた長方形の建物だった。まるまる三階分がほぼ垂直にそびえている——装飾はなく、よじ登れるようなものは雨樋でさえない。二階と三階の窓には鉄格子がはまっていた。ひとを寄せつけない正面にはなんの植物も生えておらず、敷地でさえ完全に剝き出しで、隠れられる木々も茂みもなく、短く刈った芝生だけだ。てっぺんに忍び返しをつけた高い石塀が周囲を取り巻いている。グレータの説明どおり、建物には入口がふたつあった——正面玄関と裏口で、どちらも武装した男たちが警備している。敷地に続く門はひとつだけで、そこも警備されている。「ホーフブルク宮殿に忍び込んで皇帝のハンカチを枕の下から盗んでくるほうが、あそこに入るより簡単ですよ」グレータは頭を振って言った。街なかを移動するにはメイドの仕着せよりふさわしいので、また男物のぼろ服を着込んでいる。

「皇帝はハンカチを枕の下に置いているの？」病院の敷地を探るのに使っていた双眼鏡を下ろして、ジュスティーヌが訊ねた。

「そうなんです、じつは」グレータは答えた。いきなりにやっとしたので、念入りな教育を受けたメイドの裏に潜んでいる、かつての浮浪児が透けて見えた。「どうして知ってるのか訊かないでくださいよ」

ジュスティーヌは思わずほほえみ返さずにはいられなかった。「いいわ、好奇心は抑えておくことにしましょう」

ダイアナ　ちょっと待ってよ、メアリの話をしてたじゃん、語りとか全部。それなのに今はジュスティーヌのことを話してる。

キャサリン　だってメアリはそこにいなかったんだから、この部分をその視点では書けないでしょ？

ダイアナ　なんか……変な感じ。

キャサリン　それはあんたが現代文学を読まずに、三文犯罪小説とか劇場の安雑誌とかばっかり読んでるから。最近じゃ、一流の作家はみんな文学手法を実験してるの、意識の流れみたいに。

ダイアナ　自分が一流の作家のひとりだって言ってんの？　だってあたしは思わない——うわ、噛みついてこないでよ！　あんたのアスタルテ・シリーズは、別にシェイクスピアってわけじゃないじゃん。

ジュスティーヌ　キャサリン、グレータとわたしはフランス語で話していた気がするわ。

キャサリン　この部分をフランス語にしたいなら、自分で書いてくれなきゃ。

「またの機会に、皇帝のハンカチの置き場がどうやってわかったかお話しするかもしれません！」グレータはフランス語で言った。ジュスティーヌとはフランス語で話していたからだ。「とにかくおもしろい話ではありますし。でも、今はマダム・ノートンのところへ戻って、監視する場所を見つけたと知らせましょう」

恐ろしげな外観にもかかわらず、マリア＝テレジア・クランケンハウスが建っているのは、やや評判の悪い地域とはいえ、リンク通りの外側、ドナウ川の北にあたるウィーンの普通の地区だった。高い石塀のまわりには、都市によくある建物や店が並んでいる。ジュスティーヌとグレータは、病院から通りを隔てた向かい側に、一階が酒場で二階と三階が貸間になっている宿屋を見つけた。建物の正面側にある三階の部屋からは、病院の敷地がはっきりと視界に入った。

グレータはその三階の部屋を四日間借り、ウィーンに商品（というのは上質な髪油だ、とほのめかした）を売りにきた販売員だから、頻繁に出入りすることになるかもしれない、と宿の主人に伝えた。そこはとりたてて魅力的な部屋ではなかった――壁のペンキははげかけているし、ベッドのマットレスには染みがあり、髭剃り台は錆びている。だが、ここなら病院がいちばんよく見える。宿の主人はもじゃもじゃの眉毛の下からこちらを見た――禿げ頭に唯一生えている毛だ。顔の片側に長い傷痕があり、片目は義眼を思わせた。もう片方の目と違う色で、ときどき独自に動くからだ。カウンターの奥の記念品からして、この地域の数えきれないほどの戦いに参加した古参兵なのはあきらかだった。ひときわ不快なにおいの煙草を口の端にくわえたまま、入ろうが出ようが関係ねえ、とつぶやき、ほとんどこちらを見もせずにカウンターを拭き上げた。部屋代を払って問題を起こさないでいるかぎり、好きなときに出入りできるということだ。ジュスティーヌに判断できる範囲では、少なくとも数室に女性がおり、ときには男性もいて、どう見ても会ったばかりの客を続けざまに連れ込んでいる。会ったばかりとわかるのは、階段でまだ名前を交換したりしているからだ。娼婦のよく訪れる場所だということを自分は気にしているのだろうか？　多少は落ち着かないが、おおかたはこうした罪の子たちを気の毒に感じていた。そんな低俗な手段に訴えるしかなかったのだ。世界がもっとうまく整えられてさえいれば、聖書と理性いずれもが命じるように、すべての人間が真実仲間を大切に思っていれば、そんなものは存在しなかっただろう。責められるべきは個人ではなく制度だった。

メアリ　ほんとうにジュスティーヌみたいに聞こえるわ！　正直、ちょっとこわいわね。まるでわたしたちひとりひとりの頭の中に入り込めるみたい。

キャサリン　あたしはいい作家だって言ったでしょ。アスタルテのシリーズはシェイクスピアみたいになるように意図してないの、おあいにくさま。

「もういいでしょう」グレータが言った。「必要なのは見たと思います」

ジュスティーヌはうなずいた。今は何よりも、ノートン夫人の共同住宅に戻って書斎のソファに横になりたかった。たぶん目の上に濡れた布をあてて。この数日はめまいがするほど忙しかった――列車、それからフェリー、また列車。そのあとハインリッヒ・ヴァルトマンと同室になり、ジャスティン・フランクであるふりを続けた。くたくたになったのに、ウィーンに到着して以来休む暇もなかったのだ。

ジュスティーヌは強い――肉体的にはたいていの男性より強い。アトラスでさえそれほどの力はなかった。だが、別の種類の強さ、純粋な持久力というようなものがあり、その面ではメアリのほうが強いと認めざるをえない。メアリならあっさり朝起きて出かけられるが、ジュスティーヌはこれほど多くのことに疲れ切ってしまう――旅の景色や音、会話、ただほかのひとがいるというだけであっても。メアリやダイアナのように大事に思う相手でも、一緒に何日か過ごすと頭痛がしてくる。ロンドンにいれば、アトリエに上がっていって絵を描くことができた。だが、ここでは逃げ込める場所もなければ、そうする時間もない。ルシンダ・ヴァン・ヘルシングを救出しなくては――その目的がほかのすべてに優先する。それはわかっている――そうはいっても、ジュスティーヌは溜息をついて窓ガラスに額を押しつけた。ひんやりと硬い感触だった。ときどき、ほぼ一世紀にわたってひとりで暮らした、あのコーンウォールの海岸近くの家がなつかしくてたまらなくなる、と認めざるをえなかった。

メアリ　ほんとうになつかしくてたまらなくなるの？　そんな孤独な生活が？

ジュスティーヌ　みんなのことを大切に思っていないわけではないのよ。ただそれがわたしの性質なの。理解してもらえるといいけれど。

メアリ　もちろんみんなわかっているわ。その、わたしたちはあなたじゃないから、ほんとうに理解しているかどうかは自信がないけれどね。百年もひとりきりで過ごすなんて想像がつかないわ。でも、気にしなくて大丈夫よ。

ダイアナ　けど、あたしはそこにいてほしいでしょ、ジュスティーヌ？　困らせたりしないもん。

ミセス・プール　あなたの困らせたりしないというのは、まさに困らせることのようですけれどね、わたしに言わせれば。

ダイアナ　誰もあんたの意見は聞いてない！

「ジュスティーヌ、大丈夫ですか？」グレータが心配そうにこちらを見ている。

「ええ……ええ、もちろん。ここの用事は済んだでしょう？」

「いきなりマドモワゼル・ヴァン・ヘルシングを救い出す計画を思いつかないかぎりは！　思いついていない？　じゃあ辻馬車を見つけて、プリンツ・オイゲン通りに戻りましょう」

　ジュスティーヌはうなずいた。少なくともフランス語を話せてよかった。自分の母語を——母が話しかけてくれ、マダム・フランケンシュタインが教育してくれ、ヴィクター・フランケンシュタインがジュスティーヌ・モーリッツの死体を蘇生させたあと教えてくれた言葉を、どんなに恋しく思っていたか気づいていなかった。息をするように自然に思い出せた。フランス語で話したり考えたりするほうがずっと楽だ。まるでスイスの山々に戻り、澄んだ涼しい空気を肺に吸い込んでいるかのようだった。煤けてじめじめと重苦しいロンドンの大気ではなく。

グレータに続いて階段を下り、二階の踊り場で酔いつぶれていた飲んだくれをまたいだ。いくつか通りを離れた路地で、待っていてくれと頼んでおいた辻馬車を見つける。まもなくふたりは、ふたたび混雑したウィーンの石畳の道を進んでいた。

道中ジュスティーヌは、街のこの区域に建つ共同住宅や工場を辻馬車の窓から眺めた。それからグレータを振り返る。

「皇帝が夜どこにハンカチを置くか、いったいどうやって知ったの?」

グレータは笑った。「皇帝から盗むなら、その時間がいちばん楽ですから。マダム・ノートンが教えてくれるでしょうけど、皇帝御用達のハンカチ職人の印が入った皇帝のハンカチって、すごくいろんな役に立つんですよ! たとえば、皇帝の秘密の愛人だから信用されてるって誰かに思い込ませることもできます。でも、頭の下から抜き取ってきたとは思わないでくださいよ! 本人はそのときベッドにいなかったんです。メイドで都合がいいのは、ちゃんとした仕着せを着ていればどこにでも行けるし、誰にも気づかれないってことです。だけど、これ以上話さないほうがよさそうですね、ジュスティーヌ。まあ、あたしは人柄を見極めるのがうまいし、あなたなら最高機密を打ち明けても平気だろうと思いますけど。マダムの信頼を裏切りたくないんです、わかるでしょ。あのひとは……そう、あたしたちの命を救ってくれたんです、姉とあたしの」

「そうなの?」ジュスティーヌは言った。どうやってか訊ねるのは躊躇した。グレータの私生活に立ち入りたくない……。そして、まさにそこが、ジュスティーヌとほかのみんなとの違いなのだ。わたしたちならそんな罪の意識は感じないだろう。

メアリ　わたしは当然穿鑿したりしないわ！

キャサリン　でもしたいでしょ。お行儀がいいからそうしないだけ。

ベアトリーチェ　白状するけれど、わたしだったら好奇心から質問していたと思うわ、たとえ礼儀上よくないことでも。

キャサリン　だからジュスティーヌは、あたしたちの中で飛び抜けていいひとなの。

ジュスティーヌ　キャサリン、そんなのばかばかしいわ。わたしにも欠点はたくさんあるもの。あなたが気づいているより腹を立てていることもあるし、簡単には許さないたちよ。シュタイアーマルクのあの城に閉じ込められていたときには、ぜったいに許せないと――

キャサリン　読者にプロットをばらすのはやめてって言ったでしょ！　どっちみち、少しでも寛容じゃないふるまいをしたとたん罪悪感に駆られるのは、あんたがいいひとだって証拠だしね。たしかにすごく賢いことだとは思わないけど――罪悪感なんて、何かを変えるのに役に立ったためしがないし。

ベアトリーチェ　でも、罪悪感があとになって倫理的な行動につながる可能性はあるわ。たとえば、一度重大な害を及ぼしたあと、二度と害を与えまいと決意するような場合よ。

キャサリン　クラレンスとの関係について言ってるわけ？

ダイアナ　あたしは罪の意識なんて感じたことない。

メアリ　知ってるわ！

　いまや辻馬車の窓から外を眺めるのはグレータの番だった。ジュスティーヌからなかば顔をそらしている。

だが、こちらから見える半面は考え込んでいるように見えた。馬の蹄が石を蹴るパカパカという音にはどこか心休まるものがある。この時点では、街の南にある広い大通りを進んでいた。道の両側に木が並んでいる。ジュスティーヌは待った。グレータは何か言うだろうか？　言わなければ、もちろんもう一度訊いたりしない。グレータが振り返ったとき、ジュスティーヌはメイド――あるいはスパイ？――を悩ませるか、苦しませることにさえなってしまったかもしれないと不安になった。グレータの瞳は涙でいっぱいだったのだ。洟をすすって片手の甲で拭う――それから、自分はマダム・ノートンの上品なメイドなのだと思い出したかのように、やや汚れたハンカチを引っ張り出した。

「うちの母は、あたしが生まれた数日後に産褥熱《さんじょく》で死にました。父が面倒を見てくれましたけど、酔いどれの泥棒だったんです。どっちかだけならまだよかったでしょうね――泥棒としてなら成功したかもしれない、ウィーンでも指折りの腕前でしたから。ただの酔っぱらいなら盗みは避けたかもしれない。でも、酔っているあいだに盗みを働いて捕まったんです。父は牢屋の中で亡くなり、あたしたちはマルガレーテン区にある孤児・捨て子協会に送られました。学校に行ったことはありません――ハンナは少し読み方を知ってますけど、あたしはそれさえ知りません。その協会は――似たような場所と比べてよくも悪くもなくて、貧しい子どもたちを押し込めておくために建てられたところでした。飢えで脅して言うことを聞かせようとして、失敗すると、空腹では得られなかった結果を鞭で手に入れるんです。とうとうあたしたちは逃げ出しました。知ってることはそんなにありませんでしたけど、父はひとつ便利な技術を教えてくれたんです――盗み方をね。二年間道端で暮らして、掏摸や泥棒として生き延びました。ある日、あたしが特別上品な紳士にお金をねだっている隙に、ハンナがそのひとのポケットから財布を掏って、ふたりとも捕まったんです。紳士の従者が勘定を済ませたあと急いで主人のあとを追いかけてきて、あたしたちの手口を目撃したみたいです。運の悪いことに、その紳士は裁判所の職員で、財布には重要な国の書類が入っていたと主張しました。あいつらはスパイで、国家への謀叛《むほん》を企んでいるって告発したんです。あたしたちは裁判にかけられて、反逆罪による絞首刑を宣告されました。そのときハンナは十三で、あたしはたった十一でした。これで死ぬんだって思いました」

グレータは向きを変え、また馬車の窓の外を見つめた。今は高い木々が生い茂った公園や、大学か美術館らしき建物の脇を走っている。さっきの窮屈な狭い通りとはなんと違うことか！

「ある日」グレータはなおも窓の外を凝視しながら続けた。「脱出することをあきらめて――やってみなかったとは思わないでくださいよ！――獄房でみじめに過ごしていたとき、女のひとが会いにきました。牢屋の窓の薄暗い明かりでそのひとがどんなふうに見えたか、まだ覚えています――毛皮で縁取った緋色の外套を着て、毛皮の帽子をかぶっていました。そんなひとは見たことがなかった！ エリーザベト皇后自身かもしれないと思ったぐらいです。看守のひとりがついてきて、まとわりつきながらお世辞を言っていました。女のひとはあたしたちを獄房から出すように命令して、看守は『はい、殿下』って、言われたとおりにしました。そのひとに連れられてあの暗い廊下を進んで、牢屋から日の光のもとへ出たんです。牢屋の中庭で首をくくられる日まで、もう見ることはないと思っていたのに。

牢屋の外に出たとたん、手首をつかまれて言われました。『早く、わたしが殿下でもなんでもなくて、釈放証明書が偽造だと気づかれないうちに、馬車の中へ！』

あたしたちは大急ぎで王家の紋章が描いてある馬車に乗り込んで、気がつくとウィーンの通りをがらがら走っていました、ちょうど今みたいに――自由の身になって」

「それがアイリーン・ノートンだったの？」とジュスティーヌ。

「もちろんです」グレータはそのできごとを思い出しているようににっこりして言った。「ほかの誰がそんな勇気を持っているでしょう？　偽造書類を持って、ウィーン一堅固な牢屋に王家の紋章を描いた馬車で乗りつけ、告発された罪を確実に犯した罪人ふたりを救い出すなんて。反逆罪ではなくて、窃盗罪のほうですけど」

「どうしてあのひとはそんなことを？」ジュスティーヌは問いかけた。「相当な危険を冒したでしょうに」

「もうすぐ帰り着きます」とグレータ。「あれがベルヴェデーレ宮殿の城壁です。まもなくプリンツ・オイゲン通りに入りますよ。あたしたちもそのことを訊いてみました。あなたがたがほんとうにスパイなら、わたしのために働いてほしいし、そうでなければ泥棒として役に立つわってマダムは言いました。そうして、あたしたちがいろんな言葉や、ナイフや剣での戦い方や、銃器の扱い方を覚えるように手配したんです。ほかのみんなにも紹介してくれて……」

「では、あなたみたいにノートン夫人のために働いているひとがほかにもいるの？」ジュスティーヌは訊ねた。アイリーン自身も前にそうほのめかしていた。

グレータは声をたてて笑った。「それこそ――ええと、どう言うんでしたか？　ごっそりいると思いますよ。マダム・ノートンと暮らしているのはハンナとあたしだけです。ほかのみんなには家があって、その場所はぜったいに秘密なので、あなたにも教えません！　もっともあなたのことは好きですけどね、ジュスティーヌ、だから、もしスパイが気に入ったら――でなければ盗みでもどっちでもいいですけど、そのときはもちろんマダムに推薦しますよ！」

ジュスティーヌは驚嘆した。アイリーン・ノートンが取り仕切っている活動に比べたら、ベイカー街遊撃隊は素人くさく思える！

「ほら、しゃべりすぎたでしょう」とグレータ。「ともかく、着きましたよ。もうプリンツ・オイゲン通り十八番地です」

ふたりが入ったとき、アイリーンは留守で、メアリとダイアナとハンナはまだフロイト博士との面談から戻ってきていなかった。グレータはフラウ・シュミットが昼食の準備をするのを手伝わなければ、などと言いながら厨房に向かった。

ジュスティーヌは何をすべきだろう？　わかってはいたが、あまりしたくはなかった。まあ、望もうが望むまいがやるつもりだ。ロンドンにいたときシェリー夫人の本を読んでいれば、ハインリッヒ・ヴァルトマンの名前に気づいたかもしれない。もう充分先延ばしにしていたのだから。

ミセス・プール　女性だと知りながら二晩も同じ客室で過ごしたなんて！　紳士だったらそんな真似はしませんよ。

ジュスティーヌ　断言しておくと、ミセス・プール、あのひとは不適切なことは何もしなかったわ。もっとも、ライプニッツの『形而上学叙説』についてからかうようなことを言っていて、少しショックを受けたことは認めるけれど。

精神分析学者の診療所から戻ってきたとき、メアリはダイアナと共有している寝室へ戻った——ダイアナのほうはすでに、いますぐ《トゥー・スイート》食べないと飢え死にする、と言って階段を下りて厨房へ姿を消していた。まあ、少なくともフランス語を少し覚えたらしい！　フロイト博士と会ったあとでは、顔を洗ってウォーキング・スーツより楽な服に着替えたいということしか頭になかった。書斎を通りすぎたとき、何か聞こえた――なんだろう？　規則的な音だ、低いが一定の……すすり泣き、あれはすすり泣きだ。扉越しに響いてくる。ジュスティーヌだ！　まるで胸が張り裂けそうにむせび泣いている。

案の定、メアリが扉を開けると――失礼な気がしたが、友人を助けるほうが礼儀より大切だ――ジュスティーヌがソファに座って両手に顔をうずめていた。肩を震わせ、いつもあれほど穏やかで冷静なジュスティーヌにしては恐ろしいほど手放しに泣いている。メアリは早足で、だが驚かせないようそっと歩み寄ると、ソファの隣に腰かけた。ジュスティーヌの腕に片手を置く。

ジュスティーヌは体を起こして指で目をぬぐった。メアリはハンカチを渡した。メアリが役に立つことのひとつだ――いつでも手渡すハンカチを持っているらしい。

メアリ　あなたがなくさなければ持ってたりしないわ！

「ばかみたいな気がするけれど」とジュスティーヌ。「でも、ほんとうに、どうにもならないの」ふだん蒼白い顔が赤くまだらになっている。

「わたしにできることがある？」メアリは訊ねた。いったい何がジュスティーヌをこんなふうに泣かせたのだろう？　誰かに意地悪なことをされたのだろうか？しかし、ここで意地悪をする相手などいるだろうか――まさかグレータではあるまい？

まるで口にしなかった問いに答えるかのように、ジュスティーヌは自分がソファに開いたまま置いておいた本をメアリに渡した。何か難解な哲学の作品だろうか? ジュスティーヌはそういう本を読むのが好きだが、それで泣くようには思えない。

「ほら」ジュスティーヌは指さして言った。「見える?」

メアリはジュスティーヌが示している段落を見た。その細くて長い画家の指のすぐ下に書いてある——


つぎの日の明けがた、わたしはいるだけの勇気を奮いおこして、実験室のドアの鍵をあけました。未完成の生き物を壊したその残骸が床に散乱し、わたしはまるで、自分が生きた人間のからだを切りさいなんだような気分におそわれました。ひと呼吸おいて気を落ちつけ、それから部屋に入りました。震える手で器具を室外に運びだしたところで、考えたのは、仕事の形見を残していって、農夫たちの恐怖と疑惑をそそってはまずいということでした。そこでそれを大量の石と一緒に籠に詰め、とっておいて、その夜のうちに海に投げこむことに決め……(メアリ・シェリー『フランケンシュタイン』森下弓子訳、創元推理文庫)

いったいこれはなんだろう? メアリは表紙を見た。深紅の革に金字で『フランケンシュタイン——現代のプロメテウスの伝記』と書いてある。ああ、そういえばジュスティーヌはシェリー夫人の本を読むと言っていた! なるほど、どう見てもまずい思いつきだったらしい。

「これは嘘よ」メアリは言った。「ただの嘘よ、ジュスティーヌ。あなたのお父さんがあなたを壊したりしなかったのはみんな知っているわ——そうでなければ今ここに座っていないでしょう? お父さんはアダムにあの島で殺されたのよ、みんな知っているわ」

「それなら、なぜシェリー夫人はこれを書いたの?」ジュスティーヌは問いかけた。「本の残り、この文章以降の部分は——ぜんぜん意味をなさないわ。あのモンスター、アダムがパパを北極海まで追いかけていくなんて――そんなありそうもない、ばかげた話を聞いたことがあって？　でも、ここを、わたし自身が殺されたところを読むと……ああ！」そして、また新たにわっと泣き出す。

メアリはジュスティーヌに両腕をまわした。どうしてこんなに華奢に感じられる女性が――まあ、背が高くて華奢ということだ。メアリはかろうじてジュスティーヌの肩までしかない――これほど強いことがありうるのだろう？　「大丈夫よ、ねえ」と声をかける。「好きなだけ泣いて。わたしはキャサリンじゃないけれど、ここにいるわ――話をしたくてもしたくなくても」

ジュスティーヌはさらに数分すすり泣きつづけた。それから洟をすすると、ふたたび、今度はメアリのハンカチで涙を拭いた。

「ごめんなさい、メアリ」と言う。「百年もたてばそういう傷も癒えそうだと思うでしょう。ときどき、パパがわたしを蘇生させるより、ほんとうに解体して、ばらばらになった体を海に投げ込んでくれたらよかったのに、と思うわ」

「本気で言ってるわけじゃないでしょう」とメアリ。「生きているほうがいいわ――いつだって生きているほうがいいのよ。花とか自分の絵とか、わたしたちのことを考えてちょうだい。あなたがいなかったら、わたしたちはどうすればいいの？　キャサリンとベアトリーチェは寂しく思うでしょうし、わたしもそうだわ。それに、ダイアナに何かできるのはあなただけよ。もし殺されていたらわたしの友だちにはなっていなかったし、そうしたらわたしもほんとうに悲しかったはずよ」

「あら、そんなことはわからなかったでしょうに！」ジュスティーヌは言ったものの、いまや涙を浮かべながらもにっこりしていた。

「わたしたちに何が必要だと思っているかわかる？」

とメアリ。「まだお昼を食べていないのに、もうすぐ二時よ。下へ行って、フラウ・シュミットにサンドウィッチか何か作ってもらわない？」

「それはとても賢明な提案ね。わたしもちょうどそう言おうと思っていたところよ！」そう言ったのは、入口に立ったアイリーンだった。男物の茶色いウールのスーツを着て、どこから見てもきちんとした銀行員か会計事務所の社員そのものだ。「ああ、かわいそうに！」ジュスティーヌの顔を見て声を上げる。ソファに近づくと――ズボンを穿いているほうがずっときびきびした足取りだ――ジュスティーヌの顔を両手で持ち上げた。探るように眺める――ジュスティーヌは座っていてさえとても背が高かったので、それほどかがむ必要はなかった。とうとうアイリーンは口を開いた。

「そうね、メアリの言うとおりよ。あなたに必要なのは何か食べるものと、もしかしたら少し気つけ薬《シュナップス》を飲むといいかもしれないわね。それからちょっと眠りなさい。疲れ切ってしまったのよ、問題の半分はそれだわ。いらっしゃい、オーストリアの昼食とイングランドのお茶の組み合わせをいただきましょう、ケーキやサンドウィッチと――もっともわたしはコーヒーにしておくわ、ありがたくね。フラウ・シュミットに何を用意しているか訊きましょう――全員が帰りしだいお昼を出すとグレータが言ったけれど、もうみんなそろったと思うの。ジュスティーヌ、顔を洗ってから応接間で会うのはどう？ それにね、正直な話、シェリー夫人が百万年前に何を書こうがどうでもいいことよ。あなたはここにいる。生きているのよ。それが重要なことだわ」

「百万年ではありませんけれど」ジュスティーヌが微笑して言った。洟をすする――きっぱりと時間をかけて。「先に行っていて、わたしもすぐに向かうわ」

メアリはアイリーンに続いて廊下に出た。「今朝のフロイト博士との面談についてお話ししましょうか？」
「もちろん！　でもまずはコーヒーよ。それに、フラウ・シュミットのケーキはウィーン一だと請け合うわ。今朝のあとではダイアナそっくりの気分よ——胃の底が抜けて空っぽの深い穴になってしまったようだわ！　あの子は戻ってきたとたん厨房へ下りていったのでしょうね？　とても利口だし、あなたがたふたりもそうすべきだったわね。精神的な苦痛の多くは、たんに疲れているかおなかが減っているだけだと以前から思っているの。ジークムントにはそう言わないけれどね！」

ジュスティーヌ　わたしの顔がまだらなのを書く必要はあったの、キャサリン？

キャサリン　それで読者に物語がほんとうだってことが伝わるの。泣いたとき顔がまだらになるのは避けられないでしょ。ベアトリーチェなら別だけど、あの娘《こ》は本物の涙を流さない気がする。きっと出るのは樹液の一種だと思う！

　数分後、一同は午前と同様、また応接間に腰を下ろしていた。もうこうした作戦会議に慣れたかのように、だいたい同じ位置に陣取っている。将軍であるアイリーンはソファの真ん中だ。片側にダイアナが脚を組んで腰かけ、爪先をクッションの上に載せている——ブーツのまま！　メアリは蹴ってやりたい気分になったが、そうするとアイリーン越しに身をかがめることになるし、かわりにそちらを蹴ってしまう可能性がある。アイリーンは蹴り返すのではないだろうか。どうしていつでもダイアナには暴力的な傾向を引き出されるのだろう？

　ジュスティーヌとハンナは二脚の肘掛け椅子に座り、グレータはアイリーンが足置き台《プーフ》と呼んでいるものにちょこんとかけていた。家具につけるにはずいぶんばかげた名前だが、まあかなりばかげた家具ではある――背もたれのない大きな硬いクッションだ。この上でどうやってバランスを取ればいいのだろう？　だが、グレータはまったく問題なくやってのけているように見え、頬杖をついて身を乗り出している。

みんなのあいだの低いテーブルには、オーストリアの昼食ではあるとしても、ぜんぜんイングランドのお茶らしくないものが並んでいた。アイリーンはコーヒーを一杯飲み終えるところだった。ジュスティーヌとダイアナもコーヒーを頼んだが、メアリはお茶にこだわるつもりだった、あいにくながら！　アプリコット・ジャムを塗って何層か重ね、分厚いチョコレートのアイシングをかぶせたチョコレート・ケーキの最後の一個を食べる。これはイングランドで手に入るどんなものよりおいしい、と認めざるをえなかった。

ミセス・プール　まあ、あきれましたよ！　大陸なんかに本物のイングランド料理よりいいものがあるみたいにねえ。わたしはどこか外国のつまらない菓子より、いつだって糖蜜タルトのほうを選びますよ。

メアリ　悪気はないのよ、ミセス・プール、でも、わたしはつまらない菓子のほうを取るわ。だってチョコレートとジャムが入ってるんですもの。

「ダイアナにしてほしいのは」アイリーンが言った。「マリア＝テレジア・クランケンハウスの見取り図を覚えてきてほしいの。いいこと、あの中で頼れるのは自分だけよ！」状況の深刻さを認識させるように、ダイアナに向かって眉をひそめてみせる。

「そんなことあたしが知らないと思ってんの？」ダイアナは鼻であしらった。まだ顎にチョコレートの汚れがついている。

「捕まってもジークムントは介入できないかもしれな

いわ」アイリーンはダイアナが口を開かなかったかのようにつづけた。「だから、最大限用心してほしいの。三階に守衛がいるかどうか調べて。もしいるなら何人で、日課はどうなっているか？　できればルシンダと連絡を取って、助けに行くと伝えて、ジークムントがあなたを退院させるのを待ちなさい。でも、もし三階が厳重に見張られているようなら、腰を据えてばかな真似はぜったいにしないこと。わかった？」

ダイアナはただ腕を組んで強情な顔つきをしただけだった。危険な兆候だ――メアリはよく心得ている。とはいえ、どうせダイアナから読み取れるのは全部危険な兆候なのだし、ほかにどんな選択肢があるだろう？

「そのあいだ、ジュスティーヌとメアリとグレータは、順番に酒場の上の部屋から見張っていてちょうだい。まずいことになったら、何か合図をして――たとえば窓からハンカチを振るとか。そうしたらわたしに連絡がくるから、ジークムントに知らせて、あなたを病院から出してもらいましょう。ハンナとわたしはルシンダを助け出す計画の手配をするわ。いちばん確実なのは、おそらく守衛のひとりを脅迫することでしょうね。でも、そういう情報を集めるには時間がかかるわ。誰が娼館へ行っていて、誰が闘犬賭博で借金をかかえているか知る必要があるから。心配しないで」と、不安げにテーブルを囲んで座っている面々に言う。「なんとかなるわ。いつでもそうですもの。ねえ、あなたたち？」これはハンナとグレータへの言葉だった。

「これまではずっとそうでした」グレータが半信半疑の様子で言った。ハンナはうなずいただけだった。ふたりとも今回の冒険に関してはとりたてて自信がありそうに見えない。

「ジークムントと電話で話したの。あしたの朝、ダイアナを馬車であのひとの診療所まで連れていくわ――だから、ヒステリー症の十代の女の子みたいな服装をしてちょうだい」アイリーンはわざとらしくダイアナを見て言った。

「それって普通の十代の女の子とどう違うわけ？」ダイアナは訊ねた。ほかのひとにほしいかどうか確認もせずに、ケーキの最後のひと切れを取る。

「それが普通の十代の女の子ね」アイリーンはコーヒーカップをテーブルに下ろした。「でも、あなたにとっては役を演じるようなものよ。不安でおびえているふりをすればいいの。できたら少し泣いてみて。あの中でいばって歩いてはだめよ、何かおかしいと気づかれてしまうわ」

「大丈夫、あたしは名女優だから」とダイアナ。「メアリは演技させてくれないけど、どんなにそれらしくできるか見ててよ！」

「わかったわ」アイリーンは誰もがダイアナに向ける疑いのまなざしを投げて答えた。「ジュスティーヌ、あなたは少し寝てちょうだい。必要なことだと思うわ——この数日間はあなたがた全員にとって途方もない負担だったから、とりわけあなたには無理をしてほしくないの」

　ジュスティーヌは気が進まないようにうなずいた。だが、もし無理をすれば、ジュスティーヌの唯一の弱点である——そのやさしい心をのぞいて——例の卒倒を起こすかもしれない、とメアリにはわかっていた。

ジュスティーヌ　やさしい心が弱点だとは思わないわ。思いやりがわたしたちを人間にするのよ。

キャサリン　それはね、あんたが蜘蛛を傷つけたくないからって蜘蛛の巣を払うのを嫌がるから、誰かほかのひとがあんたのアトリエに入って払わなきゃいけないってこと！

ジュスティーヌ　小さなものより大きなもの、弱いものより強いものを尊重するのは誰なのかしら？　蜘蛛だってわたしにおとらず存在する権利があるわ。

ミセス・プール　この家では違いますよ、そんな権利はありません！

「メアリ、あなたもいくらか休んでほしいわ」アイリーンは続けた。「でもまず、わたしと公園に散歩に行ってくれないかしら？　ここにきて以来、ほとんど知り合う時間がなかったでしょう」

「もちろん」メアリは言った。なぜ自分と？　ジュスティーヌやダイアナとも知り合う機会がなかったのに、なぜとくに自分なのだろう？　やや――緊張を感じる？　というより不安な気がする。アイリーンは何を話したがっているのだろう？

全員が立ち上がって、ハンナがお茶らしくないお茶の残りをお盆に載せて片付けたあと、メアリは帽子と手袋を取りに、ダイアナと共有している寝室へ戻った。アフタヌーン・ドレスでいいだろうか？　まあ、公園の散歩にはかまわないだろう。灰色のメリノウールの服だ。それにショールを持っていこう。もちろんアイリーンが午後に着替えた服と並ぶとたいしたことがないように見える。ワインレッドの絹か何かで、襟もとと裾に刺繍がしてあり、ベアトリーチェがいつも言っている〝美的な服〟とやらに違いない。アイリーンの体形ならコルセットは必要なかった。実際、理性的な服装の有益性を訴えるすばらしい広告になりそうだ。

寝室を出る前に、洗面台の上の鏡に映った姿をちらりと見る。地味、地味、地味……もちろん魅力がないわけではないが、特別なところは何もない。まあ、少なくとも見苦しくはないし、大事なのはそのことだ。ともかく昔からミセス・プールにはそう言われてきた。

ミセス・プール　もちろんそうですとも。

ベアトリーチェ　でもメアリ、あなたの特別なところは表情よ。あなたはとても――機敏で知的なの、まるでいつでも周囲の生活を観察して、評価して、理解しているかのようにね。鏡に映すと、顔に何も表情がなくなってしまうでしょう。鏡で姿を見る女性共通の不安は別かもしれないけれど――みんなその不安はあるでしょうね。だから、ほかのみんなに見えているものがあなたの目には映らないのよ。

メアリ　あなたはすごくやさしいわ、ビー、でも、わたしは別に褒めてもらおうとはしていないの。キャサリンがそういう考えをわたしの頭に入れるのはどうしようもないわ。あのときそんなことを考えていたかどうかも自信がないもの。

キャサリン　でも、実際考えるでしょ？

「準備はできた？」玄関ホールで待っていたアイリーンが訊ねた。黒い羽根つきの帽子をかぶっており、羽根がつばから弧を描いて、頬に触れるほど垂れ下がっている。とても優美で、おそらく非常に高価だろう。「園生《そのう》に入っておいで、メアリ、黒い蝙蝠《コウモリ》のような夜は過ぎてしまったよ、だかなんだか、テニスン卿が言ったことよ。なんとかかんとかなんとか、薔薇の香り馥郁《ふくいく》と風にはこばるる（『対訳テニスン詩集――イギリス詩人選（5）』[12]『モード』より、西前美巳編、岩波文庫）――残りは思い出せないわ。わたしはわたしなりにいい心理学者なの！　ジュスティーヌに睡眠が必要なことも、あなたには外に出て歩きまわる必要があるのも知っているわ。公園に行って話しましょう」

ふたりは正面の階段を下りて中庭に行き、馬車が出入りできるアーチ形の正面入口をくぐった。いったんプリンツ・オイゲン通りに出たら左か右に曲がるだろうと思っていたが、そのかわりアイリーンは道を渡って長い石塀へ向かった。塀には引っ込んだ扉があった。アイリーンはハンドバッグから鍵を取り出した。

いったいどこへ行くのだろう？　メアリの表情を見たとき、アイリーンは深みがあって音楽的なあのオペラ歌手の笑い声をあげた。「あらまあ、いくらなんでもごく普通の公園に連れていくとは思わないでしょう？　ベルヴェデーレ宮殿へようこそ！」

11　アイリーンとの会話

左側には細長い長方形の庭があった――多年生植物の花壇が並ぶリージェンツ・パークのようではなく、トルコ絨毯に似ていた。青い噴水を囲んで花壇が注意深く配置され、色とりどりの花々が平たい螺旋や渦を描いている。眺めはすばらしかったが、人工的に見えるとメアリは思った。下にある石造りの建物まで、庭園はずっと下り坂になっていた。その向こうにふたたびウィーンの街の屋根が広がり、背後に青々とした丘陵地が見える。

そして右側は――そう、もうひとつ石の建物があった。宮殿だ、壮大で……宮殿らしかった。まさにその表現しか浮かんでこない。宮殿という言葉を定義してくれと言われたら、あれを指させばいい――古典様式で、貝殻のように優雅だ。もし貝殻に百もの部屋があり、午後の陽射しを浴びて白く輝いているなら。もっとも、そろそろ夕方に近づいている――オレンジ色とピンク色がちょうど空に混じりはじめていた。

「これ……」と言いはじめる。

「大きすぎるし、おそろしく時代遅れね――誰があんな陰気な建物に住みたいかしら？」アイリーンは批判的に宮殿を見上げた。

「実際には誰が住んでいるんですか？」メアリは訊いた。

「わたしの友人よ――まあ、わたしみたいな商売だと、友人というのは融通の利く単語ね。とりあえず、お互いに知り合いであることに満足している、と言っておきましょう。夕方ここを歩くのが好きだとフランツに言ったら、わたしがこっそり鍵を開けるのをやめるようにと、この鍵をくれたの。悪い前例を作ることになるから、と主張されたわ。だから言ってやったの、あなたは住んで楽しいと思う場所に引っ越すべきよ、この大仰な建物は美術館にして、ウィーンのひとたちに公開すべきだわ、とね。こんな場所に作品を飾ることができたら、この街の画家たちがどんなに助かるか想像がつく？　グスタフにコロマンにマックス……まあ、あのひとたちは国の後援なしで自分の革命を起こすしかないわね。それでもやってみせるはずよ、ええ。でも、美術の話をしようとしてここへ連れてきたわけではないのよ、メアリ」

「なんの話をしようとして連れてきたんです？」無遠慮すぎただろうか？　とはいえ、アイリーンにも遠慮はない――たぶんアメリカ人だからだろう。このひとのまわりでは率直に話しても無作法ではない気がする。

「木の下を歩きましょう。ウィーンの向こうに日が沈むのを見るのが大好きなの。でも、この庭園にはそんなに話すことはないわ。ウィーン人は残念ながら、型にこだわらない植栽というイングランド人の習慣を好むようにはならなかったから」

「そのことは不思議でした。なんだか……平たく見えて。絨毯みたいって思ってたところです」

「ここは観賞するために造られていて、中を歩くためではないのよ。二階の窓からしか正しく眺めることはできないし、そこからはとてもみごとよ。ただ、きっちりしすぎていてわたしの趣味ではないけれどね。いらっしゃい、並木道を散策しましょう。こういう場所では〝散策〟というのがふさわしい言葉よ」アイリーンはメアリの腕を取った。ふたりは木立の陰にたどりつくまで黙って歩いた――栗の木だ、とメアリは思った。こういうふうに長い列になって生えていると、ほんとうになかなか優雅だ。それから、アイリーンが言った。「調子はどう、メアリ？ それが訊きたかったの。あなたがたがここに着いてから、ダイアナはまったく問題なくやっているわ――本領を発揮しているわね、精神科病院に潜入することにわくわくして、得意満面だわ。栄光を求めて、ルシンダ・ヴァン・ヘルシングを自分ひとりで助けようとしそうなのが心配なだけよ。そしてジュスティーヌは――気落ちして沈み込んでいるけれど、そのことはどこもおかしくないわ。この百年で故郷のいちばん近くにきたんですもの。子ども時代の言葉を話して、ジュスティーヌ・モーリッツとして最後に口にした食べ物を味わっているのよ。感情や思い出が湧き上がってくるのは当然だわ。それにあの本を読んで――ああいう反応になったのは気の毒だったけれど、まったく自然なことよ。でも、あなたは……」


アイリーンは一瞬口をつぐみ、ふたりは黙ったまま歩きつづけた。いまや灌木と野草の花々に囲まれた小さな石の家にやってきていた――この場所ではじめて見た、型にこだわらない植栽だ。おかげで少しくつろいだ気分になった。アイリーンはにっこりした。「ここは昔動物園だったの。ここにはライオンがいたのよ、信じられるかしら——オイゲン公子そのひとが二階から見下ろして、ライオンが中心にいる自分の動物園を称賛したの。かわいそうなライオン……豪華な場所に監禁されるより、アフリカのサバンナをうろつくほうがよかったでしょうにね。ところで、あなたがたがまだ錬金術師協会の誰かにつけられているという気配はないわ。ということは、ふたつのうちどちらかよ」

「ふたつってなんです?」会話が自分のことから移ったので、メアリはむしろほっとした。

「こういうスパイ活動があまりうまくないか、わたしでも向こうの密偵が見抜けないほど、おそろしく巧妙なのかよ。正直なところ、前者を疑っているわ」

「どうしてです?」メアリは訊ねた。

「ヴァルトマンがあきらかに素人だったからよ。フェリーであなたたちを追いかけて、そのあとカレーから同じ列車に乗ったでしょう。パリの前に降りる可能性は少ないと知っていたのに。なにしろ、そこから東へ行く列車に乗るなら、パリしかないんですもの。それから、ジュスティーヌと同室になる機会をつかんだわね。あきらかにとっさに決めたことで、よくない決断だったわ。かわりにその客車のもっと先に客室を見つけて、接触するより友人と一緒に遠くから見張るべきだったのよ。なぜ本名を使うようなばかな真似をしたのか考えていたのだけれど、その時点ではどうしようもなかったのね——どんなものでも、自分の書類や荷物についている名前を使わざるをえなかったでしょう。そもそも、接触を図ることにはなっていなかったと思うわ。誰かが——はじめにヴァルトマンを送り込んだのが誰でも——たいそう腹を立てることになるでしょうね。でも、わたしの質問に答えていないわね。調子はどう、メアリ?」

調子はどうか? なんと答えたらいいかわからなかった。端的に言えば、それが問題だ——わからないのだ。メアリは首を振り、答えようとするかのように口を開いたが、言葉は出てこなかった。

アイリーンは待った。アイリーン・ノートンがほんとうにスパイなら、たくさんの巣の真ん中にいる蜘蛛のような、とても辛抱強い女性なのではないだろうか。待つのに慣れている。

「フロイト先生は、わたしとまた会いたいって言ってました」とうとう、そう言う。

「そうでしょうね！」アイリーンは笑った。「あのひとはありとあらゆる種類の甲虫を集めていて、あなたは一見ごく普通の灰色の甲虫に似ているけれど、光をあてるとオパールみたいにちらちら光り出すのよ――青や緑や、寒色全部があなたの色だと思うわ。ねえ、ここに着いたばかりのとき、わたしはその自制心に感心したの。友人に頼まれたからというだけで、わけもわからない危険から見知らぬ女性を助け出そうと決意して、なじみのない国にいる。長い旅で疲れているのに、冷静に計画を練っていて。それから、あとになって気がついたの。あれは自制心なんかではなくて――あなたはただそういうひとなの、シャーロックのようにね。あのひともそういうふうにしかいられないのよ。解くべき問題があれば、腰を下ろして解くの――理性的に、効率的に」

メアリは抗議しようと口を開いた。

「あなたに感情がないと言っているわけではないのよ。ただ、その感情自体が効率的で理性的だということなの。お願いだから誤解しないでちょうだいね――心から敬服しているし、友人になりたいわ。でも、あなたはこれまで会った誰よりも、シャーロックを思い出させるの」

「それは褒め言葉なんですよね？」とメアリ。「つまり、あのひとはときどき、ものすごく癪に障るので……」

「誰でもそうよ！」とアイリーン。「でも……これがさっき言おうとしていたことなの。あの冷静で落ち着いた外見の下で、あなたは苦しんでいるように見えるわ。それは正しくて?」

「たぶんあなたは、たいていの場合正しいんでしょうね」とメアリ。

「ええ、まあ、もちろんよ」と言ったアイリーンの微笑は、同意するより自嘲していることがあきらかだった。「それで、何で苦しんでいるの? そもそも自分でわかっているのかしら?」

そう、それが問題のすべてなのだ——実際にはわかっていない。「今までに家からこんなに遠く離れたことはないんです」だが、そういうことではない。「問題は、自分の生活に一種の秩序、お決まりの日課があることに慣れているってことだと思います。ああ、ダイアナやほかのみんなと暮らすことで邪魔は入りましたけれど——この三カ月は、以前みたいに物静かとはとても言えません! それにわたしはそのことがうれしいんです、ほんとうに」

「でも、ほかのみんな——ダイアナ、ジュスティーヌ、それ以外のひとたち——は、あなたの家に住んでいて、あなたがまとめ役なのよね。首を横に振ってみせても無駄よ、ミス・ジキル! あなたがたのクラブに公式な会長がいないのは知っているけれど、それでもあなたが非公式の会長だわ。そして今、お決まりの日課が邪魔されて、計画をすべて修正することになった。足元から地面がすべり落ちていくように感じているのも当然よ」

メアリはしばらく沈黙を保って歩きつづけた。それから言った。「冒険がしたいと思っていたのに」

「冒険はたしかにしたいのだと思うわ」とアイリーン。「誰も停滞したくはないもの、陽射しが強すぎるのではないかと恐れて、生涯閉ざされたカーテンの奥で暮らすなんて——この言い方はなかなか詩的だったのではなくて? あなたはただ、慣れていないから酔ってしまって、今二日酔いの状態になっているのよ。これはあまり詩的ではないわね……まあいいわ。そしてね、あなたがどれだけ強くても、メアリ、ジュスティーヌやわたしにはない弱点があなたにはあるの」

「それはなんですか？」メアリはなかば憤慨し、なかば好奇心に駆られるのを感じた。アイリーンは何を言おうとしているのだろう。そして、自分はその言葉を聞きたいのだろうか。

「あなたは壁を殴りつけたり、扉を蹴飛ばしたり、わっと泣き出したりすることができないのよ。たいていのひとにとって感情はガス抜きの安全弁なの――でも、あなたにとっては違うのだと思うわ。そんなふうに自分を解放することができないし、そうしても満足感は得られない。むしろさらなる苦痛の種になるでしょうね。あなたに必要なのは安全弁よ――何か暴力的で、でも落ち着いた理性的なもの。わかったわ！　射撃訓練よ！」アイリーンはたいそう得意げだった。「ほら、わたしもジークムントに負けないぐらいうまくあなたを診断できるわ。しかもその尽力にお金を取りさえしないのよ」

　メアリは声をたてて笑った。いつごろから笑わなくなっただろう？　思い出せない。「その話で、知り合いのとあるロンドン紳士を思い出しました。応接間の壁に向かって銃を撃つ習慣があるんですよ！」

「あなたはあのひとに似ていると言ったでしょう！」とアイリーン。「ただ、お願いだからもっと不健康な習慣は真似しないでちょうだい。わたしが言っているのは、壁紙をだめにしたり時を選ばずヴァイオリンを弾いたりということではないのよ」

「じゃあどういう意味なんです？」メアリは訊ねた。

「ああ、なんでもないの。いつかジョン・ワトスンに訊いてみて。ほら、空が燃えているわ！」

　たしかに、ウィーンの上空にはオレンジとピンクと黄色の炎が燃え盛っていた――日没のあらゆる色合いだ。

「あなたはわたしよりずっとあのかたのことをよくご存じです」とメアリ。「いつかロンドンに戻ることがあると思いますか？　きっとあのかたは……つまり、あなたはあのかたの最愛のひとだってワトスン先生が言っていました」

アイリーンは驚愕してこちらを見てから、ぷっと吹き出した。「まあ、あなたったら！　ジョンはすばらしいひとで、戦争の英雄よ——勇敢で義理堅くて親切だわ。でも、あのひとには決してわからないことがあまりにもたくさんあるの。こんなにシャーロックとわたしの気が合うのは、まるっきり正反対だからよ。習慣も気質も、選ぶものもね。わたしとシャーロック——そうは思わないわ。正直なところ、どんな女性でもああいう男性と幸せになれるとは思わないし、もちろんわたしはぜったいに無理よ。わたしがゴドフリーと結婚したのは、女性なら誰でも求めるものがほしかったからだわ——情熱、献身的な愛情。解決すべき謎としてではなく、女として愛されたかったの。シャーロックと一緒になったら決して幸せになれないでしょうし、向こうもわたしといて幸せになれるのか本気で疑問だわ。見て、一番星よ！」縁が紫色に変わりはじめた空を示す。メアリはその指先を追った。なるほど、宵の明星がロンドンとまったく同じように光っている。

「ただし、もしかしたら……あのひとはあなたを幸せにするかしら、メアリ？」アイリーンは考え込むようにこちらを見た。「あなたはほかの女性とはちょっと違うのではなくて？」

「わたしはぜったいにそんな——」メアリは狼狽して言いかけた。

「あら、ねえ」アイリーンはまたメアリの腕を取って言った。「少しは信用してちょうだい、二十歳のフロイラインがどんなふうに考えるかは知っているつもりよ。わたしも一度は通った道ですもの。いらっしゃい、戻りましょう。すぐ夕食にありつけなかったらダイアナが何かを壊すでしょうし、うちにはすてきなものがありすぎて、そんなことはさせておけないわ」

「二十一です」とメアリ。「わたしは二十一歳です」

アイリーンは笑い声をあげ、メアリを栗の木に沿って引っ張っていった。「似たようなものよ」

メアリ　どうしてこの本は前の本よりずっと恥ずかしいの？

キャサリン　あんたが恥ずかしいことをもっとしたから？

ミセス・プール　ノートン夫人が訪問されたとき、わたしの糖蜜タルトはこれまで味わった中で最高だとおっしゃいましたよ。じゃあ、しゃれたヨーロッパのケーキとやらはどうなんでしょうかね？

ダイアナ　糖蜜タルトって言った？　糖蜜タルトがほしい。

共同住宅へ戻るころには、フラウ・シュミットがすでに、赤いソースのかかったチキンにジャガイモとピクルスを添えた夕食を用意していた。

メアリ　パプリカーシュっていうのよ。〝アーシュ〟って発音するの。

ダイアナ　うん、あれは冗談抜きで全世界一の食べ物だよ。

翌朝、ダイアナにめずらしくわざとではなく蹴られて（きっとひどく活動的な夢を見ていたに違いない）目が覚めたあと、メアリは手に負えないミス・ハイドとまじめな話をした。

「起きなさい」とダイアナの肩を揺さぶって言う。「勇ましい行動をしようなんて思わないでね、わかった？」

「あっち行ってよ」ダイアナは目を開けずに答えた。

「だいたいここで何してるわけ？　自分の部屋に戻ってよ」頭から枕をかぶる。

「ここはウィーンよ。覚えてないの？　ルシンダ・ヴァン・ヘルシングを助けにきたの。自分ひとりで助けようなんてしないでちょうだい。できるだけ情報を集めて、こっちが脱出させる手配をしてるってルシンダに知らせて、そのあとはフロイト先生がきて退院させてくれるのを待つのよ」

「はいはい」ダイアナは枕の下から言った。「そういう計画じゃん。あたしはいつだって計画どおりにするでしょ？」

「いいえ」とメアリ。「計画どおりにしていれば、あなたはそもそもウィーンにいなかったわ。でも、これはほんとうに、ほんとうに重要なの。勇ましいことをしようとしたら、捕まることになるわ。そうなったら、ふたりとも助け出さなくてはいけなくなるのよ——わたしたちにとっては厄介だし、あなたにとってはばつの悪いことよ。つまり、あなたたちふたりをうまく助け出せたらってことだけれど。永久にマリア＝テレジア・クランケンハウスにいるはめになるかもしれないのよ！　だからやってみようとしないで」

「わかったよ、勝手にして」ダイアナは言い、枕を頭から押しのけて床に下りた。「朝ごはんは？」

内容はたいして問題ではなかった、大急ぎで食べなければならなかったからだ。食堂にはペストリーとコーヒーが置いてあったが、アイリーンはダイアナにペストリーを二、三個急いでつめこんで、コーヒーをなるべく早く飲むよう言い渡した。

「とにかく飲んでしまって、いい子だから」と腕時計を見ながら言う。「どうせほとんど冷めているわ。一時間後にジークムントと会うことになっていて、リンク通りの交通状況がどうなっているかわからないのよ。メアリ、あなたとジュスティーヌは監視所に行って仕事を始めてちょうだい。常にひとりはあそこにいるべきよ。グレータが手伝ってくれるし、必ずグレータかハンナのどちらかをつけるようにするわ。ダイアナ、覚えておいて。困ったことになったら、合図する方法を見つけるの。窓の外にハンカチか寝間着か、双眼鏡で見えるようなものを出しておくのよ。ジークムントに連絡して退院させてもらうから。もしあのひとにそれができなければ――まだわからないけれど、なんとかするわ。行きましょう……あと、その帽子は違うわ。普通の十代の女の子になりすますつもりなら、もっとうわついたものでないと。これをかぶってみて」

桃色の網模様の婦人服で充分うわついた恰好になったダイアナは、途中メアリからのキスをよけ、アイリーンについて戸口を出た。「忘れないで!」メアリはそのうしろから呼びかけた。「勇ましい行動はなしよ!」ダイアナは無作法なしぐさに見える動きをしたが、扉がすでに閉まりかけていたので、見分けるのは難しかった。

ダイアナ 無作法なしぐさだったよ。

ミセス・プール あなたのことはわかっていますからね、そうでしょうよ。

メアリはジュスティーヌを振り返った。「用意はい い?」

ジュスティーヌはただうなずいた。前日に感情を爆発させたあとで、今朝はもっと落ち着いた様子だった。「大丈夫よ」と言う。「ほんとうに、そんなに探るような目で見ないで。アイリーンの言うとおりよ――わたしには睡眠とひとりでいる時間が必要だったの。今は少しよくなったわ。充分よ」

「わかったわ」メアリは疑わしげに言った。まだ心配だったが、ハンナが入ってきて辻馬車が下で待っていると告げたときには、ふたりでハンナのあとから階段を下り、中庭に行った。

宿屋では三階の部屋でグレータが待っていた。そこの狭いベッドで寝ていたのはあきらかだった。いくつかの分厚い枕やウールの毛布、それに床のすりきれた絨毯が加わったおかげで、室内は前よりわずかに居心地がよくなっていた。一方の壁際にクラッカーの箱やスープの缶が積んである。ぐらぐらするテーブルの上にはアルコールランプがあり、簡単なやり方で料理ができるようになっていた。窓辺には双眼鏡と格納式望遠鏡が置いてあった。

「おふたりがきてよかったです」ふたりが到着したときグレータは言った。「ペストリーのせいだけじゃありません、まあとてもありがたいですけど！」フラウ・シュミットに何個か蠟紙で包んでもらって、ジュスティーヌが持ってきてやったのだ。グレータはひとつ取ってかぶりつき、ジャムをほおばりながら言った。

「気がかりなことがあるんです」

「なんなの？」メアリは訊ねた。

「あの下を見てください」グレータは通りを指さして言った。「クランケンハウスの塀の隣にあるあの建物の陰――あそこは煙草屋です。それからあそこ、反対側の角の、あの八百屋のところ。望遠鏡を使ったほうがよく見えますよ」

メアリは望遠鏡を延ばしてグレータが示しているところを見たが、見慣れないものや通常と違うものは何も目につかなかった。八百屋では女性がひとり、網袋にジャガイモを入れている。煙草屋の前には誰もいなかったが、一瞬あとに男性がパイプをふかしながら出てきた。シャーロックはこの距離でも、どの煙草を吸っているか推定できるのだろうか。

「とくに何も見えないけれど」と言ってみる。「何かあるはずなの？」

「その男は移動したかもしれません」とグレータ。「あそこにいたりいなかったりするんです。それに毎回同じ男じゃありません——でも必ず物陰にいます。クランケンハウスを見張ってるんじゃないかと思います。ただの直感ですよ、おわかりでしょう。でもマダム・ノートンに自分の直感を信じろって教わったので。論理では見抜けない真実を示してくれるっていつも言われてます」

シャーロックはもちろんその意見に同意しないだろう！　直感はひとを迷わせることがあると常にメアリに言っているのだから。もしかしたらアイリーンの言うとおりで、結局あのふたりは相性がよくないのかもしれない。

「その男たちは何をしているの？」ジュスティーヌが問いかけた。

「何も。だからおかしいんです。物乞いでも行商人でもないし。ただ立ったまま道路の敷石を見下ろしたり、クランケンハウスの塀を見上げたりしてるだけです。大勢いることはなくて、一度に二、三人。でも、あいつらには何かあります——排水管の中にドブネズミがいるのを嗅ぎつけて、出てくるまでじっと待ちつづけてる犬を連想するんです」

メアリは不安になって眉をひそめた。グレータの説明は、以前エドワード・プレンディックが造り出した獣人に見張られていたときのことを思い出させた。しかし、獣人はすべてあの火事で死んだはずでは？　そしてプレンディック自身は、ここウィーンではなくロンドンにいる。またもや、キャサリンが同行していたらと思った。たぶん、グレータの思い過ごしではないだろうか？　なにしろオーストリア人なのだし、オーストリア人はロマンチックな人々だ。

ベアトリーチェ　イングランド人と変わらないわ！　イングランド人がロマンチックではないと思うのなら、自国の詩人の作品を読んでいないのよ——ワーズワース、コールリッジ、スコット……

…

ミセス・プール　詩となんの関係があるのかわかりませんね。イングランド人は分別のある人たちですよ、これまでも、これからも。

ベアトリーチェ　女王と帝国に関すること以外はね！

メアリ　お願いだからミセス・プールと政治的な議論を始めないでちょうだい。焦げた夕食がほしいの？　まあ、あなたには関係ないでしょうけれど。そもそもどうやって雑草のスープを焦がすのかしら？

　ともかく、クランケンハウスを見張っているあやしい男たちがいるとしても、今できるのは観察して待つことだけだ。

「いたわ」急にジュスティーヌが言った。グレータが説明していた男たちを見たのだろうか？　いや、フロイト博士がクランケンハウスの門のすぐ外で辻馬車から降りたところだった。守衛のひとりからあいさつを受け、それからダイアナが降りるのに手を貸す。

　あれはダイアナのはずだ。これだけ離れていても、医師についていく少女がほっそりと華奢でおびえているのが見て取れた。あらゆる動作がその門を入るのを嫌がっていると明白に示しており、フロイトはなだめすかす父親のようにやさしく前に進ませている。

　なるほど！　ダイアナはやはりすぐれた女優だったらしい。あんな役を演じられると誰が思っただろう？

ダイアナ　だから言ったでしょ！

　ダイアナがあの門を入っていくのも、クランケンハウスの中に姿を消すのも、見ているのはつらかった。正面扉が巨大な口さながらにのみこんだような気がした。三日間だ、と自分に言い聞かせる。三日たてば妹に会える。

「さて」ダイアナもフロイトももう見えなくなり、守衛が持ち場に戻ったとき、メアリは言った。「これからどうするの？」

「これから」とグレータ。「待ちます」

ふたりは待った。

時間はのろのろと過ぎていった。ひとりが必ず見張りを続けた。ほかのふたりは読書をした――グレータが大量の本や雑誌を提供してくれたからだ。もっとも雑誌はドイツ語で、英語の本は一冊しかなかった。メアリはすぐに『ワーズワース全詩集』に飽きてしまった。ジュスティーヌはときおり持ってきた帳面にスケッチを描いた。ジュスティーヌが見張りに立っているあいだに、グレータがメアリにカード遊びを教えたりもした。メアリは自分で思っていたより強かった。たまにひとりが部屋の外に出て、廊下の先のあまり衛生的でないトイレに行った。やがて昼食のようなものを取り、さらに夕食のようなものを取った。缶詰の食べ物とクラッカーはさほど食欲をそそらなかったが。

暗くなると、見張りの番になったメアリはグレータに言った。「今はあなたが言っていた意味がわかるわ――直感のことよ。どうしてなのかわからないけれど、わたしもあのひとたちは嫌な感じだと思うわ、あんなふうに物陰に立っていて。街燈を避けているようにさえ見えるもの。たんに観察しているだけ。でも、何を観察しているの？ あのひとたちは一般人のふりをしたクランケンハウスの守衛なのかしら？」

「わかりません」グレータは窓際にきて言った。「でも、守衛みたいには見えませんね。守衛はたいてい元兵士です。頭の上げ方が軍人らしいんですよ。訓練を受けて行進して命令に従ってきたのが見て取れます。陰にいるあの男たちはそうじゃないんです」

「じゃあわたしにもわからないわ」メアリは言った。その男たちを眺めていたのは、ほかに双眼鏡で見るものがクランケンハウスの決まりきった日課しかなかったからだ――守衛が交代し、朝と夕方に食料を満載した荷馬車が入っていき、空っぽになって出てくる。最終的に、あの荷馬車で中に入り、ルシンダ・ヴァン・ヘルシングを連れて出てくることになるのだろうか。そのあいだ、物陰の男たちは何もしなかった。

メアリも何もしなかった、ともかく言及する価値のあることは何も。見張りをして、待った。ときどき眠った。三人は狭いベッドで順番に眠るよう取り決めた――ふたりは必ず起きているように、一度にひとりずつ。そして、時間が過ぎていった。

翌朝早く、ハンナがアイリーンからの伝言を携えてやってきた――様子はどうか、何か起こったか、フラウ・シュミットからサラミと罌粟の実入りの丸パンとプラム・ジャムが一瓶きている。三人はありがたくジャムを塗った丸パンとサラミの薄切りを食べた。だが、報告することはなかった。

その夕方には、すっかりクランケンハウスを眺めているのに飽き飽きしていた。煤で黒くなった煉瓦にも慣れてしまった。相変わらず一度に二、三人、陰に潜んでいる男たちも無視しはじめた。結局のところ、隠れているだけなのだから――ときどき煙草を吸って！　今朝は新たな男が加わり、クランケンハウスの塀の脇に脚を組んで座っていた。だが、あれは本物の物乞いのようだ――実際に物乞いしている。一度、守衛が数人そばに歩いていって、そこをどけと言い渡した――男は煙草屋まで移動し、その場に腰を下ろして帽子を正面に置いた。ほかの男たちは物陰にとどまったまま見張り、煙草をふかし、やがて立ち去るが、入れ替わりに新しい連中がやってくる。それだけだ。まったく、今までにこれほど退屈したことがあっただろうか？　一日じゅうその調子で過ごしながら、ダイアナはどうしているだろう、とメアリは考えた。

そのころ、ダイアナは頭にきていた。もちろん、表向き頭に問題があることにはなっている——なにしろマリア＝テレジア・クランケンハウスの入院患者なのだから。しかし、問題といっても頭に血が上るほうで、しかも自分に対して頭にくるというのは、新しくて落ち着かない感覚だった。

まる二日間クランケンハウスにいるのに、ルシンダ・ヴァン・ヘルシングは見つかっていない。当然自分なら、ダイアナならすぐに見つけるはずだった。仲間の中でいちばん頭がいいのはこの自分ではないか？　少なくとも、ダイアナはそう信じていた。

ダイアナ　あたしの視点で書くつもりなら、ほんとうにあたしの視点で書いてよ。こんな〝ダイアナは信じていた〟とかいうガセネタじゃなくて。

メアリ　いったいどこでそんな単語を覚えてきたの？

ダイアナ　そういう単語のどこが悪いのさ？　全部言葉じゃん？

メアリ　今のはただわたしを怒らせようとしているだけでしょう。

フロイトが入院させた最初の晩、ダイアナは扉の鍵をこじ開けてこっそり自分の部屋の外へ出た。思っていたとおりちょろかった。クランケンハウスの入院患者はブーツを許可されていないので、上履きのまま病院の暗い廊下を探索した。一階は厳重に警備されていたが、たぶんその厳重な警備が理由で、二階には守衛がいなかった——患者に付き添っていないときに女性の看護婦が座っている詰め所が一ヵ所あるだけだ。おそらく男性の棟も似たような配置になっているのだろう。もう真夜中をとっくにまわっていて、患者全員が眠っていそうだった。非常時に備えて詰め所に腰かけている夜勤の看護婦たちは、編み物をしたり仲間内で噂話をしたりしている。二階を歩きまわるのは簡単で、ダイアナはすでに病院の看護人の制服をくすねてあった。誰でも盗めるように、鍵のかかった戸棚にそのまま置いてあったのだ。今は自分のマットレスの下に隠してある。だがもちろん、ルシンダは二階ではなく三階にいる……それがすべての問題なのだ。

一日目はクランケンハウスの日課を覚えた。フロイトが入院の手続きをして、ダイアナは短いあいだだが院長に会った。咳き込むような響きの名前で、怒った豚に似ている赤ら顔の大男だった。まるでおとぎばなしの『三匹の豚』の一匹が成長して人間になったようだ。院長は曲がった歯をずらりと剥き出し、作り笑いをしながら言った。「病気になったと聞いてほんとうに悲しいがね、ミス・フランク、フロイト博士の治療を受けるためにこの美しいウィーンの都にきたのはよいことだ。博士は国際的な名声を確立しつつあるようだからな」満足そうにフロイトにうなずきかけたが、まったく喜んではいないのが見て取れた。「では、しばらくここに滞在するわけだね？」

「父親がベルリンから戻ってくるまでです」フロイトが言った。「留守のあいだにこのヒステリーの発作を起こしてしまったのはじつに気の毒ですが、少しも意外ではありませんよ。父親は木曜日に帰ってくる予定なので、そのときには私が戻ってきて、ミス・フランク、お父さんのもとに送り返すからね。そのあいだにまた強く健康になるようにしておかなければならないよ？　このマリア＝テレジア・クランケンハウスにいればなんの危険もないとも、君自身からさえ」

「ああ、うちの患者は、鋏もほかの鋭利な器具もいっさい許可されていない」と院長。「針でさえ、ここでは収容者――いや患者の安全のために禁じられている。訊いてよければ……」

「あたし、帽子の留め針で自分を刺したんです」ダイアナは気弱なかすれた声で言った。メアリが聞いたら本人とわからなかったかもしれない。両手で顔を覆う。

「何度も何度も。やめられなかったんです」

「よくない、きわめてよくないね」院長は〝いいね、とてもいいね〟と言うときに使いそうな調子で口にした。「このイングランド人のお嬢さんが二度とそんなことをしないように気をつけないとな。二階の女性監督が問題の留め針ごと帽子を預かるよ――ここでは帽子はいらないことがわかるだろう！」

たしかに、フロイトが二階に連れていったとき、灰色の制服を着た険しい顔の女性がダイアナの帽子と外套とハンドバッグを取り上げた――身につけている服以外の全部だ。さいわいフロイトが言ったとおり、二階の患者、つまり金を払っている患者たちは、自分の服を手元に置くこともできたし、害のないようなものであるかぎり――枕、フランス語でない本、写真など――家から心をなぐさめる品を持ち込むことも許されていた。アイリーンがくれた鍵開け用の道具はしっかり隠してあり、服の裏地に巧みに縫い込んであったので、熟練した目にしか見つけられないはずだ。ハンナが縫い込むのをこの目で見ている。結局のところ、裁縫も役に立つらしい！　いつかあんなふうに縫うのを覚えてもいいかもしれない――マグダレン協会での経験のあとでは、縫い物は退屈で時間の無駄だと考えていた。だが、もし鍵開けに使えるなら？　女優になれなければ泥棒になるかもしれないし、そういう技術は便利だろう。

女性監督は早口のドイツ語でフロイトに話しかけ、ダイアナを上から下まで不満げに眺めた――だが、きっと相手が誰でもこんなふうに見るのだろう。額に皺が刻み込まれている。

「出るときに全部返却される、と言っている」とフロイト。「ここで大丈夫だね？　もうヒステリーの発作を繰り返したり、腕に留め針を刺したりしてはだめだ。ゆっくり休めば回復するよ、ミス・フランク。君の気に入りそうな景色が見える、とてもいい部屋を頼んだからね」女性監督に英語が話せようが話せまいが、フロイトは自分の役を演じていた。つまり、メアリとジュスティーヌが見張っている側の部屋に入れるということだ。そちら側に部屋を手配できるかどうかは確信がなかった——助けを求めるつもりはなかったので、別に問題ではなかったが。これまでに助けが必要だったことなどあるだろうか？「それから、少し英語の話せる看護人がつく——少しだけだが、自分の言葉を話す相手がいるのはなぐさめになるだろう。さあ、休まないといけないよ、ミス・フランク。私は約束の時間に会いにくる。それまで普通でない運動は避けるように、わかったね？」

「もちろんです、先生」ダイアナは目を伏せて言った。ああ、ミセス・プールにはダイアナだと見分けがつかないだろう！

それから、フロイトはこちらの手を取り、最後に意味ありげな一瞥をよこして握り締めた——当然のことながら寮母の前では何も口にできないが、心配しているのが見て取れた。まあ、そんな必要はない！こちらはダイアナ・ハイドなのだ、これぐらい楽勝だ。

そのあと女性監督に長い廊下を通って部屋に連れていかれ、ドイツ語で休みなさいと言われて——それがわかったのはむっつりした女性が同時に身振りをしたからで、吹き出しそうになった——部屋に鍵をかけられた。

室内は快適そうだが味気なくよそよそしい雰囲気で、二流のホテルのようだった。その晩何があるかわからなかったので、ダイアナはベッドに横になった。ちょっと、ほんのちょっとだけ目を閉じて、今晩の計画を立てよう……

扉の開く音で目が覚め、あやういところでどこにいるのか思い出した。「こんにちは、こんにちは！」扉を開けた娘が言った。ダイアナとそれほど年は変わらず、看護人の制服を着ている。食べ物のお盆をいくつか載せた台車を押していた。さて、さて——昼食の時間に違いない。

「クララ」娘は自分を示して言った。ぽっちゃりしていて、制服姿でもかわいらしい——あれだけ髪をひっつめて白い帽子に押し込んでいるのにそう見えるのは、なかなかの芸当だろう。にこにこと人なつっこい笑顔だった——女性監督と正反対だ！ ダイアナよりそんなに年上のはずはないが、腰に大きな鍵束をつるしている。女性棟の鍵全部ではないかという数の鍵がじゃらじゃらと鳴った。おかげでいかにも責任者然として見える。

「夕食、いい？ ちっと英語話すよ」と言って、台車からお盆を一枚取り上げ、窓の前にあるテーブルに置く。手紙を書くとか、テーブルを使うようなことにはなんでも使えそうだ。室内にはそれ一台しかなかった。

「ドイツ語は話せないの」ダイアナは言い、かぶりを振って笑い返した。これがフロイトの言っていた看護人だろう。「あと、それは夕食じゃなくてお昼」

「お昼？」とクララ。「お昼」得意そうな顔つきだ。

ダイアナはテーブルの前に腰かけた。いったいこれはなんだろう？ 皿の上にはクリケットのボールぐらいの大きさの、練り粉を料理した蠟のような玉が載っていて、水っぽいシチューがかかっている。

「これはお団子よ《ダス・イスト・アイン・クネーデル》」とクララ。「またくる、いい？」そして、ほかのお盆を配りに行ってしまった。

クネーデル？ なんの香りもないヨークシャー・プディングのような味がした。フラウ・シュミットの料理が恋しい！ ダイアナは半分食べて残りを窓からほうりだした。鳥が食べればいい。間違いなくクネーデルは鳥の食べ物だ！

ミセス・プール ダイアナがお皿に載っているものを全部食べなかった？ 信じませんよ。

ダイアナ　クネーデルを食べたことがないでしょ。壁の材料になりそうな味なんだから。

昼食を済ませてまもなく、クララがお盆を取りにきた。「きて」と台車を体の前で押しながら言う。ダイアナはそのあとについて廊下を進み、談話室のようなところに入った。室内には中央の長いテーブルの両側にフラシ天の肘掛け椅子が並べてあり、女性たちが腰を下ろしていた。お互いに低い声で話しているひとたちもいる。何人かはファッション雑誌らしきものを読んでいた。窓際に腰かけたひとりは静かに歌を口ずさんでいる。テーブルに沿って座った女性たちはパステルクレヨンで絵を描いていた——鉛筆も絵筆もない。危険すぎるとみなされているのだろうか？　例の灰色の制服と白い帽子の看護婦もひとり、テーブルに向かっていた。看護婦らしくこちらにほほえみかけてくる。とりわけ興味深い昆虫にちょうど気づいて、危険だといけないから観察していなければ、と考えているようだ。ほかの患者も何人か、ものめずらしげにこちらを見たが、挨拶はしてこなかった。

「大丈夫、いい？」クララが言うと、手を振って別れを告げ、お盆の台車を押して廊下を遠ざかっていった。

なるほど、頭のおかしな女たちはこうやって午後を過ごすのか——ぼんやり座ってファッション雑誌を読んだり、くだらない絵を描いたりして？　たいていの女性が普通の暮らしでやっていることとそう変わらない気がする。裕福な女性、ということだ。貧しい女性には、絵を描いたり雑誌を読んだり正気を失ったりするよりほかにやることがある！

クランケンハウスの情報が手に入るかもしれないと思って、ダイアナは何人かと会話を始めようとしてみたが、誰ひとり英語を話さなかった。まあ、必要なことは自分で調べるしかない！

一時間たつころには、あまりに退屈で誰か蹴ってやりたいぐらいだったが、もちろんそんなわけにはいかなかった。小柄で虚弱でびくびくしているふりを続けて気をまぎらわし、ときどき窓の外を眺める。ここも自室の窓と同様、メアリとジュスティーヌが見張っているはずの宿屋に面していたが、これだけ距離があったら、向こうからダイアナは見えないだろう。しばらく絵を描こうとしてみて、想像していたより難しいと発見した。ジュスティーヌはどうやって、あれだけの花をそれぞれ違うふうに見せることができるのだろう？　一度、役になりきることを思い出しながら、もじもじして腕をひっかいた。隣に座ってちゃんと木に見える木を描いていた女性が、止めようとするかのように腕に手をかけてきた。ダイアナの腕に、聖メアリ・マグダレン協会であの日——あれはほんとうにたった三カ月前だったのだろうか？——つけた傷痕を認めると、女性は首を振って言った。「だめよ、かわいい子《ノンマシェリ》。こんなことはやめなさい《ヴー・ドウヴェ・アレテ・ドウ・フェレ・セラ》。あなたは若くてきれいなんだから《ヴーゼ・トロ・ジャニ・ジョリ》」ダイアナはにっこりしてうなずくと、たくさんの鼻がくっつきあっているように見える花の絵を描き続けた。

終わりがないように思われたものの、たぶんせいぜい二、三時間が過ぎたあと、クララが部屋に連れ戻しにきた。「寝る、いい？　眠る《シュラフ》。眠る《ドルミール》」朝の女性監督のように、両手を枕にして眠りにつくしぐさをしてみせる。どうやらまたもや昼寝の時間らしい！　今回はまったく疲れていなかった——飽きてはいるが、疲れてはいない。しかし、クララか看護婦のひとりか、女性監督が訪れることさえあるかもしれないので、目をつぶってベッドに横たわった。グレータに見せてもらった見取り図を思い浮かべる。クランケンハウスにはふたつの翼棟が配置されている——男性用と女性用だ。この二棟は一階から三階まで、階段のある中央ホールでつながっている。そのホールから直角に出た二本の廊下がふたつの棟に続いており、建物が十字の形になっている。患者の部屋はその長くて狭い廊下に沿って並ぶ。自室の鍵を開けて女性棟の廊下を中央ホールまで進み、階段を上れば三階だ。ルシンダの部屋は同じ廊下沿いの一階上にあるだろう。簡単だ、もちろん三階が警備されていなければだが。もう飽き飽きした！目を覚ましたまま横になっていても、ちっとも眠くない。まるっきり……

とつぜんダイアナは三階にいて、暗い森の中を歩いていた――クランケンハウスの三階に森があることには驚かなかった。守衛は狼のように見える。今にも見つかって食われてしまいそうだ！　だが、きっと着ている赤いマントが守ってくれる。なにしろ、母がくれたものではなかったか？　狼は吠えるかもしれないし、嚙みつくかもしれないが、この森でいちばん恐ろしい肉食獣は赤ずきんだ！

錠前の中で鍵がまわる音ではっと目が覚めた。夕食らしきものを運んできたクララだった――ゆで野菜と

またクネーデルだ。クネーデルの半分と野菜を食べる。やはり体力を保っておかなければならないからだ。それから残りを窓の外へ投げ捨てた。その際に太陽が沈みはじめているのが見えた。まもなく本当の一日が始まる。

メアリ　あなたがクネーデルを窓から投げ捨てているのを見なくてよかったわ。助けを求める合図かと思ったかもしれないもの！

ダイアナ　そうだったかもよ。あと何日かあんな食事をしてたら、飢え死にしてたね！

その最初の夜に挙げた成果はいくつかある。自発的ないし医師の指示による入院患者の宿泊する二階は、真夜中以降ほぼ詰め所にいる看護婦を避けさえすれば、好きなだけ歩きまわれる。一階には守衛がいるが、患者はいない――管理事務室があるだけだ。どうせ事務

室に用はないので、一階がしっかりと警備されていることを確認すると、もうあえて下へは行かなかった。三階はもっと複雑だ。男性棟と女性棟をつなぐ中央ホール内に階段があり、そのてっぺんに守衛がひとり控えている。一晩じゅうそこに座っていて、ダイアナに判断できるかぎりでは、一時間に一回立ち上がり、体を伸ばしてホールの端から端まで歩く。まず裏の窓へ向かい、引き返して正面の窓まで行くのだ。そして自席に戻る。それで終わりだった。わかる範囲では、決して持ち場を離れなかった。

いつかは離れなければならないはずだ、用を足しに行くだけでも。もう三時間、階段脇の壁のくぼみ、建築家の意図としては彫像でも置くはずだった場所から彫像のようにじっと突っ立ったまま、夜明けが近づいて階段がほんのり明るくなってくるまで観察していた。だが、守衛は硬い木の椅子に腰かけてパイプをふかしつつ、祈禱書らしきものを読み上げているだけだ――唇が動いているのが見えた。一時間ごとに端から端まで歩き、必ず視界に収まっている。たしかに裏の窓まで歩くときには背を向けているが、女性棟の扉まで行って鍵を開けるには時間が足りない。一度やってみて、あやうく見られてしまうところだった。守衛は一度も目を閉じなかったし、繰り返される行動は決して変わらなかった。じつにじれったい。

結局、二階の自室に戻るしかなく、部屋に入って扉の鍵をかけた。新しい一日は味のない薄い粥という朝食で始まった。談話室でほかの女性患者と絵を描き、昼にクネーデル（今回はソーセージと一緒に）を食べ、談話室に戻って雑誌に目を通したり窓の外を眺めたりして、夕食にもクネーデル（失望かホウレンソウを添えて、どちらでもたいして変わらない）だ。少なくとも、クララに働きかけることはできる！　看護人が朝食を持ってきたとき、ダイアナは声をかけた。「クララ、ここに友だちがいると思うんだけど――その女の子もあたしみたいに病気なの。見かけなかった？　もしかしたら今日、あの部屋で会うかも。みんなが行って――」何もしない部屋だ。だが、その台詞は最後まで言わなかった。

クララはにっこりしてかぶりを振った。「ゆっくり、どうぞ？　英語、うまくない」

ダイアナは溜息をついた。「まあ、あたしはドイツ語、ぜんぜんないから、あんたのほうがまし。友だち――ルシンダ・ヴァン・ヘルシング」ゆっくり話し、言葉をはっきり区切る。「女の子――フロイライン――ここ」ルシンダはどんな外見だろう？　それさえ知らないのだ。

「ああ、ルシンダ！」クララは言った。「違う、ここでない、三階」ベッドにいるダイアナの隣に座り、手を取る。「よくない」同情のこもった顔で言う。「どう言う――あまりよくない、ここ病気」頭を示す。「ここ」それから腹部を指した。

「その子が病気？　どんな病気？」ダイアナは訊ねた。だがクララはかぶりを振っただけだった。ルシンダの友人を苦しめたくないのかもしれないし、自分の言いたいことを英語で表現できないのかもしれない。理由がなんにしろ、これしか引き出せそうになかった。

「もう行く？」クララは言った。「かわいい花《ブルーメン》作る」絵を描くしぐさをする。

「わかった」とダイアナ。「行って少し描くわ――」〝くそったれな〟とは口にしなかった。「――花を」

談話室のテーブルの前に座って、青と緑と紫の花々――探せる中でいちばん花らしくない色――を描きながら、もう一度心の中でクランケンハウスの見取り図を見直す。ゆうべ、看護婦の詰め所の隣にある戸棚から看護人の制服を盗んできた。あれが使えるかもしれないが、守衛の脇を通り抜けることはできないだろう。必要なのは注意をそらすことだ。しかしどうやって？

クランケンハウスの最大の問題は退屈だった。それだけで充分、誰でもおかしくなるだろう。午後までに誰かの髪をむしりたくなっていた――自分の髪でもだ。だが、ともかく計画はある。昼食のとき、クララの鍵がチャリンとぶつかり合っているのを聞いて思いついたのだ。あの音にはどこか心地よく信頼できる響きがあった。

「こんなにきれいな花《ゾー・シェーネ・ブルーメン》！」クララが夕食のお盆をテーブルに置いたあと言った。ダイアナのいちばん新しい絵を指さす。緑色の曲がりくねった線がたくさん書き殴ってある。まじめな話、花を描くのはあきらめたのだ。

　クネーデル。クネーデルクネーデルクネーデル。クネーデルの唯一の長所は、スプーンで食べられて、フォークもナイフもいらないということだ。膝にナプキンを敷こうと手を伸ばしたとき（メアリが誇らしく思うのでは？）、肘がお盆にぶつかってしまった。ドン！　金属がガシャンと音を立てて床に落ち、陶器が砕ける。そして、その真ん中でクネーデルは奇跡的に無傷だった。添えてあったスープはあらゆるところに飛び散ったが、ほとんどはクララにかかった。

「ああ、ごめんなさい！　ほんとうに、ほんとうにごめんなさい」ダイアナは言った。「なんてぶきっちょなの。どうやったらこんなにばかげたぶきっちょなことができるのかしら？　こんなぶきっちょでばかげた真似をするなんて、罰として何か尖ったものを体に刺さなくちゃ！」

「いいえ《ナイン》、いいえ《ナイン》、なんでもないの《エス・イスト・ニヒツ》」クララは言い、ダイアナが自傷するのを止めようというかのように腕に手をかけてきた。ほんのちょっぴり罪悪感を覚える――制服がスープだらけになったことより、ダイアナの悲痛な様子を気にしているようだ。だが、これは必要だった。「なんでもない、ない」クララは続けた。「行く、もっとクネーデル、夕食に、いい？」

「もちろん」とダイアナ。「もっとクネーデル、でもなんでも」また鳥の餌が増える。鳥たちが壁紙の練り物を好きならいいのだが。左手に隠してあるのは、クララの鍵束からくすねた四本の鍵だった。

ついに夜がきた。クランケンハウスでの二度目の夜だ。ベアトリーチェなら何か詩的な表現を思いつきそうだ――ついに君は訪れた、おお夜よ！　ジュスティーヌだったらきっと何かもったいぶった哲学的な考えを口にするだろう。しかしここにいるのはダイアナなので、頭に浮かんだのはこれだけだった――（こんちくしょう、やっとだよ）今晩ルシンダ・ヴァン・ヘルシングと連絡が取れなければ、あと一回しか機会はない。真夜中過ぎ、クランケンハウスの明かりがすべて消えたあと、ダイアナは看護人の制服を着て白い帽子の下に赤い巻き毛を押し込んだ。少しちくちくする。

鍵を開ける――ちょろい。音を立てずに廊下を歩く。看護婦の詰め所にはひとりしか看護婦がおらず、何か編み物をしているようだった。たいていの場合、人間はよくも悪くもなく、たんに気づかないだけなのだとわかってしまえば、ほぼ好きなように行動できる――そんなものだとダイアナは気づいた。階段を上り、壁のくぼみに入る。女性棟へ通じる扉の脇に腰かけている守衛が見えた。何をしている？　パイプに火をつけている。ちょうどマッチをパイプのボウルまで持ち上げたとき、チャリン！　と音がした。あれはなんだろう？　階段の下から聞こえた。立ち上がるだろうか？　いや、びっくりしてあたりを見まわしたあと、また椅子にもたれてパイプに火をつけようとした。チャリン、チャリン！　ああ、さすがに何か意味がありそうだ。守衛は立ち上がって祈禱書を椅子に置き、マッチ箱を上に載せた。あの音は階段の下から聞こえたので、調べるべきだ。誰かが侵入して――どうやってか想像もつかないが、どうにかして――裕福な患者が泊まっている二階を動きまわっているのなら、まあ、間違いなく厄介なことになる。守衛が考え、ためらってから階段を下りはじめたのが見えた。よかった、階段に投げ落とす鍵はあとひとつしか残っていないから！　クララがなくなった鍵に気づくのではないかと心配もしたが、そのためにわざと夕食まで待ったのだ。制服にスープがかかった状態なら夕食を配り終えることはできないだろうし、そうしたら明日の朝まで鍵はいらないはずだ。

　守衛が扉から離れていく。たぶん十ストーン（六十三・五キログラム）の体重が階段をどすどすと下っていった。都合よく大きな音を立てている！

　ダイアナはすかさず女性棟の入口まで動いた。一分もかからなかった。二階の床にあの鍵を落としたのは誰だろう、夜勤の看護婦のひとりに違いないと考えながら守衛が戻ってくるころには、無事ダイアナの背後で扉に鍵がかかっているはずだ。

　カチッと音がして、ほら、楽勝だ。目の前に廊下が延びている。二階と同じ構造で建てられているが、なんという違いだろう！　ここには木の羽目板などなかった。壁は剝き出しで、おそらく昼間なら白いのだろう。今は廊下の突き当たりの窓からわずかな月光が射し込んでいるだけだ。二階と異なり、ここではガス燈が消されているのはあきらかだった。しかも夜だから暗くしているわけではない。扉にはすべて患者を観察できる小さな窓がついており、金属の格子で覆われていた。ここではクランケンハウスは本来の姿に見えた――牢獄に。

　どうやってルシンダ・ヴァン・ヘルシングを探せばいいのだろう？　知っているのはルシンダが若いということぐらいだ――アイリーンによれば、ダイアナより二、三歳上なだけらしい。この階に明かりがないかもしれないとは考えていなかった。せめて収容者を見ることはできると思っていたのだ。まあ、姿が見えないなら、もっと危険な方法でやるしかない。あの金属の格子越しに一部屋ずつのぞいてみよう。そして、必要なら中の患者にルシンダかどうか訊いてみる。最初の部屋は簡単だった——暗がりでも室内の人物が白髪なのは見て取れた。二番目の格子では、声を抑えると同時に大きく響かせようとしながら「ルシンダ」と呼びかけたが、答えはなかった。だが、いくつか先の扉から反応があった——「わたしはここよ《イック・ベン・ヒーア》」どこから聞こえたのだろう？　その声が発せられたと思う扉まで歩いていくと、格子に呼びかけた。「ルシンダを探してるんだけど。あんたはルシンダ・ヴァン・ヘルシング？」答えがあったのは隣の扉だった。「ええ、ここにいるわ」ダイアナはその格子越しにのぞいた。鉄の棒がはまった窓から月の光が入ってきていたが、それでも部屋の大部分が暗い。見えるのはベッドに腰かけた白い姿だけだ。室内の家具はそれしかなかった。

「あなたのにおいがするわ」ささやく声がした——あの姿から？　そうだ。しかし、空気そのものからきているのではないかと思うほど、低く虚《うつ》ろな響きだった。

「塩。海みたいなにおいね。一度ベルゲン・アーン・ゼーで海を見たわ。大きかった、とても大きかった。あの中で溺れてしまいたい」

　ほんとうにこれがルシンダだろうか？　探しているのは四人なのに——これは正気を失った女だ。どこかの訛りはあるが、非の打ちどころのない英語を話している。ルシンダはデンマーク人かノルウェー人か何かだったはずでは？　もしかしたら、最初に答えたとき話していたのがそれかもしれない。

「冗談抜きで、あんたがルシンダ？」ダイアナは格子からささやきかけた。

「いいえ」と姿は言った。「わたしはあの子の幽霊よ、地上をさまようことを強いられているの。またはこの場合、ここに座ることをね」

　どうしようもない。これはルシンダなのだろうか。それとも、まだ探しつづけるべきだろうか？

「ウィルヘルミナ・マリーに言われてきたの？」ルシ

ンダかもしれない女は訊ねた。「あなたをよこすと言っていたわ……」

たしかにルシンダだ。四人でしかも正気を失っている！　考えていたよりさらに難しくなりそうだった。

カチッ！　鍵開け道具をまわすと、扉が音を立てた。だが、ここは楽な部分だ。ダイアナは後ろ手に扉を閉め、ベッドの上の姿に言った。間違いなく若くて、見分けにくいが、たぶん金髪だろう。「あたしの名前はダイアナ・ハイド。アテナ・クラブからきてる。ミス・マリーがあんたの手紙を送ってきたから」

ベッドの上の少女は月明かりに白く光る両手で髪をかきあげたが、ダイアナに見えたのは、暗く翳《かげ》った双《そう》眸《ぼう》と突き出た頬骨だけだった。

「遅すぎた、遅すぎたわ」少女は陰鬱な声で言った。「わたしが死んで地獄へ行く前にくるべきだったのに」

これはどう受け取るべきなのか？　どうでもいい。今はそんなことは問題ではない。ダイアナにはやることがあり、それは別に、ルシンダ・ヴァン・ヘルシングの正気の度合いで決まるわけではないのだ。「あたし、みんなであんたを助け出すからって伝えることになってるんだけど。ただ、どうやるかまだ考えついていないだけ」メアリの警告にもかかわらず、自分ひとりでルシンダを救出できるだろうと思っていた。だが、このいかれた相手を？　無理そうだ。

ルシンダの手がぱっと突き出し、ダイアナの腕を握り締めた。ひんやりと冷たく、予想より力が強かった。うう、痛い！　「わたしはいなくなるわ。今でさえ、あの遠い岸辺へ行こうとしているの。見えるわ、黒い岸が、忘却の領域が」

「で、それはいったいどういう意味？　離してよ、痛いんだから」

ルシンダは手の力をゆるめた。「死よ。もうあまり時間は残っていないわ」

月に照らされた窓に顔を向けたので、はじめて全貌が見えた。こういう顔つきを前にホワイトチャペルで見たことがある。ルシンダ・ヴァン・ヘルシングは飢えているのだ。なるほど、数日で、ひょっとしたらもっと早く死ぬだろう。

つまり、今助け出すか、完全に喪《うしな》うかだ。ダイアナは溜息をついた。

「おいでよ。なんとか外に出すから。行きながら方法を考えよう」

「お母さんが一緒でなければだめ」低くはあるが、いたって普通の声でルシンダは言った。「廊下の向かい側にいるの。三つ先の部屋よ」

お母さん？ だが、ヴァン・ヘルシング夫人は死んだとアイリーンは言っていた。ということは、間違った情報を手に入れたか、ルシンダがまるっきり正気を失っているかのどちらかだ。

まったく。状況がどんどん悪くなっていく。

12 精神科病院からの脱出

「母には血がいるの」ルシンダ・ヴァン・ヘルシングは言った。

「で、それっていったいどういうことさ？」ベッドに横たわっている女性はほとんど見えなかった――三階の患者に提供される薄い上掛けを盛り上がらせている影にすぎない。だが、目に入る部分――上掛けの上に伸びた骸骨のような腕、骨ばった手首――は、あまりいい感じがしなかった。この女性は死にかけている。室内の死臭が嗅ぎ取れた――朽ちかけた百合を思わせるにおい。

「あなたの血管から血が必要なの」ルシンダは言ったが、その台詞は何ひとつ説明していなかった。「飲むのよ」とつけたす。「それで力が戻るの」
本気で？　「あたしの血管から。あたしの血を飲めるように血管を切り開けってこと？」
「ええ」とルシンダ。
まあ、なぜいけない？　もっとひどいこともしてきたのだ。ダイアナは鍵開け道具の箱から小型だがきわめて鋭利なナイフを取り出すと、前腕に切り傷をつけ（マグダレン協会で切ったほうではなく、反対の腕だ——これでおそろいの傷痕ができた）、ヴァン・ヘルシング夫人の口のすぐ上、ともかく手探りでそのあたりだと思う位置に差し出した。指が触れたとき、乾いた薄い唇がほんの少し動いた。
ここだ——傷口が直接あたっている。そして急に、何かやわらかく濡れた——猫のような感触がした。ヴァン・ヘルシング夫人が腕をなめているのだ。

メアリ　そんなことしたなんて信じられないわ。

ダイアナ　ほかにどうすればよかったって言うのさ？　あんただったらそういう状況でどうした？　きっと何か常識的なことだよね。そしたらルシンダ・ヴァン・ヘルシングは、たぶんまだクランケンハウスにいたか、死んでたよ。

メアリ　わたしだったら、会ったばかりの女のひとが自分の血を飲めるように体を切る以外の何かを思いついたはずよ！

ダイアナ　正確にはまだ会ってもいなかったけどね。だって、紹介も何もされてないし。

「もう充分！」ダイアナは叫んだ。いまやヴァン・ヘルシング夫人はなめているだけでなく、骨ばった力強い手で腕をつかんで血を吸っている。こんな弱々しい病人に、どうしてこれほど力があるのだろう？
「やめて、お母さん《ムーデル》！」ルシンダが声をかけた。母親の手をダイアナの腕からもぎとり、骸骨のような指を引きはがす。「下がって！」とダイアナに言う。「お母さんはあなたに危害を加えるつもりじゃないけれど、自分ではどうしようもないの」

　ダイアナはあとずさった。頭がくらくらする。どれだけ血を失ったのだろう？

　ルシンダは早口でひたすら母親に話しかけていた。ダイアナにはわからない言葉だ。それから、母親を助けて座らせ、立たせた。ヴァン・ヘルシング夫人が月光の中に踏み出したとき、ダイアナは息をのんだ。その姿はすでに死者、女の死体のようだった。憑かれたような黒々とした瞳――わずかでも詩情があれば、闇の湧き出る井戸、と思ったかもしれない。それに細い！　肺病の末期さながらだ。娘と同様、顔の両側に長い髪を垂らしていて、白いナイトガウンを着ている。胸元にはダイアナの血がはねて黒い斑点が散っていた。

　ヴァン・ヘルシング夫人は向き直ると、娘の体に両腕を投げかけ、ほとんど人間ではないかのように響く叫び声をあげた。わたしの娘《メイン・ドッフテル》、わたしのいとしい子《メイン・リーフステ》！」ルシンダも母親に腕をまわし、すすり泣いている――乾いた荒々しいすすり泣きだった。

　ダイアナはつかのま両手で目を覆った。この再会は見ていられなかった。あまりにも、母がハンカチに血を吐いて聖バーソロミュー病院に運ばれた日を彷彿とさせる。次の日、ミセス・バーストーが病院のそばの墓地へ連れていってくれ、そこで母は貧民の墓に入れられたのだ。

ダイアナ　それ、引っ張り出してくる必要あった？

キャサリン　そのことを考えたでしょ？　自分で言ったじゃない。話してるだけで泣きそうになってるのがわかったもの。

ダイアナ　地獄に落ちろ、おまえなんか（この会話の残りの部分は省略する。こうした言葉は年若い読者にはふさわしくないからだ、いや、実のところ、年輩の読者の一部にも）。

そのあいだじゅうルシンダは母親に語りかけていた。たぶん自分たちの窮状を説明していたのだろう。ヴァン・ヘルシング夫人は娘から体を離し、窓を指さした。それから、鉄格子に歩み寄ると、中央の二本をまるでゴムであるかのようにやすやすと曲げて引き離した。

ダイアナはあぜんとして見つめた。ヴァン・ヘルシング夫人とは誰、いや何なのだろう。アイリーン・ノートンは死んだと言っていたのに、なぜまだ生きている？　どうやって鉄の棒を曲げられた？

ルシンダが振り返って言った。「窓から逃げられると母が言っているわ。ちっちゃな蜘蛛さんみたいに壁を伝って下りないといけないけれど」

ヴァン・ヘルシング夫人からできるだけ離れていようとしながら――まだ血をほしがるかもしれない――ダイアナは窓まで歩いていって下を見た。

「いくらなんでも冗談だよね」と言う。地面まで三階分、切り立った石が続いていて、手がかりはごく小さな割れ目だけだ。しかもいちばん下には？「もし落ちずに下まで行けたとしても、誰かに見られるよ。ほら、守衛が巡回してる――あそことあそこ」すっきりと晴れた雲のない夜だ。ダイアナの地味な灰色の制服は壁の灰色にとけこむかもしれないが、白いナイトガウンはほぼ満ちた月に照らし出されるだろう。下にたどりつくころには守衛たちが待ち構えているに違いない。「ううん、必要なのは――」一度はうまくいった。また効果があるかもしれない。「――注意をそらすものだよ」

「注意をそらすもの――それはつまりめくらまし《アフレイディング》ね」

ヴァン・ヘルシング夫人が言った。英語を知っているとは！　まあ、少なくとも多少は知っている。訛り方がルシンダよりひどかった。

「この階に物置はある？」ダイアナは訊ねた。「考えがあるんだけど――ともかく、考えになりそうなものがね」うまくいくだろうか。いってくれなくては困る。

「わからないわ」とルシンダ。「でも、あるはずね、違う？　備品用に」

「うん」とダイアナ。「探すの手伝ってくれる？」

ルシンダはわけのわからない早口で母親に何か言った。

メアリ　オランダ語よ。ヴァン・ヘルシング家のひとたちはアムステルダム出身なの。

ダイアナ　へえ、なんであたしがそんなこと知ってるって思うわけ？

メアリ　わたしたちが何度も口にしていたからじゃない？

ダイアナ　あたしが話をちゃんと聞いてるって思ってるんだ。

ルシンダはこちらを向いた。「あの小さな窓がついていない戸でしょうね」

「それは知ってるよ！」わからないと思うのだろうか？　ばかでもないのに。「おいでよ」ダイアナは室内よりずっと暗い廊下に出た。ルシンダが仕切るつもりでいるなら……まあ、そんなことはない、それだけだ。

二階では、物置があるのは入口の左側だった。案の定、ここでも予想どおりの位置にある。ダイアナは鍵をこじあけて戸を開いた。物置の中は真っ暗だった。ああ、あのマッチ箱が役に立つだろうと思っていた！　祈禱書の上からかすめとってきてよかった。守衛が女性棟の鍵を開ける前に置いていったのだ。

ダイアナ　さっきあたしが盗ったときに書くべきだったんじゃないの？

キャサリン　読者は当然あんたが盗ったって考えるわ。なにしろあんただし。マッチ箱がその辺にあるのを見たら、もちろんポケットに入れるでしょ。

ダイアナ　いつでも盗むわけじゃないよ。

ジュスティーヌ　ごめんなさい、ダイアナ、でもあなたは盗んでいるのよ。しょっちゅう本を取り戻しにあなたの部屋に入らなければならないもの。

キャサリン　あたしの服もね。どうしていつもあたしの服を持ってくわけ？　なんでメアリのにしないの？

メアリ　あなたにはあげないと言ったあの母のブローチもよ。

ダイアナ　あっそ。

　ダイアナはマッチ箱をポケットから取り出すと、一本擦《す》った。マッチが燃え上がり、物置の内部はちらちらゆれる光に照らされた。ほぼ寝具と掃除用品らしきもので埋まっている棚。バケツに入ったモップ。だが、そこには……よし、あった！　ランプだ。二階の物置でランプを見かけたので、ここにもいくつかあるだろうと思ったのだ。そして、そう、棚にランプが三個置いてあった。油壺に灯油が半分入っている。その下の棚には、灰色の制服がもう一着あった。

　ダイアナはランプのひとつに灯をともした。さあ、これでちゃんと見える！「これを着て」と言い、制服を下ろしてルシンダに渡す。「二着あればよかったけど、見つかったのはこれだけ。ほかは全部、シーツと枕カバーと消毒剤の瓶だと思う」

　ルシンダはうなずいた。「うしろを向いてちょうだい、いい？」

　ダイアナは信じられない気分でまじまじと相手を見た。「救出作戦の真っ最中なのに、慎みを心配してんの？」

しかし、うしろは向いた。ひとつにはそう頼まれたからで、またルシンダ・ヴァン・ヘルシングの顔が気になったからでもある。あまりにも蒼白く、双眸がひどく落ちくぼんでいる。なぜ、どう見ても肺病の末期にある人物をわざわざ助けようとしているのだろう？ ふたたび、咳き込んで血を吐いた自分の母親のことを考えた……

「準備ができたわ」とルシンダ。

まあ、少なくとも手早かった。灰色の病院の制服を身につけ、髪を上げて帽子をかぶっていれば、それほど目立たない。

「このランプを持ってって」ダイアナは言うと、クランケンハウスの最新の職員ふたりにランプを二個渡した。ルシンダはうなずいて受け取った。指示に従っている――いいことだ。計画が成功するにはそうする必要がある。

ダイアナは灯をともしたランプを持ち、もう一方の腕に持てるだけのシーツをかかえた。ヴァン・ヘルシング夫人の部屋に戻ると、シーツを窓の鉄格子に縛りつける。何枚かは窓の外、建物の石壁に垂れ下がり、何枚かは部屋の中に垂れた。これで最高の見世物になるはずだ。

「そのふたつのランプの油壺を開けて――こうやって火口《ひぐち》を持ち上げるだけ――灯油をシーツにかけて」と言う。「すっかり行き渡るほどないけど、とにかく火はつくから。そしたら、あたしは全部の部屋の鍵を開けてくる。ほら、マッチ。あたしが言ったらシーツに火をつけて。わかった？ でも、鍵を開けるまではだめだよ、できるだけ早く全員を外に出したいから」

ルシンダはうなずいた。

廊下を駆けまわって鍵を開け、扉を開くにはほんの数分しかかからなかった。患者はみんな眠っていたが、ひとりだけ暗闇の中でぶつぶつ言いながら行ったりきたりしている女性がいた。とうとうダイアナは中央ホールに通じる扉の鍵を開けた。守衛が気づかないようにと願っていたが、気になる音を耳にしないかぎり扉を確認はしないだろう。結局のところ、まさか内側から逃げ出すとは思っていないだろうから！　あとたった数分で計画が動き出す。

よし、できた――準備万端だ。ダイアナはヴァン・ヘルシング夫人の部屋に駆け戻った。「あんたはあたしのうしろ」とヴァン・ヘルシング夫人に言う。相手はすばやく動いた――よし。急いで逃げられるほど体力があることを期待するしかない。うまくいくだろうか？　そのはずだ。もし失敗したら――まあ、もう一度機会があるとは思えない。

「やって！」と声をかける。ルシンダの手の中でマッチが燃え上がるのが見えた。蛍のようにあちこちへ動き、シーツに火がついていく。「いいよ、行こう！　この階から全員出さなきゃ。あんたは入口に立って――中が火事だから、みんな外に出さなきゃって守衛にわからせて。ねえ、ドイツ語で火事ってなんて言う？」しまった、もっと早くルシンダに訊いておくべきだった。

「火事《フォイア》！」ルシンダが言い、すでに燃えるシーツから煙が上がりはじめた部屋からふたりとも駆け出す。

「そうか、ありがと。あたしはこっちに行くからあんたはあっちに行って――確実にみんな出してよ！」

ダイアナは「フォイア！　フォイア！」と叫びながら廊下の端まで走っていった。突き当たりから始め、どの患者も起きて部屋から出るよう確認する。「フォイア！」と声をかけた。「大急ぎで走って！」たぶん英語は通じなかっただろうが、みんな制服と指さす手に加えて〝フォイア〟という単語はちゃんと理解した。看護婦のひとりが火事だと教えてくれ、外に出るよう指示しているのだ。ナイトガウンを着たあらゆる年齢の女たちが廊下を駆け抜けていく。ダイアナはすべての部屋を点検し、全員が避難していることをたしかめた。

入口にたどりつくと、ルシンダが階段のてっぺんに立っていた。

「消防隊を呼んで《ルーフェン・ズィー・ディー・フォイアヴェア》！　この階で火事が《ダー・イスト・エス・アイン・フォイア・ア》発生したわ《ウフ・ディーザー・エタージェ》」患者たちを階段の下へ追い立てる一方で、守衛にそう言っている。守衛は混乱した様子で、火事を探すかのようにぐるぐるまわっていた――だが、そのときダイアナの頭の上を煙がくすぐりはじめた。いまやにおいがわかる――強く鼻をつく。ヴァン・ヘルシング夫人はどこへ行った？　もう二階へ下りているといいが。

「わかった《ヤー》、お嬢さん《シュヴェスター》！」守衛は言い、ルシンダにうなずいてみせた。それから階段の下へ向かって叫びはじめた。ダイアナは守衛が男性棟へ走っていって扉の鍵を開けるのを眺めた。よし、患者を向こうの棟へ連れていくつもりだ。つまり、こちらで連れ出す必要がないということだった。患者の流れとルシンダ・ヴァン・ヘルシングを追って、階段を駆け下りる。

ナイトガウン姿の患者と看護婦が全力で走りまわっていた――それが二階の光景だった。いまやここでも煙のにおいがする。陽動作戦は成功しつつあった。ルシンダと母親を無事連れ出したら、メアリもほかのみんなも、ダイアナがじつに賢かったと認めざるをえないはずだ。

メアリ　あなたはあの病院の男女をひとり残らず危険にさらしたのよ！　そのことはわかっているわよね？

ダイアナ　どうしてさ？　シーツに火をつけただけじゃん。あの病院は石でできてるんだもん。火はそのうち勝手に燃えつきたはずだよ。ヴァン・ヘルシング夫人の部屋の外までだって広がらなかったんだから。どっちにしても、誰も怪我はしなかったし。

メアリ　火をかけた段階では、そうなるって知らなかったでしょう？　みんなが混乱している中で誰かが怪我をしたかもしれないのよ。それに、誰も怪我をしなかったってわかったのは、あとでアイリーンが確認したからよ。どうしていつも衝動的に軽はずみな真似をする前に立ち止まって考えようとしないの？

ダイアナ　しないから。言っとくけど、このことでうるさく言いつづけるんだったら、自分の髪をかきむしってやる。でなきゃあんたの髪かもね！

ジュスティーヌ　ダイアナ、一緒に上のアトリエに行かない？　あそこはとても静かだから、ルシンダとお母さんをどうやってうまく助けたか、わたしに話せるでしょう。

ダイアナ　やだ、出かけてくる。少なくともチャーリーとベイカー街の仲間は、あんたたちみたいに鼻持ちならないほど自分だけが正しいとは思ってないからね！

　二日間、メアリは退屈して気をもんでいた。ダイアナはどうしているだろう。無事だろうか。ときには双眼鏡で、ときには望遠鏡で、ひたすら窓から見張りつづけたが、目に入るのは壁に寄りかかるあの男たちと、ふだんどおり道を行き交う人々だけだった。

　二日目の夜、床に座って、ひとつだけ灯しっぱなしにしているランプの明かりでソリティアをしていたとき、見張りについていたジュスティーヌが言った。

「ダイアナは助けが必要なら合図を出すことになっていたわ。あれがそうかしら？」

　メアリはゲームから顔をあげた。「何が？　ハンカチを振っているの？」

「そういうわけではないけれど」

　急に警戒態勢になって、メアリはカードの山を片側に寄せ、窓際に行ってジュスティーヌの隣に立った。

クランケンハウスの三階に火がついている。まあ、三階の片隅だが、鉄の棒がはまった窓から炎が出て、夜の中に立ち上っていた。（なんてこと！）建物が燃えていて、ダイアナはあそこにいるのだ……

「グレータ！」と声を出す。身をかがめてグレータの肩を揺さぶった。起こすのは気の毒だった——一日じゅう見張り役をしていたのだから、寝る権利がある。だが今は緊急時だ。

グレータは目を開いて眠たげに言った。「何かあっ《イスト・エト》たんですか《ヴァス・ゲシェーン》？」

いきなり警報が鳴り響いた。メアリは窓を振り向いた。クランケンハウスの方角から悲鳴や叫び声が聞こえる。炎は鉄の棒を無視して外へ這い出してきていた。もう屋根まで達した！　風になびく黄色い髪さながらに踊りまわり、どんどん広がっていく。

「イエス様、マリア様、天使様！」背後にきていたグレータが叫んだ。「建物から避難させるしかなさそうですね」

「まさかダイアナが……」ジュスティーヌがぞっとした顔つきで声をかけてくる。

メアリは険しい表情だった。「あの子ならやりかねないわ」

ダイアナ　助けが必要なら合図を送れって言ったじゃん。だから送ったんだよ。それと、ルシンダを外に出すのに注意をそらしたわけ。

メアリ　窓からハンカチを振れって言ったのよ！　でなきゃストッキングとか！

ダイアナ　そんなの、なんの役に立つと思う？　暗い中でどうやってハンカチが見えるのさ？　どっちみちハンカチなんか持ってなかったし——部屋に置いてきたもん。それにストッキングは脚に穿いてたからね、おあいにくさまでさ。

メアリ　だから建物に火をかけたの？　だいたい

どうしてそんな恰好なの？　最新の事件のことをわめきたててる、あの新聞売りの男の子たちみたいに見えるわ――でなきゃ煙突掃除か！

ダイアナ　言ったでしょ、チャーリーと出かけてくるって。仲間と出かけるときにあんたみたいな気取った服なんて着てかないよ。ありがと、お姉ちゃん！

メアリ　いつかぜったい、あの子を絞め殺してやるから。

ジュスティーヌ　あなたにはそんなことできないと思うわ、メアリ。

メアリ　まあ、できないとしたら、それはわたしの性格上の重大な欠陥よ。

「行きましょう」とメアリ。「みんな建物から出されてるみたいだわ。何が起こっているのかわからないけれど、下に行くべきだと思う」

ジュスティーヌがうなずいた。グレータはサイドテーブルから拳銃をつかんだ。寝る前に置いてあったのだ。続いてランプの取っ手を持って掲げる。唯一男装していないメアリは、ウェストバッグを留め、連発拳銃が中に入っていることをたしかめた。すでに弾が装塡されている。ジュスティーヌは武装していなかったが、その必要はない――腕力だけでどんな銃器より物騒なのだから。

三人はなるべく階段をきしませないようにして、忍び足で一階まで急いだ。メアリとジュスティーヌはグレータのランプを追った。玄関ホールに到達すると、グレータはランプを吹き消して玄関のテーブルに置いた。宿屋の正面扉を開き、通りに出ていく。

ここからはクランケンハウスの前に延びる長い並木道が見えた。鳴りつづける警報に引きつけられて、どんどん人があふれつつある。メアリは通りを駆けていってその並木道に曲がった。ジュスティーヌとグレータのブーツの音が石畳にこだまする――よかった、すぐうしろにいる。

右側にはクランケンハウスの正面の門があった。そのまわりにはもう人だかりがしている――地元の店や集合住宅からきた人々だ。走っていって人混みの端に立ち、何が起きているのか理解しようとする。滞在している宿屋の主人が、早口のドイツ語で守衛のひとりと話しているのが見えた。

「消防隊に知らせたと言っています」背後でグレータが息を切らして言った。「ほかのひとたちは――火事が広がるかどうか、近くの建物から女子どもを連れ出したほうがいいかと心配していますね。これが偶然で、ダイアナとはなんの関係もないということがありえますか？」

ありうるだろうか？　もしかしたら、たんに早とちりしているだけかもしれない。ダイアナがどこに行ったても必ず混乱を引き起こすからといって、とくにこのささやかな混乱の原因とはかぎらない。

「ねえ！」何かが腕にあたった。

メアリはぱっと振り向いた。そこに立っていたのは、灰色の制服を着込み、赤い巻き毛一房出ないように白い帽子で髪を覆ったダイアナだった。注意を引こうと腕を叩いたのだ。

「なんなの……」メアリは言った。

「こんちくしょう。あんたが探してる言葉はこんちくしょうだよ。こっちにきてヴァン・ヘルシング夫人を連れ出すのを手伝ってよ。正直、ジュスティーヌのほうが役に立つと思うけど」

「ダイアナ！」とジュスティーヌ。「どうしてここに出ているの？」

「きてってば！」ダイアナはジュスティーヌの手首を引っ張った。メアリも続き、グレータがうしろにいるのを確認した。振り返ったとき、グレータは（ダイアナですから。どうすると思ってたんです？）と言うように肩をすくめてみせた。

ダイアナは三人を門の一角に連れていった。クランケンハウスを囲む高い石塀と接している場所だ。驚いたことに、ここには人がいなかった——地元の住民はすべて門の反対側、守衛の詰め所に近いところに集まっている。手伝いを申し出る者もいれば、門を開けてこのあたりに危険な犯罪者を野放しにするな、と守衛たちに警告している者もいた。

門が塀に接している部分を見たとき、メアリは息をのんだ。棒が二本こじ開けられ、ちょうどダイアナぐらいの大きさの人間がすりぬけられるようになっている。門の奥には女性がふたりいた。ひとりはダイアナのような灰色の制服姿で、もうひとりは白いナイトガウンを着ている。そちらは制服のほうにもたれかかっていた。制服の女性は看護婦だろうか？

「ヴァン・ヘルシング夫人は力がなくなってきてて」ダイアナが言った。「あれだけしか棒を曲げられなかったんだよ。ジュスティーヌなら残りができるんじゃないかと思ってさ」

「下がっていて」ジュスティーヌは言った。鉄の棒二本をつかむと、カーテンを開けるかのようにやすやすともう少し引き離す。

「こちらへ《コメン・ズィー》、フラウ」ジュスティーヌは言い、曲げたばかりの棒のあいだから片手を差し出した。

ナイトガウンの女性はその手を取った。よろめきながら前に出て、鉄の棒を抜ける。「ありがとう《ダンケ》」とジュスティーヌにかすかな声で言った。それから、人形遣いに糸を切られた操り人形のように、くたりと地面に沈み込む。

ベアトリーチェ　これはすてきなイメージね、キャサリン。
キャサリン　ありがとう！　がんばったもの。最近〝通俗小説《シリング・ショッカー》の女王〟って評論家に呼ばれたけど、それだけじゃないんだから。文学の連中の一部に負けないぐらいには書けるの。だいたい、アスタルテのシリーズは二シリングで売ってるんだし。

ジュスティーヌはナイトガウンの女性を抱き上げた。

「おい《ヘー》、そこで何をしてる《ヴァス・マッヒェン・ズィー・ダー》!」今のは誰が叫んだのだろう? クランケンハウスの敷地内で、守衛のひとりがこちらへ走ってきている。いまや炎のおかげで明るくなり、はっきりとその姿が見えた。濃い口髭を生やしており、相手が逃亡しようとしていると気づいた守衛がよく浮かべるような表情になっている。

「行こう、急いで」スカートを持ち上げて棒の隙間をくぐりぬけた制服の女性に、ダイアナは声をかけた。

「これがルシンダ・ヴァン・ヘルシング。ほら、あたしひとりで連れ出したよ」

ルシンダが逃げ出したのを見て、守衛はメアリに聞き取れない言葉をどなったが、仲間を呼び集めるつもりなのはあきらかだった。曲がった棒のところにたどりついたとき、守衛は足を止めた。どうやっても隙間を通り抜けるには体が大きすぎたものの、ライフル銃を上げてまっすぐ狙いを定めてくる。

メアリはウェストバッグから連発拳銃を取り出し、守衛に向けた。

「みんな走って!」と言う。ああ、嫌でたまらないが、守衛の足を狙って撃つ――一発、ブーツの爪先に命中した。

守衛は絶叫し、悪態をついて身を折った。ライフル銃が地面に落ちたが、幸いにも暴発しなかった――守衛が足をつかんですさまじい声を上げている横で、ただ転がったままだ。

ああ、ぞっとする! 誰かを銃で撃つのがこれほど恐ろしいものだとは。この前生き物を撃ったときには、相手が獣人で、自衛のためだった。今回も自衛のためだが、どういうわけか人間を、生体解剖ではなく神によって創られた完全な人間を撃ったという事実のせいで、なぜかずっとおぞましく感じられた。だが、あたったのは爪先で、親指ですらない――失ったとしても普通の人生を送れるだろう。しかも撃ったのは病院の敷地内だ。正気を失った人々のための病院だが――それでも、経験のある看護婦がいて、医療品があるはずだ。

カーンと鳴る音が聞こえた――よし、馬の一団に牽かれた消防車だ。クランケンハウスの門が開いて受け入れる。よかった――少なくとも建物が焼け落ちることはないだろう。

自分が撃った守衛に対して罪悪感を覚え、恥じ入りながら、メアリは向きを変えてグレータのあとを追った――ほかのみんなはすでに暗闇の中に姿を消していた。そんなふうに感じたのはメアリだったからだ。メアリなら、たとえ必要なことをしただけという場合でも、確実にそう思うだろう。

メアリ　あとでアイリーンにあの守衛について調べてもらったの。退職して年金をたっぷりもらったらしいわ。

キャサリン　この次はクリスマスにそいつの靴下を編んでやったって言い出すんじゃないの!?

メアリ　そうしたら喜ぶと思う?

キャサリン　思わない。

グレータは左に曲がり、見張りをしていた宿屋のある通りに入った。ああ、ダイアナとルシンダ・ヴァン・ヘルシングがいる。ジュスティーヌはまだ女性を腕にかかえていた。ダイアナはヴァン・ヘルシング夫人と呼んでいた。だが、そんなはずがあるだろうか。ヴァン・ヘルシング夫人は死んだとアイリーンが教えてくれたし、アイリーンはそういうことを心得ているだろうに。ダイアナは違う女性を助け出したのだろうか？

「部屋に戻るべきかしら？」グレータに問いかける。必死で走ったので息が切れかけていた。「しばらくそこに隠れていられるでしょう。まだ荷物があるし」予備の弾丸が入った袋もだ、と気づく。連発拳銃に弾を込めたあと、テーブルの上の洗面用具入れの脇にきっちり置いてきてしまったのだ。どうしてそんなばかな真似ができたのだろう。

「やめたほうがいいでしょうね」とグレータ。「患者が逃げたのは向こうも知ってますから、火を消したら近くの建物を軒並み調べはじめますよ——たぶん警察の手を借りて。できるだけここから離れるべきだと思います。病院の裏に馬小屋があるんです——厩舎ってやつですね。一度ジュスティーヌと行ったことがあります。ずいぶん遅いから馬車を借りられるかわかりませんが、やってみないと」

「わたしの馬車を使ったら？」

メアリは振り向いた。そこに立っていたのは、ほぼ一日じゅう石畳に座っていた物乞いだったが、その声は——オペラのように豊かな女性の——「アイリーン！」と声をあげる。

「いらっしゃい」なぜかアイリーン・ノートンと同一人物でもある物乞いは言った。巧妙な変装のせいで、声を聞かなかったらそんなことは信じられなかっただろう。「馭者のヘルマンが厩で待っているわ。ここからほんの数区画よ」

メアリはうなずいた。アイリーンを見てどんなに安心したか認めたくなかった。もちろん、アイリーンがいなければ全員を指揮して必要な決断を下しただろう。だが、時には従うだけで済むとほっとするものだ。とくにアイリーン・ノートンのように知識が豊富で、安全な場所へ連れていってくれる相手なら。

アイリーンは先頭に立ってクランケンハウスの裏の

暗い路地へ入っていった。そのあとに続いたジュスティーヌは、ダイアナがヴァン・ヘルシング夫人と呼んだ女性をかかえている。そしてルシンダとダイアナだ――ルシンダがふらついて脇腹を押さえていたので、メアリは駆け寄って、必要なら支えられるよう手と肩を差し出した。だが、ルシンダはかぶりを振り、何かから自分を守るように両腕で体を抱きながら、断固としてひとりで歩きつづけた。最後尾についたのは、拳銃を抜いたグレータだった。

「もうすぐよ!」アイリーンが振り返って呼びかけた。

一同は小さな広場のようなところにいた。四方が安アパートで、一階は夜間営業なしの店舗になっている。広場の中央には噴水があったものの、水は流れていなかった。空にはまだ白い月がかかっていたが、明るくなってきたことに気づく――夜明けが近いのだ。疲れて寒さに震えていたし、さっき人を銃で撃った。なぜ冒険というのは、話に聞くよりわくわくしないのだろう? ルシンダ・ヴァン・ヘルシングは救出したのに、メアリが感じているのは吐き気だけだった。

ふと、前方に黒っぽい外套の男が立っているのが目に入った。一行が向かっている路地の入口のところだ。見覚えがあるような? そうだ――あの外套、あの猫背の姿勢。クランケンハウスの近くの通りで、ぶらぶらしながら見張っていた男たちのひとりだ。だが、なぜここに? 行く手をふさいで……。

「どきなさい《ゲーエン・ズイー・アウス・デム・ヴェーク》!」アイリーンが腕を振って言った――脇へよけろと告げているのはあきらかだ。

男はにやりとしただけだった。いまや背が高く、髭を剃っていないのが見えた。服装や態度からして、何かの労働者だろう。ホームズ氏だったらどんな職業か推測できただろうが――

「言ったでしょう《イッヒ・ハーベ・ゲザークト》、邪魔をしないで《ズイー・ゾレン・アウス・デム・ヴェーク・ゲーエン》!」アイリーンが言った。ぼろぼろの外套のポケットから拳銃を取り出し、男に向ける。

「マダム、うしろを見てください!」グレータが声をあげた。

振り返ると、グレータが警告したものが見えた。ぶらぶらしていた男たちの仲間がもうひとり背後にいる――そして側面にあとひとり、噴水の脇に立っていた。男が三人――いや、路地からも戸口からも、もっと出てきている。何人だ? 数えると全部で七人いた。広場にガス燈はなかったが、もう空が充分明るかったので、くっきりと姿が見えた。もっとも、この距離だと顔立ちはわからない。相手は七人――(そしてこっちは四人)とメアリは考えた。少なくとも、ヴァン・ヘルシング夫人らしき女性を運んでいるジュスティーヌを数に入れなければそうなる。メアリ、グレータ、アイリーンは武器を持っている。ダイアナ――まあ、ダイアナは要領がよくてこわいもの知らずだ。ルシンダ・ヴァン・ヘルシングは戦えるだろうか? 見当もつかない。


銃声が響いた。ぱっと振り向くと、道をふさいでいた男が地面に崩れ落ちたところだった。アイリーンはたったいま誰かを撃った女性のように立っていた――もちろん実際に撃ったのだ。


「幌馬車で円陣を組んで!」とアイリーン。「ルシンダとお母さんを真ん中に」

そう、全員が背中合わせになる――それは道理に適《かな》っている。とはいえ、どうして幌馬車が出てくるのかわからなかったが。メアリはすばやくあたりを見まわした。アイリーン、グレータ、ダイアナはお互い背中合わせになって外を向き、円陣を作っている。ジュスティーヌはちょうどヴァン・ヘルシング夫人を中央の地面に寝かせたところだった。ルシンダが母親のかたわらに膝をついている。

メアリもうしろ向きに下がった。五芒星《ごぼうせい》の先端の形で五人並ぶ――それが最良の、いちばん安全な隊形だ。五人は噴水に近い位置にいた。だからといって身を守れるわけではない。だが、その方向から近づくなら、噴水を乗り越えるかまわってくるかしなければならないし、そうすれば一、二分時間が稼げる。時として数分が重要なのだ。弾は何発残っている？　五発だ。それで間に合えばいいが。

　そのとき、男たちが襲いかかってきた。

　メアリの真ん前にひとり――顎鬚を生やし、ニット帽をかぶってしかめ面をしている。今回は撃つのをためらわなかった。肩を狙ったので死にはしないだろう。負傷させるだけにしたかった。はじめは何も効果がなさそうだったので、てっきりはずしたと思った。男は銃弾があたった場所をはたいた――ああ、命中はしたらしい、プルオーバーの上に血が見える――まるで虫でも叩くように。

　まだこちらに向かってくる。

また撃った――今回は胸、心臓を狙った。殺したくはなかったが、止めなければならない。よろけて倒れるのを待ったが、相手は進みつづけた。相変わらず肩も、今は心臓があるはずの位置も、プルオーバーが血まみれになっているのに。早朝の光に照らされて、薄汚れた灰色のウールについた血の染みが黒々と見えた。

「眉間を狙わないと！」ルシンダが背後で叫んだ。「そうすれば少なくとも速度が落ちるわ」速度が落ちる？　後頭部から脳が吹き飛ぶだろう。だが、男は進みつづけたので、メアリはまっすぐ額に狙いを定めてもう一度発砲した。相手はうしろによろめき、膝をつくと、石畳に倒れ込んだ。今回は罪悪感ではなく、安堵感が湧き上がった。この襲撃者ひとりに集中しているあいだに、ほかでは何があったのだろう？

　さっとあたりを見まわす。グレータが撃ったひとりは、まだ石畳の上を這い進んでいた。ダイアナはもうひとりと戦っている――背中に飛び乗ってナイフを構えたところだ。まさに喉に突き刺そうとしているように見えた。アイリーンはさらにふたりと対峙している。

ジュスティーヌが片方に背後から近寄り、頭の両側に手をかけてねじった——首がぽきりと折れるのが聞こえた。別のひとりがルシンダに迫っており、ルシンダは母親の上に身をかがめて、沸騰寸前のやかんのようにしゅうしゅうとうなって威嚇していた。メアリは向きを変え、その男に連発拳銃を向けた——あと二発残っている。

背後で銃声が響き、一連の罵声が続いた。「いったいどうなっているの？」アイリーンが叫ぶ。「どうしてこいつらは死なないの？」あと二回射撃音が響き渡り、広場にこだました。

メアリは狙いをつけたが、男は獲物をつけまわす狼のようにルシンダの周囲をめぐっていた。発砲すればルシンダも危険にさらすことになる。

急に誰かが上からわめく声が降ってきた。安アパートの中にいる男で、すでに窓を開けていたが、いまやドイツ語で長々とどなっている。わかる単語はひとつしかなかった——警察《ポリツァイ》だ。

くそっ！　ここから逃げないと！

ダイアナ　メアリが〝くそ〟って言った！

メアリ　言ってないわ。考えたのよ。

ダイアナ　どう違うのさ？

キャサリン　戦闘の場面なんだから邪魔しないでよ。

顔をあげるのにかかった数秒で、ルシンダに迫る男はさらに近づいていた。今にも襲いかかりそうだ。ルシンダは母親の上にかがんだまま、鉤爪のように指を伸ばし、まだしゅうしゅう威嚇している。

「その娘《こ》から離れて！」メアリは叫んだ。連発拳銃を見て引き下がるだろうか？

男はこちらを向き、獣のように歯を剝き出した。目にしたものにぎょっとして、思わずあとずさりする——

――牙がある！

獣人のようだ。モロー博士の異常な創造物のひとつということがありうるだろうか。いや、そんなはずはない。あの獣人たちはみんな死んだ――キャサリンがそう言っていた。だが、今はあれがなんだろうなどと考えている場合ではない。殺さなくては、それだけだ。

ルシンダが男に飛びかかった。たちまちみすぼらしい外套と灰色の制服がぐるぐると入り乱れた。弾丸を撃ち込むことさえできたら！　だが、攻撃している相手にあたるのと、ルシンダにあたる可能性が半々だ。

それから、ルシンダが地面に倒れた――母親からそう離れていない石畳の上に投げ飛ばされたのだ。肩に黒っぽい染みが見えた。牙を剝き、口を血だらけにした男が上にかがみこんでいる。嚙みついたのだろうか？

男はまだルシンダのそばにいる。近すぎる――よほど射撃の腕がよくなければだめだろう。（でもわたしは射撃の名人よ）メアリは考えた。弾が二発。一度発砲してから、もっと近寄って、ルシンダが邪魔にならないところにいるときに眉間を撃とう。

落ち着いて、照準を合わせて……

男は旋回する白いかたまりにはねとばされた。それは猫のようにしゅうしゅうとうなって唾を吐いているヴァン・ヘルシング夫人だった。もう敵を撃つという手はない。

メアリはルシンダに駆け寄った。「きて！」と言い、ルシンダを噴水のほうへ引き戻す。男はヴァン・ヘルシング夫人の喉に両手をまわしていたが、夫人は爪でその手をひっかいた。男は甲高くかぼそい悲鳴をあげた。何かできるだろうか？　いや、ふたりがこれだけ接近しているあいだは無理だ。まあ、ともかくルシンダは安全な場所へ連れていける！

またもや悪態が聞こえた――窓にいる男か？　急い

で見上げたが、その姿は見えなかった。ちらりと見まわす。ジュスティーヌが男のひとりと戦っている——ジュスティーヌが戦って？　いつジュスティーヌが戦わなければならないことがあった？　あの強さなら、どんな男でもたちどころに取り押さえられるのに。ああ、噴水の横にもうひとり仲間がいる——グレータもそこにいて狙いをつけていたが、そのとき、ダイアナがナイフを構えてその男に飛びついた。ばかな、無謀なダイアナ！　どうしてグレータに任せられないのだろう。男が蠅でも払うように手の甲でぴしゃりとはたいた。ダイアナは石畳の上に投げ返され、噴水の脇にぐしゃりと着地した。ダイアナ！　無事だろうか？

「メアリ、包帯を！」アイリーンが叫んだ。「ルシンダが倒れているわ。まだ弾はある？　わたしのはなくなったし、ジュスティーヌを助けないと」こちらに走ってくる。そのうしろに敵のうちふたりが死んで横たわっていた。まだ立っているのは何人だろう？　さっぱりわからない。

「あと二発あります」メアリは言い、連発拳銃を差し出した。（包帯）と考える。（そう、ルシンダに）

　アイリーンは連発拳銃をつかむと、ジュスティーヌがまだ戦っているところへ駆け戻った——まだ？　この謎の襲撃者たちはどれだけ強いのだろう、腕力で〈女巨人〉に対抗でき、二発弾丸を食らってもまだ進みつづけるとは。

　だが、今そんなことを考えている暇はない。メアリはペチコートの端を細長くちぎりとって——ああ、また一枚ペチコートがなくなった！——ルシンダの肩に包帯を巻きはじめた。「じっとして！」と言う。「ひどい怪我よ——動かないようにしないと、出血が多くなりすぎるわ。死にたくないでしょう？」

「わたしのお母さん《メイン・ムーデル》！」ルシンダが片手を伸ばして言った。メアリは顔をあげた。ヴァン・ヘルシング夫人が娘を襲った男の上にしゃがみこんでいる。何をしているのだろう? 見えない……ぞっとするような裂ける音がした。ヴァン・ヘルシング夫人は頭をもたげて——あの口! 血みどろだ。それから夫人は両腕を広げて石畳の上にあおむけに倒れた。

「お母さん《ムーデル》!」ルシンダが叫んだ。メアリが肩の包帯を巻き終えるのを待たずに飛び出し、母親の脇にひざまずく。

「待って——」メアリは追いかけた。ルシンダは母親の手を握っていた。ヴァン・ヘルシング夫人の目は開いていたが、恐ろしいほど深手なのはあきらかだった——首が血まみれだ。

「大好きよ《イク・ハウ・ファン・ヤウ》、わたしの娘《メイン・ドッフテル》、わたしのいとしい子《メイン・リーフステ》」とルシンダにささやきかける。そして目を閉じた。

「だめ《ネー》! お母さん《ムーデル》、だめ《ネー》!」ルシンダは絶叫して母の体の上に倒れ伏した。すすり泣いている——激しく苦しげな泣き声だった。メアリはヴァン・ヘルシング夫人の手首を持ち上げた——だめだ、何もない。脈拍も生きているしるしもない。いったいどうしたらいい? まだルシンダの肩には包帯が必要だ、そうしなければこの娘も出血多量で死ぬかもしれない。

「ここから脱出しないと」アイリーンがすぐうしろで言った。

「死んだわ」とメアリ。「ヴァン・ヘルシング夫人は——」

「ちくしょうとしか言いようがないわね。わたしが——どうするべきだったのかわからないけれど。でもやつらがあんなに強かったなんて! 全員始末したわ——グレータが最後のひとりを撃ったの——でも、警察がきているようよ」アイリーンはメアリの連発拳銃をポケットに入れた。「ルシンダの面倒を見てもらえる? ここから逃げ出さないと」

「わたしがヴァン・ヘルシング夫人を運ぶわ」ジュスティーヌが言った。メアリは振り返った——ジュスティーヌとグレータとダイアナがいた。まだ立っている。ただしダイアナは顔の片側に赤いみみず腫れをこしらえていた。

「わかったわ」と答える。いったいどうやって、身をふたつに折り、文字通り胸もつぶれんばかりにむせび泣いているこの少女の面倒を見ればいいのだろう。ふいに、母の遺骸のかたわらで何時間もじっと座りつづけ、ときおりミセス・プールがなだめるように手を叩いてくれた夜の記憶がまざまざとよみがえってきた。

「行きましょう」ルシンダの片手を取って声をかける。

「お願いよ、その肩の包帯を巻いてしまわないと」

ジュスティーヌが花を持ち上げるようにそっとヴァン・ヘルシング夫人をかかえあげた。

ルシンダは目をあげた。夜明けの最初の光に照らされたその顔は、ぞっとするような光景だった——あまりにも白く、血と涙に汚れている。ヴァン・ヘルシング夫人に触れようとするかのように片手を伸ばしてから、膝の上に戻した。絶望に満ちた声でルシンダは言った。「母はほんとうに死んでしまったわ」

「いらっしゃい」アイリーンが言った。「ここでヴィーン警察に見つかったら、全員逮捕されてしまうし、脱獄するのに使う時間はないのよ。今ここから逃げないと」

メアリはルシンダの腕を取ると、なかば支え、なかば引っ張りながら広場を急いでよこぎった。アイリーンが先頭に立ち、ジュスティーヌがヴァン・ヘルシング夫人の遺体を運んで、グレータがまだ拳銃を抜いたまましんがりを務めた。

次第に明るくなってきて、石畳に横たわっている男たちの脇を通りすぎたとき、さっきよりはっきりと姿が見えた。大柄でたくましい粗野な男たちだ。顎鬚を生やした者もいれば髭がない者もいて、みんなうらぶれた生活をしている労働者のようなぼろ服を着ている。なぜ襲ってきたのだろう。錬金術師協会が送ってよこしたのか？　ハインリッヒ・ヴァルトマンの仕業だろうか。

メアリはルシンダの腕をつかんだまま、ジュスティーヌのうしろで足を速めた。広場を出て、もともと目指していた路地を進む。

アイリーンは一同を先導し、狭い通りがくねくねと入り組んでいる迷路のような場所を抜けていった。バルコニーや洗濯物をつるした紐が上に張ってある。たどりついたところは、すぐに厩舎だと見分けがついた――馬小屋と馬車置き場がずらりと並んでいる。ゆうべの大混乱のあとでは、馬のにおいはどこか健全で安心できる気がした。

「ヘルマン！」アイリーンは大声で呼んだ。「ヘルマン！　まだ寝ているのかもしれないわ」とつけたす。

「今は――何時？　五時？」

メアリは腕時計に目をやった――そう、五時になる。建物の上から、ちょうど太陽の黄色い縁がのぞいているのが見えた。

厩のひとつから男が駆け出してきた。シャツ一枚で、顎に石鹸の泡がついている。

「マダム・ノートン！」と言う。それからドイツ語で何かしゃべって、アイリーンがドイツ語で答え、ふたりは一緒に厩の中へ姿を消した。座るところはないかとメアリは見まわした。くらくらしていたし、これだけメアリの腕にもたれている様子からして、ルシンダはへたり込む寸前だ。みんないつから食べていないのだろう。

厩の前にはベンチがあった。おそらく馬に乗るか蹄鉄をつけるか、何かの補助のためだろう――馬の扱いに関して詳細はよく知らなかった。ロンドンでは辻馬車を呼べばくるのだ。

「座りましょう」とジュスティーヌに声をかける。「みんな倒れ込みそうよ」実際のところ、ジュスティーヌは死んだ女性を腕にかかえて一日じゅうでも立っていられそうだったが。そのおもては完全に無表情だった――つまり、ジュスティーヌもまた絶望感を覚えているということだ。気分が読める程度には、ジュスティーヌのことをよく知っている——じっと沈黙しているのはいい兆候ではない。ルシンダも黙って石畳を見下ろしていた。グレータの目の下には隈が浮いている。元気いっぱいなのはダイアナだけだ——頬のみみず腫れがたちまち派手な青と緑に変わりつつあるにもかかわらず、必要ならもう一度はじめから繰り返せるとでも言わんばかりだった。

「ほら、腰かけて」メアリは言った。「全員、座りなさい！」みんなそのとおりにした——ダイアナでさえ今回だけはおとなしく従った。全員がベンチに腰を下ろすと、もうメアリの場所はなかったので、鉄の輪がついている柱に寄りかかった。たったいま経験したことがいまだに簡単には信じられず、目の前に並んだ顔を眺める。ヴァン・ヘルシング夫人の体をかかえているジュスティーヌは、ピエタ——教会の壁のくぼみでキリストの遺骸を抱いている聖母マリアのようだった。

ダイアナが白い帽子を頭から取り、赤い巻き毛を指で梳《す》いた。「まあ、これで終わった」と言う。

「すっかり終わったとは思いませんけど」グレータが言った。「病院の火事について調査が入るでしょうから。いなくなった患者を捜すでしょうね——あなたとルシンダとヴァン・ヘルシング夫人のことですよ——病院の避難がおこなわれているあいだに逃げたと推測して。フロイト先生に嫌疑がかかることさえあるかもしれません——なんとかして捜査官の疑いをそらさないと。それに、思い出してください、七人分の死体を置いてきたのを警察が見つけますよ」

「死んではいない」ルシンダが詩でも唱えているかのように奇妙な抑揚をつけて言った。「あのものたちはふたたび立ち上がる、そう、まどろみの中にあってさえ立ち上がる」

「見つけたときにもこういうふうにしゃべってたんだよ」とダイアナ。「こんな感じですっかりいかれてた」

「いらっしゃい！」アイリーンが呼びかけてきた。厩の大きな両開きの扉の前に立っている。片側はもとから開いていた――反対側を開けたところだ。まもなくアイリーンの馬車ががらがらと出てきた。いまやきちんと外套を着て帽子をかぶったヘルマンが馭者席に腰かけていた。

「乗って」アイリーンは馬車の扉のひとつを開けて言った。「この陰気な場所から抜け出しましょう」

「見てよ！」ダイアナが言った。振り返って路地の先を指さしている。そこに立っていたのは――まさか、そんなことは不可能だ。それなのに、あの男、メアリが眉間を撃ち抜いた男が立ちはだかっていた。もうひとり男が物陰から進み出て隣に立つ。そして、さらにひとり。そうだ、三人とも、メアリとアイリーンとみんなが戦って――殺した連中だった。

「いくらなんでも冗談でしょう」とアイリーン。「馬車に乗って、早く！」

「さあ！」メアリは声をかけた。

まずルシンダが乗ったのを確認してから、自分も乗り込む。六人に加えてヴァン・ヘルシング夫人の死体があるので、ぎゅうづめだった。少なくとも、ジュスティーヌが外套でくるんでおいたので、目を閉じた夫人はほとんど眠っているようだ――喉の恐ろしい切り傷を無視できるなら。もう出血してはいないとはいえ、外套の襟元に血痕が残っていた。ダイアナがメアリの膝に半分乗り上げる形で、全員が中に入ったとたん、アイリーンは叫んだ。「ヘルマン、急いで《ロース・イェット》！」

「それ《ヒュー》！」御者が声をあげる。「それ《ヒュー》、それ《ヒュー》！」

馬たちは早足で走りはじめた――ありがたい、まもなくここから出られるだろう！　だが、まず行く手をさえぎっている三人の男の脇を通過しなければならない。その障害物に近づくやいなや、馬たちはいななないて後脚を蹴り上げた――馬車は止まり、一瞬うしろに動きさえした。ヘルマンがまたどなり、鞭のうなりを耳にしてメアリは身をすくめた。そのとき、窓の下枠に汚れた手がかかっているのが見えた。男のひとりが馬車にしがみついて――何をしようとしているのだろう？　進むのを止める？　這い上がる？　アイリーンがメアリの連発拳銃をポケットから引き出した。立ち上がると、ぐらぐら揺れる混み合った馬車の中で可能なかぎり窓際に近づく――ジュスティーヌと死んだ女性越しに、なかば身を乗り出している。そうだ、男はよじ登ろうとしていた――汚らしく粗暴な、死人のように蒼白い顔が目に入る。メアリが撃った男だ。額に弾がめりこんだ穴があって、乾いた血がこびりついていた。

アイリーンが発砲した――片目をまともに撃ち抜いた！　男は悲鳴をあげてうしろ向きに落ちた。ヘルマンが悪態をつき、また鞭の音が聞こえた。それから馬車はまた動き出した。つっかえながらゆっくりと、やがて速度を上げて速歩《トロット》になり、一行をそのくそいまいましい路地から連れ出してくれた。そう、また〝くそ〟と言った、というより考えた。この冒険はメアリを変えつつあるのだ。まったく気に入らない。

「弾を使い果たしたわ」アイリーンが連発拳銃を返してきながら言った。

「大丈夫です」とメアリ。「もっとあるので――ええと、宿屋の部屋に。あそこには戻らないですよね？　でも、いいんです。生きてますから。あなたのおかげで生きてます」

「全員のおかげだと思うわ」アイリーンは答えた。「これほど険しい顔をしているところは見たことがなかった。「でもあの生き物――あいつらは人間ではないわ。あんな虚ろな目つきを向けてくる人間はいないし、あれだけの傷を負って立ち上がる人間もいないもの。あれはなんなの？」

「ルシンダが知ってる」とダイアナ。「だよね？」みんな首をめぐらし、消え失せようというかのように馬車の隅に体を押しつけている、蒼ざめた少女に視線を向けた。

「ルシンダ？」とアイリーン。「何か役に立ちそうなことを知っているなら……」

「あれは奈落の悪魔ども」ルシンダはあの抑揚をつけた声で言った。「人類を苛《さいな》むため、地獄の業火よりよみがえったもの。血の川を泳ぎ渡ってきたもの。朽ちて虫に食われた古外套のごとく夜をまとうもの」

つかのま、全員がルシンダを凝視した。

それから、「悲しみで頭がおかしくなったのね」ジュスティーヌが言った。

「そうかもしれないけれど」アイリーンが懐疑的にルシンダを見やった。「悲しみで正気を失うことは意外に少ないものよ、小説の外ではね。空腹かもしれないわ――半分飢え死にしかけているように見えるもの。すぐ家に着くでしょうから、食べて休みましょう――そして作戦会議を開くのよ」

何と――それとも誰と戦うのだろう？　メアリは考えた。だが、ひどく疲れていたし、馬車の動きにはなんだか妙に心安らぐものがあった。ほんの一瞬だけ目をつぶろう。ほんの一瞬、そうしたらアイリーンとグレータが話し合っていることに注意を払おう。一同を襲った男たちについて、あれが何者なのか、誰が送り込んだのか、というような内容だ……それに、なるべく早くウィーンから出る必要がある、というような。

そのあと、なぜか馬車が空を飛んでいた。馬に翼があるのだ。見下ろすと、下に雲が見えた……。月が全員をお茶に招いてくれ、雪のように白いリネンがかかったお茶のテーブルで、白ウサギとたいそう興味深い会話をしていたとき、グレータに揺り起こされた。「メアリ！　メアリ！　着きましたよ」

目をこすってあたりを見まわす。まだ馬車の中に座っていたが、グレータ以外誰もいなかった。ここはどこだろう、そしてほかのみんなはどこへ？　もちろん――馬車の外へ出たとたん、プリンツ・オイゲン通り十八番地の中庭に戻ってきたのがわかった。ジュスティーヌとダイアナはアイリーンの共同住宅に通じる扉の前で待っており、アイリーンが呼び鈴を鳴らしていた。メアリは安堵の息をもらした。やってのけた――ルシンダ・ヴァン・ヘルシングを救出したのだ！　しかも全員無事だった。

そこで、まだヴァン・ヘルシング夫人の遺体をかかえているジュスティーヌと、ほかのみんなから離れて立ち、両腕で自分を抱き締めているルシンダが目に入った。着ている制服には血がついていた――胴着《ボディス》に点々と散り、スカートに長い筋となって残っている。ルシンダは誰にも注意を払わず、じっと石畳を見下ろしていた。

ハンナが共同住宅の正面の扉を開いた。「何があったんですか？」と訊く。「幽霊のコレクションみたいですよ！」

あまりにも疲れていたのでよろけながら、メアリはグレータを追って玄関へ近づいた。背後では馬車がぐるっと向きを変えていた――車輪が石の上を動く音と、パカパカという蹄の音が聞こえる。眠りに落ちる前、馬車の中で最後に耳にした話を思い出した――メアリとジュスティーヌとダイアナを――もちろんルシンダと一緒に――なるべく早くウィーンから出すという話だった。たしかに戻ってきたが、少しも安全ではないのだ。

13　ルシンダの物語

「みんな応接間へ」階段を上がって全員が玄関ホールに立ったとき、アイリーンが言った。「ジュスティーヌ、遺体を――その、ヴァン・ヘルシング夫人のことよ――事務室に運んでもらえるかしら？　テーブルの上に寝かせてちょうだい。グレータ、きちんと整えてあげられる？　ほら――尊厳を保つようにね。厨房を通るとき、フラウ・シュミットにコーヒーとペストリーを上へ運ぶように頼んで。それからルシンダの傷に新しい包帯を持ってきて――すぐに手当てしないと。ハンナを送り出して、今回の件の余波に対処させるわ。みんな疲れておなかが空いているでしょうけれど、話をする必要があると思うの――あとじゃなくて今」

アイリーンの応接間にまた入るのは、なんとほっとすることか！　ここはとても――そう、正常の世界に見える、この数日のできごとのあとでは。窓から陽射しが流れ込んでいて、サイドテーブルには誰かが置いたチューリップの器がある。レンブラントの絵画のような、縞模様でひだのある種類だった。何もかも、とても文明的だ。精神科病院の世界や裏通りの戦いや突然の死など、百万マイルも離れた場所のことであるかのように。そうだったらどんなにいいか！

「これはまだ終わっていないわ、わかるでしょう」とアイリーン。「グレータに言ったように、あなたがた四人はできるだけ早くウィーンから出ないとだめよ。クランケンハウスから患者が三人いなくなったんですもの――調査が入るでしょう。そうすればジークムントにつながることになるわ。当然、自分の患者が姿を消したことに衝撃を受けて悩むでしょうね。こちらの話が済みしだいあのひとに電話して、ルシンダを確保した、ダイアナも無事だと伝えるつもりよ。病院の経営陣と、たぶん警察のためにも話を用意しておかなければならないでしょうから。でも、もうひとつ問題があるわ——わたしたちを襲ってきた連中よ。あれは誰？　誰が送ってよこしたの？　それに、なぜ死なななかったの？」

　ソファでメアリの隣に座っていたルシンダのほうを向く。ダイアナは肘掛け椅子のひとつに陣取っていた。

「いいかしら？」と訊ねてから、アイリーンはルシンダのかぶっていた白い帽子を脱がせた。その下に隠れていた長い亜麻色の巻き毛が肩のまわりにかかる。ルシンダはまだそこにあるかたしかめるかのように両手を髪にやってから、房を目の上に垂らした。

「いい子ね」アイリーンはその髪をまたかきあげてやってから、ルシンダの隣、メアリと反対側に腰を下ろし、その手を取った。「あなたがとてもつらい体験をして、大きな打撃を受けたのは知っているわ。ほんとうにかわいそうに。でも、あなたとお母さんに何があったのか教えてくれないとね——あれはお母さんでしょう？　あなたの家政婦のフラウ・ミュラーは、お母さんが亡くなったと言っていたけれど、もしかしたらお父さんがそう伝えたのかもしれないわね。その推測は合っている？　あなたたちふたりがどんなことを耐え忍んだか想像もつかないわ。どうしてふたりともクランケンハウスに入ることになったのか教えてほしいの——そして、もし知っているなら、あの男たちが何者なのかを」

　ルシンダは両手でアイリーンの手を握った。「はい」と言う。「これまでのことをお話しします」

　ルシンダに何か声をかけてやれたらいいのに、とメアリは願った——なにしろ、母親を亡くすというのがどういうものかわかっているのだから。だが、役に立ちそうなことはまるで思いつかなかった。アイリーンのほうがこういうことは得意だろう。

ちょうどそのとき、ジュスティーヌとグレータが戻ってきた。そのうしろにフラウ・シュミットと――ああ、最高だ！　焼きたてのペストリーとコーヒーの香り！　メアリはこのときはじめてコーヒーの魅力を理解した。精神科病院の火事から逃げ出すか、額を撃たれても死のうとしない男たちと戦うか、その両方で一晩じゅう起きていたら、コーヒーがぴったりの飲み物だ。

ミセス・プール　わたしはいつでも、ちゃんとしたイングランドの紅茶がいいですね。

ベアトリーチェ　厳密に言えば、それはインドか中国の紅茶よ、ミセス・プール。お茶はイングランドに生えないの。カメリアシネンシスは亜熱帯植物よ。

ミセス・プール　まあ、紅茶がイングランドのものでないのなら、なんなのかわかりませんね！

グレータはブリキの箱を手に持っていた。ルシンダに近寄って、メアリが大急ぎで肩に巻いたペチコートの切れ端をほどくと、クランケンハウスの制服の襟をめくる。

「ここに危険な傷はありません」と言う。「ただの引っ掻き傷です。血は襲った相手のほうからきたんでしょう。アルコールで拭きますけど、包帯はいらないと思います」

そんなはずがあるだろうか？　あの攻撃のものすごさをどういうわけか勘違いしていたと？　きっとそうなのだろうが、あのときルシンダはひどい怪我をしていたように見えた。

「まあ、それはよかったわ」とアイリーン。「感染しないかと気をもんでいたの。さあ、いらっしゃいな。コーヒーをどうぞ――少しは気分がよくなるわ」

アイリーンは注ぎ分けた。まもなく全員がコーヒーカップを手にし、ペストリー（ダイアナには全種類ひとつずつ）の皿を正面に置いて座っていた――ただし、かぶりを振って何もいらないと示したルシンダは別だ。アイリーンが訊ねた。「ほんとうに？　コーヒーがほしかったら言ってちょうだい。じゃあ、続けましょう……あなたの話をしてもらうところだったわね」

ルシンダはうつむいた。窓から射し込む日の光がその髪を黄金色に染め、ほつれた巻き毛が後光のように頭のまわりを彩る。蒼ざめておびえた若き聖母《マドンナ》のようだ。

「血の川」とつぶやく。「わたしは血の川で泳ぎました」

「うわあ」ダイアナが言った。「いかれてる。こいつ、いかれてるだけだって」ジュスティーヌが制止するかのように片手をダイアナの腕にかけた。ジュスティーヌは大丈夫だろうか？　なにしろこの数時間、ずっと女性の死体を運んでいたのだ。コーヒーを飲み、皿には半分食べたペストリーが載せてあって、平静に見えたものの、心配せずにはいられなかった。まあ、少なくとも朝食はいくらかとりつつある！　「続けて、いい子ね。その血の川はどこにあったの？」とアイリーン。

「アムステルダム、それにパリ、ウィーンにも」ルシンダは答えた。顔をあげる。その瞳は春の若葉のような淡い緑だった。はるか遠くを見ているようだ。「わたしは泳いで溺れ、三度死にました。三度わたしは引き戻されました、キリストが三日後によみがえったように。キリストが十字架にかけられたように、わたしも突き刺されました」

「何で突き刺されたの？」アイリーンが問いかける。

いったいこの一連の質問はどこへ行くのだろう？　ダイアナに同意するのは癪だったが、この少女はたしかに――まあ、正気でないようだ。結局のところ、ルシンダがマリア＝テレジア・クランケンハウスに収容されたのは、それが理由だったのかもしれない。メアリはペストリーを一口かじり、直後に腹の虫が鳴くのを抑えきれなかった。ものすごくおなかが減った！　このペストリーには胡桃《クルミ》のペーストがつめてある。

「針で」ルシンダはこともなげに言った。

「どこを刺されたか見せてもらえる？」アイリーンは訊ねた。

ルシンダは制服の袖をまくりあげた。その腕には、まるで赤インクで印をつけたかのように、小さな痕が点々とついていた。

アイリーンはルシンダの腕に指をあて、上下に走らせた。それから、もう一方の袖もまくりあげた。こちらにも同じ赤い印のような痕が複数あった。「その血の川——それはどこからきたの？」

「ゲッセマネの園から流れ出していました」とルシンダ。「そしてわたしの腕からも。血の川が流れ、わたしは溺れて死にましたが、埋められはしませんでした。三日目に、父に命じられてふたたび立ち上がりました」

「お父さん」とアイリーン。「あなたのお父さんが誰なのか知っている？」

「天におられる神です」とルシンダ。「神がわたしの唯一の父です。地上の父はわたしを見捨てました」

アイリーンはコーヒーを一口すすった。「ああ！」思わずといったように声を出す。「ほんとうに、ほんとうにこれが必要だったわ」もう一度ルシンダのほうを向く。「わかったわ、お父さんについて話してちょうだい。地上のお父さんよ」

「もう父はいません」とルシンダ。「あのひとは罪を犯しました。重大な罪を。悪魔と交わったのです、必ずや主によって地獄へ落とされるでしょう」

「いったいそれ、どういう意味？」ダイアナが訊いた。

「しっ」とメアリ。「お皿に載ってるものを食べ終わってもいないじゃないの。あなたはダイアナ、それともドッペルゲンガーか何か？　わたしの知っているダイアナなら、食べ物を食べずにおくことはないもの」

「くたばれ」ダイアナは答えたが、小声だったし、そのあと罌粟の実入りの丸パンを口につめこんだ。

「どんな悪魔？」アイリーンが訊ねた。

ルシンダはしばらく黙っていた。それから言った。

「正しい人々の血を飲むもの、死ぬことのないものたちです」

アイリーンはもう一口コーヒーを飲んだ。「やつらはあなたの血を飲んだの、ルシンダ？」

「わたしはあのものたちの血で洗われ、洗礼を受けてよみがえりました。まるで新たに生まれたかのように。けれどわたしは喪われた。喪われてしまったのです、神に対しても人に対しても。この身は永遠に地獄に落とされ、業火の中で滅びるでしょう」

ルシンダは両手で顔を覆い、母親が死んだときのようにすすり泣きはじめた――乾いた激しい嗚咽《おえつ》が全身を震わせる。

アイリーンは少女の肩に腕をまわした。「ああ、かわいそうに。今回のことがあなたにとってほんとうにつらかったのはわかっているわ。もう一度話させたりしてごめんなさい。ほら、コーヒーを少し飲んで。ほんの少しよ。いくらか気分がよくなるから、約束するわ」自分のカップをルシンダの口元にあてがう。

「まあ、もしこれがこの子の話なら」とダイアナ。「たいしたもんじゃないね！　だって、実際にはなんにも話してないじゃん？」

ルシンダは震える手でカップを握り、注意深く一口すすった。それから、いきなりコーヒーがなんなのか思い出したかのように、がぶ飲みと言えるほどの勢いでごくごく飲んだ。そして同じぐらい唐突に体を折ると、飲んだ分をすっかりテーブルと絨毯の上に吐き出してしまった。ぶるぶる震えて咳き込み、涙を流しているあいだ、アイリーンが抱き締めてなだめるように声をかけてやる。もっとも、ルシンダはなぐさめられているようには見えなかった。

ルシンダが落としたカップをジュスティーヌが拾い上げ、テーブルに戻した。メアリはこのコーヒーがどこからきたか考えないようにして、ナプキンでできるだけぬぐいとった——コーヒーだろうが吐いたコーヒーだろうが、違いはないはずだ、たぶん。

「気色わる」ダイアナが言った。それ以上役に立たないひとことはなかっただろう。

「こちらで片付けます、メアリ」グレータが言った。「わたしは掃除用品のありかを知っていますし、あなたは知らないでしょう。だから気にしないでくださ い」

メアリは気が進まないながらもうなずいた。掃除に関する事柄はなんでも、グレータのほうが得意だろう。それでも、ひときわ役立たずになった気がした。

「いいわ、あなたはもう寝なさい」アイリーンが言った。「あれだけの目に遭ったあとでここにとどめるべきじゃなかったわ。メアリ、ルシンダをわたしの寝室へ連れていくのを手伝ってもらえる？　あそこに寝かせるのがいちばんいいと思うの。ジュスティーヌ、ダイアナ、食べ終わったら、少し眠ったほうがいいわ。それからグレータ、悪いわね、あなたにも寝なさいと言えたらいいのだけれど、馬車の中で話し合ったことをしたほうがよさそうよ——ヘルマンに一緒に行ってもらってちょうだい。いいえ、ゲオルクを連れていったほうがいいわね。ヘルマンは今考えることが充分あるから」

「はい、マダム」とグレータ。「この汚れを始末したらすぐゲオルクを探します。片付けなかったらハンナにずっと言われますから！」すばやくコーヒーの残りを飲み干すと、最後の胡桃パンをポケットに突っ込んで立ち去った。ヘルマンと——あるいは誰だか知らないがゲオルクと——どこへ行くのだろう？　アイリーンが言っているのは、さっき聞いている途中で寝てしまった会話のことに違いない。馬車の中でグレータに何かするよう指示していた――なんの話なのだろう。自分とジュスティーヌとダイアナに関係しているのかどうか知りたい。

しかし、今は質問をしている場合ではなかった。ルシンダが顔を洗って歯をみがけるように、洗面所へ連れていってやる。洗面器で顔を洗おうとして袖をまくりあげたとき、しつこい虫複数に咬まれたような、あの赤い痕がまた見えた。何か言うべきだという気がした――だが、ついさっき母親を亡くした相手にどんなことを言えばいい？

ダイアナ　〝お悔やみ申し上げます〟。あたしだって知ってるよ！

メアリ　わたしの母が亡くなったとき、〝お悔やみ申し上げます〟はまるっきり役に立たなかったわ。

メアリは自分も体を洗いたいと切望しつつ――ここ数日まともに洗っていない――ルシンダをアイリーンの寝室へ連れていった。

そこにはアイリーンがいて、衣装箪笥の中をかきまわしていた。「ナイトガウンをベッドの上に置いたわ」ふたりが入っていくと、そう告げる。「ルシンダに何か服を探しているだけよ。何着か必要でしょうから。たぶんスーツも一着ね、ブダペスト用に」

「ブダペスト？」あきらかに驚いた様子で、ルシンダが繰り返した。ダイアナは何も話していないのだろうか？

「あなたをブダペストに連れていくつもりなの」メアリは言った。「ミナ・マリーがそこにいるから。あなたを連れてきてほしいって頼まれたのよ」たぶん今は、生物的変成突然変異の実験をやめるよう錬金術師協会を説得するのに、ルシンダの助けがいる、と伝えるときではないだろう。

「ウィルヘルミナ！」ルシンダは言った。「またウィルヘルミナに会いたいです。あのひとは母の友人でした……」ふたたび両手に顔をうずめる。低いすすり泣きが聞こえた。

「いらっしゃい、いい子ね」とアイリーン。「これを着て、わたしのベッドに入りなさいな——とても寝心地がいいって請け合うわよ。すぐに戻ってきて様子を確認するわ。いい？」

ルシンダはアイリーンが差し出したナイトガウンを受け取ってうなずいた。

アイリーンはメアリに腕をからめると、〝話したいけれどここじゃだめ〟という意味に違いない視線をよこし、部屋から連れ出した。後ろ手に扉を閉めてから口を開く。「ああメアリ、なんて夜だったの！ あなたはいつでも落ち着き払って、なんでもやってのけそうな顔をしているけれど、きっとくたくたでしょうね。わたしはへとへとよ」

「ありがとうございます」メアリはびっくりして言った。落ち着いて見えると聞いてうれしかった。そう感じていないのはたしかだ。「わたしもです。へとへとってことですけれど。しかも体だけじゃなくて。どういうわけか、この何日かで……」そう、この何日かで限界に達してしまった。

「わかるわ」とアイリーン。「あなたにも少し寝てほしいのだけれど、まず見せたいものがあるの。きてちょうだい」

メアリはあとについて廊下を進んだ。ダイアナと共有している寝室を通りすぎたとき、蜜蜂が巣のまわりでぶんぶんうなっているようなうるさい音がした。中をのぞいてみる。ダイアナがまだ服を全部着たままベッドに寝そべっていた。いびきをかいている。

（あの子が無事でよかった）とメアリは思った。（まったく、なんてばかげた計画……）それなのに成功したのだ。実際にルシンダ・ヴァン・ヘルシングを救出した。とはいえ、ダイアナの言うとおり、ルシンダの頭がおかしくなっていたら？　その場合、決して抜け出せない牢獄に精神がとどまることになるかもしれない――パーフリート精神科病院で蠅を捕まえていたレンフィールドや、どうやって夫を殺したか陽気に語っていたというレディ・ホリングストンのように。

書斎を通りすぎたとき、ジュスティーヌがソファの上で体を起こした。持ってきた男物の寝間着とローブを身につけている。「寝ようとしたけれど、どうしても眠れないの」と言う。「ゆうべのできごとのあとでは……わたしはまた殺したわ、今度は男のひとをふたり」

「ほんとうにそうだったのかはわからないわね」とアイリーン。「いらっしゃい。眠れないなら、わたしやメアリと一緒にきたほうがいいでしょうね。あなたにも見せるわ」

ジュスティーヌは立ち上がってスリッパのままついてきた。アイリーンが厨房への階段を下りようと向きを変えたとき、ジュスティーヌが〝これはどういうことなの？〟と問いかけるような視線をよこす。メアリは肩をすくめてかぶりを振った。

厨房へ行くのだろうか？　いや、もちろん違う。アイリーンはヴァン・ヘルシング夫人の遺体を事務室に運ぶようにグレータに言っていたから、そこへ向かっているに違いない。はたして、アイリーンは廊下の突き当たりへ歩いていくと、こんな陰鬱な朝には不自然なほど明るく見える罌粟の絵を持ち上げ、隠れていた取っ手をまわした。壁が内側に開いて、三人はふたたび、秘密の事務室にいた。壁には武器がかけられ、何が入っているかわからない書類箱が棚に並び、あの現代の神秘、電話が机の上にある部屋に。

電灯がついている。長いテーブルはベッドシーツらしき白い布で覆われていた。その上にヴァン・ヘルシング夫人が横たわり、もう一枚シーツをかぶせて頭だけが見えるようにしてあった。

　アイリーンがテーブルの端まで歩いていくと、ヴァン・ヘルシング夫人の頭部の横に立った。つかのま悲しげに見下ろし、死んだ女性の髪をなでる。それから、事務的な口調で言った。「ルシンダの腕の痕に気がついたでしょう？」

「虫に咬まれたみたいでしたね」とメアリ。

「虫じゃないわ」アイリーンはベッドシーツの片隅をめくった。ヴァン・ヘルシング夫人の片腕を持ち上げ、血に汚れたナイトガウンの袖をまくる。その腕にも小さな赤い点々がついていた。

　ジュスティーヌが近寄って観察した。「血管に沿っていますね」

「あなたもそれに気づいた？」アイリーンは訊いた。「誰かが血を抜いていたのよ、複数の箇所に刺す必要があるほど何度もね。痕は両腕にあるわ」

「じゃあ――これは注射針の痕なんですか？」メアリは訊ねた。「でも、どうして？」

「さあ」とアイリーン。「でも、ほかにもあるの。あなたがルシンダを手伝っているあいだにヴァン・ヘルシング夫人を調べたのよ。徹底的にやる時間はなかったけれど、これが目についたわ」ヴァン・ヘルシング夫人の口の端に片手を置き、指で唇を開く。

　ルシンダの母親には牙があった。

「路地にいた男と同じ！」メアリは声をあげた。「ああ、これで口に血がついていた理由がわかりました。あの男に噛みついたんですね」

「牙？」とアイリーン。「あいつらは牙を持っていたの？」当惑したように眉をひそめる。

「まあ、ひとりは」とメアリ。「ほら、戦闘の真っ最中でしたから、全員をそんなにはっきり見たわけじゃないんです。でも、あの男は狂犬みたいにわたしに歯を剝いたので。あるいは獣人みたいに。あいつらがモロー博士に造られた連中みたいに獣人だってことがありうると思いますか？」

「いいえ」とアイリーン。「あの場を離れる前にひとり観察したの——さっとだけれど、生体解剖された動物だったらわかったはずよ。シャーロックが手紙で獣人を描写していたもの。いいえ、あいつは完全な人間だったわ——ヴァン・ヘルシング夫人と同様に」

「蘇生された死体という可能性は？」ジュスティーヌが問いかけた。「それなら、なぜ死なないのかも説明がつきます」

「わからないわ。でも、だったらどうして牙が？　あなたに牙はないでしょう、ねえ」アイリーンはジュスティーヌにほほえみかけた。「たぶん、何か新しいものを見ているのだと思うわ。シャーロックの手紙には説明されていなかったものをね。この体で見慣れないものは牙だけではないわ。あなたがこのひとを運んでいるとき、本来出ているはずの量より血が少なかったのに気づいたの——固まるのが早いのよ。それに、もう死んで数時間になるけれど、死後硬直が始まっていないわ」

「じゃあ、死んでないんですか？」メアリは訊いた。「ヴァン・ヘルシング夫人は——あの男たちみたいに蘇生するんでしょうか？」

「そうは思わないわ」とアイリーン。「脈も心拍もないもの——ルシンダ自身も言っていたけれど、ほんとうに死んでいるのだと思うわ。でも、誰かがこのひとに何かしたのよ——なんらかの形で変化させた。どんなに細いかも見てちょうだい……」シーツをさらにめくる。そのとおりだった——ナイトガウンに包まれていても、ヴァン・ヘルシング夫人がほとんど骸骨のように痩せこけているのがはっきりと見て取れた。「こんな飢餓状態でどうやって生き延びたの？　それに、誰が飢えさせたのかしら？」

「ヴァン・ヘルシング教授では？」とジュスティーヌ。

「彼が実験をおこなっていたのはわかっています。これには実験の特徴がすべてあります――体の異常な痕、生理学的な、そして精神的な変化……。ああ、あまりにもよくわかるんです、わたし自身が実験でしたから」

「実験をするなら、自分の妻と娘がいちばんんですものね」メアリは苦々しく言った。「そういうパターンでしょう？　あの科学者たち――いいえ、そんな名前で呼んだりするものですか。あの錬金術師たちは女性、できれば若い女性が実験対象として最適だと信じているのよ」

「まったく」アイリーンは蔑《さげす》みに満ちたひややかな声で言った。「胸が悪くなるわね」

「じゃあ、これからどうします？」メアリは訊ねた。「わたしたち――どうなんでしょう――なんとかしてヴァン・ヘルシングと戦うんですか？　本人はウィーンにいるわけですらないでしょう？」

「クランケンハウスから妻と娘がいなくなったと知ったら、すぐに駆けつけるでしょうよ」とアイリーン。「どうしてルシンダとお母さんを閉じ込めさせたのかしら？　そして、なぜ召使にヴァン・ヘルシング夫人が死んだと言ったの？　そのうちルシンダも死んだと公表するのかしらね。あのふたりに何をしていたにしろ、隠そうとしていたのは明白よ――それしか論理的に説明がつかないもの。でも、正確には何をしていたの？　それにあの皮下注射の痕は何を意味しているのかしら？　ルシンダがある程度答えをくれたらと思うけれど、父親に何をされたとしても、そのことが精神に影響を及ぼしているのだと思うわ」

「じゃあ、ただ頭がおかしくなっただけとは思わないんですね？」とメアリ。

アイリーンは肩をすくめた。「正直なところ、わからないの。わかっているのはあなたのお友だちのミナがヴァン・ヘルシング夫人と知り合いで、錬金術師協会がブダペストで会合を開く日取りを知っているということだけ。今回の件に関しては、そのひとのほうがわたしたちより情報を持っているのはあきらかね。だから、いいえ、ヴァン・ヘルシングと戦うことにはならないでしょう。あなたには今までの計画どおり、ルシンダをブダペストに連れていってもらうわ。ミナを信頼していると言っていたでしょう。向こうに計画があるのだから、それに従うべきよ。どちらにしても、ヴァン・ヘルシングが到着したとき、あなたたちにはこの街から出ていってほしいの。あの男はわたしに任せて――少なくとも、捜査を間違った方向へ誘導することはできるわ。もうハンナが出ていって、当局が何を知っているか調べようとしているところよ。逃亡した患者三人を追いかけようとしているのかどうかも……

……」

「そうすると――また列車で行くことに？」メアリは訊ねた。四人分の切符代を払えるだけの所持金があるだろうか。

「いいえ。あの連中が誰なのかわたしは知らないわ。ヴァン・ヘルシングのために動いているのか、あるいは錬金術師協会なのか、その両方なのかもね。でも、列車は目立ちすぎる――協会がまだあなたたちを尾行していれば、オリエント急行がウィーンを出発する帝国鉄道駅《シュターツバーンホフ》は監視されているでしょうね。ハインリッヒ・ヴァルトマンや、むしろ別の手下のほうがありそうね、とにかくそういう手合いに出くわしてほしくないの。グレータとゲオルク――うちの下僕よ――をやって、あなたがた四人に個人用の馬車を手配させたわ。いちばん交通量が少ない夜明け前に出発してちょうだい。その馬車でウィーンの南から国境を越えて、ハンガリーへ行くの。そのほうが時間はかかるけれど人目につかないし、それでも充分間に合うはずよ。もちろん費用はわたしが出すわ」

「そんな必要は――」またもや金を受け取らなければ

ならないことを恥じて、メアリは言った。

「でも、そうしたいの」とアイリーン。「あの連中はわたしも襲ったのよ、忘れた？　これはもう、あなたがたと同じぐらいわたしの戦いでもあるの」

「あんまり親切で、気前がよすぎます」とジュスティーヌ。

アイリーンは微笑した。「でなければ、本気であのくそ野郎どもに腹を立てているのかもね。ひとを撃ったら死ぬものよ！　いいわ、ふたりとも少し眠っていらっしゃい。これから長くつらい旅に出るのよ――最短距離で行っても数日かかるわ。だから、寝なさい」

ヴァン・ヘルシング夫人の顔にシーツをかける。そうしながら、まるで無言の祈りを唱えるようにアイリーンの唇が動くのが見えた。

これだけのことが判明したあとで、どうして眠れるというのだろう？　考えることが山ほどある！　だが、ジュスティーヌに続いて二階へ上がりながらも、目が閉じかけるのを感じ、メアリは懸命に開いておこうとした。ダイアナの隣で横になろう……。

夢の中は蜜蜂でいっぱいだった。どうやってはるばるイングランドからウィーンまで飛んできたのだろう、とメアリはいぶかった。

その日二度目にグレータから揺り起こされたときには、ガス燈が灯っていた。メアリはどこにいるのか混乱して身を起こした。なぜ窓の外が暗くて、自分の寝室にいないのだろう。ミセス・プールはどこにいる？

「お風呂を沸かして着替えを出しておきました」グレータが言った。また上品なメイドの服装になっている。

「一時間以内に出かけられるように準備を、とマダム・ノートンがおっしゃってます」

「出かける？　どこへ？」メアリは目をこすった。ダイアナが隣に寝ていなかっただろうか？　どこへ行ったのだろう。

「ブダペストです」グレータが言い、いきなり何もかもいっぺんによみがえってきた――ここ数日のできごと、この先何日かの計画。その瞬間、イングランドの自宅の応接間に戻って、ミセス・プールにお盆でお茶を持ってきてもらえるなら、どんなことでもしただろう。「マダム・ノートンにあなたがたを乗せていく馬車を見つけるようにと使いに出されたので――いわゆる貸し馬車ですね。ゲオルクに手伝ってもらいました、このあたりの厩のことを知っているので――馬丁と賭博をやってるからなんですが！　そんなに長い距離を引き受けたがる馭者を見つけるのは簡単ではありませんでした。でも、ヘルマンの友だちがその道筋にくわしいハンガリー人を推薦してくれたので、まもなく馬車がきます」

「そうね――ブダペスト！」メアリは言った。まだこんなに疲れているのに！　どのくらい眠ったのだろう？　炉棚の上の時計を見る。針によれば三時十五分だった――おそらく午前だろう。当然だ。外がまだ暗いのだから午前に決まっている。また目をこする。昼間のほとんどと夜の半分を寝て過ごしても、どうやら足りていないようだ。しかも、確実に汚れている気がする。ナイトガウンに着替えてさえいれば！　あいにく、服を着たまま横になって寝入ってしまった。いや、グレータが風呂について何か言っていなかったか？

「食堂《サーラ・マンジェ》に食べ物があります」とグレータ。「出発前に食べておいたほうがいいですよ。ヘルマンの話では、三日間移動して、三日目には着くそうです。フラウ・シュミットが籠にサンドウィッチをつめてくれましたけど、夕食は道沿いの宿で買うしかないでしょうし、ブダペストに着くまでおいしい食事は取れないと思います」

「三日間！」メアリは言った。列車ならずっと早く行けるだろうに。だが、そのとき路地の男たちを思い出した……。オリエント急行の通路であの連中と再会したいだろうか？　身震いする。

グレータが出ていくと、メアリは急いで入浴した――
――ああ、この豪華な湯船に浸かる時間があればどんなによかったか！　優秀なメイドの直感で、グレータは的確にメアリの旅行用スーツを出していた。服を着て、寝ていたときの服をたたみ、髪を編んでからきっちりと上にまとめてピンで留める。洗面台の上の鏡で自分の姿を見た。まあ、まだくたびれた顔をしているが――
――少なくとも見苦しくはない。

食堂に入っていくと、ダイアナとジュスティーヌはすでにそこにいて、しっかりした朝食らしきものを食べ終えるところだった――ジャガイモ、ソーセージ、卵、胡瓜《キュウリ》のサラダ。ルシンダは空の皿の前に腰かけて目を伏せていた。アイリーンの服のひとつを着ている
――アイリーンのものだとわかるのは、生地が上等で襟元に刺繍が施してあるからだ。髪はピンで上げてあったが、顔のまわりになおも巻き毛が幾筋か垂れていた。ディケンズ氏の小説に出てくるかわいそうな孤児のようだ――蒼白く浮世離れしている。

卓上鍋で提供された食べ物を目にすると、猛烈におなかが減っていることに気がついた。全部を少しずつ取っていく。

「ベアトリーチェがここにいて、そのあざに何かつけてくれればよかったのに」メアリはダイアナに言った。

「どのあざ？」ダイアナはスクランブル・エッグを口につめこみながら問い返した。

「顔を洗わなかったでしょう？」とメアリ。「洗っていたら、顔の半分がジュスティーヌの絵みたいになっているのに気がついたでしょうね」

「実のところ、ムッシュ・モネの作品のほうが似ているわ」ジュスティーヌがにっこりして言った。「こういう緑や青や紫を使って描くのよ。そのあざにはなんとなく印象派らしいところがあるし……」

ジュスティーヌが冗談を言った！　今までに冗談を口にしたことなどあっただろうか？　おそらくないだ

ろう。

ジュスティーヌ　冗談は言うわ！　あなたたちが気づくより頻繁に口にしているのよ。

ダイアナ　うん、でもそれがわかるにはカントかレーゲルを全部読んでなきゃいけないけどね！　だからみんな笑ったことがないんだよ。冗談を言ってるのかどうかもわかんないんだもん。誰にも通じなきゃ冗談じゃないよ。

ジュスティーヌ　あなたが言ってるのはヘーゲルのこと？　フリードリヒ・ヘーゲル？

ダイアナ　レーゲル、ネーゲル、テーゲル。どうだっていいよ。

「それ、見たい！」ダイアナは声をあげた。ぱっと立ち上がり、食堂に鏡がないので、卓上鍋の銀の蓋で自分を眺める。「すっごい！　ぜんぜん痛くないよ。あのくそ野郎どものひとりが殴ったんだろうな、こんちくしょう」

「コールドクリームをあげるから塗っておきなさい」食堂に入ってきたアイリーンが言った。「荷造りは済ませて戸口に用意してあるわ。クランケンハウスの近くの宿屋に置いてきてしまった品々はハンナが回収できたの。それも荷物につめてあるわ。メアリ、浴室に残してきた服は、グレータがブラシをかけて旅行鞄の中に入れておいたわよ」

「ありがとうございます」メアリは言った。グレータはあらゆることに考えが及ぶようだ。

「食べ物の籠もあるわ、旅のあいだずっとはもたないでしょうけれど。あと三十分で出発よ――夜明けまでにはウィーンから遠く離れていてほしいの。あしたの晩とその次の晩は道中の宿に泊まることになるわ。ヘル・フェレンツ《Ferenc》が言うほど――アイリーンはその名をフェレッツと発音した――道がよくて、すべてがうまくいけば、三日目のどこかでブダペストに着くはずよ。ミクローシュ・フェレンツが馭者よ——ヘルマンは直接知らないけれど、ベルヴェデーレの厩で働いている友人が推薦してくれた相手で、知識は充分にありそうだとゲオルクが言っているわ。ハンガリー人で、道は全部知っているし、止まって新しい馬を借りる場所も心得ているそうよ……。あなたが寝ているあいだにミス・マリーに電報を打って、いつ到着するか伝えておいたわ。心配しなくて済むようにミセス・プールにも電報を送ったしね」

「それなら安全ですよね？」メアリは訊ねた。「電報を途中で押さえることはできないでしょう？」

「どんなものでも途中で押さえることはできるわ」とアイリーン。「電報だろうと、郵便だろうと……でも、あらゆる対策は取ったわ。最初にミセス・プールに電報を打ったときには、アメリカ大使館を通じて送ったの——ロンドンの大使館員のひとりが届けたのよ。今回も同じことをしたわ。それがいちばん安全な方法だと思うの。ところで、ジークムントと話したわ——成功を祈る、いつかまた会いたいと伝えてくれと言っていたわ。ふたりともね。あなたたちは興味深いのですって——本人が使っていた言葉は独特だったけれど——心理学的観点から」

「おかわりする時間ある？」ダイアナが訊いた。「まだおなかが空いてるんだけど」

「急いで食べるならね」とアイリーン。「ルシンダ、ほんとうに何もいらないの？」

ルシンダは苦悩に満ちたまなざしでそちらを見上げ、かぶりを振った。

アイリーンは身を乗り出してルシンダの肩に手を置いた。「お母さんは神聖な場所に埋葬して、信仰にふさわしい儀式をすべておこなうと約束するわ。もう一度だけ、さよならを言うために会っておきたい？」

ルシンダはうなずいた。

「それなら、いらっしゃい。馬車がすぐにくるでしょうから」アイリーンは手を差し伸べた。ルシンダはその手を取り、おとなしくあとについて部屋を出ていった。

「まあ、この旅行であの子と一緒なのはものすごく楽しそうだよね」とダイアナ。

「思いやりってものはないの？」メアリは訊ねた。「お母さんを亡くしたばかりなのよ」

「そんなこと知らないとでも思ってる？」とダイアナ。「あたしだって母さんを亡くしたよ、覚えてるよね？　あんただって。ジュスティーヌだって」

「だからいっそう気遣いとやさしさを示すべきなのよ」ジュスティーヌが言った。とがめるような顔つきだった――穏やかだが、とがめている。ジュスティーヌがこういう表情をしたのを見たことがあっただろうか。

ダイアナは睨みつけたが、答えなかった。かわりに自分が取ったジャガイモの残りを口につめこむと、批判してみろと挑むかのように、わざと口を開けて嚙んだ。メアリは溜息をついた。オーストリア＝ハンガリー帝国内の田舎を三日かけて馬車で移動するとは！　長い旅になりそうだ――ルシンダ・ヴァン・ヘルシングのせいだけではなく。

数分して、グレータが入口に現れた。「馬車がきました」

「ありがとう」とメアリ。「それから、何もかもありがとう、グレータ。またすぐ会えるといいのだけれど」

グレータは三人に向かってにやっとしてみせた。「わたしもお会いしたいです。みなさん、とても優秀な泥棒とスパイになれますよ」

「それ以上の褒め言葉はないと思うわ」ジュスティーヌがめったに見せない微笑を浮かべて言った。「さようなら《アウフ・ヴィーダーゼーエン》、グレータ」

階段の下で旅行鞄が待っていた。毛布と枕を上に積み上げた籠もある。ほかのものも全部あるかどうかメアリは確認した——ジュスティーヌの手提げ袋、自分のウェストバッグ。ぽんと叩いて連発拳銃の形をたしかめる。パーク・テラス十一番地のミス・メアリ・ジキルが連発拳銃の感触に安心感を覚えるとは、誰が思っただろう? しかし、実際そうなのだ。ウェストバッグを開けて、弾の入った袋も戻っているのをたしかめる。またいっぱいになっていた——メアリとアイリーンが路地で、そのあと馬車で発射した分が補充されていた。ハンナとアイリーンのなんと思慮深いことか。その荷物のあいだに、ルシンダ用の革の旅行鞄があった。

「準備はいい?」とアイリーン。

メアリはうなずいた。

アイリーンが扉を開いた。まだ暗かったが、二本の街燈の光が中庭を照らしている。馬車が一台と毛のぼさぼさした大きな馬が二頭、そこで待機していた。手綱を持った馭者が馬車の上に腰を下ろしている。一同が近づくと、その隣に座っていた別の男が飛び降りた。一礼して「こんばんは《グーテン・アーベント》、ご婦人がた《マイネ・ダーメン》」と言い、後部の荷物入れに旅行鞄を持ち上げた。籠とルシンダの鞄は馬車の中に入れると、座席の下に置いて上に毛布と枕を載せる。アイリーンがドイツ語で話しかけ、相当な額の金と思われるものを渡した。馭者はそれを財布に入れてから、馬車の扉を開けてもう一度頭を下げ、「どうぞ《ビッテ》」と言った。

「ほら、乗って」メアリはみんなに言った。

「あたしがいちばん!」とダイアナ。もちろん、いつでも最初でなければ気が済まないのだ!

「メアリ」アイリーンがメアリを脇に引き寄せて言った。「ルシンダに食事をさせるか、せめて何か飲ませられないかやってみて。どうしてさっき食べなかったのか訊いてみたら、〝禁じられた木の苦い果実〟とかなんとか言ったの――どういう意味かさっぱりわからないけれど。でも、食べさせないと――あそこで飢えさせられていたに違いないわ！　それ以外にも気がかりなことがあるの。さっき言ったように、馭者の名前はミクローシュ・フェレンツよ。若いほうの男性はその息子のデーネシュ。デーネシュはあまりドイツ語を話さないし、どうやら父親のほうはまったく話さないのではないかしら。あのひとたちはハンガリー語しか話さないようよ――まるっきり手に負えない言葉なの！　意思を伝えるには全力をつくすしかないわ。ヘルマンに馭させて、わたしの馬車で送ってあげられたらと思うけれど――ヘルマンの奥さんが最初の子どもを産むところなの。今ブダペストに夫を送り出したら、喜んではもらえないと思うわ。それにゲオルクは、下僕としては充分に能力があるけれど、大型の馬車どころか、バルーシュ馬車を馭す訓練さえ受けていないの！　ゲオルクが馭者になったらたぶん事故死するわ。体に気をつけて、メアリ。もちろんほかのひとにも気をつけてあげてね。あなたと知り合いになれて、ほんとうに楽しかったわ」

「わたしもです」メアリは答えた。アイリーンが手を握って振った――ああ、イングランド式の心のこもった握手だ！　だが、それから両手をメアリの肩にかけ、両頰にキスしてきた。まあ、気にならない。アイリーンは今まで出会った中でいちばん興味深い女性だ。別に張り合っているわけではないが、もしそうだとしても、気持ちよくアイリーン・ノートンに負けるだろう。

「ありがとうございます――何もかも」メアリは言った。それから、デーネシュ・フェレンツが馬車に乗るのを手伝ってくれ、背後で扉を閉めた。座席はクッションつきで、何か濃い色のビロードが張ってある。ありがたい――恐れていたほど大変ではなさそうだ。少なくとも、二日間木の座席の上ではねまわることにはならないだろう。ダイアナはすでに向かいの座席にまるくなり、ジュスティーヌの膝を枕代わりにして頭を載せていた。瞼を閉じている。ジュスティーヌはこちらを見て肩をすくめただけだった。まあいい、ジュスティーヌが気にしないなら——ともかくこちらは枕の役目を果たさずに済む！　メアリはダイアナに毛布をかけてやると、反対側の窓から外を眺めているルシンダの隣に腰を下ろした。何かできることがあれば——どんなに残念に思っているか示すなり、なぐさめるなりしてあげられたらいいのに。どうしてそういうことがこんなに苦手なのだろう。

そのとき、鞭の音がして、馬車が動き出した。窓の外に視線を向ける——街燈に照らされて、アイリーンとグレータの立っている姿がまだ見えた。手を振ると、向こうも振り返してくれた。メアリは座席に落ち着くと——列車ほど座り心地はよくないが、なんとかなる——体に毛布をかけた。馬車ががらがらと石畳の上を走っていくなか、窓越しにウィーンの街路燈を見つめる。いまだに疲れが残っている！　ちょっとだけ目をつぶろう……

目を開いたときには、馬車に陽射しが流れ込んでいた。ああ、どうしよう、また眠り込んでしまったようだ。向かいではジュスティーヌとダイアナがそろって眠っていた——ジュスティーヌは毛布をかぶって座席のクッションつきの背もたれに寄りかかり、ダイアナは頭をジュスティーヌの膝に載せ、口を開けて大の字になっている。よかった——ウィーンでの冒険のあとでは、みんな休息する必要がある。

だが、ルシンダは起きていた。背筋をぴんと伸ばして座り、反対側の窓の外をじっと見つめている。

「気分はどう、ミス・ヴァン・ヘルシング……ルシンダ？」メアリは訊ねた。あれだけのことを経験した以上、当然名前で呼び合う仲のはずだ。

ルシンダは首をめぐらした。蒼ざめて虚ろな目をしていたが、落ち着いていた。「元気になりました、ありがとう《ダンケ》」と言う。「わたしたちは破滅の顎《あぎと》へと向かっています。そこで悪魔どもに血を飲まれるでしょう」

「まあ」とメアリ。「ええと、気分がよくなったと聞いてとてもうれしいわ」この少女は頭がおかしい、完全に正気ではない。いったいどうしたらいいだろう？

　ルシンダはうなずいただけで、また窓のほうを向いた。メアリは自分の側から外を眺めた。なんとも美しい田園地方をパカパカと進んでいくところだ。道は広い牧草地と黄色い花の咲く畑を交互にぬってくねくねと続いていた。あの花は何かの作物だろうが、なんなのかは知らない。ときおり遠くに農場の家々が見えた。道沿いに丈の高い木が並んでいる。たぶんポプラでは？　ポプラは高くてまっすぐではないだろうか？　道路に石は敷かれていなかったが、馬車はばねがよく効いており、とくに揺さぶられる感じはしなかった——ともかくロンドンの普通の通りで感じる以上には。もうウィーンからずいぶん離れたに違いない。太陽の位置からして、昼前だった。

　馬車の動きは眠りを誘った。ルシンダと会話を始めたいと思わないなら、窓の外を見つめるぐらいしかすることがない。実際、一度は少女のほうを向いて声をかけた。「居心地はいい？　ほしければもう一枚毛布を出せるけれど」

　ルシンダは〝いいえ、けっこうです、充分暖かいので〟と口にするのと同じぐらい淡々と、「わたしは子羊の血に覆われています」と答えた。メアリはそのあと二度と試してみなかった。

　昼ごろダイアナが急に目を覚まし、体を起こして伸びをしながらジュスティーヌの鼻を叩いた。「おなか空いた」

　同時にジュスティーヌが目を開き、鼻に両手をやった。「なに……」まだ半分寝たまま、もごもごと言う。

「籠に何が入っているか見てみるわ」メアリは言った。

バターを塗ったパンにチーズやハム、サラミを載せたサンドウィッチ。固ゆで卵を入れた小さな籠の脇には、胡瓜のサラダの入ったガラス瓶とプラムのピクルスらしき瓶がある。茶色い紙包みに入っていたのは、ジャム・タルトがいくつかと、胡桃か罌粟の実の詰め物がしてある、きのう食べた丸パンの残りだった。とりわけうれしかったのは、コーヒーの入った魔法瓶を見つけたことだ。籠の隅にはテーブルクロスにくるんだ水の瓶が四本あり、その下にナプキンが四枚見つかった。フラウ・シュミットのおかげだ。フラウ・シュミットやミセス・プールのようなひとたちがいなければ、きっと世界の自転が止まってしまうに違いない。

ミセス・プール　そのことを忘れないでくださいよ！

「ほら」メアリは言い、チーズサンドのひとつをジュスティーヌに、サラミのをダイアナに渡した。自分にはハムサンドを取る。「どれがいい？」もう一度籠に手を入れようとしながらルシンダに訊ねる。ルシンダはかぶりを振り、座っている馬車の隅っこに縮こまった。「わかったわ、じゃあ、このジャムのをひとつどう？　たぶん何かドイツ語の名前があるでしょうね。これはラズベリー・ジャムだと思うわ。ねえ、おなかが空いているんでしょう」事実、ルシンダはジャム・タルトを物ほしげに見ていた。手を伸ばしてから、ぱっとまた引っ込める。

「いらないなら、あたしがもらう」とダイアナ。

「でも、ほしがっているわ」とメアリ。「そうでしょう？　ねえ、ほしいのはわかってるのよ」

ぎょっとするほどの勢いで、ルシンダはメアリの手からタルトをひったくってかじりついた。目を閉じて、人目を忍ぶかのように、ひもじそうに夢中でちびちび食べている。タルトをまるごと食べ終わると、指をなめてからこちらを見て、ほぼ普通の声で言った。「アムステルダムのうちの料理人は、こういう小さなもの《プティ・ショーズ》をパーティー用に作っていました——お父様が悪魔の化身になる前、パーティーがあったときに」そのとき突然、両手を腹部にあてて身をふたつに折り、馬車の床、ジュスティーヌの足の真横に嘔吐した。

一瞬、メアリはどうしていいかわからず、ただ見つめていた。ジュスティーヌのほうが早かった——メアリが反応できないうちにルシンダの隣に移動し、壁とのあいだに体を押し込んだのだ。両腕で少女を抱きかかえ、口を拭くようハンカチを差し出し、そのあと自分で拭いてやった。取り乱したルシンダは、ぽろぽろと涙をこぼしながら身をまるめて座っているしかできなかったからだ。

「わかったわ」メアリは言った。「どう見ても、まずい考えだったみたいね」籠に入っていたテーブルクロスで吐いたものを片付ける。そのあいだ、向かいの席に座って足をクッションに載せたダイアナは、「うわ、気持ち悪い。なんで食べろなんて言ったの？　コーヒーのときどうなったか覚えてないわけ？」というような役に立つ意見を言ってくれていた。

「もちろんコーヒーのことは覚えているわ！」メアリはぴしゃりと答えた。馬車の中には嘔吐物のにおいが立ち込めていた。こちら側の窓をできるところまで下げ、といってもあまり開かなかったが、テーブルクロスを外にほうりだした。ごみを散らかすのは性分ではなかったが、この悪臭をなるべく取り除かなければならなかったし、どうせひと月もたてば布は雨と泥で分解されてしまうだろう。ナプキンのうち二枚を使って床をぬぐうと、それも投げ捨てる。まったく、なぜダイアナは一度ぐらい手伝ってくれないのだろう。とんでもない、ただそこに座って文句を並べているだけだ。

「さあ、これが精一杯よ」とうとうメアリは言った。

ジュスティーヌは自分にもたれかかっているルシンダ

をかかえたままだった。涙の痕の残る顔に金髪の巻き毛がかかっている。

「こうなったらどうしたらいいかしら？」メアリはジュスティーヌに問いかけた。「何か食べなくちゃ、病気になってしまうわ。もう病気なのかもしれない、だからみんな吐いてしまうのかもしれないわね。ジュスティーヌ、ルシンダに熱はある？」

ジュスティーヌはそっとルシンダの額に手をあてた。

「いいえ、冷たいわ――じっとり冷たいの。ここにベアトリーチェがいたらいいのだけれど。どうしたらいいか知っていたでしょうに」

ベアトリーチェ　残念ながら、わたしの医学知識でさえ、そういう状況では役に立たなかったでしょうね。ルシンダの病気の治療法は知らないわ。

「血が必要なんじゃないの」ダイアナが言った。

「なんですって？」とメアリが、「どういう意味なの？」とジュスティーヌが、同時に言った。

「あたしが病院に、あのクランケンなんとかにいて、その子の母さんを一緒に連れてこようとしてたとき、血をやれって言われたから、あたしが少し分けたよ」

「少し分けた？」とメアリ。「どうやって？」

「腕を切ってだよ、当然。ほらね？」ダイアナは袖をまくりあげた。その手首には、まだ赤い新しい傷痕がついていた。「そうしたら、手首から直接飲んだわけ」

「ああ、なんてことなの」とメアリ。「どうしてもっと前に言わなかったの？　アイリーンのところで言ってくれれば、ここで役に立ったかもしれないし、その傷をちゃんと手当てできたのに」

「忘れてた」ダイアナは肩をすくめて言った。

「忘れてた!?　ひとに自分の血を飲ませたのをどうして忘れられるのよ？」

「だって、いろいろあったからさ」ダイアナは言い訳がましく答えた。「それに、あそこで話してたらどなられてたよね、今みたいにさ」

「どなっていません！」とメアリ。

ジュスティーヌが腕を伸ばして膝に手をかけてきた。「でも、どなっているわ。メアリ、動揺しているのはわかるけれど、口論しても状況は変わらないわ。わたしはルシンダのことが心配なの」

たしかに、ルシンダは目を閉じたままジュスティーヌの肩にもたれかかっていた。ぞっとするほど蒼ざめている。

ダイアナがスカートの下に手をやり、小さなナイフを取り出した。「ほら、血が少し必要なだけだって」手首にナイフをあてがう。

「ちょっと、やめなさい」メアリは言い、その手をつかんだ。「あなたがルシンダのお母さんのためにそれをやったんだったら、ルシンダの分までやってほしくないわ。どれだけ血を失ったかわからないのよ！　わたしがやるわ。だいたい、いったいどこにそのナイフを隠していたの？」

「ガーターだよ、もちろん」とダイアナ。「ガーターなんてそれ以外邪魔なだけじゃん。ストッキングを留めておくのは別だけどさ」

メアリは頭を振ってナイフを取り上げ、馬車の動きで床に落ちないよう、慎重に隣の座席に置いた。袖を肘の上までまくる。自分で切り傷をつけたことは一度もなかった。どの程度痛むのだろう？　少し？　とても？　かなり痛むのが判明した。手首の上を赤い流れが伝うのを眺める――左側だ、右腕のほうが使うだろうから。

「頭を支えてあげてくれる？」とジュスティーヌに言う。それから手首をルシンダの口元にあてた。こんなのは常軌を逸している――いったい何をしているのだろう。とはいえ、この三日間のできごと以上に異常というわけでもない。ルシンダはほんとうに血を飲むだろうか？

最初は何事も起こらなかった。ルシンダは眠っているか気を失っているかのように目を閉じ、ジュスティーヌに寄りかかっている。そのとき、手首に何か感じた——舌だ。猫が器のミルクを飲むように、ルシンダが血をなめているのだ。メアリの手首から腕を伝い、ほぼ肘まで流れ落ちている血をすべて、ていねいになめとる。それから、まだ目をつぶったまま、切り傷に口をつけて吸いはじめた。

もう痛まないように思われた。問題ない、まったく問題ない。妙にくらくらするとしてもだ。周囲がぐるぐるまわりはじめたように感じられた。まるで水中にでもいるようで、馬車の内装が海藻さながらに揺れている。もしかしたら溺れてしまって、ここは難破船の船室なのかもしれない……

「それで充分！」ジュスティーヌが言った。「充分よ。メアリ、大丈夫？」

ジュスティーヌの顔がゆらりと視界に映った。大丈夫だろうか？ たぶん。もしかしたら。

「このくそちび！」ダイアナが声をあげた。「よくもあたしの姉さんにそんなこと！」

メアリはくすくす笑った——抑えきれなかったのだ。よりによってダイアナが自分をかばうとは！

「なに？」とダイアナ。「なんで笑ってんの？ ヒステリーか何か起こした？」

「コーヒーをあげて」とジュスティーヌ。「ルシンダがそんなにたくさん飲んだとは思わないから、急いで」

メアリは魔法瓶の冷たい金属が唇に触れるのを感じた。

「ほら」とダイアナ。「これ飲んで、そしたらあたしがあのちびを殺して——」

メアリはまたくすくす笑い、あやうくコーヒーを服の前面にこぼしそうになった。

「なに？」とダイアナ。「なんで笑ってるのか教えてよ！」

メアリは魔法瓶から飲んだ――ああ、どうして紅茶のほうがコーヒーよりいいなどと思ったのだろう？コーヒーは世界一だ――コーヒーは命そのものだ……。

「だって、あなたのほうが小さいからよ」飲み終えたあと、ようやく口に出す。そして魔法瓶をダイアナに戻した。

「だから？」とダイアナ。「こんなやつ簡単にやっつけられるよ！」

「それはどうかしら」ジュスティーヌが言った。

ルシンダはいまや座った姿勢になっていた。はじめて頬が色づいている。目がきらきらと光り、さっきより落ちくぼんでいるように見えなかった。口に血の染みがあるが、メアリが見ているうちに唇をなめたので、染みは消えた。これまでより力強い声で言う。「わたしは呪われています。わたしの魂は永遠の業火に落とされているんです。死ぬほうがいいのに」

「でも、そうはならないわ」メアリは不機嫌に言った。「あなたを生かしておくのに、わたしたちの血が全部必要だとしてもね！」少し気分がよくなってきたが、まだめまいがした――馬車の動きで吐き気がしてくる。

「ダイアナ、サンドウィッチを取ってくれる？今度はチーズで――あと固ゆで卵を。それに、なんだか知らないけどそのピクルスも」ルシンダのほうを向く。「あなたをブダペストのミナのところへ連れていくつもりよ、わかった？到着するまで死ぬのは許さないわ」

ルシンダは膝に置いていた両手を見下ろした。ジュスティーヌが母親のようにやさしく少女の髪をなでる。メアリはジュスティーヌに目をやり、万国共通のあきらめのしぐさで両手を上げてみせた。まあ、少なくとも手首の傷からはもう血が出ていない――傷があった位置に赤い線がついているだけだ。ジュスティーヌは〝わたしにもどうしたらいいかわからないわ〟と言いたげに肩をすくめた。最高だ、これ以上のことがあるだろうか。現在、一行はオーストリアの田舎を三日かけて馬車で通り抜けている。そうした移動で普通に旅行者が直面すること――泊まる場所や体を洗う場所、充分な食べ物を確保すること――全部に対処するだけでも厄介だというのに。それがいまや、仲間のひとりが生きるために血を必要としていると発見したのだ。地元の市場で購入できるようなものではないだろう。いったいどうやってブダペストにたどりつけばいい？

「動いて」メアリはダイアナに言い、馬車の向かい側に移動した。これでジュスティーヌとルシンダにもうちょっと場所が空く――メアリにもだ。もっとも、どんなに贅沢な馬車だろうと、内部にほとんど余裕はなかったが。たった今起きたことをよく考えてみる。ルシンダはどのぐらい頻繁に血が必要なのだろう？　どんな血でも――豚の血でも間に合うだろうか？　見当もつかないし、ルシンダに訊ねたところで、またもや呪われているとか死にたいとか聞きたいなら別として、意味があるとは思えない。頭がずきずきした。

無言で――ささやかな奇跡に感謝だ――ダイアナがサンドウィッチを一個と固ゆで卵のひとつ、それから籠の底のナプキンの下にあったフォークを添えて、ピクルスの瓶をよこした。たしかにプラムのピクルスで、甘酸っぱく、予想していたよりおいしかった。メアリはいくつか食べてから、残っていた二枚のナプキンのうち一枚で口を拭いた。ダイアナも卵をひとつ取り、窓の下枠にぶつけてひびを入れ、殻を剝きはじめた。剝き終わると、卵にかじりつき、口いっぱいにほおばったままメアリに身を寄せて、とくに声を抑えるわけでもなくささやいた。「心配しないでよ、あいつがあんたやジュスティーヌを襲ったら、あたしが殺すから。このちっちゃなナイフで喉を切り裂いてやる」

ものすごく長い三日間になりそうだ。

ダイアナ　ぜったいあたしに感謝しないんだから、親切にしてやってるときでもさ！

メアリ　あんなふうにかばってくれたなんて、あなたはいい子よ、ダイアナ。ほんとうに感謝していたのよ、わかるでしょう。今だって感謝しているわ。

ダイアナ　まあ、姉さんだし。つまりさ、あんたはいらいらするし、おもしろくない——キャサリンがもうあの言葉を口にするなって言うから——なんとかだけど、それでも姉さんだもん。

ミセス・プール　あなたがそんなに愛情深いことを口にするのを聞いたのは、これがはじめてかもしれませんね、わんぱく娘さん。

ダイアナ　厨房に戻りなよ、この老いぼれ（出版禁止用語）。

14　〈美《ラ・ベル・》しき毒《トクシーク》〉

「ベアトリーチェ！」

ベアトリーチェはうしろめたそうに見上げた。「わかっているわ、キャット。ごめんなさい——ちょうど会話が終わるところなの。一時間ぐらいしか話していないって保証するわ。時間を見ていたの、ほんとうよ」

「僕のせいなんだ、猫ちゃん《ウィスカーズ》」とクラレンス。「イタリアについて質問しつづけていてね。一度も行ったことがないからな。セネカやマルクス・アウレリウスが歩いたローマの通りを歩くことを想像してみたまえ……。世界中でイタリアより見てみたい国はエジプトしかないんだ。それに気分はいい、ほんとうだよ。慣れてきたんじゃないかと思う——ボストンに引っ越したとき雪に慣れたり、イングランドでは雨に慣れたりするようにね。見てくれ、窓は開けておいた」限界まで下げてあった列車の窓を指さす。外でオーストリアの田舎の景色があっという間に通りすぎていく。それは……緑色だった。

「ベアトリーチェの毒は大気条件の一種じゃないんだから」キャサリンは言った。「慣れるわけにはいかないの——自分が毒を持たないかぎりね。そうなりたいわけ？」できるだけ非難がましく相手を睨みつけてから、ベアトリーチェに視線を向ける。「でも、そのことを言いにきたわけじゃないの。錬金術師協会のやつがここにいると思う——この列車に」

「どういう意味なの？」ベアトリーチェは驚いて問い返した。「協会の一員らしいひとを見かけたということ？」

「まさか、もちろん違うわ。だいたい錬金術師協会の一員がどんな見かけだっていうの、ドクター・セワード以外は？　つまりね、あいつはまったく普通に見えたでしょ。変装した錬金術師なんてどんなふうにだって見えるじゃない。でも、見かけたのはうちの連中だけよ。朝食のあと、食堂車に残ってシャープ大佐やミス・ペチュニアとおしゃべりしてたの。それから自分の客室に戻ろうかと思って——まあ、ゾーラとあたしの客室だけど。もっとも、あれだけ物を置きっぱなしにしてたら、ほとんどゾーラの部屋よね。まだあの娘《こ》の蛇をあそこで見つけてないのがびっくり！　とにかく、パリの印象を書き留められるように帳面を取りに行きたかったの。アスタルテ・シリーズのひとつでパリを舞台にできるかもしれないと思って——『エッフェル塔のアスタルテ』とかそんな感じで。だから旅行鞄を開けたら、中身の位置が変わってたの。誰かが正しい場所に戻そうとしたんだろうけど、あたしは猫だからね。位置が違えばわかる——ただわかるの。だから、自分の服とか、あたしたちの本と地図とか、あんたのスーツケースに入らないって言った化粧品まで、細かく調べたわ。何もかも引っ張り出して、ポケットも残らず確認した。そしたら気がついたの――アイリーン・ノートンからの電報がなくなってた」

「なくなった?」とベアトリーチェ。「誰にもぜったいに見つからない場所に入れたって言っていたでしょう」

「うん、あんたの聖書の中、表紙のすぐ内側。四六時中持ち歩きたくなかったし――誰も見ないところに隠しておくのがいちばん安全だと思ったの。聖書なんて、実際に見るのはジュスティーヌぐらいだし。どっちにしても、底に置いて、上に服を全部重ねておいたのよ。誰があんな下まで調べる? でも、聖書を開けたら電報はなかったの。それに、さっきも言ったけど、何もかもごちゃごちゃにされてた――普通のひとなら気づかないようなやり方でね、でもあたしは普通のひとじゃないもの。今思えば、あたしの服をスーツケースに入れて、旅行鞄をあんたの客室に入れておけばよかったた。まあ、そうするとどの地図にも毒ガスがかかっちゃうけど……。ともかく、誰かがあの電報を取っていったはずなの」

「ほんとうにそう思う?」ベアトリーチェはなおも疑わしげだった。「あなたがどんなに用心深いか知っているけれど、キャット、でも、誰かに追跡されているいる気配はないし、それどころか、わたしたちの動きにとりたてて興味を持っているひとさえ見当たらないわ。ええ、メアリとジュスティーヌが旅の途中で錬金術師協会のスパイに会ったと聞いたけれど――それにしても、ノートン夫人がもっと情報をくれたらと思うわ! でも、だからといって、わたしたちの所在を――あるいは身元さえ、協会が知っているということにはならないわ。しかも、あやしい相手は見ていないのよ――この車両全体がロレンゾの一座でいっぱいですもの。

知らないひとが乗ったり、別の客車から入ってきたりしたら、当然見られて話題に上るでしょう。それとも、サーカスの仲間を疑っているの？　まさか。サーシャやジェリコのふたりが錬金術師協会のスパイだなんて、想像もできないわ。電報をほかのところに置き忘れてしまったということはないの？　でなければ、最後に旅行鞄を開けたときに聖書から落ちて、気づかなかっただけとか」

そんなことがありうるだろうか？　もちろん電報をほかの場所に置いたはずはないが、旅行鞄を動かしているときにでも、どこかで聖書からすべり落ちた可能性は？　いや、列車に乗ってからずっと座席の下に安全に収まっていて、引き出したり戻したり、服が必要なときに蓋を持ち上げたりしただけだ……それなら、今朝誰かにいじられたと気づいたあと、旅行鞄を調べていたあいだはどうだろう？　戻ってもう一度たしかめるべきかもしれない。ベアトリーチェは社交上の理由でばかげたふるまいをしているが、根本的には分別があるし、耳を貸す価値がある。キャサリンは思い返してみようとした……そもそも、電報を最後に見たのはいつだろう？　そう、列車に乗った最初の日、口紅入れがほしいとベアトリーチェが頼んできたときだった。〝毒にあたってもかまわない〟誰かさんのために魅力を増そうとしたに違いない。荷運びが列車に荷物を積んだとき、何も壊れたり動いたりしていなかったかどうか確認したときには、表紙の裏にしっかりはさまっていた。たんにすべり落ちたということはありえない。

今日のベアトリーチェは例の改革服のひとつを着ていた——緑色で、中世風に見えるようなスタイルだった。パリの初日、夕方の公演の前に、ベアトリーチェは新鮮な空気が吸いたいとだけ言い残してひとりで出ていった。大丈夫、パリはよく知っているから——自分の体のことでソルボンヌ大学の学者たちと会うため、以前何カ月か滞在したことがある、と言っていたのだ。ひとりで外に行かせるのは心配だった——迷子になったり、誰かに毒を与えてしまったりしたら？　だが数時間後、ベアトリーチェは茶色い紙包みを持って戻ってきた。

「買い物してたの？」キャサリンは訊ねた。ロレンゾからまだ報酬を受け取っていないので、あまり金はなかったし、パリは物価が高い。

ベアトリーチェはうれしそうでもあり、少しばかり恥ずかしそうでもあった。「もしかしたら美術館か画廊に行くべきだったかもしれないけれど——パリは芸術と文化がこんなにも豊かなんですもの！　でも、気がついたらハウス・オブ・ウォルトにいて、店員のひとりが親切にオータム・コレクションを見せてくれたの。そのとき、信じられるかしら、ウォルト氏自身が事務所から下りてきたのよ！　わたしがめずらしい容貌を持っているからモデルとして雇いたいと言ってくれたの。それで自分が誰なのか説明するはめになって——〈美しき毒《ラ・ベル・トクシーク》〉のことよ。そうしたら、いい宣伝になるから、ドレスのひとつを着てほしいって言われて。別のお客のために作ったけれど、そのひとが結局ほしがらなかったドレスが一着あったの。少し手直しすれば、わたしのために作られたように見えるだろうって。そういうわけで、お針子がその場で体に合わせて直してくれて、そのあと店員が写真を撮ってくれたのよ！　ほら、見て！　このモデルは〈緑の妖精《ラ・フェ・ヴェルテ》〉って呼ばれているんですって」

包みを解くと、緑の絹のドレスがこぼれ出た。たしかにベアトリーチェのために作られたようだ。〈毒をもつ娘〉にぴったりのドレスだった。

もちろん、これを着たらいっそう美しくなって、クラレンスの問題の解決にはならない！　とはいえ、パリは大成功だった。五回の公演——金曜の夜の部と、土日の昼と夜の部がすべていっぱいになった。観衆はジェリコの双子が体を絡ませ合い、シャープ大佐が魅力的な、だがあきらかに髭の生えているミス・ペチュニアを助手にしてナイフを投げ、〈世界一の怪力男〉アトラスがどんどん重いものを持ち上げていくのを熱心に見物した。〈世界最小の女性、リリパットの女王〉がテーブルの上に立って詩を暗唱し、〈犬少年〉がワンワン吠えたり遠吠えしたりして、〈豹女〉は敏捷さを示すためにロープと厚板の仕掛けをつぎつぎと登ってみせる。カミンスキー兄弟は軽業を実演した。〈ズールー族の王子〉は思いのままに土着の踊りを披露した。マダム・ゾーラは毒蛇を見せた。それから、いちばんの呼び物……〈ラ・ベル・トクシーク〉が舞台に現れた。ベアトリーチェはあらかじめ、ショウの一部として生きものを殺すことはしないと断っていた。そこでそのかわり、息を吹きかけられたり握手したりしてみないか、とロレンゾは観客に呼びかけた。志願者たちは代金を払い、顔に毒のある息をかけられてよろめいたり、指を火傷したりという体験を楽しんだ。観客は酔っぱらったかのようにふらふらと階段を戻ってくる連中を笑い、火ぶくれのできた手で下りてくる人々に喝采した。ときどきベアトリーチェは、特定の観客の頬にキスすることに同意した――政治家の老人、若い美人女優、休暇中の貧しい船乗り。パリの新聞は〝真の魔性の女《ル・ヴレ・ファム・ファタール》〟とあだ名をつけた。

　前のように余興を演じている感じだったが、今回は違いがあった。ドーバー海峡を渡るフェリーの上で、キャサリンはロレンゾのところへ行って訊ねたのだ。

「あたしたちにそれぞれ身の上話をさせたらどう？　ほら、アンデスの豹女がどうやって豹の母親と人間の父親のあいだに生まれたかとか、そういうやつよ。フランス人の観客だし、いつものまじめくさったイングランド人より洗練されてるんじゃないの。どう思う？」

　ロレンゾは懐疑的な視線をよこした。「身の上話とな、ふん？　観客が聞きたがると思うかね？」

「もちろん。誰だって物語を聞くのは好きだもの。ねえ、パリに着くまでにあたしが内容を書いて見せようか。そうすれば意見が言えるでしょ」

　そういうわけで、キャサリンはサーシャやゾーラやクラレンス、それに一座の残りの面々と話し、めいめいに身の上話を作った――本人の発想と、キャサリンの物語を書く能力の組み合わせだ。場合によっては完全なでっちあげだったし（クラレンス「私はシャカ・ズールー自身の末息子として生まれた。私が誕生した日、この子は成長したあかつきには、広大な水を越え、幽霊のごとく白き人々の地へ赴くであろう、とわが部族の司祭が予言した」）――ベアトリーチェのように、ほぼ真実ということもあった。ショウは怪物との遭遇《ユヌ・ランコントル・アヴェク・デ・モンストル》と宣伝され、観客は大喜びした。あまりに大金が転がり込んだので、ロレンゾは前もってウィーンに電報を打ち、木曜の夜の部に追加公演を入れる予約をした。一同はパリの最終公演が終わってすぐ、また列車に乗り込んだ。もちろん急行ではなかったが、四日でウィーンに到着し、ちょうど公演に間に合うはずだ。そのうえ、すでにブダペストの劇場から招待を受けている、とロレンゾはみんなに話した。何もかもじつに順調に進んでいた……一時間ほど前、旅行鞄がひっかきまわされ、アイリーン・ノートンの住所と、錬金術師協会に関する警告が記されていた電報がなくなったことにキャサリンが気づくまでは。

「キャット、あのひとの住所をどこかほかのところに書いた？」ベアトリーチェが訊ねた。

「ううん、誰かに見られたら困るから書き留めたくなかったし。暗記してある――プリンツ・オイゲン通り十八番地。でも、それは問題じゃないの。思い返そうとしてみたけど、ほかの理由で電報がなくなることなんてありえないもの。たとえ聖書から落ちたとしても、どこか鞄の中にあるはずでしょ。ほんとうに全部探してみたんだから、ビー。服を全部引っ張り出して、ポケットを残らず調べて……でも電報はなかった。それにね、わかる？　あれは今朝あたしが着替えたときと、帳面を取りに戻ったときのあいだに消えたはずなの。だって、その前に何かいじられてたら、気がついたはずだもの。間違いなくね。ここにいる誰かがあたしの旅行鞄をかきまわして、ノートン夫人の電報を取っていった。錬金術師協会の一員以外、そんなことをしたがるやつなんて考えられない。あんたの言うとおり、部外者が人に見られずにこの客車に入るのは無理だと思う。そういうことがあったら、誰かがその話をしたはず——サーカスの連中がどんなに噂話をするか知ってるでしょ。それに、たしかにクラレンスとあたしはここの全員を知ってる——何年も知り合いだった——ゾーラ以外はね。あの娘《こ》は新入りよ。すごくあたしと同室になりたがったのを覚えてる？　もっとあたしのことを知りたいって言って。なんで？　あのときも変だと思ったけど、今は……まあ、あやしいよね。ロレンゾのサーカスの誰かが錬金術師協会のスパイだとしたら、あの娘《こ》しかいないわ」

　クラレンスが眉をひそめた。しぶい顔をすると、ひどく恐ろしげに見えることがある。「キャット、証拠もなくひとを糾弾するのは君らしくない。その嫌疑は正確には何に基づいているんだ？　ゾーラが君と同室になりたがったという事実をのぞいたら」

　キャサリンは身を乗り出した。シャーロック・ホームズが謎を解き明かしているような気分だった。すべてが完璧に組み合わさっている。「考えてみて。荷運び以外にあの客室の鍵を持ってるのはゾーラしかいないでしょ。だってあの娘《こ》の部屋でもあるんだから。ほかのひとがやろうとしたら、あたしが中にいる危険を冒すことになったはずだけど、ゾーラはそんなこと心配しないで済む——別のときに探せばいいんだから。部屋に入るのを見られたって、誰もなんとも思わないだろうし——何か取りに行ったか、昼寝でもしに行ったって考えるだけよ。朝食のあと、あの娘《こ》はどこにいた？　蛇に餌をやりに行くって言ってたけど、そのあとどこにいたの？　戻ってきて旅行鞄を調べることができたはずじゃない」

「あなた自身、鍵のかかった扉を開けるのがどんなに簡単か見せてくれたでしょう」ベアトリーチェが考え深げに言った。「ダイアナにやり方を教えてもらうのに、一時間しかかからなかったって話してくれたわ。旅行鞄を探ったひとが誰だとしても、鍵を開けたはずね——扉の鍵だって開けられたでしょう？　もちろん危険はあるけれど、誰にも見られずにさっと入れたら——」

「うん、でもあたしだからね」とキャサリン。「あたしには鍵が動く音が聞こえるの、忘れた？　それに、客室の扉の鍵を開けるほうが難しいもの——旅行鞄の鍵だったら、ヘアピンがあれば誰だって子どもの遊びみたいなものだけど。ともかく、証拠があるとは言ってないわ。たんに疑ってるだけ。シャーロック・ホームズなら、疑いを追跡して調べるでしょ？　ゾーラがいちばん論理的な容疑者なのよ」

　キャサリンは列車に乗った夜を思い出した。ロレンゾが切符を配っているあいだ、パリ東駅のプラットホームに立っていたときのことを。ミス・ペチュニアと同室になるはずだった——毒のせいでベアトリーチェだけはもちろん例外だったが、誰もが客室を共有しなければならなかったからだ。だが、ゾーラが腕をつかんできて言ったのだ。「あたしはキャサリンと同じ部屋にするわ！　行きましょ、〈猫娘〉ちゃん、きっと楽しいから！」ミス・ペチュニアは切符を交換することに同意し、息子たちの準備を手伝って網がしっかり結んであるかどうかたしかめる役目のカミンスキー夫人と同室になった。そのときでさえ、どうしてゾーラがそんなに自分と同室したがるのか疑問だった。もともとキャサリンと蛇使いが友人というわけではない。

「本人に訊いてみるべきだと思うな」とクラレンス。「弁護する機会を与えるんだ。それが公平ってものだよ」

「あんた、弁護士じゃなくて裁判官になるべきだったんじゃないの」とキャサリン。

クラレンスは笑ったが、その笑い声には苦々しさがこもっていた。「マサチューセッツ州ではどっちにもなれないよ、ウィスカーズ。僕がしたことのあとではね」

「何をしたの?」ベアトリーチェが訊ねた。「話してくれたことがないけれど」

「あたしにもね」キャサリンは言った。電報の盗難を一瞬忘れ、ベアトリーチェの隣に腰かける。〈驚異と歓喜のサーカス〉に加わって以来、ずっとクラレンスとは仲がよかったが、なぜここにいるのか、どうして余興をすることになったのか聞いたことはなかった。こちらからは訊ねなかった――ベアトリーチェに話したように、サーカスでは根掘り葉掘り訊かないものだ。だが、ベアトリーチェがその話題を持ち出した以上、キャサリンも知りたかった。

クラレンスは溜息をついた。「ほんとうに知りたいのかい?」

ベアトリーチェはうなずいた。キャサリンはじっと待った。話したければ話すだろう。クラレンスというのは、説得したり問いつめたりできる相手ではない。

「わかったよ。あれは法科大学院を卒業した年だった。うちのクラスにいたほかの黒人の男連中と同様、僕はラフィン判事に触発された。黒人としてははじめてハーバード大学の法科大学院を卒業して、最初にマサチューセッツ州で裁判官になったひとさ。僕もそういうふうになろうと思っていたんだ。寡婦の母親に育てられた貧しいこの僕がね。うちの母は、他人の家を掃除して家賃を払っていたんだよ。まあ、僕は奨学金でハワード大学へ行って、そのあと奨学金でハーバードに行った。一年生のときには、ほかの貧しい人々――黒人でもアイルランド人でもイタリア人でも、あらゆる人々に法的支援を提供する団体で働いていた。州の西部にある郡のひとつに送られて、白人女性に乱暴したと告発された黒人男性を弁護したよ。判事に〝坊や〟と呼ばれたのはそれが最初だった。依頼人の無罪は勝ち取ったとも――相手の女性自身が証人として立って、暴行じゃなかったと証言したからね。ふたりは結婚したかったんだよ。マサチューセッツ州では合法だったし、女性は成人していたが、黒人と結婚させたくなかった父親が、娘は僕の依頼人に乱暴されたと保安官に言ったのさ。女性は妊娠しているのが見てわかった。

依頼人は裁判所から自由の身になって出ていったが、外に群衆が待ち構えていて、いきなり人混みから女性の兄が出てきた。保安官代理だったんだ。銃を持っていて、『撃ち殺してやる、このくそ……』いや、繰り返すのはふさわしくないな。依頼人を殺す気だったんだ。僕は何も考えずに飛びついて、銃を取り上げようと格闘した。銃は暴発して……。相手は僕にかかえられたまま、出血多量で死んだ。そういうわけで、僕はそこの裁判所で、同じ裁判官の前で故殺罪の裁判にかけられた。そいつの陪審説示にもかかわらず、無罪判決が出た――僕が自由の身で法廷から出ていったとき、裁判官が怒りのあまり口から泡を吹いて髪をかきむしるのが見えるようだったよ。あの群衆の中にいた人たちはみんな事故だったのを目撃したが、そのあとで誰が僕に仕事をくれる？　無実かどうかは問題じゃない。僕の顔は白人の警察官を殺した黒人として《ボストン・グローブ》の一面に載った。母はその前の年に癌で死んだし、ほかに身内といえば、ヴァージニア州にいるいとこたちだけだ。金がなかったから、イングランド行きの蒸気船のボイラーで働く仕事についた。ロンドンに上陸したあとは、しばらくイーストエンドの波止場で働いた。そこでズールー族の派手なショウを上演している男たちに会ったんだ――ズールー族はひとりもいなかったが、そういう見世物は儲かるという話だったし、どうせロンドンの住民がズールー族の何を知っている？　解散するまで二年間そのショウに出たよ。でも、やがて仲間のひとりが結婚するために一座を離れて、もうひとりが食料雑貨の販売を始めたから、続けるだけの人数がいなくなった。それで波止場の仕事に戻ったんだ。そのうち、ロレンゾのサーカスの宣伝を見かけて、ズールー族を職業にしている者はいらないかと訊いてみたのさ。それ以来ずっとサーカスにいる」

三人ともしばらく黙っていた。それからベアトリーチェが言った。「イングランドであなたの弁護士免許は使えないの？」

「わざわざ確認していないよ」とクラレンス。「もう法律はたくさんだし、法律のほうも僕と縁を切ってくれているといいんだが。さあ、昼食の提供がまもなく始まる。キャット、ゾーラと話したいかい、話したくないかい？　話したいならすぐに話したほうがいい。あと二、三時間でウィーンに着く。こっそり嗅ぎまわって疑いを持つより、きちんと話し合ってほしいと思うね。僕らみたいなショウでは、そういうのが別の種類の毒になるから」

「わかった」とキャサリン。「今がいい機会だろうしね。あと、あんたはベアトリーチェの部屋から出ないとだめでしょ。そもそもいつからここにいたわけ？ベアトリーチェは一時間って言ってたけど、信じないからね。この娘《こ》、腕時計もつけてないじゃない」

「きたのは朝食のあとだよ」とクラレンス。「つまり……」懐中時計を引っ張り出す。「三時間前かな？」

「いいかげんにして、クラレンス、もっとよく考えてよ！　あんたはこいつを蹴り出すべきだったのに、ビー。たとえ窓が開いてたって、そんなに長くいたらよくないのはわかってるでしょ。また同じことが起きてほしいの？　知ってるよね――ジョヴァンニみたいに？」猛烈に頭にきた――両方にだ。なぜ人の感情というものは、合理的に考える妨げになるのだろう。とくにベアトリーチェはもっと分別を持つべきだ。最初に好きになった相手は一緒にいすぎて毒にあたったのだから。そして死んだ。どうして結果を考えられないのか。

「ほんとうにごめんなさい」ベアトリーチェが言った。「もっと時間を意識するべきだったわ。でも、話すのがとても楽しくて……」罪悪感に押しつぶされて泣きそうになっている。あんなにきびしく言って気がとがめそうになるほどだった。結局のところ、ほかの人たちとつきあえないのは、ベアトリーチェにとってつらいことに違いない。サーカス――というか、今回は巡回興行の一座――は、平等な関係の集団だ。いつでも誰かが話をしたり新しい芸を披露したりしている。カードゲームがおこなわれ、勝手に歌の集いが始まって、食堂車の従業員を驚かせたりする。シャープ大佐夫人でもある〈リリパットの女王〉ヘンリエッタはとりわけみごとな声だった。ベアトリーチェはどれにも参加できない。列車ではほどの客室も密閉空間で、毒が蓄積する可能性がある。ほとんどの時間をひとりで過ごさなければならないのだ。なるべく頻繁に見に行くようにしているが、キャサリンでさえベアトリーチェとずっと一緒にはいられない――毒に影響されないわけではないからだ。

「つきあって、クラレンス」キャサリンは言った。「ゾーラと対決するなら今すぐがいいし、厄介なことにならないように一緒にきてほしいの。どうせここから出なきゃいけないでしょ。あんたの葬式に行くことになっても自業自得だからね」

「キャット、僕は大丈夫だよ」クラレンスは答えた。「自分の面倒は見られるさ、そうだろう？」だが、立ち上がったときに膝が崩れてよろめき、頭上の手荷物棚をつかむはめになった。

キャサリンは腹が立ちすぎて何も言えず、視線を向けただけだった。だいたい男というのはなんなのだろう。いつだって自分がたいそう強くて理性的だと考えているくせに――実際には女と同じぐらい感情的だ。あるいはそれ以上に！　このクラレンスにしても、〈毒をもつ娘〉と会話するために健康を、下手をすれば命さえ危険にさらしている……。いちばん古くからの友人でなければ責めていただろう。もちろん、いちばん古くからの友人でなければ、こんなに心配していない！　それにベアトリーチェのことも大事に思っているのだ。幸せになってほしい――だが、クラレンスの命と引き換えにではなく。

「わかったよ、キャット」クラレンスはうしろについて廊下に出てきた。「何を言うつもりだとしても、もう口にしたと思ってくれ。君の顔じゅうに書いてあるよ――腐ったミルクをばかにする虎猫みたいだぞ！　もっと気をつけると約束するから。さて、ゾーラはどこかな？」

ゾーラはキャサリンと共有している客室に座っていたのが判明した。その隣で、夜には寝台になる座席に腰かけているのは、サーシャと見覚えのない年配の女性だった。黒縮緬の服を着て、肩にレースのスカーフを巻いており、誰かのやさしいおばあちゃんのようだ。昔風の黒いボンネットをかぶり、度の強い眼鏡越しにこちらをのぞいている。

「よう、キャット！」サーシャがきついロシア訛りで言った。少なくとも身の上話のその部分は真実だ――サーシャはほんとうにロシア出身だった。ただし、あの大帝国に広がる草原《ステップ》ではなく、サンクトペテルブルクのスラム街の出だったが。ぜんぜん犬らしく見えない――今日はありきたりなウールのスーツにノーフォーク・ジャケットという恰好で、傍観者が普通でないと考えるとしたら、顔に毛が大量に生えていることぐらいだった。「こっちはフラウ・クレーエだよ。昔の友だちなんだ――おれが子どものころ送られたモラヴィアの孤児院の保母だったんだよ。ヴェルスで止まったとき、煙草を吸いながらプラットホームを歩いてたら、新聞を買ってるあの女のひと、知ってるぞ！　っていきなり気づいたんだ。そしたらほんとにそうだった。ミュンヘンで乗り込んだってフラウ・クレーエがちょうど話してたとこだよ。孫娘に会いにウィーンへ行くんだってさ。いくつか先の客車にいるんだって。すごい偶然だろ？」

「そうね」とキャサリン。「会えてうれしいです、もちろん」フラウ・クレーエが黒い編み手袋をはめた小さな曲がった手を差し出したので、握手する。サーシャや友人がその場にいるのはあまりうれしくなかった。感じのいい老婦人に見えるとしてもだ。蛇使いに疑いを突きつけることができるよう、ゾーラがひとりでいることを期待していたのに。

「かわいいサーシャのお友だちと会うのは、いつでもうれしいですよ」フラウ・クレーエのドイツ訛りは、そんなことが可能だとしたら、サーシャのロシア訛りより強かった。「この子がはじめてきたときのことはよく覚えてますよ――かわいらしいちっちゃな男の子で、でもひどく具合が悪くてねえ！　たっぷりの黒パンときれいな山の空気で、また元気になったんですよ。今じゃあの嫌な煙草を吸うんですからね。まったく、サーシャったら！」そちらへ首を振ってみせると、ふたたびキャサリンとクラレンスを眼鏡の奥から眺めた。「それで、あなたたちもサーカスのひとなの？」

そこでひと通り紹介がされたが、ゾーラとだけ話せるように、サーシャもその友人も立ち去ってくれないか、とキャサリンは願った。

それどころか、サーシャはどうしてそんなに幼いころモラヴィアの孤児院へ送られたか、最後まで話し続けた。同じように毛深い体質だった父親もショウを演じる芸人だったが、アルコールの誘惑に負け、かろうじて家族を支える程度しか稼ぎがなかったらしい。兄や姉たちもみんな孤児院へ送られたという――子どものとき以来会っていない。フラウ・クレーエが言いつくせないほど助けてくれた。何もかもフラウ・クレーエのおかげだ……

「ちょっとゾーラと話したいんだけど」キャサリンはサーシャの話をさえぎって言った。

「もちろん」サーシャは言って立ち上がった。「みんなの分、昼食の席を取っとこうか？」

「わたしゃ、ヴェルスで買った昼食が籠に入ってるのよ」とフラウ・クレーエ。「とても簡単で便利なものでねえ――女の子たちが籠を持ってきて、二、三ヘラーで乗客に売ってくれるの。おいしそうな鵞鳥《ガチョウ》のパイとチーズと葡萄があるのよ。でも、また会えるといいねえ、かわいいサーシャや。まだまだ話すことがたくさんあるし、あげたいものもあるからね。食べ終わったら、うちの部屋にきてもう少し話せないかしらねえ、だめかい《ナイン》？」片手を背中にあててゆっくりと立ち上がる――リウマチを患っているのはあきらかだった。

　サーシャはうなずくと、フラウ・クレーエについて客室を出ていった。〈犬少年〉とその友人がいなくなると、キャサリンはゾーラのほうを向いた。

「なに？」ゾーラは身構えて言った。「ここに入ってきてからずっと、変な顔でこっちを見てるけど。言いなさいよ！」

　いいだろう、そういうふうにしたいのなら！「あたしの旅行鞄を調べた？」キャサリンは訊ねた。「なくなってるものがあるの。あんたが盗ったんだと思うんだけど」

「あたしがあんたの旅行鞄を探って、なに――あんたのものを盗んだっていうの？」ゾーラはかっとなったようだった。「で、クラレンスはなんのためにここにいるわけ、あたしが泥棒だって腕ずくで認めさせるため？」

「まあまあ、ゾーラ」とクラレンス。「僕がそんなことをするはずがないってわかってるだろう」見るからに居心地が悪そうだ。「ただキャットに君と話してほしかっただけだよ、全部解決するように」

ゾーラは座席から立ち上がった。両脇でこぶしを固めている。今にも誰かを殴りつけそうだった。「あんたがするはずがないかどうかなんて知らないわ、クラレンス。あたしが前にも泥棒扱いされたのは知ってるよね。ハックニーで育って、母さんと市場へ行ってたとき――店主どもはいつだって目を光らせてた、何かくすねるんじゃないかってね。だってあたしたちはイングランド人に見えたし、そういう色黒の外国人は何するかわからないものじゃない？　ほんとうのイングランド人じゃないからくるなって言われた回数ったら。あたしだってあいつらと同じロンドンで生まれたのに。このサーカスは違うだろうと思ってた。あんたは――」なじるようにキャサリンを見る。「――違うだろうと思ってたのに。じゃあ、どう？　あたしの荷物を確認してみたらいいじゃない。さあ。宝石かお金か、何がなくなったか知らないけど、さっさと調べなさいよ！」体を曲げてスーツケースを座席の下から引き出すと、上に投げ出して荒々しく開いたので、服やスカーフがこぼれ出した。中身を座席のクッションの上に直接ぶちまけ、あたりに撒き散らす。「ほら、やりなさいよ、こうしたかったんでしょ？　捜してるものが見つかったら牢屋にほうりこめばいい、オーストリアで牢屋になってる場所にね。あたしは蛇の餌をやりに行くわ――あの子たちにだってお昼がいるんだから。蛇なら毒があったってあたしを汚物みたいな気分にさせたりしない。そんな気分にさせるのは人間だけ」

客室の扉を力任せに閉めて出ていき、ブーツがどすどすと通路を遠ざかっていくのが聞こえた。

「ウィスカーズ」クラレンスが言った。「君のことは大好きだが、今のは褒められたものとは言えないな。ゾーラが何か悪いことをした証拠はないんだ。せめて糾弾するのではなく訊いてみればよかっただろうに。君とまったく同じく、あの娘《こ》もサーカスの仲間なんだよ」

キャサリンは顔をしかめた。そもそもクラレンスは誰の味方なのだろう。「ねえ」と苛立って言った。「あたしたちの中で新入りはあの娘《こ》だけでしょ。錬金術師協会とのごたごたに巻き込まれる前、ジュスティーヌとあたしがサーカスにいたとき、一座にいなかったのは。ベアトリーチェが協会のことは話したよね――話すべきじゃなかったと思うけど話したじゃない。あたしやベアトリーチェを造り出した――あるいはそういう実験を許した――連中に、良心の呵責なんかあると思う？　もしゾーラが協会の手先だったら、怒らせたって悪いとは思わないけど」

クラレンスは眉をひそめてこちらを眺めた。こんなに批判的な顔つきをしているところは見たことがない。「相手に良心の呵責がないとしても、君にはあるべきだ」

いや、間違いなくこんな発言に答える気にはならない！　これがどんなに重要なことかわからないのだろうか？　時として目的が手段を正当化するのだ。

メアリ　いいえ、そんなことはないわ。それにあなたは無神経よ、わかってるでしょう。ときどきそうなることがあるの。

キャサリン　まあ、今知ってることをあのとき知ってたら、違う行動をしてただろうけど。でも知らなかったんだもの。自分の決めたこと全部を批判して、あとからとやかく言ってたら、なんにも実際にできなくなっちゃう。過去は終わったことで、あんたにもあたしにも何もできないんだから。

ホームズを撃ったあのときを後悔してる？　きっと後悔してるだろうけど、今それについて何をするつもり？　なんにもしないでしょ、できないもの。罪悪感に浸る以外はね。そんなことしたって、ホームズにもあんたにも役に立たないし。

メアリ　それでも、ゾーラにはもっと親切にできたと思うわ。でなければ、せめてもっと礼儀正しく。

キャサリン　あっそ、失礼しました！　モローの島じゃ、礼儀作法の説明書なんかなかったの。

一時間後、キャサリンはゾーラのスーツケースを、続いて客室全体を捜索した。まずありそうにないことだが、一度目に何か見逃したかもしれないので、念のためもう一度旅行鞄を調べさえした。だが、何も見つからなかった。電報の影も形もないし、ゾーラが自分で言っている以外の人物であるという証拠もなかった——イーストエンドで育った娘にしてはずいぶん高級なブランドの石鹸を使っていることは別かもしれないが、それはたんに個人の好みの問題でありうる。キャサリンはゾーラのスーツケースをきちんと元どおりにつめようとした——ゾーラがとりたててきれいにつめていたわけではないとしても！

「さあ、どうする？」そのあいだじゅう腕組みして座っていたクラレンスが訊ねた。非難の気持ちが波のように押し寄せてくるのが感じられた。

「さあ」とキャサリン。「身につけてる可能性もあるかもね？」

「へえ、今度はあたしを調べるわけ？」ゾーラが入口に立っていた。「どうぞ、やりなさいよ。ほら、脱いで下着だけになってあげるから」

「ほんとうに、それは必要ないと思うよ」クラレンスが眉をひそめて言う。

「わかったわ」とキャサリン。「クラレンス、あっちへ行って。この部分にあんたは必要ないから」

クラレンスは信じられないという顔をした。「まさか本気じゃないだろう」

「続けなさいよ」とゾーラ。「あんたも同じぐらいひどいわ、偽ズールー王子さん。ぜったいにあんたの前で脱いだりしないから。出てって、そのあと扉を閉めてってよ」

クラレンスが感心しないというふうに頭を振っていなくなると、ゾーラは腰に巻いたサッシュをほどき、長いローブのボタンをはずした。ピンクとオレンジのペイズリー柄で、金糸がちらちら光っている。ローブを脱ぐと、まったく普通の肌着とドロワーズが出てきた。コルセットはつけていない——それをのぞけば、服の下はほかのイングランド女性と何も違わなかった。最後に、ボタンをはずしてブーツを脱ぎ捨てた。

「あんたはもっといいひとだと思ってた」客室の真ん中に下着とストッキングだけで立ち、苦々しく言う。

「同じ部屋になりたかったのは、この一座で肌が浅黒い女の子はあたしたちだけだからよ——友だちになれると思ったのに。ほかのみんながずっと前から知り合いのところで新人なのは寂しかったわ。でも、あんたはロンドンの連中と変わらない。インドへ帰れ、おまえらみたいなやつらがいたら迷惑だって言ってたやつらとね。何がなくなってたか知らないけど、あたしが取ったんじゃないって納得した？」

キャサリンはローブを持ち上げて振り、観察した——ポケットはない。ブーツの中にも何もない。なるほど、ゾーラが電報を持っていたとしたら、身につけていないのはたしかだ。「さっきは持ってたけど、あたしがスーツケースを調べてるあいだにどこかに隠したって可能性もあるし」確信のない口調で言ってみる。間違ったのだろうか？　ゾーラが同室になりたがったのは、錬金術師協会のスパイだからではなく、自分で主張しているように親しくなりたかったからかもしれない。造られたのではなく自然に生まれた人間たちが群れたがるのは、時として理解しがたかった。いや、群れる必要があるのだ。もちろんキャサリンにも友人はいる――ジュスティーヌは友だちだし、ベアトリーチェもそうだ。しかし、それでも本質的には孤独を好んでいた。きっとこの先もそうだろう。ピューマを人間の女性に変えても、重要な奥底の部分で、ピューマがいなくなるわけではない。

「悪かったと思ってる」としぶしぶ言った。依然として疑いをかけたのは妥当だと感じていたものの、ゾーラを傷つけようとしたわけではない。それに、間違ったときには後悔と反省を示すことを人間たちは期待するものだ。

「ううん、思ってないでしょ」ゾーラはローブのボタンを留め直し、ブーツを履きながら言った。それから、ブーツのボタンをはずしたまま、昼食の提供が終わらないうちに食べないと、というようなことをつぶやきつつ、客室から勢いよく出ていった。部屋を片付けたあと、キャサリン自身が食堂に入っていくと、ゾーラはサーシャとドリス・ジェリコ、シャープ大佐と座っていた。蛇使いはキャサリンを睨みつけてから、連れのほうに向き直り、怒ったように声をひそめて話しかけた。何があったか話しているのだろう。あの三人もキャサリンに腹を立てるのだろうか。給仕にミントティーを頼む。この旅でベアトリーチェが摂取しているのはこれだけのようだった。まあ、少なくともいつものどろどろより香りがいい。個人的には空腹ではなかった――今朝、いいかげん列車の食事にうんざりしたので、ほかのみんなと食堂車に行くかわりに狩りに出たのだ。幸運なことに、荷物専用車は汁気たっぷりの大きなネズミを見つけるには申し分のない場所だった。じつにおいしかったし、まだおなかがいっぱいだ。

ダイアナ　うえ、気持ち悪い。

キャサリン　アルファとオメガが首のないハツカネズミをベッドに置いていくのは気持ち悪くないわけ？

ダイアナ　あいつらは猫で、猫女じゃないもん。だいたい、あたしたちに贈り物してるつもりなんだって、あんたが言ってたんだよ。

ミセス・プール　たいそうご親切ですこと（ミセス・プールの口調がきわめて皮肉っぽかったという点に注意してほしい）。

こぼさないよう注意してティーカップを持ち、ベアトリーチェの客室に入ったとき、〈毒をもつ娘〉は座席に足を載せて腰かけ、じっと窓の外を眺めていた。

「飲みなさいよ」とキャサリン。「もうすぐウィーンだから。大丈夫？　なんだか——沈んだ顔してる。ふだんよりもっと」

「クラレンスをあんなに長くひきとめるべきではなかったわ」とベアトリーチェ。「見たでしょう、ここを出たとき——わたしの毒が効きはじめていたわ。キャサリン、またジョヴァンニのときみたいになってほしくないの。わたしはかつて愛したひとを殺してしまった——あの罪を、犯罪を繰り返したくないわ」

キャサリンは隣に腰を下ろした。「クラレンスのことが好きだって言ってるの？」

「なんですって？　いいえ……そうは言っていないわ。どうして好きになれるの？　二週間しか知らないのよ。全体的な状況の話よ——前に一度ひとを殺したということ」

「まあ、第一に、あんたは殺してないよね」とキャサリン。「ジョヴァンニに起こったことはあんたのせいじゃないでしょ。第二に、それが起きたとき、あんたはひとりきりだったけど、今は違う。あたしがそばにいるし、何かが起こるような事態にはさせないから————どっちの身にもね」

キャサリン　ベアトリーチェとジョヴァンニの物語を知らない読者の方は、アテナ・クラブの冒険譚の第一巻でご覧になれます。ご婦人用の図書館でも紳士用の図書館でも好印象の、すてきな緑色の布製装丁ですよ。すでにお伝えしたように二シリングです。

ベアトリーチェ　自分の本を売るために、わたしの悲しい話を使うつもりなの？

キャサリン　あたしたちの本。書いてるのはあたしでも、あんたたちみんな、あたしと同様中身に責任があるの。読者の手に届かなかったらなんの意味があるわけ？　それに正直な話、ビー、悲しいことがここに書いてあるのはあんただけじゃないでしょ。つまりね……ビー？

メアリ　温室に戻ったわ。気を悪くしたんじゃないかしら——本気で怒らせたと思うわ。ゾーラを怒らせたみたいに。

キャサリン　あんたたち人間って、なんでそう感情的じゃなきゃいけないの？

「それで、ゾーラの件はどうなったの？」ベアトリーチェは訊ねた。「個人資産の中に電報は見つかった？」

「個人資産って死んだ人だけが持ってるのかと思ってた」とキャサリン。「ううん、見つからなかったけど、やっぱりあの娘《こ》だと思う。そのはずじゃない？　だって、ほかに誰がいるの——シャープ大佐と夫人？　ジェリコ一家？　あのひとたちは何年も知ってるのに」

とはいえ、ゾーラの否定の仕方も、キャサリンへの怒りも、とても自然だった。糾弾したことを必ずしも恥ずかしいと思っているわけではないが、居心地が悪い気はする。とくにゾーラの体を調べたことに対して。状況を考慮すれば、あの行動は正当なはずではないだろうか？　その点にもっと自信が持てればいいのに。人間の倫理観は複雑だ――ピューマでいるほうがずっと楽だった！　キャサリンは急にまた立ち上がった。

「どうするかわかる？　クラレンスを捜しに行くつもり。すごくあたしに怒ってそうだから」

「まさか！」とベアトリーチェ。「あんなにやさしいひとなのに」

「おんなじクラレンスの話をしてるんだよね？　あんたにはやさしいかもしれないけど、あたしは前に怒ったところを見たことがあるの。金を払って余興を見にきたロンドンの酔っぱらい事務員たちがイーディス・ジェリコをからかいはじめて、いやらしい提案をしたときのクラレンスを見るべきだったよ。そいつらを蹴り出したんだから。しかも比喩的に言ってるわけじゃないからね。何かに腹を立ててると、なんていうか正義の壁みたいになるの。正義の壁がこっちに向かってきたり、じっと非難がましい視線をこっちに向けられたりするのはごめんでしょ。クラレンスなら非難がましい視線を向けてくるほうがありそうだけど。ミントティーを飲んじゃって、荷造りを始めてよ。もうすぐウィーンに着くから」

　クラレンスはサーシャと共有している客室にいて、表紙に『ミシェル・ド・モンテーニュ随想録《エセー・ド・ミシェル・ド・モンテーニュ》』と型押ししてある本を読んでいた。さいわいひとりきりだ――サーシャはまだ食堂車にいるのだろう。

「謝りにきたの」

「どうも」キャサリンは入口に立ったまま言った。

　相手は顔をあげた。「それが僕たち人間のすることだからだろう？」

「あたしのこと、ほんとうによくわかってるわ。ピューマは何に対しても謝ることなんてないもの――飛びかかるだけ。少なくともあたしはあの娘《こ》に飛びかかったりしなかったでしょ、クラレンス！」

「そうしていたところで、たいして変わらなかった気がするよ」クラレンスは頭を振った。「君は一種の寄せ集めだよ、ウィスカーズ。猫とも言い切れないし、人間の女性とも言い切れない。あのな、謝るべきなのは僕じゃないぞ」

「あたしの生まれと育ちを考えれば、何を期待してたわけ？　モローの島は花嫁学校《フィニッシング・スクール》じゃないんだから。もし間違いなくあの娘《こ》じゃないってわかったら、心から謝るって約束するわ――ゾーラが聞いてくれるとは思わないけどね。速度が落ちてきたんじゃない？」

　クラレンスは窓の外を見やり、キャサリンもその視線を追った。たしかに速度が遅くなっている。列車はいまや店舗や共同住宅のあいだを走っていた。ここはウィーンだ。あと数分でウィーン西駅に入る。今夜は公演の初日がある。あした、ベアトリーチェと一緒にアイリーン・ノートンを探してみよう。

「荷物を運ぶのを手伝ってほしいかい？」クラレンスが訊ねた。

「もうあたしに怒ってなければね」とキャサリン。

「まあ、怒ってはいるさ」とクラレンス。「僕は真剣に、今ゾーラに謝るべきだと思うよ。聞いてくれようがくれまいが――しかし、それは君とあの娘《こ》の話だからな。さあ、旅行鞄を取りに行こう。そのあとベアトリーチェを手伝いに行くよ。今晩着たがっているあのすてきな服を汚さずに済むようにね。もっとも、ベアトリーチェの言う〝パリ風ドレス〟のよさはわからないんだが。シアーズのカタログに一ドルで載っている服を着たところで、美しく見えるのは少しも変わらないだろうに！」

「でも、本人が心の中で違うって感じるの」とキャサリン。

　女性と服に関しては決して理解できない、とつぶやきながら、クラレンスはキャサリンに続いて通路を進み、今日あれだけの問題を引き起こした旅行鞄を取りに客室へ入った。

ベアトリーチェ　あのひとがそう言ってくれるのはとても親切だけれど、ちょっと見下されている気がするわ。

キャサリン　クラレンスはいいやつの部類に入るけど、聖人じゃないから。そんなこと期待しちゃだめ。いつか猫の衣装を繕おうとしながら、クラレンスがペロポネソス戦争について説明しようとするのを聞いてたの。ジュスティーヌがきて、縫い物を全部やってくれるようになる前だったんだけど。あたしが縫い物のことをどう思ってるか知ってるでしょ！　ペロポネソス戦争がどんなに退屈か、想像がつく？

ミセス・プール　男なんてそんなものですよ。向こうが何か説明を始めたときにいちばんいいのは、とにかくうなずいて、たぶん頭を少し片側にかしげることでしょうね。最後にこう言うんです、「まあ、なんておもしろいんでしょう。そんなこと考えてもみませんでしたわ」って。そうすればとても賢い女性だと信じ込んでもらえますからね。

ベアトリーチェ　でも、そんなふうにならなくてもいいはずでしょう！　そんなごまかしに訴えなくても、異性と理性的な話し合いができるべきだわ。クラレンスとわたしはすばらしい会話をしたし、わたしと意見が合わないときには本気で耳を傾けてくれるの。ジョヴァンニでさえ、そういうふうにわたしの言うことを聞いてくれることはなかったのよ。

キャサリン　あいつはいいやつの部類に入るって言ったでしょ。ただ、ペロポネソス戦争については話させないほうがいいけどね！

15　ウィーンの夕べ

〈驚異と歓喜のサーカス〉の巡業一座は、ウィーン西駅から劇場へ直行した。ロレンゾは荷馬車で舞台装置を運ぶように手配したものの、道具は芸人たち自身で組み立てて点検しなければならなかった。重いものを持ち上げるのはおおかたアトラスとクラレンスが引き受けた。キャサリンは自分が登るロープや、上に乗って猫のように平衡を保つ木材などを確認した。それから、同じ器具の一部を使うカミンスキー兄弟を手伝った。ベアトリーチェはゾーラと蛇に手を貸すのに忙しくしていた。蛇の毒を抜かなければならなかったのだ。すでに毒を持っている人物がいるというのはなんと便利なことか！　蛇に咬まれてもベアトリーチェに害はない。キャサリンがふたりに近寄ってお茶の時間だと言ったとき、ゾーラは無視した。まあいい、そういう態度でいたいのなら！　少なくともゾーラが協会のスパイだとしたら、キャサリンにちょっかいを出すべきではないという警告は受け取っただろう。

　午後五時きっかりに、ロレンゾは幕の前に進み出て言った。「紳士淑女のみなさま、マイネ・ダーメン・ウント・ヘレン、怪物《モンスター》との夕べにようこそ！」そしてショウが始まった。

　キャサリンにはいつでも舞台裏でやることがたくさんあった――音を立てずに舞台装置を立てたり片付けたりするのがとても上手だったからだ。しかしとうとう、自分の演目の直前に、しばらく観客を見渡す時間ができた。飼い馴らしたアホウドリ二羽の運ぶ気球（女王の国ではいつでも空の旅に使われる）に乗り、どうやってイングランドにやってきたか、〈リリパットの女王〉が説明している。すぐにリリパット人の有名女流詩人の詩を暗唱しはじめるだろう——リリパットの詩を書くのはおおいに楽しめた。もっとも、白状すると、ウィリアム・ブレイクから何連も盗んでいる。この劇場はパリの劇場より小さかったが、電灯がついていた！　やや明るすぎるような気がする。とはいえ、大勢の観客は目が肥えており、ちっちゃなヘンリエッタが優雅に一礼するたびに盛大な拍手が沸いた。

「いちばん前の列にいる、あの女のひとは誰かしら？」

　気がつくとベアトリーチェが隣にいて、やはり群衆を見ていたので、キャサリンは驚いた。

「どの女のひと？」

「ワイン色のイブニング・ドレスにガーネットの装身具《パリュール》をつけていて、なんだか王族のひとりがお忍びで旅をしているように見えるひとよ」

　キャサリンはもう一度最前列を眺めた。「ああ、あのひと。なんで？　どこかあやしいところでもあるの？　ひょっとして……」

「もちろん違うわ！　あなたったら、ほとんど……なんと言ったかしら？　被害妄想に駆られているようよ、キャサリン。誰もが錬金術師協会の仲間だと思っているのね。いいえ、わたしはただあのひとに感心していただけ。まあ、今考えてみると、たしかになんとなく見覚えがあるようだけれど。もしかしたら有名な社交界の名士か、女優なのではないかしら？　あのドレスの刺繍はみごとだわ」

　キャサリンはまじまじと相手を見た。「ここからあのドレスの細かい部分が見えるわけ？　本気で？　だいたいパリュールっていったいなんなの？」

　ベアトリーチェはうしろに下がった。「ええ、見えるわ。それにあなただって見えるはずよ——わたしより視力がいいんですもの。ただ、そういうことが重要だと思わないから気づかないだけよ。でも、芸術は——刺繍のようなささやかな芸術でさえ——人生の美しさと意義に貢献するの。もしわたしたちに審美眼、趣味のよさや上品さや洗練されているかどうかを見極める力がなかったら、動物とたいして変わらないわ」
「でなきゃ植物とね！」とキャサリン。「なんで動物を嫌う理由があるわけ――」
「キャット！　出番だ！」アトラスが肩を叩いた。そう言う彼本人はすでに衣装をつけている――腕と脚の大部分が剝き出しになっているギリシャ風のチュニックと、革のサンダルだ。
　キャサリンは頭の上に猫の頭巾をかぶり、尻尾をかかえあげて舞台に飛び上がった。

ベアトリーチェ　あの衣装に一生懸命取り組んでくれたミセス・プールにみんな感謝すべきだと思うわ。ほんとうに見ごたえがあったもの――どこで本物のキャサリンが終わって〈豹女《ラ・ファム・パンテール》〉が始まったかわからなかったわ。

キャサリン　すごい衣装だった、ミセス・プール。前に余興で着てたやつよりずっと軽くて涼しくて。あれだけの技を全部やってのけるのは古い衣装じゃ無理だったと思う。あんたって天才よ！

ミセス・プール　ふん。お嬢さんがたがまた突拍子もないことをやったあげく、シャツの袖に血がついて染み抜きをするはめになったとき、そのことを思い出してくださいよ！　あるいは硝煙反応が残っていたりね！　でなければ、ロンドンじゅうの建物をよじ登ったせいで、ズボンが破れて繕わなければならなくなるとか！

ベアトリーチェ　ミセス・プール、あなたは以前から天才だけれど、ちゃんと伝えていなかったわね。キスしたいほどよ、でも、残念ながら……

ミセス・プール　気にしなくていいんですよ、お嬢さん。

午後七時までに公演は終わり、キャサリンが望むのは夕食だけだった。まず、女性の楽屋に積んであった荷物を下宿屋に運ぶ必要があった。それからようやく食事をもらえた。芸を披露したあとでは、いつでもくたくたになっておなかが減る。

だが、猫の衣装から普段着に着替えようと旅行鞄を開けたとき、キャサリンはぎょっとして飛びすさった。「ビー！」と呼びかける。「ビー、こっちにきて！」

ベアトリーチェは鏡のひとつの前に座り、コールドクリームで舞台化粧を落としていた。こちらを振り返る。「どうしたの、キャット？」まだ顔じゅうにクリームがついている。

キャサリンはただ手を振って呼び寄せた。もう一枚の鏡の正面ではミス・ペチュニアが帽子を整えており、部屋の一角ではイーディス・ジェリコとドリス・ジェリコがフランからクローネへの為替相場を算定しようとしていた。三人の前では何も言いたくない。

クリームを顔からぬぐいとって、いまや旅行鞄の隣に立っていたベアトリーチェが訊ねた。「それで、何が問題なの？」キャサリンは蓋を開け、数時間前に投げ込んだ服の上に見つけたものを示した――アイリーン・ノートンからの電報だ。

ベアトリーチェは疑わしげに眺めた。「この電報が今までずっとここにあったという可能性はあるかしら？　列車の中で捜したときには見過ごしたとか？」

「ううん、そんな可能性はないわ」キャサリンは言った。できるだけ声を抑えて話す――ジェリコの双子は部屋の向こう側にいるが、ミス・ペチュニアに聞かれたくない。「あたしが着替えたのは、ちょうどカミンスキー兄弟が装置を据えつけてるときだった。この服をここに入れたのはそのときだけど、電報は服の上に載ってる。冗談抜きで、ビー！　誰かが取っていって、また戻してきたのははっきりしてるじゃない。つまり、間違いなく一座のひとりだってことよ――舞台裏にいたのはあたしたちだけだもの。問題は、誰かってことだけど?」

「女性でしょうね」とベアトリーチェ。「男性だったらこの楽屋に入ってこないわ。まだゾーラを疑っているの?」

キャサリンは電報を鼻先に掲げると、ベアトリーチェに差し出した。「においを嗅いで」

ベアトリーチェは受け取って鼻をくんくんさせた。「何もにおいはしないわ。どんな香りがするはずなの?」

キャサリンは信じられないという憐れみのこもったまなざしを向けた。「そんなひどい嗅覚で、みんなどうやって生活できるのかわからないわ。それって目が見えないようなものじゃないの。においがしないのはゾーラの香水。するのは煙草。これをいじったのが誰だろうと、最近煙草を吸ってる。それに、ただの煙草じゃなくて——あたし、ホームズみたいな言い方になってきてない?——手で巻いた強いやつ。一座の中でそういう煙草を吸ってるのはひとりだけ——ロシアから通信販売で煙草を手に入れてるの」

「サーシャ!」とベアトリーチェ。「でも、あの子がどうして気づかれずにここに入れるの? それに、ソシエテ・デザルキミストといったいどんな関わりを持っているはずがあって?」

「みんなが上演してるかショウを見てるかしてるときに入り込めるでしょ」とキャサリン。「楽屋が空っぽになってる時間はあるはずだし。でも、もし追及しても、やってないって否定するのは簡単だよね——どうせ電報はもう返してあるんだし、あの煙草のにおいを嗅ぎつけられるのはたぶんあたしだけだから。もしかしたら、観察するだけにして、S・Aの仲間と連絡を取るかどうか見てみたほうがいいのかもしれない。いちばん前の列にいるあの女はどうなの、あのパリュ……なんて言ったっけ?」

キャサリン　知らなかったわ――推測しただけよ。朝刊に〈ラ・ベル・トクシーク〉の広告が載っているのを見てね。ほら、ホームズが手紙であたしたち全員のことを説明したでしょ。それでサーカスの毒娘がベアトリーチェかもしれないって判断したの。そして、豹女がいるのを見て、あたしたちのショウの入場券を買ったのよ。そうしてくれてよかった。でなきゃあの列車に乗ってなかったはずだもの！

キャサリンとベアトリーチェはふたりとも相手を凝視した。驚きから最初に回復したのはベアトリーチェだった。「ええ、わたしはベアトリーチェ・ラパチーニです。ノートン夫人？　あしたお宅に伺うつもりでした。でも……メアリたちが行方不明とおっしゃいましたか？　どうして……何が……」

「ごめんなさい、こんなふうにいきなり驚かせるつもりはなかったの。あなたがキャサリン？」

「失礼。あなたがキャサリン？」

唐突に振り返ったので、向こう脛を旅行鞄の角にぶつけてしまった。うう、痛かった！　体を折り曲げて両手で脛を握る――あまり威厳のある恰好ではない。数歩離れてたたずんでいたのは、あのワイン色のドレスをまとった女性だった。今は黒いウールのマントを片腕にかけている。

「そして、あなたがきっとベアトリーチェね」と言う。「わたしはアイリーン・ノートンで、あなたたちの助けがいるの。メアリとジュスティーヌとダイアナが行方不明なのよ。一週間前にウィーンを出て、それ以来音沙汰なしなの。まるで宙に消え失せてしまったかのようにね。捜すのを手伝ってもらえないかと思っているのだけれど」

ミセス・プール　ノートン夫人はどうして劇場であなたがたが見つかるって知っていたんです？

りではなかったのだけれど」アイリーンは自嘲めいた表情でこちらを見た。「問題はね、あまり時間がないということなの。ヴァン・ヘルシングが今晩オリエント急行でブダペストへ発つのよ。今までウィーンにいて娘を捜していたの。間違いなく、仲間とわたしでさんざん無駄足を踏ませてやったわ！　一杯食わせたと思っていたのだけれど、どうやら騙されたのはこちらのほうだったようね。あの男がメアリたちを誘拐するように指示を出したのかしら？　どこかに――おそらくブダペストに拘束しているのかもしれないわ。誰かが尾行しないと。あの男を追っていけば、メアリたちにたどりつくのではないかと期待しているの」

キャサリンは眉をひそめた。「メアリたちがルシンダ・ヴァン・ヘルシングを助け出そうとしてたことに気づいて、なんらかの方法でさらったと思ってるんですか？」

「でも、実際ルシンダを助け出したのよ！」とアイリーン。「わたしの電報を受け取らなかったの？　金曜日にミセス・プールに送ったわ――メアリたちがブダペストに向かっているという電報をミナ・マリーに送ったのと同じ日にね。その晩、というか翌朝早く、あの三人はルシンダを連れて馬車で出発したの。到着したら電報を打つようミス・マリーに伝えたのだけれど、何も返事がないのよ――一週間！　もう何日も前に着いているはずよ。あんまり気がかりだったから、できるだけ足の速い馬を借りて、その道沿いに下僕のゲオルクを送ったの。ウィーンから出て一日ぐらいで足取りがつかめなくなったわ――エーデンブルク、ハンガリーではショプロンと呼ばれているけれど、その街を過ぎたどこかで、馬車は忽然と消えてしまったの。エーデンブルクの宿屋の主人と従業員からは何も聞けなかったわ――男がひとりに女が三人、それに馭者と下僕が一晩泊まって、翌朝出発したというだけ。男装したジュスティーヌとメアリ、ダイアナ、ルシンダでしょうね。馬丁のひとりは、馬車がブダペストではなくて逆方向、グラーツのほうに向かったと言っていたわ。ゲオルクはその道に沿って捜したけれど、そちらを通ったという形跡も見つからなかったの。心配でたまらなくて……」

「失礼」ミス・ペチュニアが言った。「いいですか？」扉のほうを指し示す。

「もちろん」アイリーンは言い、ミス・ペチュニアが脇を通れるよう動いた。

ジェリコの双子はもう衣装と化粧品を荷造りしている、とキャサリンは気づいた。「金曜日はあたしたちがサーカスと一緒に出発した日ですから」とアイリーンに言う。「ミセス・プールが電報を受け取ったころには出かけてたはずです。ミセス・プールからは何か返事がありました？」

「いいえ、ワトスンからだけ。そちらの裏切り者を見つけたのよ——見て」アイリーンはビーズで精緻に飾られた銀の留め金のハンドバッグを開けると、きっちり畳んだ電報をキャサリンに渡した。そこにはこう書いてあった。

ザンネンナガラ　ワレワレノナカニ　ウラギリモノ
ガイタ　チヤーリーノハナシニヨルト　ジミー・バケ
ツトガ　ナゾノレデイ・クロウニ　ジヨウホウヲワタ
シタトコロヲ　オサエラレタ　SAノナカマノ　カノ
ウセイアリ　チヤーリーハシツテイルハズ　ジミー・
バケツトハ　ベイカーガイユウゲキタイニヨツテ　グ
ンポウカイギニ　カケラレルトノコト　リユウシユツ
モトハ　ハンメイシタヨウダガ　ユダンスルナ　ホー
ムズハ　マダユクエフメイ　ロンドンノツテニ　チカ
ラヲカリラレルカ？　ヒドクシンパイ　ワトスン

「かわいそうなジミー！」ベアトリーチェが言った。「妹が結核で寝ついていて、母親は洗濯婦なのよ——

ミセス・プールがときどき雇っているわ。夫に先立たれて、とても貧しいの」

キャサリンは電報を取り、眉をひそめながらもう一度読んだ。「だからってS・Aにあたしたちを売る言い訳にはならないわ。もしそういうことだったんならね。それにサーシャにはこれっぽっちも同情なんかしない。ここでクラレンスの次に古い友だちなのに。少なくともあたしは友だちだと思ってた。喉を引き裂いてやりたい！」

「サーシャ――というのは、ロシアの草原《ステップ》からきた〈犬少年〉のこと？」アイリーンが訊ねた。

「ええ、ソシエテ・デザルキミストのスパイかもしれないとキャサリンが疑っているんです。なぜかというと、あなたからいただいた電報が見つからなくて――」

「ビー、何もかも説明してる時間はないと思うけど」キャサリンは割り込んだ。「サーカスにS・Aのスパイがいるってわかった以上、ここにはいられないし、どっちみちメアリとジュスティーヌを捜さなくちゃ。あとダイアナもね、たぶん。でも、ウィーンでまだ五回公演があるのよ！　金曜の夜、それに昼も含めて土曜と日曜。このままロレンゾを見捨てるわけにはいかないでしょ」

「それはポスターに書いてある〈偉大なるロレンゾ〉のことね？」アイリーンが訊いた。キャサリンはうなずいた。「わかったわ、ロレンゾがどこにいるか教えてちょうだい。わたしがなんとかするわ。あなたたちはとにかく行く準備を済ませて。すぐに戻ってくるから」

「男性用楽屋のすぐ隣にロレンゾの事務室があります」とキャサリン。「角をまわって左側です」

「諒解よ」アイリーンはうなずいて言った。それから、香水のにおいをふんわりと残して立ち去った。キャサリンはたいていの香水が好きではなかったが、アイリーンの香水は濃い麝香《じゃこう》で、なぜか自分の鼻にさえ快く感じられた。

ベアトリーチェのほうを向く。「よし、全部旅行鞄に戻そう。まだ信じられないわ、サーシャが……だって、友だちだったのに」

「動機はわからないでしょう」とベアトリーチェ。

「もしかしたら、ジミーみたいに、あなたの考えが及ばない事情があるのかもしれないわ」

「誰の動機だって?」クラレンスが入口に立っていた。「ご婦人がたが夕食に行きたいかと思ったんだが」

「あら、こんばんは、クラレンス」とドリス・ジェリコ。「失礼、あたしたちも夕食に行きたいから」

キャサリンは振り返り、イーディス・ジェリコが同意してうなずくのを見た。「ええ、失礼」イーディスは嫌な目つきを向けてきた。いったいどうしたのだろう? だが、問いかける間もなく、ジェリコの双子はどちらも脇をすりぬけていった。ゴム底の靴が廊下にこすれる音が聞こえる。

「ゾーラじゃなくて、サーシャだったわ」キャサリンはクラレンスのほうを振り返って言った。「誰かが旅行鞄に電報を返してきたの――あの子がこだわる、あのくさい煙草のにおいのする誰かがね」

「それ以上の証拠が必要だろうな」とクラレンス。「一座の中で違う人間をつぎつぎ糾弾してまわるわけにはいかないよ――ゾーラの件は失敗だった。あの娘《こ》はロレンゾにもう君と一緒に働きたくないと言ったが、責められないな。ジェリコの双子は君にかんかんだよ、間違いないね!」身を乗り出して電報のにおいを嗅ぐ。「だいたい、僕にはなんのにおいもしない」

(ああそう、それはピューマじゃないからじゃないの)とキャサリンは言ってやりたかった。

「あなたはアメリカ人ね!」アイリーンが入口に立っていた。「こんばんは」ロレンゾとの会話から戻ってきたに違いない。なるほど、早かった! いったい何を話し合ったのだろう。アイリーンは手を差し伸べた。

「ニュージャージーのアイリーン・ノートン、旧姓アドラーよ」

クラレンスは両手でその手を握って振った。「クラレンス・ジェファーソン、出身はヴァージニアです。お辞儀して手にキスするところですが、ノートン夫人、アメリカ式のあいさつのほうがお好みでしょうから。あんな貴族式のやり方はやめておきましょう！」

アイリーンは声をたてて笑った。「同胞から？　ええ、そうしてちょうだい！」それから、キャサリンとベアトリーチェのほうに向き直る。「ロレンゾと話をつけたわ。あなたたちは今晩一座と別れて、ブダペストでもう一度合流するの。〈美しき毒〉と〈豹女〉は具合が悪いとみんなに伝えることになったわ。欠けた演目のかわりに別の出し物を用意する約束をしたの――名高い射撃手、ハンナとグレータよ！　それに、あなたはちょっといざこざを起こしたみたいね。ロレンゾも一息つけてありがたいだろうという気がしたわ」

「そして、そのあいだにみんなを捜してみるということですね？」とベアトリーチェ。「あのひとたちが行った道筋をたどってみたらどうかしら」

「もっと早い行き方があると思うわ」とアイリーン。

「ここにいるジェファーソンさんは内情に通じているのね？」

「ええ、このひとの前ではなんでも話して大丈夫です」とキャサリン。

「わかったわ、そうね。ヴァン・ヘルシングはこの五日間ウィーンにいるの。土曜の夜遅く、同僚ふたりと一緒に到着したわ、どっちもイングランド人の科学者よ――やはりソシエテ・デザルキミストの一員でしょうね。わたしたちがルシンダを救出したと探り出して、どうにかしてメアリたちのあとを追っていったのかもしれないわ。いったいどういう手段を使ったのかはわからないけれど。そうではなくて、ソシエテ・デザルキミストに誘拐された可能性もあるし、その場合はいちばんブダペストにいそうね。正直なところ、S・Aは素人の活動だと思っていたの——ワトスンの電報を読むまでは。ベイカー街の男の子たちのひとりを裏切り者にするのは簡単なことではないのよ——シャーロックにとても忠実だから。ヴァン・ヘルシングのほうに見込みがなさそうなら、ミナ・マリーのところへ直接行きなさい——S・Aの動きについてもっと情報が得られるはずよ。ゲオルクがやったようにメアリたちが行った道をたどろうとするかわりに、ヴァン・ヘルシングを尾行することをお勧めするわ。メアリたちがどこにいるかあの男が知っていれば、連れていってくれるでしょう。知らないとしても、どうせあなたたちはブダペストに行きたいんですもの。でも、ヴァン・ヘルシングは今夜オリエント急行で発つの。その列車に乗れるかしら？」

「ヴァン・ヘルシングを探ってほしいんですか？　大丈夫ですよ」とキャサリン。「でも、列車の運賃をどうしたらいいかわかりません。お金がないんです」

「それはわたしが払うわ」とアイリーン。「オリエント急行は帝国鉄道駅を真夜中に出るの。わたしのうちにきたらどう？　夕食を提供して、ここでどういう状況になっているか話すわ。あなたがたは知らないでしょうからね。それに、サーシャのことを話してちょうだい。ハンナとグレータに見張らせるわ——サーシャが誰と接触しているのか探ってみてくれるでしょうから。本人がソシエテ・デザルキミストの一員なのかもしれないけれど、ジミー・バケットのように使われているほうがありうるわね。ジェファーソンさん、キャサリンとベアトリーチェが秘密を打ち明けているようですから、一緒に夕食にいらっしゃらない？　ほかのアメリカ人と話せるなんてうれしいわ。マッキンリー大統領をどう思って？　わたしはもちろん共和党よ——父は北軍のために戦うことを誇りに思っていたもの。

でも、キューバのことで、スペインとまた戦争になるんじゃないかと心配しているの」

するとクラレンスは、劇場の裏の通用口を通って旅行鞄を運んでいるあいだじゅう、モンロー主義というようなキャサリンにはわからない事柄や、グアムやフィリピンなどの場所についていろいろ話した。アイリーンが議論している一方で、キャサリンとベアトリーチェは残りの荷物を運んだ。クラレンスに賛成しているのか反対しているのか判断がつかなかったが、ふたりともウィリアム・ランドルフ・ハーストという名前の誰かを嫌っているようだった。

途中でベアトリーチェがささやきかけてきた。「ノートン夫人のパリュールがなくなっているのに気がついた？」

「パリュールがなんなのか教えてくれれば気がついたかもね」とキャサリン。

「さっきつけていた首飾りと、おそろいのイヤリングよ。腕輪もあったと思うわ。楽屋にきたときにはつけていたの――最高級のガーネットだったわ、あのドレスに合う暗い赤の。もうどれも身につけていないのよ」

キャサリンは当惑して相手を見た。「誰かがあのひとの宝石を盗んだって言ってるの？」

「いいえ、ロレンゾにあれを払って、わたしたちがウィーンの仕事の残りをしないで済むようにしたのだと思うの」

メアリ　それもアイリーンへの借りだわ。

いまや一同は街燈に照らされた通りに出ていた。アイリーンの馬車が待機している。クラレンスが乗るのを手伝ってくれ、アイリーンの隣に乗り込んだ。アイリーンに対しては、いつにない気遣いを示しているようだ。プリンツ・オイゲン通り十八番地へ向かって石畳の上をがらがらと走っているとき、キャサリンは自分を責めた。何もかも――そう、何もかもだ――もっとうまく対処するべきだった。孤独を好む偉大なピューマは、決してうまくやっているとは言えない。へまをしたときに助けてくれる友人がいてほんとうによかった――ベアトリーチェとクラレンス、そして今はアイリーン・ノートンも。人間たちが団結するのは正しいのかもしれない。

ベアトリーチェ　はじめてアイリーンのお宅を見たとき、わたし――罰当たりでなければ、天国にきたのかと思ったわ、と言うでしょうね。あの家具！　絵画！　あのひとは審美眼と教養のある女性だとひとめでわかったわ。時代に先駆けている女性なのよ。本でさえ……もっとも、一部はほんとうに最先端だったけれど！　トルストイとイプセンが天才だということは認めるわ。でも、ひっくり返す必要のない価値観もあるという気がするの。

キャサリン　あの武器！　電話！　どう考えても、自分で見せているよりずっと重要人物よね。アメリカ大使館を通じて電報を送るなんて、どんなひとなの？

メアリ　キャット、こういうことを全部書いてしまっていいの？　だって、アイリーンはまだウィーンに住んでいるのよ。この本が出版されたら、あの秘密の部屋は秘密じゃなくなってしまうわ。

キャサリン　書いていいって言われたもの。たしかに、どうせ誰も信じないからって言ってたけどね。シェリー夫人の書いたヴィクター・フランケンシュタインの伝記を誰も信じないみたいに。みんなあれはフィクションだって思ってるでしょ。アイリーンに言わせれば、人は不可能なことをしばしば信じるのに、ありそうもないと思うことはめったに信じないんだって。カモノハシより降霊術を信じるほうが簡単だって感じるわけ。

ベアトリーチェ　つまり、わたしたちの読者が、これを架空の物語だと考えるだろうと思っているのね？

キャサリン　ビー、そのことで動揺してるみたいに聞こえるけど。

ベアトリーチェ　あなたは違うの？　これがわたしたちの人生の真実だと、読者に伝わろうが伝わるまいがかまわないの？

キャサリン　本を買ってくれるなら、たいして気にしないな。一冊につき二シリング払ってくれて、あたしが印税を受け取るかぎりは……

「もうすぐ九時よ、あなたたちは真夜中の列車に乗る必要があるの」全員が食堂のテーブルについて、とても小粋なお仕着せ姿のメイドがみんなの前に夕食を配膳しているとき、アイリーンは口を開いた。「午前六時までにブダペストに到着するはずよ。ヴァン・ヘルシングと友人たちもその列車にいるのは知っているわ——ヴァン・ヘルシング夫人に忠実だった家政婦が動向を知らせつづけてくれていて、列車の切符をじかに見たのよ。ヴァン・ヘルシングがメアリたちのもとへ連れていってくれるか、せめて所在に関してなんらかの手がかりを与えてくれるといいと期待しているのだけれど。わたしの仮説は、馬車の馭者、ミクローシュ・フェレンツという名の男がヴァン・ヘルシングに雇われているのじゃないかということよ——うちの馭者があれからヘル・フェレンツについて耳にした話を聞いて、思っていたより信頼できない相手だったという気がしてきたの。とくに、ウィーンに未払いの請求書を残していったことがね。その馭者が違う方角へ連れていったのかもしれないわ。もしかしたらこちらをまくためにグラーツを通り抜けたとか？　でも、ヴァン

・ヘルシングは最終的にみんなブダペストにいてほしいはずよ――少なくとも自分の娘はそこにいてほしいでしょうね。ルシンダを連れていくと話していたのをフラウ・ミュラーが聞いているの。もっとも、どんな目的なのか言わなかったらしいけれど。メアリとジュスティーヌとダイアナに何をするつもりなのかはわからないわ。あの三人のことが心配でたまらないの。でも、鉄道の駅へ出発するときまで、できることは何もないから、夕食を済ませておくことね。そのあと、ブダペストであなたたちの役に立つかもしれないものをいくつか見せるわね」

「それに、ルシンダをどうやって救い出したか教えてくれますね？」ベアトリーチェが頼んだ。「ルシンダが無事でほんとうにほっとしました」

「まあ、ある意味ね」とアイリーン。「あのね、こういうわけなの……」

アイリーンは夕食の席で、フロイト博士とクランケンハウス、多少無謀ではあったが大胆不敵なダイアナの脱出について話してくれた。死なない男たちと裏通りで争ったこともだ。キャサリンはそれなりに真剣に聞いていたが、心の一部は別のほうに向いていた。アイリーンが言及したイングランド人の科学者ふたりというのは――セワードとプレンディックに違いない。そうだとしたら、またエドワード・プレンディックに会うことになる。会いたくもあり、会いたくない気持ちもあった。モローとモンゴメリーが死んだあと、モローの島でともに過ごした年を思わずにはいられない。プレンディックが不機嫌で、話もできないような不愉快な日々はあった。だが、泳ぎに行ったり、火の上で魚を焼いたり、一緒に獣人を狩ったりという楽しい日々もあったのだ。プレンディックはそうした狩りを喜んではいなかったが、キャサリンは楽しかった――頭に一撃を食らわせ、喉を嚙みちぎってハイエナ豚男を仕留めたやり方は、いまだに誇らしく思っている。

そして雨の日には、応接間と呼んでいた洞穴の中に腰を下ろし、サリーでの子ども時代や、ケンブリッジでの学生時代、王立科学大学で偉大なT・H・ハクスリーそのひとに師事していた話に耳を傾けた。プレンディックには髪を指でかきまわす癖があった……

「ビー、君たちふたりがそんな危険な状況に入っていくのは心配だよ」とクラレンス。「ノートン夫人、何もかもとても冷静に説明していただきましたが、自分の妻と娘に実験をおこなうような男には、倫理的な呵責というものがまったくないに違いないと思いますよ。ベアトリーチェとキャットに僕の助けが必要なら……」

「親切にありがとう、クラレンス」ベアトリーチェがやんわりと言った。「でも、ほら、キャサリンとわたしには身に備わった防御があるの――わたしには毒があるし、キャサリンには敏捷さや、人間の能力の範囲を超えた視覚や嗅覚、牙があるわ。あなたがわたしたちを守ってくれるのではなく――わたしたちのほうがあなたを守らなければならなくなるでしょう」

「なるほど」とクラレンス。シュニッツェルに切れ目を入れながら、やや閉口した様子だった。

「でも、そう申し出てくれるのは親切ね」ベアトリーチェがつけくわえる。

クラレンスはからかわれているのかとあやぶむように、ちらりとそちらに目をやったが、ベアトリーチェはにっこりしただけで食事を続けた。

じつに気の利くもてなし役がいるのはありがたい！　アイリーンとクラレンスがウィンナー・シュニッツェルと緑の細かい何かを散らしたジャガイモ（ベアトリーチェがあとでパセリだと教えてくれた――どうして誰もが食事に葉っぱを入れるのだろう）を食べている一方で、キャサリンにはほとんど生の薄いステーキが提供された。まだ血まみれで文句なしにおいしい。自分で捕まえたような気分になるほどだった。そしてべアトリーチェは、器に入ったいつもの緑のどろどろらしきものを楽しんでいる。たぶんふだんと同じ味だろう――オーストリアのどろどろもイングランドのどろどろと違いはないはずだ。

ベアトリーチェ　実を言えば、オーストリアの植物はイングランドの植物とは違うから、オーストリアのどろどろには独特の風味があるわ。

キャサリン　それ、ほんとうに知らなくていいから。

ベアトリーチェ　その話を出したのはあなたでしょう！

給仕をしていたのは、アイリーンがハンナと呼んでいるメイドだった。ハンナとグレータの射撃芸について何か話していなかっただろうか？　だが、このハンナは射撃の名手であるようには見えなかった――申し分ないメイドらしく、常に壁紙にとけこんでいる。

夕食後、アイリーンは言った。「キャサリンとベアトリーチェ、渡したい情報があるのよ、それにいくつか……そうね、装備も。クラレンス、宿屋に帰りたいかしら、それともこの娘《こ》たちの準備ができるまでここにいて、帝国鉄道駅に一緒に行きたい？　わたし自身は駅には行けないの――シュヴァーベンからきたフラウ・ミュラーの妹ということにして、最近ヴァン・ヘルシングの家を訪ねてしまったから、気づかれてしまうかもしれないわ！　シャーロックみたいに変装を見抜くのが上手かもしれないでしょう」

「ヴァン・ヘルシングはあたしを知らないけど、セワードとプレンディックは知ってます」とキャサリン。（とくにプレンディックはね）「イングランド人の科学者たちっていうのは、そのふたりです。ベアトリーチェは見られたことがないけど、あたしは気づかれるかもしれません」

「それなら、変装すべきでしょうね」とアイリーン。

「手元に何があるか考えさせてちょうだい……」

「僕は待ちますよ」とクラレンス。「君たちふたりには荷物を運ぶ手伝いがいるだろうし、どっちにしても、その列車に無事乗るところを見届けたいんだ。たとえ列車に乗ること自体が安全ではないとしてもね！」両方に話しかけていたが、そう言いながらベアトリーチェを見ている。

（ほらね――ベアトリーチェ熱にかかってる）とキャサリンは考えた。（回復することを祈るしかないけど――でなきゃ症状に対処することを覚えるか！）

ベアトリーチェ　わたしは病気じゃないわ！

「それじゃ、これをお渡しするわ、ジェファーソンさん」アイリーンが言った。サイドボードからクラレンスに新聞を手渡す。

クラレンスはにやっとした。「《ニューヨーク・タイムズ》！　何年もお目にかかっていませんでしたよ」

「応接間にひと通りそろっているわ、《ワシントン・ポスト》と《ボストン・グローブ》を含めてね。故国で何が起こっているか知っておきたいの。さて、そうしたら、ご婦人がたは下へついてきていただける？」

なぜ厨房と使用人の区画がある下の階へ行くのだろう、とキャサリンは疑問に思ったが、窓のない私室に招き入れられたときには感嘆しきりだった。そしてはじめて、アイリーン・ノートン、旧姓アドラーは、必ずしも見た目どおりではないと理解した。

「あなたは何者なんです？」武器を飾った壁の前に立って、そう訊ねる。

「オペラ歌手よ」とアイリーン。「あるいは情報の収集家ね」

「〈人魚《ラ・シレーヌ》〉！」ベアトリーチェが声をあげた。「前に見たことがあると思ったんです。七〇年代と八〇年代の偉大なオペラ歌手についての記事でした。すばらしいカルメンだったそうですね、でも、記事では今あなたがどうしているのか問いかけていました……」

アイリーンは微笑した。「別の人生での話よ」

「ホームズさんは、このことを全部知っているんですか?」キャサリンは訊いた。ナイフや剣、マチェーテなどの刃物を品定めするように眺めているところだった。

「そのおもちゃを気に入ったようでうれしいわ」とアイリーン。「もっとも、ベアトリーチェはわたしの薬品戸棚のほうが好みかもしれないわね?」部屋の反対側にある机まで歩いていくと、その奥の戸棚を開ける。

あとについていったベアトリーチェが息をのんだ。

「でも、ここにあるのは毒よ！　これはクラーレ、南アメリカの蔓植物ストリキノス・トキシフェラの根から採れるの。これが生えているのを見たのは一カ所だけ——父の庭よ。そしてこれはジギタリス、狐の手袋《キツネノテブクロ》のジギタリス・プルプレアから採れるわ。それからアコニチン、草鳥頭《トリカブト》とも呼ばれるアコニツム・ナペルスから採れるの。どうして毒の戸棚を持っているんです?」

「人に毒を盛るからじゃないわ」とアイリーン。「もちろん、ぜったいに必要なら別だけれど」笑顔のままだったので、冗談に違いない——たぶん? キャサリンは確信が持てなかった。「ともかく、あなたも知っているように、毒は用量の問題よ。たとえばクラーレは、ストリキニーネの効果を中和するために使われてきたわ。シャーロックが知っているかどうかということなら、お兄さんのマイクロフトはもちろん知っているわ——わたしたちは似たような存在だから——シャーロックはいろいろ推測しているでしょうね。わたしがウィーンで何もせず座っていることは予想していないはずよ。でも、わたしの仕事部屋を見せびらかすために下へ連れてきたわけではないわ。使えると思う武器をどれでも選んでちょうだいな。それからこっちにきて——どこへ行くのかきちんと知らせておきたいの」

キャサリンは嬉々としてウェブリー・リヴォルヴァーを選んだ。ホームズがこれで充分なら、自分もこれでいい！　もっとも、こちらのほうが小型で、キャサリンの手かハンドバッグにぴったり収まる32口径だった。ベアトリーチェは銃器に触れる気になれなかった。「わたしに何か殺せるはずがないわ」と言う。「ほんとうに、無理なの」とうとう説き伏せられ、自衛のためだけに革の鞘《さや》つきの短剣を取った。ちょうどそのとき、ハンナが黒い生地らしきものを片腕にかけて入ってきた。

「これがいちばんいいと思いまして、マダム」と言い、布を持ち上げた。それは二着の黒い服だった。後家のふりをするのだろうか？　あるいはメイドとか？

「修道女ですね！」ベアトリーチェが言った。「修道女の恰好をしたほうがいいと？」

「誰も修道女を見たりしないわ」とアイリーン。「とくに男はね。とても便利な変装なの。ほとんど姿が消えているようなものよ」

「それは罪では——」とベアトリーチェ。

「お友だちを助けるためなら罪じゃありません」ハンナがはじめて声をかけてきた。キャサリンはその英語に感心した——ドイツ語しか話さないのかと思っていたのだ。「神様はわかってくださいます、もしそうでなければ、うちの聴罪司祭のところへ行けばいいんです。ありとあらゆる罪を赦すのに慣れてますから！」

アイリーンのほうを向く。「切符が届きました、マダム。グレータに帝国鉄道駅までひとっ走りしてくる時間があったので。今は持ち場に戻って、ヴァン・ヘルシング教授の家を見張っています」

「ありがとう、ハンナ。キャサリン、今晩ふたりで同室になるのを気にしないといいけれど。ベアトリーチェの……他人への効果、と言うべきかしら？　そのことは知っているわ。でも、ひとりずつ客室を予約すると疑わしく見えるでしょうから――修道女は裕福ではないもの。列車の客室に六時間いたらつらいかしら？　ごめんなさいね、ベアトリーチェ、でも率直に話すのがいちばんだと思うの」

「大丈夫です」とキャサリン。「ずっと窓を開けておきますし、一時間ごとぐらいに廊下を歩きに行きますから。ただ――修道女じゃなきゃだめですか？　修道女はあんまり好きじゃないんです。ついでに司祭も。モローの島で一生分説教を受けたので」

「実際に聖職に就く必要はないし、この服は銃を隠すのにとても便利よ」とアイリーン。「何より、ポケットがあるもの！」机から書類を引き出すと――いや、地図だ――中央のテーブルの上に広げた。「今はこれをよく観察してほしいの。もちろん全部じゃないわ――でも、ブダペストや、もしかしたら周辺の田舎でもみんなを捜すつもりなら、大まかな土地勘はつけておかないと。ほら、これがハンガリーではドゥナ川と呼ばれるドナウ川よ。両岸の片側がブダで反対側がペスト。ここ、ペストに国立博物館があって、その隣にあるこの小さな通りが、ミス・マリーの電報に載っていた住所よ……」

一時間後、一行は帝国鉄道駅まで貸し馬車で移動していた――辻馬車に三人は入らなかっただろう。クラレンスは、ベアトリーチェとキャサリンのシスターふたりをちらちら見ては、目をそらすことを繰り返していた。「修道女」と、五回目ぐらいに言う。「修道女である必要があったのかい？」

修道服のポケットにゆったりと連発拳銃を収めたシスター・キャサリンは、眉をひそめてみせた。もっとも、暗がりでその表情が見えるかどうかは疑問だったが。「ねえ、アイリーンの言うとおりだと思うわ――これ、ほんとうに最高の衣装ね。銃が隠せるし、男どもを気まずくさせるし。完璧な組み合わせじゃない」
キャサリンをはさんでクラレンスの反対側、窓際に座っていたベアトリーチェがとがめるように言った。「修道女はとても神聖な女性なのよ。その恰好をするのは名誉なことだわ――たぶん罪でもあるけれど」
「まあね」とクラレンス。それから、くすぐったいほど耳の近くでキャサリンにささやきかけた。「それに、ものすごく変な感じだよ」
「あたしたちのまわりでは変なことに慣れなくちゃ」キャサリンはささやき返した。

ベアトリーチェ　あとでほんとうに告解に行って、司祭様に罪を赦していただいたのよ。でも、もう二度とあんなことはやりたくないわ。謎を解いたり、武器を携帯したり、敵を打ち負かしたりすることはいいけれど、正しいことを求めるとき、間違ったことをする必要はないでしょう。

キャサリン　時にはあるけどね。

クラレンスは真夜中までに、オリエント急行の客室に荷物を運び込むのを手伝い、旅行鞄を荷運びに預けたことを確認し、ベアトリーチェのスーツケースが座席の下に収まったのをたしかめてくれた。これはパリからウィーンへの普通列車よりずっと贅沢だ！　アイリーンはきっと大金を払ったに違いない。キャサリンはちょっとうしろめたくなった。まずあの――なんという呼び方だった？　パリュール。そして今度はこれだ。いつか返せるといいのだが。

メアリ　わたしは返そうとしたわ。アイリーンが聞いてくれなかったの。

「それじゃ、ウィスカーズ」クラレンスが言い、キャサリンを抱き締めた。「体に気をつけるんだぞ」

「クラレンス、お願いがあるんだけど、聞いてくれる?」ぎゅうぎゅう締めつけられるのが止まったとき、キャサリンは頼んだ。大蛇《ボア》のように相手の体に巻きつく、この人間の習慣にはどうにもなじめなかった。

「もちろん、なんだい?」クラレンスは不安げにこちらを見た。いったい何を言われると思っているのだろう。

「ゾーラにあたしのことを話してほしいの。まるごと全部って意味よ——モローの島のことも何もかも。あたしがピューマだって、前はピューマだったたって教えてやって。もう十年近く人間と暮らしてるけど、まだときどき、あんたたちの習慣とか社会がわかりにくく感じることがあるの。そうしたらあの娘《こ》も許してくれるかもしれない——せめて理解してくれるかもしれないから」

「いいとも、キャサリン」クラレンスはにっこりと見下ろした。「できるだけのことはするよ」

キャサリンは一瞬顔をそむけ、窓が開いているかどうかたしかめた——〈毒をもつ娘〉と鉄道の客車に乗っているときの標準的な手順だ——振り返ったときには、クラレンスの腕がベアトリーチェの体にまわっていた。まあ、それがどうした? キャサリンと同様においてクラレンスが別れを告げたとき、その唇に火ぶくれができつつあるのが見えた。まったく、この男は決して学ばないだろう! せいぜいキスにその価値があればいいのだが。ベアトリーチェに目をやって、ただ首を振る。ベアトリーチェはひるみ、声に出さず〝ごめんなさい〟という言葉を口にした。

ふたりきりになって列車が駅から離れていくと、キャサリンは口を開いた。「少し寝たら? 寝台の用意はしなくていいって荷運びに言ったけど——どうせ二、三時間で起きなくちゃいけないんだから——それでも毛布を何枚か置いていったし」

「眠れるとは思えないの」とベアトリーチェ。「メアリたちのことが気になってたまらなくて。何が起こったのだと思って？」

キャサリンは肩をすくめ、見当もつかないと示した。

「どうやってか知らないけど、ヴァン・ヘルシングに見つかったんじゃない？ あいつがみんなをどこかに監禁して、ルシンダを使える時まで隠してるのかもしれない。協会の会合で後押ししてもらうように支持者を説得するためにね」

「でも、それならなぜヴァン・ヘルシングはずっとウィーンにいたのかしら？」ベアトリーチェは眉をひそめた。「メアリたちはソシエテ・デザルキミストに見つかって連れ去られたのではないかと思うの……まあ、場所も目的もわからないけれど」

「協会はあの三人をどうすると思う？」キャサリンはこわごわ訊ねた。

「さっぱりわからないわ」とベアトリーチェ。「父はいつも錬金術師協会のことを、知識の限界を広げることに打ち込んでいる科学者の協会だと話していたわ。まさか人を誘拐するような商売だとは思わなかったけれど。でもルシンダとジュスティーヌとダイアナは、みんな生物的変成突然変異の実験の結果よ。協会はどんな態度を取るかしら？ わからないわ」

「あたしはそれでもヴァン・ヘルシングだと思うけど」とキャサリン。「でも、このごろじゃあたしの推理力はぜんぜん正確じゃなかったしね！ まあ、ひとつだけ望みを持てることがあるの」

「何かしら？」ベアトリーチェは毛布の一枚を振り広げ、体をくるみながら問いかけた。

キャサリンはほほえんだ。ひややかな微笑だった。

「ダイアナが一緒にいるでしょ。あの子が混乱を巻き起こせないほどうまく計画が練ってある状況なんて存在しないもの。誰に捕まっていようが、どこに監禁されていようが、相手のほうが後悔することになるから」

ベアトリーチェは頭を振ったものの、声をたてて笑わずにはいられなかった。それからふたりは黙ったまま座りつづけた。ベアトリーチェは毛布の中で丸くなり、キスのことを考えながら――予想外だったが、嫌なわけではなかった――キャサリンのほうは、あまり長く客室で過ごさないよう腕時計を確認しながら。寝るのは無理だろう――ベアトリーチェの毒からしばらく逃れるため、一時間ごとに通路に歩きに出るのだから。列車はブダペストをめざして夜の中をひた走り、開いた窓から吹き込む風にガス燈が揺らめいて、客室じゅうに影を投げかけた。

（『IIブダペスト篇』に続く）

A HAYAKAWA SCIENCE FICTION SERIES No. 5058

原《はら》島《しま》文《ふみ》世《よ》

早稲田大学第一文学部卒
英米文学翻訳家
訳書
『パン焼き魔法のモーナ、街を救う』T・キングフィッシャー
『吸血鬼ハンターたちの読書会』グレイディ・ヘンドリクス
『紙の魔術師』チャーリー・N・ホームバーグ
（以上早川書房刊）
『ピラネージ』スザンナ・クラーク
他多数

この本の型は、縦18.4センチ、横10.6センチのポケット・ブック判です。

〔メアリ・ジキルと怪物淑女《かいぶつしゆくじよ》たちの欧州旅行《おうしゆうりよこう》 Iウィーン篇《へん》〕

2023年1月20日印刷　2023年1月25日発行

著者　シオドラ・ゴス
訳者　原島文世
発行者　早川浩
印刷所　三松堂株式会社
表紙印刷　株式会社文化カラー印刷
製本所　株式会社川島製本所

発行所　株式会社　早川書房
東京都千代田区神田多町2－2
電話　03-3252-3111
振替　00160-3-47799
https://www.hayakawa-online.co.jp

（乱丁・落丁本は小社制作部宛お送り下さい
送料小社負担にてお取りかえいたします）

ISBN978-4-15-335058-8 C0297
Printed and bound in Japan